军旅文学鉴赏

朱慧玲　主编
苏军茹

★★★★★★★★★

陕西新华出版
陕西人民出版社

图书在版编目(CIP)数据

军旅文学鉴赏/朱慧玲,苏军茹主编. —西安：陕西人民出版社,2022.3
ISBN 978-7-224-14400-0

Ⅰ.①军... Ⅱ.①朱...②苏... Ⅲ.①军事文学—文学欣赏—中国 Ⅳ.①I206

中国版本图书馆 CIP 数据核字(2022)第 027949 号

策划编辑：张孔明
责任编辑：姜一慧
封面设计：蒲梦雅

军旅文学鉴赏

主　　编	朱慧玲　苏军茹
出版发行	陕西人民出版社
	(西安市北大街 147 号　邮编：710003)
印　　刷	西安市建明工贸有限责任公司
开　　本	787 毫米×1092 毫米　1/16
印　　张	27
字　　数	370 千字
版　　次	2022 年 3 月第 1 版
印　　次	2022 年 3 月第 1 次印刷
书　　号	ISBN 978-7-224-14400-0
定　　价	68.00 元

前言

伟大的艺术家是时代的眼睛。中国历史上难以计数的文人墨客，以其丰富细腻的情感体悟、敏锐深透的观察想象和扣人心弦的笔墨渲染，将大千世界、万象人生尽摄其中。"只解沙场为国死，何须马革裹尸还。"任何一次战争，都演绎着勇敢、荣誉、尊严和牺牲精神，也造就了一大批杰出的将领和经久不衰的文学作品。纵观中国文学的发展脉络，军旅文学犹如一部流动的史诗，始终凝结着军人的欢乐与困苦，交融着官兵的理想与坎坷，通过其沉浮演变的轨迹，可以折射出国家与军队的相互依存，再现一个民族艰难曲折、光辉灿烂的奋斗历程。

《军旅文学鉴赏》力求紧密结合军旅文学发展脉络，简要概述了军旅文学的基本特征、价值取向及主要功能，重点介绍了古今中外军旅诗词、散文、小说、歌曲、戏剧、影视等经典作品的主要内容。通过学习，以期使广大官兵能够熟悉军旅文学的经典作品，了解和掌握军旅文学鉴赏的基础知识和基本路径，准确解读军旅文学的精神内核，培养崇尚武德的人文精神，使当代革命军人核心价值观内化为广大官兵的精神动力，为培养高素质新型军事人才，提高部队凝聚力、战斗力奠定坚实基础。

编　者
二〇二一年二月

目录

第一章　军旅文学概述 … 001
第一节　军旅文学的形成和发展 … 001
一、军旅文学的内涵 … 002
二、军旅文学的起源、形成和发展 … 004
三、军旅文学的基本特征 … 014
第二节　军旅文学的价值与功能 … 017
一、军旅文学的价值取向 … 017
二、军旅文学的主要功能 … 022

第二章　军旅诗歌鉴赏 … 033
第一节　军旅诗歌基本知识 … 033
一、军旅诗歌的滥觞与发展 … 034
二、军旅诗歌的独特风格 … 039
三、军旅诗歌的鉴赏方法 … 042
第二节　中国军旅诗歌鉴赏 … 045
一、赏析篇目 … 045
二、推介篇目 … 070
第三节　外国军旅诗歌鉴赏 … 077
一、赏析篇目 … 077
二、推介篇目 … 087

第三章　军旅散文鉴赏

第一节　军旅散文基本知识 …………………………………… 092
一、军旅散文的界定 ………………………………… 093
二、军旅散文的分期和发展 ………………………… 094
三、军旅散文的审美特征 …………………………… 102
四、军旅散文的鉴赏方法 …………………………… 105

第二节　中国军旅散文鉴赏 …………………………………… 113
一、赏析篇目 ………………………………………… 113
二、推介篇目 ………………………………………… 123

第三节　外国军旅散文鉴赏 …………………………………… 126
一、赏析篇目 ………………………………………… 126
二、推介篇目 ………………………………………… 132

第四章　军旅小说鉴赏

第一节　军旅小说基本知识 …………………………………… 135
一、中国军旅小说的源流 …………………………… 136
二、中国军旅小说的种类 …………………………… 139
三、中国军旅小说的审美特征 ……………………… 143
四、军旅小说的鉴赏方法 …………………………… 147

第二节　中国军旅小说鉴赏 …………………………………… 155
一、赏析篇目 ………………………………………… 155
二、推介篇目 ………………………………………… 166

第三节　外国军旅小说鉴赏 …………………………………… 173
一、赏析篇目 ………………………………………… 173
二、推介篇目 ………………………………………… 179

第五章　军旅纪实文学鉴赏

第一节　军旅纪实文学基本知识 ……………………… 183
一、纪实文学概说 …………………………………… 183
二、军旅纪实文学的鉴赏 …………………………… 189

第二节　中国军旅纪实文学鉴赏 ……………………… 195
一、赏析篇目 ………………………………………… 195
二、推介篇目 ………………………………………… 211

第三节　外国军旅纪实文学鉴赏 ……………………… 213
一、赏析篇目 ………………………………………… 213
二、推介篇目 ………………………………………… 228

第六章　军旅歌曲鉴赏

第一节　军旅歌曲基本知识 …………………………… 233
一、军旅歌曲的源流 ………………………………… 234
二、军旅歌曲的种类 ………………………………… 235
三、军旅歌曲的审美特征 …………………………… 236
四、军旅歌曲的鉴赏方法 …………………………… 238

第二节　中国军旅歌曲鉴赏 …………………………… 240
一、经典赏析 ………………………………………… 240
二、推介曲目 ………………………………………… 276

第三节　外国军旅歌曲鉴赏 …………………………… 278
一、经典赏析 ………………………………………… 278
二、推介曲目 ………………………………………… 290

第七章　军旅戏剧鉴赏 … 293

第一节　军旅戏剧基本知识 … 293
一、军旅戏剧概说 … 294
二、军旅戏剧的发展 … 294
三、军旅戏剧的审美特征 … 301
四、军旅戏剧的鉴赏方法 … 303

第二节　中国军旅戏剧鉴赏 … 306
一、赏析篇目 … 306
二、推介篇目 … 318

第三节　外国军旅戏剧鉴赏 … 322
一、赏析篇目 … 322
二、推介篇目 … 325

第八章　军旅影视鉴赏 … 327

第一节　军旅影视概述 … 327
一、军旅影视的形成和发展 … 327
二、军旅影视的审美特征 … 335
三、军旅影视的鉴赏方法 … 338

第二节　军旅影视的功能 … 340
一、军旅影视的基本功能 … 341
二、军旅影视的教育功能 … 342
三、军旅影视的启示功能 … 348

第三节　军旅影视鉴赏 … 352
一、中国军旅影视鉴赏 … 352
二、外国军旅影视鉴赏 … 365

第九章　军旅网络文学鉴赏 ……… 375
第一节　军旅网络文学概说 ……… 375
　　一、军旅网络文学的发展 ……… 376
　　二、军旅网络文学的审美特征 ……… 378
第二节　军旅网络文学的鉴赏方法 ……… 380
　　一、调动感官系统全方位感受 ……… 380
　　二、拓展"拉"式欣赏的功能 ……… 381
第三节　军旅网络文学鉴赏篇目 ……… 382
　　一、诗歌类作品 ……… 382
　　二、散文类作品 ……… 384
　　三、故事类作品 ……… 386
　　四、小说类作品 ……… 388

第十章　军旅曲艺、小品鉴赏 ……… 392
第一节　军旅曲艺、小品概说 ……… 392
　　一、军旅曲艺、小品的产生发展 ……… 392
　　二、军旅曲艺、小品的艺术特色 ……… 400
　　三、军旅曲艺、小品的鉴赏方法 ……… 404
第二节　军旅曲艺、小品鉴赏 ……… 407
　　一、军旅曲艺代表作品鉴赏 ……… 407
　　二、军旅小品代表作品鉴赏 ……… 411

主要参考文献 ……… 416
后记 ……… 419

第一章

军旅文学概述

学习提示：本章主要介绍了军旅文学的发展历程、基本特征、价值取向和主要功能。通过学习，学员应了解军旅文学形成和发展的历史脉络，掌握军旅文学的基本内涵和主要特征；通过对军旅文学功能的认识，进一步加深对军旅文学基本性质和审美价值的理解。

纵观文学的历史发展脉络，军旅文学犹如一部流动的史诗，始终凝结着军人的欢乐与困苦、交融着官兵的理想与坎坷。通过其沉浮演变的轨迹，可以折射出国家与军队的相互依存，再现一个民族艰难曲折、光辉灿烂的奋斗历程。

在中国，军旅文学一向以其集中体现的团结统一、独立自主、爱好和平、自强不息的民族精神、爱国主义、英雄主义、集体主义精神，以其塑造的人物的坚韧、顽强、英勇、自信，以其黄钟大吕般的高亢激越、磅礴大气一度成为文学创作的"主流"，占据了文学创作的"半壁江山"，深刻地影响了几代读者的精神世界。

第一节 军旅文学的形成和发展

人类在漫长的历史发展过程中，创造了伟大的精神文明。军旅文学作为人类精神文明的一种重要形态，有着悠久的发展历史。

一、军旅文学的内涵

文学，是一个大家都并不陌生的概念。从《荷马史诗》到《哈姆莱特》，从《诗经》《楚辞》到《红楼梦》等，古今中外流传千载的文学名作不胜枚举。可是，对于作为概念的"文学"，则需要从中西两个角度进行探源。据考证，"文学"一词最早出现在《论语》中："文学子游、子夏。"在当时的语境里，文学与德行、言语、政事被列为孔门四科，直接指文章和博学。可以说，这是文学一词最初的含义。在西方，所谓"文学"观念的确立也不过200年左右。英语中的文学一词（Literature）最早出现在14世纪，泛指一切文本材料。直至1900年前后，文学才摆脱单纯的文献之意，形成了现代的文学观念，专指具有审美想象特征的一类文本。

可见，从词源上分析，"文学"一词经历了复杂的变化。

军旅文学作为文学的重要组成部分，一般来说，它是个相对独立的文学种类，它有自己的刊物，有自己的作者，有自己的评论家和相对独立的评奖标准。其概念的形成过程经历了一个相对较长的时期。朱向前在《中国军旅文学50年》一书中，对"军旅文学"做了初步界定。他认为，如果从题材范畴来看，军旅文学一般是指以战争和军旅生活为主要反映对象的一类文学。主要包括军旅诗歌、散文、小说、纪实文学、歌曲、戏剧、影视、网络文学，等等。在我国，较长时期以来，在指称这一领域的文学时，常常是"军事文学""军旅文学"乃至"战争文学"三种提法交叉并用。三者之间，若以历史论，"战争文学"一说最为资深，纵向可以追溯到古代战争文学，横向可以涉及俄苏战争文学；"军旅文学"一说出现最晚，但后来居上，当属新时期中国军旅批评家的成功创造；"军事文学"一说亦属中国特色，但这种称谓早于"军旅文学"。总的来说，三者之间的消长与当代军旅文学"三个阶段"的嬗变呈现出某种对应关系。

第一阶段："文革"前17年。最活跃的军旅作家基本上都是战争年代入伍的，他们经历过炮火的洗礼，和年轻的共和国一道成长，多以自己亲历的战争生活为主要素材进行文学创作，而且通常采用的体裁并获得重大成就的主要是长篇小说。这些作品巨量发行，或搬上银幕、舞台，或进入中、小学课本，影响深广，有的甚至达到了家喻户晓的程度，从而成为"前17年"的经典之作。应该说，这一阶段是新中国战争文学的繁荣期，笼统冠之以"战争文学"也是比较恰当的。但是，恰恰因为它的过于突出，不仅是军旅文学的"主流"，而且也是整个当代文学的"主流"，至少以庞大的数量和巨大的影响支撑了"前17年"文学的半壁江山，或者说，在诸多方面还代表了当时文学的最高水平。所以，人们通常不把它从当代文学中单独划分出来，作为"战争文学"予以特别的观照。

第二阶段：20世纪80年代。这个时期，如果套用一个政治性的概念即"新时期"，具体说来，就是70年代末至80年代末。在这个阶段中，固然有"复出"的成名于"前17年"的前辈作家如刘白羽、魏巍、徐怀中、李瑛等人的活跃身影，但比他们更为活跃而且人数更为庞大的，则是以李存葆、朱苏进、莫言、乔良等人为代表的青年作家群体。这批作家出生于新中国成立前后，步入文坛时年龄多在30岁上下。他们带来了新的文学观念和手法，更带来了新的表现对象和题材。他们普遍缺乏战争经历，除了七八十年代之交深入"南线"收获少量的战争题材(如《高山下的花环》等)之外，主要的描写领域则是他们自己的军旅人生历程，即和平时期的军旅生活。这个领域的全方位打开，对于军旅文学来说，是一次空前的开拓和极大的丰富，使人们了解了在战争之外的军旅生活。以反映天南海北的五彩缤纷的和平时期军营生活为主要内容的《最后一个军礼》《兵车行》《将军吟》《射天狼》《凝眸》《山中，那十九座坟茔》等一批优秀小说，从新时期最初的几次全国文学评奖中脱颖而出，引起了全社会的普遍兴味和热切关注。此时的军旅文学已非"前17年"可比，其题材的广泛与丰富已远非"战争"二字所能涵盖。于是，一个比照"农村题材文学""工业题材文学"而来的行业性称谓——"军事题材文学"出现了。"军事题材"当然包括"战争题材",它可以泛指一切与战争、军事相关的领域。比如,军队、军营、军人,还有非战争状态下军营的日常生活和军人的军旅生涯,等等。"军事文学"从"军事题材文学"简化而来,它是对此前"战争文学"的发展与丰富。这一提法的出现并盛行,标志着富有中国特色的包含了战争和非战争的军旅题材的军旅文学形态的基本完成。

第三阶段:20世纪90年代。"军旅文学"的提法开始四处蔓延,尤其是在研究领域和业内人士的书面表达中(囿于惯性作用,相当一部分人在口头表达中仍然沿用"军事文学"),颇有取"军事文学"而代之的趋势。很能说明它的影响力和合理性的一个现象是,由此衍生出来的一批子概念和相关概念在各种媒体中不胫而走,甚为活跃,譬如,"军旅作家""军旅小说家""军旅诗人""军旅批评家""军旅小说""军旅散文""军旅诗"乃至"军旅歌唱家""军旅戏剧家""军旅摄影家""军旅美术家""军旅音乐""军旅戏剧""军旅美术"等等,而且读来听来悦耳悦目。相反,如果将"军旅"二字置换成"军事"二字,则多有刻板、严肃之感乃至不通之虞。譬如"军事作家",首先容易让人想起军事理论家或从事军事研究的写家,而很难想到作家。稍加辨析词义,我们不难发现,二者之间的确有明显的差异。"军事"是指"一切直接有关武装斗争的事",而"军旅"主要指"军队","也指有关军队及作战的事"。前者仅止于"事",后者同时"也指有关军队及作战的事",包含了"军队"和"战争"两个方面,正与我们所理解的包含了战争和军旅生活全部内容的"军旅文学"相吻合。所以,从字面上感觉,"军事"一词生硬、呆板,更具有行业色彩;"军旅"一词软性、活泛,更具有文学意味。

二、军旅文学的起源、形成和发展

和其他任何事物的产生过程一样,军旅文学起源于军事实践,依赖于火热的军事生活。我军的军旅文学大致经历了以下几个重要时期。

（一）红军时期

红军文艺始于"南昌起义"。在庆祝起义成功的联欢活动中，红军创作了小型话剧《老祖母念金刚经》，这是中国现代军旅戏剧的开始，也是中国现代军旅文学的开始。

戏剧是红军文艺创作的主要形式，称为"红色戏剧运动"，以话剧成就最为突出。女戏剧家李伯钊主创的《农奴》《杀上庐山》《战斗的夏天》，沙可夫创作的《谁的罪恶》，胡底创作的《红色间谍》《沈阳号炮》，钱壮飞执笔的《最后的晚餐》，集体创作的《父与子》等，都是当时比较成功的剧作。

戏剧和诗歌是与战争形势结合最为紧密的文艺门类。它们对敌我双方都起到了宣传队的作用，甚至能够直接转化为战斗力。

红军时期的军旅诗歌主要是红色歌谣。"红色歌谣万万千，一人唱过万人传。"当时的各个根据地出现了成千上万的革命歌谣，《恩人毛委员》《十送红军》是其中的代表。这时期的将领诗词和烈士诗歌引人注目。毛泽东的《西江月·秋收起义》《西江月·井冈山》，陈毅的《梅岭三章》等，显示出较高的艺术水准；方志敏的《诗一首》、周文雍的《绝笔诗》、刘伯坚的《带镣行》、赵博生的《革命精神歌》等广为流传。

散文方面，方志敏在狱中写就的遗文《可爱的中国》《清贫》《死》《狱中纪实》《我们临死以前的话》等，表达了革命志士捣毁旧世界、建构新中国的决心，散发着人格的伟力，显示了杰出的文学才华。

红军时期开展过四次较大的征文活动。第一次，是 1936 年 8 月，毛泽东、杨尚昆联名发起的我国第一部大型革命回忆录《红军长征记》的征文。第二次，是 1936 年 11 月，红军总政治部发起的"《红军故事》征文"。第三次，是 1937 年 1 月，"中国文协"发起的"《苏区的一日》征文"。第四次，是 1937 年 5 月，毛泽东、朱德联名发起的纪念红军创建 10 周年的红军史料征集活动。这些征文是军旅报告文学的雏形。在艰难时期的这四次征文，如同暗夜里的火把，令人感奋。埃德加·斯诺的《西行漫记》对于中国工农红军和苏区做了大量的真实报道,成为世界了解中国红军和中央苏区的窗口,是一部具有特殊地位的报告文学作品。

(二)抗日战争时期

这一时期的军队文艺形式有墙头小说、讲演文学、小说朗诵、街头诗、枪杆诗、田庄剧、街头剧、茶馆剧、游行剧、灯剧等。

红军草创时期,军旅小说几乎是空白。抗战时期,军旅小说开始兴起,以短篇为主。短篇小说是在延安文艺座谈会以后发展起来的,可以分为几个创作群体。一是以杨朔、柯蓝、周而复为代表的延安及陕甘宁边区创作群;二是以孙犁、康濯、王林、秦兆阳、邵子南、管桦、张志民为代表的晋察冀边区创作群;三是以马烽、西戎、束为、孙谦、胡正为代表的晋冀鲁豫、晋绥边区创作群;四是以冯毅之、那沙为代表的山东解放区创作群。

丘东平的《一个连长的战斗遭遇》、刘白羽的《五台山下》、马烽的《张初元的故事》、西戎的《喜事》、康濯的《"二百五"和他的枪》等,多以生产能手和抗日英雄为描写对象,是当时比较成功的短篇小说。姚雪垠的短篇《差半车麦秸》和中篇《牛全德与红萝卜》生动塑造了农民游击战士的形象。邵子南说唱结合的短篇《地雷阵》、柯蓝以新章回体形式写成的中篇《洋铁桶的故事》,均令人耳目一新。

在当时的解放区文学中,丁玲、孙犁、刘白羽、赵树理"四峰并立"。丁玲的《我在霞村的时候》《一颗未出膛的枪弹》《在医院中》都是艺术性与思想性并重的小说。孙犁的《芦花荡》《荷花淀》写儿女情,抒风云气,从羯鼓铿锵中升华出一派明净自然。赵树理的《小二黑结婚》《李有才板话》《李家庄的变迁》,幽默质朴,雅俗共赏,真正成为民族化、大众化的集大成者。

抗战时期的军旅诗歌,有以田间、魏巍、邵子南、史轮等创作的街头诗,陈辉、钱丹辉、鲁藜等创作的抒情诗,公木、魏巍、蔡其矫等创作的叙事诗。田间以其短诗《假使我们不去打仗》《义勇军》,长诗《给战斗者》《她也要杀人》等被誉为"时代的鼓手"。艾青的《向太阳》《火把》《黎明的通知》,

达到了艺术性与思想性的完美结合。光未然的组诗《黄河大合唱》气魄宏大，酣畅淋漓，表达了中国人民反抗侵略的决心。柯仲平的《延安与中国青年》、公木的《岢岚谣》、陈辉的《为祖国而歌》等，均是鼓舞人心之作。

抗战时期的军旅戏剧依然繁荣，以话剧、歌剧、秧歌剧为主。最成功的是话剧。如崔嵬的《放下你的鞭子》、丁里的《子弟兵和老百姓》、胡丹沸的《把眼光放远点》等，在当时非常轰动。歌剧有李伯钊的《农村曲》，秧歌剧有《兄妹开荒》《刘二起家》《牛永贵挂彩》等。

抗战时期的军旅报告文学初露头角。比较突出的作品有丁玲的《田保霖》、周立波的《战场三记》、周而复的《诺尔曼·白求恩断片》、黄钢的《开麦拉前的汪精卫》，以及丘东平的《我认识了这样的敌人》《我们在那里打了败仗》，碧野的《北方的原野》《太行山边》等。

（三）解放战争时期

大革命以暴风骤雨般的气势推进，军旅文学亦日趋成熟，较大型的作品开始出现，并进而掀起大型作品的创作热潮。

此时军旅小说的最大收获是长篇小说。马烽、西戎的《吕梁英雄传》是解放区第一部长篇小说，标志着新英雄传奇这一品种的产生。之后，孔厥、袁静抗日题材的《新儿女英雄传》问世，克服了当时同类小说的简单化、脸谱化、漫画化的流弊，成为新英雄传奇小说的高峰。其他长篇小说还有：丁玲的《太阳照在桑干河上》、周立波的《暴风骤雨》、王希坚的《地覆天翻记》、柳青的《种谷记》、草明的《原动力》、欧阳山的《高干大》等。另外，一批优秀的中短篇小说也顺势涌现。如孙犁的《嘱咐》、康濯的《我的两家房东》、马加的《江山村十日》、华山的《鸡毛信》、管桦的《雨来没有死》及刘白羽的《政治委员》《无敌三勇士》《战火纷飞》等。

这个时期，军旅诗歌的主要收获是民歌体叙事长诗，以李季的《王贵与李香香》、阮章竞的《漳河水》为代表，开辟了解放区叙事长诗的新时代。其他的还有张志民的《王九诉苦》《死不着》，田间的《赶车传》，李冰的《赵巧儿》等。

军旅戏剧的最大收获是新歌剧。贺敬之、丁毅执笔的《白毛女》成为民族新歌剧的里程碑，在当时演出盛况空前，甚至个别战士在演出过程中因一时冲动而举枪向台上扮演黄世仁的演员瞄准，险些酿成悲剧。之后，解放区又涌现出《刘胡兰》《王秀鸾》《赤叶河》等新歌剧。

报告文学在解放战争时期独领风骚。华山的《英雄的十月》、韩希梁的《飞兵在沂蒙山上》、曾克的《挺进大别山》、李普的《陈毅将军印象记》等，都是军旅报告文学的佳作。刘白羽在这个时期以随军记者的身份随部队南征北战，写成报告文学集《环行东北》《为祖国而战》《历史的暴风雨》《光明照耀着沈阳城》，真实地记录了解放战争进军的步伐。

（四）新中国成立至"文革"开始前的十七年（简称"十七年"）

这个时期，军旅文学波澜壮阔，军事题材小说名家蜂起。这期间最活跃的军旅作家基本上都是战争年代入伍，经历过血与火的洗礼，多以自己亲历的战争生活作为主要素材来进行文学创作。20世纪50年代初，刘白羽的中篇《火光在前》标志着新中国军旅小说的开始。

"十七年"军旅文学的主要成就体现在长篇小说领域，以革命历史题材居多。先是碧野的《我们的力量是无敌的》、孙犁的《风云初记》、柳青的《铜墙铁壁》、杨朔的《三千里江山》等相继问世。1954年，杜鹏程的长篇小说《保卫延安》出版，把当代战争小说提升到了一个新高度。吴强的《红日》、曲波的《林海雪原》、刘知侠的《铁道游击队》、冯德英的《苦菜花》、李英儒的《野火春风斗古城》、刘流的《烈火金刚》、冯志的《敌后武工队》、金敬迈的《欧阳海之歌》等，都是这个时期的优秀长篇战争小说。

20世纪50年代中后期，出现了孙犁的《铁木前传》、石言的《柳堡的故事》、李心田的《两个小八路》、徐光耀的《小兵张嘎》等中篇小说。短篇小说领域，则有巴金的《团圆》、路翎的《洼地上的"战役"》、朱定的《关连长》、峻青的《黎明的河边》、刘真的《英雄的乐章》、茹志鹃的《百合花》、肖平的

《三月雪》、王愿坚的《党费》等。

50年代的军旅诗歌作家基本上是由战歌与颂歌两个诗群组成的。战歌诗群即朝鲜战争诗群，是来自朝鲜战场的一群青年诗人，他们都是从战场走向诗坛的。未央的《枪给我吧》《祖国，我回来了!》，张永枚的《骑马挎枪走天下》《人民军队忠于党》，皆传诵一时。颂歌诗群即西南边疆军旅诗群，是来自西南边陲的一群青年军旅诗人，致力于对和平生活的深情歌唱，抒情性较强。公刘的《佧瓦山组诗》《西双版纳组诗》《西盟的早晨》，白桦的《鹰群》《孔雀》，都是脍炙人口的诗篇。

六七十年代军旅诗歌的中坚诗人是郭小川、贺敬之、闻捷、李瑛。郭小川的抒情诗《林区三唱》《甘蔗林——青纱帐》，政论诗《团泊洼的秋天》，叙事诗《爱情三部曲》《将军三部曲》《一个和八个》等优秀诗篇，在内容和文体方面做出了可贵探索。贺敬之以抒情短诗《回延安》《桂林山水歌》《三门峡歌》，抒情长诗《放声歌唱》《雷锋之歌》《西去列车的窗口》《八一之歌》等，奠定了诗坛大家的地位。闻捷的叙事长诗《复仇的火焰》（一、二部），标志着当时长篇叙事诗的最高水平。十七年间主导军旅诗坛的是李瑛，其诗作感情细腻真挚，构思精巧细致，语言优美清新，影响了一代军旅诗人。

"十七年"军旅戏剧的代表作品有胡可的《战斗里成长》、陈其通的《万水千山》、沈西蒙等的《霓虹灯下的哨兵》等。歌剧方面，涌现出了张敬安等编剧的《洪湖赤卫队》、赵忠等编剧的《红珊瑚》、阎肃等编剧的《江姐》。

"十七年"军旅散文代表作有刘白羽的《万炮震金门》《日出》《灯火》《红玛瑙》《长江三日》，魏巍的《谁是最可爱的人》《依依惜别的深情》《年轻人，让你的青春更美丽吧!》，菡子的《无名礼赞》等。作为20世纪最为重要的军旅散文家，刘白羽的散文色彩绚烂，风格壮丽，庄严高华，激越炽热，以重大的政治题材、鲜明的时代精神、浓郁的革命激情见长。一些军旅作家的怀旧散文，如孙犁的《访旧》、方纪的《挥手之间》、吴伯箫的《记一辆纺车》等，均显示出较高的艺术价值。

(五)新时期之初

这个时期,为军旅文学重振雄风的首先是小说,其次是报告文学和诗歌。

20世纪80年代,军旅文学呈千帆竞发之势,以中篇小说为标高。邓友梅的《追赶队伍的女兵们》、徐怀中的《阮氏丁香》首先打响。朱苏进的《射天狼》《引而不发》以新的审美视角观照和平时期的军营生活,思考军人价值所在,别具深度。李存葆的《高山下的花环》成功塑造了"位卑未敢忘忧国"的当代军人英雄群像,大胆触及军内矛盾,冲破了军事题材的"雷区"。莫言的《红高粱》更以惊世骇俗的爆炸式风格一飞冲天。这时期出色的中篇小说有:朱苏进的《凝眸》《第三只眼》《绝望中诞生》,韩静霆的《凯旋在子夜》《战争让女人走开》,江奇涛的《雷场上的相思树》《马蹄声碎》,刘兆林的《啊,索伦河谷的枪声》,唐栋的《沉默的冰山》,乔良的《灵旗》《大冰河》《远天的风》,张廷竹的《黑太阳》《酋长营》《支那河》,周梅森的《军歌》《大捷》《国殇》等,构成七彩纷呈的文学风景线。

20世纪80年代,徐怀中的短篇小说《西线轶事》问世,被誉为"战争文学的换代之作"。自此,短篇小说佳作不断,如邓友梅的《我们的军长》、陈世旭的《小镇上的将军》、王中才的《三角梅》、唐栋的《兵车行》、简嘉的《女炊事班长》、刘兆林的《雪国热闹镇》、李斌奎的《天山深处的"大兵"》、朱向前的《地牯的屋·树·河》等。

老作家李尔重的《新战争与和平》,冯德英的《山菊花》,魏巍的《东方》《地球的红飘带》,刘白羽的《第二个太阳》及萧克将军的《浴血罗霄》等革命战争题材的长篇小说,延续着"十七年"军旅长篇小说的辉煌。黎汝清的《皖南事变》《湘江之战》《碧血黄沙》确立了军旅文学的悲剧审美范式,具有里程碑的意义。莫应丰的《将军吟》是第一部直面军队"文革"的长篇小说。海波的《铁床》、朱春雨的《亚细亚瀑布》等,更体现出军旅长篇小说的丰富多元。

新时期伊始，军旅诗人的政治抒情诗震动文坛，如雷抒雁的《小草在歌唱》。白桦的《阳光，谁也不能垄断》也是一篇呼吁思想解放的优秀之作。新疆军旅诗人周涛、杨牧与章德益树起"新边塞诗"的旗帜，对西部文学的发展起了推动作用。周涛的《鹰之击》《大西北》《醉剑》《神山》等是其代表作。周涛反映南线战争的长诗《山岳山岳·丛林丛林》引发了军旅诗坛的大诗风潮，继之出现了马合省的《老墙》、王久辛的《狂雪》、李松涛的《无倦沧桑》及朱增泉的《京都》《前夜》等大诗。

80年代军旅戏剧的代表作有白桦的《今夜星光灿烂》《曙光》，郑振环的《天边有一簇圣火》，周振天的《天边有群男子汉》，丁一三的《陈毅出山》，赵寰的《秋收霹雳》等。

80年代军旅报告文学在文体上走向成熟，涌现出一批力作，如钱钢的《唐山大地震》《海葬》，江永红的《骄子》《中国师》，袁厚春的《百万大裁军》，李延国的《在这片国土上》《走出神农架》，王玉彬、王苏红的《中国大空战》，江宛柳的《我在寻找那颗星》，徐志耕的《南京大屠杀》，大鹰的《志愿军战俘纪事》，董汉河的《西路军女战士蒙难记》等。

90年代，长篇小说成为军旅文学的主要景观。朱苏进的《炮群》《醉太平》，朱秀海的《穿越死亡》《波涛汹涌》，以及韩静霆的《孙武》、乔良的《末日之门》、柳建伟的《突出重围》、都梁的《亮剑》、陈怀国的《遍地葵花》、黄国荣的《兵谣》、周大新的《走出盆地》、邓一光的《我是太阳》等，皆为军旅长篇中的厚重之作。老一代作家周而复的《长城万里图》、王火的《战争和人》等革命战争题材作品，也是90年代军旅长篇小说的硕果。

90年代军旅中篇小说，以朱苏进的《四千年前的闪击》《祭奠星座》《金色叶片》《接近于无限透明》，权延赤的《狼毒花》，邓一光的《父亲是个兵》《战将》《大妈》，尤凤伟的《五月乡战》《生命通道》为代表。本时期军旅文坛引人注目的是反映转型期农家子弟在军营中的个人奋斗和生存景况的"农家军歌"系列作品，以阎连科的《和平雪》《夏日落》《大校》，陈怀国的《毛雪》《农家军歌》《黄军装，黄土地》等中短篇小说为代表。

在军旅诗坛，继承传统军旅诗风较好的诗人有喻晓、元辉、程步涛、李钢、曹宇翔等。新生代军旅诗人简宁、蔡椿芳、史一帆、殷实、刘立云、屈塬等，以强烈的个人风格完成了对传统军旅诗的革新，令人耳目生鲜。

90年代军旅戏剧代表作有燕燕的《女兵连来了个男家属》，姚远、邓海南、蒋晓勤的《"厄尔尼诺"报告》，邵钧林、嵇道青的《虎踞钟山》等。

90年代，军旅散文渐成气候，一批军旅诗人、军旅小说家的散文脱颖而出，蔚为可观。代表作品有周涛的《和田行吟》《游牧长城》，朱苏进的《最优美的最危险》《分享尼克松》，莫言的《吃事三篇》，李存葆的《鲸殇》《祖槐》，朱增泉的《寻访张园》《长平之战》，王文杰的《蛛网》《军中好男儿》等。

90年代，军旅报告文学呈现出欣欣向荣的局面。李鸣生的"航天四部曲"，徐剑的"二炮系列"，王宗仁的"青藏线系列"，黄传会的"希望工程系列"，郭晓晔的《东方大审判》，金辉的《恸问苍冥》，江宛柳的《没有掌声的征途》，程文胜的《李天佑》，吴东峰的《开国将军轶事》，陈歆耕的《父老乡亲》等，都是其中的佼佼者。

军旅女作家的真正崛起是在90年代。庞天舒的《战争体验》《蓝旗兵巴图鲁》，项小米的《遥远的三色槿》，裘山山的《男婚女嫁》《结婚》，姜安的《远去的骑士》，刘静的《父母爱情》《寻找大爷》，毕淑敏的《补天裂》《阿里》，王曼玲的《太阳升起》《如花似玉》，王瑛的《四季》《红山楂》，钟晶晶的《战争童谣》等优秀中短篇小说的问世，不仅为军旅文学汇入一股可贵的"女人味"，而且气度沛然，风头甚健。军旅长篇小说领域出现了裘山山的《我在天堂等你》、项小米的《英雄无语》、姜安的《走出硝烟的女神》、庞天舒的《落日之战》等佳作。90年代，军旅女作家散文亦呈满目繁华之势。裘山山、毕淑敏、庞天舒、项小米、刘烈娃等时有美文问世。辛茹、杜红、康桥、张春燕等新生代女诗人则在军旅诗坛执着地发出女性的声音。新时期军旅女作家群的出现，对于"十七年"军旅女性写作的基本缺失是一个有力的补充。

（六）新世纪

军旅长篇小说首先取得骄人成绩。徐贵祥的《历史的天空》、马晓丽的《楚河汉界》、庞天舒的《红舞鞋》、刘静的《戎装女人》、朱秀海的《音乐会》、周大新的《战争传说》、中夙的《士兵志》、苗长水的《超越攻击》、方南江的《中国近卫军》、燕燕的《去日留痕》、都梁的《狼烟北平》等，均为新世纪军旅长篇小说的硕果。

新世纪军旅中篇小说领域出现了石钟山的《父亲和他的儿女们》、项小米的《葛定国同志的夕阳红》、王曼玲的《花园里的姐姐》、黄雪蕻的《美丽嘉年华》等，短篇小说领域出现了裘山山的《一条毛毯的阅历》、温亚军的《病中逃亡》、王棵的《守礁关键词》等，可圈可点。

近年来，在中短篇小说领域，《解放军文艺》《西南军事文学》《西北军事文学》《神剑》《橄榄绿》等军旅文学期刊，始终坚守阵地，培养了一大批年轻的业余作者。这些作者大都来自基层，部队生活经验扎实，情感浓烈，作品真实、朴素、自然，受到广大读者的喜爱。如青年作家王棵在《守礁关键词》及其后发表的一系列中短篇小说中，细腻而动人地表现了海岛守礁官兵的生活，写出了他们真实的存在境遇和生存状态。王凯、王甜、曾皓、萧潇、冯骥、丁旸明、董夏青等一大批70后、80后军旅青年作家的迅速成长令人欣喜。相信这个年轻的作家群体只要坚持下去，军旅中短篇小说的复兴将指日可待。

本时期涌现出的长诗有李松涛的《雷锋，我们与你同行》《黄之河》，康桥的《征途》《生命的呼吸》，辛茹的《火箭碑》，贾卫国的《天弦惊》，王久辛的《狂雪二集》，刘立云的《上甘岭》等。

新世纪军旅戏剧佳作迭出，歌剧《野火春风斗古城》，话剧《黄土谣》《我在天堂等你》《天籁》《马蹄声碎》等颇受好评。

在散文领域，李存葆的大散文《飘逝的绝唱》《国虫》《永难凋谢的罂粟花》等继续致力于生态环保、现代文明进程中人的异化等重大命题的探讨；

朱增泉的《居延海》《朱可夫雕像》《新闻部长萨哈夫》，尤其是5卷本的《战争史笔记》，系统回顾了中华民族的千年战争史，堪称通俗解读战争史的鸿篇巨制；迟浩田的《怀念母亲》、王文杰的《大风歌与垓下歌》、汪守德的《秋天的和弦》、王宗仁的《嫂镜》、李钢林的《原木在移动》、史光柱的《春天，我的春天》也都是新世纪军旅散文的佳作。长篇纪实散文出现了裘山山的《遥远的天堂》、姜安的《三十七孔窑洞与红色中国》、梁东元的《走过额济纳》等。

新世纪报告文学领域，卢一萍的《八千湘女上天山》、董保存的《笔记开国将帅》、徐剑的《东方哈达》、彭继超和伍献军的《中国两弹一星实录》、梁东元的《原子弹调查》、王树增的《长征》《辛亥革命》等力作，引人注目。

回溯中国军旅文学发展历程，有低谷，更有高峰；有黯淡，更有辉煌。在参与了中国革命历史和中国现当代文学史进程的同时，也构成了军旅文学的蔚然景观。

三、军旅文学的基本特征

在辨析"军事文学"的过程中，我们曾指出过它的"政治优势"和"主流意识形态色彩"。其实，推广开来看，这种"优势"和"色彩"，也深浅不同地贯穿于整个当代军旅文学之中。

中国文学有上千年的"文以载道"的深厚传统，只是，近代以来"道"随时变，总是反映着某一时期的主流思想或主导情绪。20世纪中叶，毛泽东将其明确界定为"为政治服务和为工、农、兵服务"的"二为"方向。新时期之初，邓小平又将"二为"方向进一步表述为"为人民服务和为社会主义服务"。总体看来，整个中国当代文学前40年（1949—1989）基本上都是在"二为"方向指导下运行。但是，比较而言，《在延安文艺座谈会上的讲话》由于是在战争背景和战时体制下做出的，因此更多地可以理解为针对军队文艺工作而言。事实上，它对此后的军队文艺工作确实产生了深远影响。再加上军旅文学由于自身的特殊的规定性，对"二为"方向执行得更加严格，更加坚定，更加具体。反过来说，正是由于"二为"方向的规定路线，潜在地决定了军旅文学的两个总体特征：一是"为政治服务"决定了当代军旅文学内容的政治化与功能的宣传化；二是"为工农兵服务"决定了当代军旅文学风格的民族化与形式的大众化。

（一）内容的政治化

这是军旅文学的特殊规定性。所谓军旅文学特殊规定性的背景，包括了这样几个层面：一是军队作为无产阶级政党领导下的武装集团，在社会主义阶段上层建筑中的重要定位；二是军旅文学作为意识形态，在军队思想政治工作中的基本定位；三是有一支数量可观的军旅文学创作队伍；四是社会主义核心价值体系作为军旅文学的"主旋律"定位。

所述种种"定位"，都或近或远地决定了军旅文学与政治的密不可分的内在关系，以及它服务于政治的"革命的功利主义"（毛泽东语）。因此，"为政治服务"的方向性指导，在军旅文学中常常演变成"为提高部队战斗力服务"的可操作性倡导。

（二）功能的宣传化

从 20 世纪 50 年代战争题材长篇小说创作中"歌颂毛泽东军事思想和人民战争的伟大胜利"主题思想的普遍盛行，到五六十年代之交的《星火燎原》征文，以及 60 年代的"四好""五好"运动征文、70 年代的"自卫还击"征文，直到八九十年代的"抗洪抢险"征文等等，军旅文学中的政治功利性、战斗性和宣传性总是得到鼓励和提倡。耐人寻味的是，一些批判性和反思性的作品，其思想锋芒也是直指高度敏感的政治性问题或题材。譬如，话剧《曙光》（白桦）；诗歌《将军，你不能这样做》（叶文福）、《小草在歌唱》（雷抒雁）；小说《高山下的花环》（李存葆）等等，或受到非议，或得到肯定，原因之一，都是涉及或"突破了政治禁区"。总之，政治的张扬作为军旅文学的总体特征之一，是毋庸置疑的，至于它作为一把双刃剑所带来的正负面影响，有待于结合作品本身内容进行具体分析。

（三）风格的民族化

在毛泽东提出的文艺"为政治服务和为工、农、兵服务"的"二为"方针中，事实上，在四十年代的解放区，这个"工"只是理论上的虚拟的或人数极少的"服务对象"，绝大部分或主体部分都是"农"与"兵"。而"兵"的主体又来自于昨天的农民，今天的农民则有可能变成明天的兵。中国军队的农民军人主体性，是由中国新民主主义革命的"农民革命"性质和中国乃农业国度的国情所决定的。因此，在一个特定的历史时期内，"为工农兵服务"即可理解成"为农民服务"。"农民化"则可看作"民族化"的具体注释。歌剧《兄妹开荒》《白毛女》，诗歌《王贵与李香香》，小说《吕梁英雄传》等等，被视为此一阶段的典范之作。即便到了五十年代，"农民化"的审美趣味被大大提高，但"通俗易懂""为普通老百姓所喜闻乐见"，仍然是绝大部分军旅长篇小说创作者的不二法门。如果说，在20世纪80年代以前，军旅文学和中国当代文学一样，除有限地向苏联文学做横向借鉴之外，主要是在民族化的道路上蹒跚前行而别无选择的话，那么，80年代以后的情况就有了比较明显的变化，审美风格的民族化则更能说明问题。

（四）形式的大众化

从20世纪80年代初期的"意识流""现代派"到中期的"先锋写作"直至90年代的"女性写作"种种，"西风美雨"的洗礼，已经深刻地影响了当代文学的整体面貌。然而，通观20年来的军旅文学，却较少听到相应的回响。再举具体的门类——譬如理论批评为例。从最初的尼采、弗洛伊德到晚近的福柯、杰姆逊，当代文学的理论批评也是上下寻觅，左右逢源，边走边学，到处"拿来"；但军旅文学理论批评则不然，虽然较之以往有了较大的繁荣和较大的发展，却几乎无一家不恪守"社会——历史——审美"的传统批评套路。军旅文学表达形式的大众化，是服务于政治的间接体现，更是服务于工农兵的直接结果。

第二节　军旅文学的价值与功能

军旅文学的价值与功能是军旅文学的社会意义和作用的集中体现。在历史和现实中，军旅文学对于推动社会发展、提升人的精神素质、满足群众文化需求，都发挥着重要的作用。充分认识军旅文学的价值与功能，有助于深化对军旅文学性质及其活动规律的认识。

一、军旅文学的价值取向

价值是一个揭示客观事物满足人和社会需要的关系范畴。价值观是人们关于价值本质的认识，以及对人和事物的评价标准、评价原则和评价方法的观点的体系。它反映了主体对客体进行评价的标准和取向，不同主体由于价值观不同，对客体价值的评判也就不同。

军旅文学的价值主要包括认识价值、伦理价值、审美价值等。它们是一个相互联系和相互渗透的整体。军旅文学价值既是作家创造的，又需要读者阅读接受才能实现。军旅文学价值具有相对的稳定性，但不是一成不变的。随着社会的变化和人的审美的变化，人们对军旅文学价值的认识也会发生变化。

（一）军旅文学价值及其生成

军旅文学价值是军旅文学作品满足人和社会需要的属性。军旅文学价值越大，对人与社会产生的影响也就越大。一部好的军旅文学作品之所以具有神奇力量和巨大魅力，就是因为人们可以从中获得美的享受，心灵得到升华。

军旅文学价值是作者和受众共同创造的，作者的创造为军旅文学价值提供了基础，受众的欣赏和接受使军旅文学价值成为现实。因此，军旅文学价值的生成包含两个重要环节，即军旅文学价值的创造和军旅文学价值的实现。在作品创造过程中，作者通过对特定社会生活的艺术表现和评价，创造出一定的军旅文学价值；而在作品传播和接受过程中，读者又会根据自身情况，对作品所表现的社会生活和作者的价值立场做出自己的评价，完成军旅文学价值的实现和再创造。

军旅文学价值是主客观统一的产物。从客观方面讲，军旅文学的价值植根于社会生活之中，是社会生活的集中表现与升华。社会生活丰富多彩，无论是平凡小事还是重大历史事件，都是军旅文学价值的源泉。因此，考察军旅文学价值的生成，必须要追溯到体现生活价值这个本源上来。例如，毛泽东的诗《七律·长征》："红军不怕远征难，万水千山只等闲。五岭逶迤腾细浪，乌蒙磅礴走泥丸。金沙水拍云崖暖，大渡桥横铁索寒。更喜岷山千里雪，三军过后尽开颜。"诗中描绘的长征首先是一个客观的历史事件，它具有巨大的社会历史意义；对于中国革命而言，"长征是宣言书，长征是宣传队，长征是播种机"；对于人类历史而言，"长征是历史纪录上的第一次"。因此，《长征》一诗的军旅文学价值是以长征这一伟大事件的价值与意义为现实基础的。没有长征这一伟大创举，不可能产生《长征》这一杰出诗作。

从主观方面讲，军旅文学价值又不止于简单地呈现生活价值。军旅文学是人艺术地掌握世界的一种方式，是一种高层次的精神活动。军旅文学价值除了来自表现对象的价值外，还体现了艺术创造自身的价值。其中，既包含着作者对社会生活的认识和道德评价，也包含着作者的审美创造能力。作者通过创作，运用各种语言艺术手段对生活进行表现，使生活价值向艺术价值转化。仍以《七律·长征》为例，在诗人运用诗的形式对长征这一客观历史事件进行艺术表现后，这首诗的军旅文学价值就不再局限于长征这一历史事件的价值本身，更在于反映了诗人对百折不挠的革命力量的热情颂扬，对革命事业的乐观情怀，对革命前途的坚定信念，而且还在于诗作呈现出的革命浪漫主义与革命现实主义交相辉映的艺术风采。由此可见，现实生活价值与作者的艺术创造共同构成了军旅文学价值的来源。

军旅文学价值的最终实现，是通过受众欣赏和接受完成的。受众在欣赏作品的过程中，通过对作品符号的解读进入作品的内在空间，认识到作品所反映的社会生活关系，理解作者的思想观点和道德立场，赏析作品的艺术手法，受众由此或认识生活，或受到感染教育，或获得身心愉悦，作品的潜在价值通过受众接受而成为一种显性的存在。

受众的欣赏是主动参与的过程，受众的价值观往往会影响对军旅文学作品价值的认识和判断。在欣赏作品的过程中，受众总是以自己的生活经验、审美趣味与文化水准为前提，来感受作品、理解形象，完成军旅文学的"二度创造"。

（二）军旅文学的主导价值

军旅文学的主导价值，是指在军旅文学作品多样性价值中总有一种占主导地位的价值。一般来说，军旅文学的思想、伦理、认识等价值常常居于主导地位，它要和审美、语言艺术等价值融合起来，才能体现它的主导作用。军旅文学作为一个总体概念，其主导价值就是一定时代和国家的主流意识形态的体现。

"文以载道"是中华民族的优秀传统。历史上，尽管人们对"道"的含义认识不同，但用"文"来承载民族精神和美好理想的愿望是相同的。正如习近平主席所指出的那样："一切有价值、有意义的文艺创作和学术研究，都应该反映现实、观照现实，都应该有利于解决现实问题、回答现实课题……立足中国现实，植根中国大地，把当代中国发展进步和当代中国人精彩生活表现好、展示好，把中国精神、中国价值、中国力量阐释好。文艺创作要以扎根本土、深植时代为基础，提高作品的精神高度、文化内涵、艺术价值。"

军旅文学的主导价值对于军旅文学发展具有重要意义。军旅文学必须既反映人民精神世界，又引领人民精神生活。一方面，军旅文学要与时俱进，反映时代精神和人民风貌，塑造符合时代要求的先进军旅文学形象，推动民族和国家的文明进入新境界；另一方面，军旅文学要贴近实际、贴近生活、贴近群众，在满足人民精神生活需要的基础上，不断提高群众的文化素养和道德情操。只有把这两方面结合起来，才能把握军旅文学的主导价值。

在当代中国，军旅文学的主导价值是社会主义核心价值体系的反映。体现军旅文学的主导价值，首先要倡导正确的军旅文学价值取向。军旅文学的价值取向关系到军旅文学"为什么人"这个根本问题。中国共产党历来重视军旅文学的主导价值，强调军旅文学要坚持正确导向，弘扬社会正气，反映时代精神，引领社会进步。新民主主义革命时期，中国共产党把鲁迅作为中国新文化的旗手。毛泽东多次赞扬鲁迅的政治远见、斗争精神和牺牲精神，并强调指出："鲁迅的方向，就是中华民族新文化的方向。"这个方向，就是民族的、科学的、大众的，是无产阶级服务人民大众的方向。繁荣社会主义先进文化，建设先进军事文化，为构建社会主义和谐社会做出贡献，是现阶段我国军旅文学发展的主题。要牢牢把握社会主义先进文化的前进方向，建设社会主义核心价值体系，弘扬民族优秀文化传统，发掘民族和谐文化资源，借鉴人类有益文明成果，倡导和谐理念，培育和谐精神，营造和谐氛围，进一步形成全社会共同的理想信念和道德规范，打牢全国各族人民团结奋斗的思想道德基础。

其次，体现军旅文学的主导价值，还要遵循军旅文学自身的规律。这就要坚持军旅文学发展的正确方向和方针，遵循军旅文学发展的艺术规律，在军旅文学价值的多样性中体现主导性，把弘扬主旋律与提倡多样化统一起来，在军旅文学创作上提倡不同形式和风格的自由发展，在军旅文学理论上提倡不同观点和学派的自由讨论。从作家方面来说，作家在对现实生活做出价值评判时，需要把握时代精神，把握先进文化的前进方向。同时，要充分重视军旅文学的艺术特征和审美特性，用艺术的方式回答时代的问题。历史经验表明，军旅文学事业"必须保证有个人创造性和个人爱好的广阔天地，有思想和幻想、形式和内容的广阔天地"。

（三）军旅文学的真、善、美价值

对军旅文学价值的认识，虽然古今中外看法各异，但都具有一个共同点，那就是都强调真、善、美。军旅文学价值，就要体现对真、善、美的追求。这是精神价值中的三种基本形式，也可以称作知识价值、道德价值和审美价值。人们鉴赏军旅文学作品，也主要从这三种价值着眼。

第一，军旅文学价值的真，是指军旅文学要通过合乎艺术规律的方式，将社会的真实状况、人生的真正面目、作家的真诚体验等表现出来。也就是在认识客观事物的本质和规律的基础上反映真实，表现真情，追求真理。军旅文学的"求真"，所求的是一种从人的角度逼近生活的真。尽管它有时对反映的事物进行夸张或变形，但仍会具有鲜明的认识价值，并且构成其他价值的基础。

第二，军旅文学价值的善，是指军旅文学要反映出对生命的尊重，对人性健康发展的追求，对人类和平、幸福的向往，以及对人类与环境和谐关系的珍惜等。也即在追求真理和进步的过程中与人为善、尊重人、理解人、关心人、爱护人。军旅文学中缺少了"善"，就难以感动人，其潜移默化的教育价值也就无从谈起。军旅文学的价值指向，一般来讲是不违背人类"向善""求真"的原则的，也是不违反人们共有的伦理道德诉求的。

第三，军旅文学有了真和善的内涵，再加上充沛的情感、形象的言说、创造性的形式和技巧等，便形成了一种更高形态的美——军旅文学的艺术美。军旅文学价值的美，是指军旅文学在真和善相统一的基础上，满足人们对美的追求和需要，给人精神上的愉悦。它通过作家创作和读者接受的过程，具体地体现为语言美、形象美、精神美、意境美和形式美等。军旅文学的美，不但不违背现实美感中本来就有的情感愉悦、心境娱乐或生理快感，反而会有力地给予强化，使之成为人类精神活动的主要方式之一，产生巨大的精神与文化价值。

不同时代、阶级和流派对军旅文学真、善、美价值具体内涵的理解有所不同，如有的人以自然主义描写为真，有的人以替特权阶级歌功颂德为善，有的人以矫揉造作的形式为美等。这些观点反映了他们对真、善、美的认识,但也具有明显的时代局限性和阶级性。马克思主义所肯定的军旅文学真、善、美,反映着人类历史发展的进步方向,体现着广大人民群众的文化审美需求。邓小平指出,文艺作品要丰富多彩,"雄伟和细腻,严肃和诙谐,抒情和哲理,只要能够使人们得到教育和启发,得到娱乐和美的享受,都应当在我们的文艺园地里占有自己的位置"。这是在新的历史条件下,对军旅文学的价值和作用的科学概括。

军旅文学中的真、善、美三者在本质上是一致的,是一个相互联系、相互渗透的整体。美的东西必然是真的,而非虚假的;美的东西也必然是向善的,而不是趋恶的。同样,善的东西也必然是美的和真的。也就是说,军旅文学的真、善、美价值是有机统一的。

军旅文学价值的追求,从根本上说源自人对自由自觉活动价值的追求。军旅文学活动和人的其他历史性活动一样,其自由追求必定体现出真、善、美的一致。尽管在微观的军旅文学创作和接受中,其价值取向可能有所侧重,但军旅文学价值结构的宏观形态始终是真、善、美统一的。因为军旅文学活动机械地、过分地、不经艺术处理地去一味求"真",就容易呆板、坐实、没有灵气;军旅文学突出地、教条地、脱离生活实际和接受可能地去一味求"善",就流于空洞的说教,缺乏魅力;倘若单纯地、片面地、不问其他价值因素地去一味求"美",作品就容易变得苍白、流于形式、丧失精神。可见,"真""善""美"虽然各具独特价值取向,但三者又不可能完全相互脱离而独立,对于杰出的文艺作品而言,尤为如此。

二、军旅文学的主要功能

军旅文学的功能是军旅文学价值属性的实际反映和体现。军旅文学的功能存在的内在依据是军旅文学的价值。军旅文学的功能不是孤立地存在的,它存在于功能的系统之中。通过对军旅文学功能的认识,可以进一步加深对军旅文学性质和价值的理解。

(一)军旅文学功能的整体性

中国自古就有重视文学社会功能的传统。孔子说:"诗可以兴,可以观,可以群,可以怨。迩之事父,远之事君;多识于鸟兽草木之名。"讲的就是文学在社会生活中的价值与功能。从孔子关于诗歌的"兴、观、群、怨"说,到近代梁启超关于小说的"熏、浸、刺、提"论,再到当代的主流文学思想,我国文学理论强调文学功能的观点一脉相承、代代相传。鲁迅明确说过,他写小说是为了唤醒病态社会中不幸的人们,"意思是在揭出病苦,引起疗救的注意"。军旅文学作为文学长河中的一条支脉,它的社会功能亦为人们所重视、所强调。

西方也是如此。尽管有人不断标榜不考虑军旅文学的社会功用和效能,但实际上纯粹"为军旅文学而军旅文学"的作品是没有的。福克纳称,诗人和作家的"特殊的光荣就是振奋人心,提醒人们记住勇气、荣誉、希望、自豪、同情、怜悯之心和牺牲精神"。还有的作家虽然并不着意于军旅文学的社会功能,反对军旅文学干预社会人生,但由于军旅文学作品不可避免地传播于社会,其作品也总是在接受过程中发挥这样那样的功能。

军旅文学的功能有很多,最基本的有认识功能、教育功能、审美功能和娱乐功能,此外还有凝聚功能、益智功能、心理补偿功能等。军旅文学的功能不是孤立存在的,各种功能相互联系、相互渗透,具有整体性,体现在军旅文学对人的情感、理想、信念、道德、人格等方面潜移默化的影响。

优秀的军旅文学对于人的全面发展,对于陶冶情操、鼓舞士气、提升境界,有着不可替代的特殊作用。对一个民族和国家来说,军旅文学繁荣与否,实际上是其文化"软实力"强弱的一种表现。伟大的军旅文学作品,从来就是一个国家和民族的骄傲与灵魂。从我国先秦的《诗经》、楚辞到汉赋、唐诗、宋词、元曲以及明清小说,从五四运动时期兴起的新文化到新中国成立以来的社会主义文艺,特别是改革开放以来大量的优秀作品,艺术家们创造的形式多样的优秀军旅文学艺术,描绘了我国人民壮阔而又艰辛的奋斗历程，展示了我国人民细腻而又丰满的艺术情趣，记录了我国人民充实而又多彩的社会生活，是中华文明的瑰宝，是我国人民几千年来克服艰难险阻、战胜内忧外患、创造幸福生活的强大精神力量。每一个中华儿女都为我们伟大的民族拥有这样源远流长、博大精深的优秀军旅文学作品而感到自豪。

（二）军旅文学的认识和教育功能

在人类漫长的发展历史中，军旅文学给予人的认识作用和教育作用很大，不仅提升了人的思想境界，而且促进了人类社会的发展。

1. 军旅文学的认识功能

军旅文学的认识功能，是指军旅文学具有帮助人获得社会和人生知识，加深对人和社会理解的功能。军旅文学是社会、历史和人生的"百科全书"，是人们获得间接知识的重要渠道。车尔尼雪夫斯基指出：艺术的目的就是在缺乏为现实所提供的最完美的审美享受的场合，尽力之所能再现这个可贵的现实，为了人的福利而解释生活；就让艺术满足于它的崇高而美丽的使命：当现实不在眼前的时候，在某种程度上代替现实，并且给人作为生活的教科书。

军旅文学可以帮助人们观风俗、晓人情。历史学家翦伯赞曾深有体会地说过：像诗歌、小说之类的军旅文学作品，"不但不破坏史料的真实，反而可以从侧面反映出更真实的史料"。军旅文学给人提供的知识，绝大部分是人文与社会科学方面的，其根源就在于它是生活的反映，并且它表现的是以人为中心的社会内容。通俗地讲，看了军旅文学作品，人们便知道了"别人"的某些生活方式、相关的自然面貌、社会环境以及在此环境中人的命运等，从而引发思考，有所收益。

当然，军旅文学的认识功能不同于哲学、科学的认识功能。军旅文学作为一种艺术，不仅要再现生活，而且要高于生活。这就决定了军旅文学的认识功能主要不在于探求客观真理，而在于用艺术的形式实现对人与世界关系的把握。因此，我们不能把军旅文学的认识与哲学、科学的认识混同起来。军旅文学的"认识"有自己的特点，它不是概念化和抽象的。比如，军旅文学所有的知识因素都蕴含于形象与情感深处，比较含蓄，须经过思考和品味才能感受到。这种经由思考品味得到的对人生经验、社会规律的认识，往往又由于人的阅历不同而呈现多样化和富于开放性，这与哲学和科学的认识所需要的概念的明晰性与确定性，是有一定距离的。

就作家方面来说，军旅文学的认识功能是通过作家在饱含情感的审美状态中进行军旅文学创作来实现的。歌德说过："只有在他感到欢喜或苦痛的时候，人才认识到自己；人也只有通过欢喜和苦痛，才学会什么应追求和什么应避免。除此以外，人是一个蒙昧物，不知道自己从哪里来，向哪里去，他对世界知道得很少，对自己知道得更少。"这段话揭示了军旅文学认识功能是在审美知觉、情感状态下发生和实现的这一特点。当然，并不能够由此而以为，只有在军旅文学的审美情感冲动中，人才能对世界和自我有所认识。

就读者方面来说，军旅文学的认识功能是通过读者的审美活动和获得的阅读体验来实现的。由于军旅文学展示世界的方式具体、细致和心灵化，所以，对人的认识作用也往往直观和深入。军旅文学用艺术形象来反映、表现社会人生。尤其是现实主义的作品，能够提供特定社会生活的具体生动的完整画面，能使读者在犹如身临其境的状态中认识自己熟悉的或未曾亲历过的人生图景。这种认识不一定具有社会科学的系统性，却具有社会科学所没有的实在性、生动性、形象性。

这里还要强调，优秀的军旅文学作品往往能够透露出社会变革的信号，其认识意义常常在于能把某一时代的特定历史内容从艺术上加以吸收和改造，从而概括出时代的本质。作家往往能用敏锐的艺术感，让不易觉察的东西被觉察，让习以为常的东西显得不凡，让不被注意的东西引人思索，让人们在生活的量的缓慢积累中认出质的变迁。

2. 军旅文学的教育功能

军旅文学不仅有认识功能，而且有教育功能。军旅文学的教育功能是指军旅文学作品具有影响思想情感、净化心灵世界、增强生活勇气和信心的功能。广义地讲，军旅文学的教育功能还包括军旅文学具有政治的、社会的、伦理道德的启蒙和教化功能。

军旅文学的教育功能，实质上就是一种提升和净化人的心灵的功能。正是在这一意义上才可以说，军旅文学是疗治社会与心灵的良药，它使人向"完整的人"和"丰富的人"的方向迈进。我们强调军旅文学的教育功能，目的就是要使作家和读者都产生社会责任意识和自我增强意识。因为作家在军旅文学作品中，总是寄托一定的社会理想与审美观念，表现出自己对生活的态度与评价。一个优秀的作家要通过自己的军旅文学作品，向读者展示什么是好的，是值得赞美的；什么是坏的，是应该批评的人生态度和军旅文学观念。

从一定意义上看，军旅文学是人类生存、活动、交往和展示自己的充满情感的"教科书"。军旅文学的教育功能表现在道德、伦理、教化、政治、美育、人生等多个方面。它可以"补察时政""泄导人情"；可以"托事以讽""有补于国"。这是由军旅文学的社会意识形态属性所决定的。

我们强调军旅文学的教育功能，但要防止片面性。很多持有启蒙立场的作家，都自觉地视军旅文学为劝谕和教训的工具。伏尔泰就认为："名副其实的悲剧乃一所道德学校。纯戏剧与道德课本的唯一区别，即在于悲剧中的教训完全化作了情节。"这是一种纯粹从道德意义上看待军旅文学的观点，有其片面性。

历史上，有的道学家由于过于突出军旅文学的道德教育功能，导致一些军旅文学流于说教。鲁迅曾在批评宋代某些小说时说："宋时理学极盛一时，因之把小说也多理学化了，以为小说非含有教训，便不足道。但文艺之所以为文艺，并不贵在教训，若把小说变成修身教科书，还说什么文艺。"也就是说，一味地强调道德教化功能，对军旅文学作品的自由想象会起到阻碍的作用。重要的是，军旅文学作品的任何教育功能都必须通过军旅文学的审美和娱乐功能去实现。"在今天，把看戏当作单纯的消遣的观众是极少了，但戏剧对人的教育究竟和上政治课不同，它不应当是耳提面命，而应当是潜移默化的，要是简单地了解戏剧的教育作用，不顾人们美的享受和娱乐的需要，使戏剧成为干巴巴的说教，结果难免脱离群众。"

应当明确，军旅文学的道德教育与一般的道德教育是有区别的。军旅文学借助人物形象赋予道德内容，除了要对道德进行美感审视以外，还须将道德理性成功地情感化，并使之转变为形象，这涉及一些重要而复杂的创作环节。但转化之后，道德的说服力就由直接变为间接，由急切的规约变为潜在的感化，也只有这样，军旅文学的道德教育功能才能很好地实现。

还要看到，道德是一个历史范畴，具有时代性。军旅文学作品要想通过打动读者实现一定的道德教育目的，就要求它对道德的历史性和时代局限性有审视能力。

军旅文学的教育功能与军旅文学表现的内容相一致。爱国主义教育是军旅文学作品的一个永恒主题。我国历代诗人、作家，描绘祖国河山的壮丽，人民的勤劳，歌颂抵抗异族侵略、为国家民族自由独立而献身的英雄，表达对人民、对民族光荣历史的挚爱，以及对未来美好理想的追求，就是军旅文学中爱国主义的集中表现。在国家有难、民族存亡危急之秋，军旅文学常常自觉地担负起唤醒民众爱国热忱的重任，表现出诗人强烈的忧患意识和爱国主义倾向，以至后人在谈到中国古代军旅文学的爱国传统时，会不由自主地想到陆游、辛弃疾、文天祥这些彪炳史册、光耀千古的名字。

军旅文学的教育功能植根于军旅文学与生活之间的内在联系，主要有两方面。一方面在于，军旅文学反映和表现的对象本身具有教育意义，另一方面在于，军旅文学对生活的反映和表现中渗透着作家爱憎臧否等思想感情倾向，自然成为一种对读者的影响力和吸引力。前一种根源好理解，因为只有作品中有了令人敬佩的英雄，才会产生英雄式的榜样和示范的作用。没有这样的英雄或英雄故事，就很难产生这样的教育作用。后一种根源，则主要是由作家的主观价值取向因素造成的。契诃夫说过："凡是使我们陶醉而且被我们叫作永久不朽的，或者简单地称为优秀的作家，都有一个非常重要的共同标志：他们在往一个什么地方走去，而且召唤您也往那边走。"如果读者真的这么去做了，那么他的思想行为便会发生改变，军旅文学的教育功能也就成为一种现实。

军旅文学的教育功能必须同军旅文学的其他功能结合起来，才能更好地发挥积极的作用。军旅文学的教育功能有大有小。军旅文学教育功能的大小，一般取决于形象本身所体现的社会意义和思想情感倾向，同时，也取决于接受者的诸种条件。军旅文学的教育功能，往往因人而异，不可强求一致，而且，这种功能也是潜移默化、润物无声地发生作用的。

（三）军旅文学的审美和娱乐功能

军旅文学除了有认识功能和教育功能，还有审美功能和娱乐功能。

1. 军旅文学的审美功能

军旅文学的审美功能，是指军旅文学具有沟通军旅文学活动中主体与客体的美感和情感需求，使人获得精神对现实的超越、实现审美理想，推动促进个性和才能的自由而全面发展的功能。军旅文学的审美功能，是由军旅文学的审美本性决定的。作为一种语言艺术，军旅文学主要是为了满足人的审美需求而存在和发展的。因此，从根本意义上讲，审美是军旅文学最基本的功能。

军旅文学作品能满足人的审美需要，其原因在于它是作者按一定的审美理想和美的规律对来自现实生活中的素材加工改造的产物。当人们欣赏军旅文学作品的时候，就会获得更为强烈、更为丰富、更为深刻、更为迷人的审美感受，就会得到更大的精神上的愉悦和满足。军旅文学审美功能对提高人的审美能力、丰富审美情趣、健全审美观念、升华精神境界、优化心理结构，发挥着十分重要的作用。

军旅文学的审美功能具有历史性，是一个历史的范畴。这是因为军旅文学审美意识和审美心理的特征不是固定不变的，而是发展变化的。由于审美在本质上是自由的、变化无穷的，因而也就决定了军旅文学审美功能在历史上是多种多样的，决定了军旅文学审美功能，在不同时期和不同的人群中，会有不同的表现。

军旅文学的认识、教育、审美和娱乐功能的区分，只是从相对的意义上讲的。实际上，它们并不截然分离和单独发生作用。军旅文学的各种功能是相互关联着的，有时候相互促进，有时候相互冲突，有时则相互转化，共同构成了一个繁复的军旅文学功能系统。在与受众的关系上，军旅文学的审美功能往往发挥更直接的作用。这可以从两个方面加以理解：一方面，军旅文学的审美功能实际上是军旅文学实现其他功能的中介。因为无论是认识、教育功能，还是娱乐及其他的功能，在军旅文学中都是通过受众不同程度的审美体验才能得以实现的。军旅文学提供给受众的不是抽象的概念系统，而是动人的情感世界和具体的军旅文学形象，这就内在地决定了受众从一开始就必须采取与之相适应的美感接受方式。这样，审美就成了受众把握军旅文学形象及思想内涵的主要通道，成了将作者对人生的体验和感悟转化为受众精神财富的必经之途。另一方面，军旅文学的审美功能，又是以情感为中心的整体性概念，它是军旅文学各种功能协调统一的重要条件。军旅文学的审美功能不仅表现在其他各种功能在内容上都渗透和蕴含着情感体验的审美因素，具有审美的意义与特征，而且表现在其他各项功能都统一于审美，都要以审美为旨归。

2. 军旅文学的娱乐功能

军旅文学的娱乐功能指的是军旅文学可以给人带来身体快适、心情愉悦、精神自由的功能。

军旅文学娱乐功能的主要特点是，让接受者产生生理和心理的快乐感。军旅文学的娱乐功能和军旅文学的认识、教育和审美功能，不仅不矛盾，而且是相互贯通、相互影响的。周恩来曾指出，文艺的教育作用和娱乐作用是辩证统一的，"群众看戏、看电影是要从中得到娱乐和休息，你通过典型化的形象表演，教育寓于其中，寓于娱乐之中"。读者阅读一首诗歌或一部小说，主观动机并不在于直接获取某一门类的知识，也不是为了接受作家的训诫，而往往是为了获得身心的愉悦和心理的满足。作家在创作中也存在游戏、娱乐的动机。鲁迅在谈到小说起源时，曾说："至于小说，我以为倒是起于休息的。人在劳动时，既用歌吟以自娱，借它忘却劳苦了，则到休息时，亦必要寻一种事情以消遣闲暇。这种事情，就是彼此谈论故事，而这谈论故事，正就是小说的起源。"可见，军旅文学在它的源头上，就与娱乐有着不解之缘。

在军旅文学的功能系统中，娱乐功能的含义是多方面的。

第一，它具有生理满足的意义，并主要是一种想象化的满足。一般来说，富于细节的生活体验的真切表达，就能达到这种效果；巧妙地运用形式因素，通过和谐的音韵、节奏、幽默俏皮的语言、引人入胜的结构等，也能产生这种效果。朱光潜说过："我们作诗或读诗时，虽不必很明显地意识到生理的变化，但是它们影响到全部心境，是无可置疑的。就形式方面说，诗的命脉是节奏，节奏就是情感所伴的生理变化的痕迹。人体中呼吸循环种种生理机能都是起伏循环，顺着一种自然节奏。以耳目诸感官接触外物时，如果所需要的心力，起伏张弛都合乎生理的自然节奏，我们就觉得愉快。"

第二，军旅文学的娱乐功能有着益智的特点。那些注重娱乐功能的成功作品，往往建立在某种独特的生活"技能"层面之上，展示一种接近甚至超过专业水平的技能，如武术、侦探、推理、谋略、车技、棋艺、画法等，这是娱乐益智的重要内容。在描述这些技能的过程中，军旅文学作品也为人提供了耐人推敲、品味的想象空间。而心智的调动，则是高层次娱乐的标志。某些武侠小说之所以获得一定的军旅文学地位，既与其"俗中有雅"的特点，以及厚实的文化背景有关，也与其武侠、武艺方面的娱乐益智性赢得广大读者喜爱有关。

第三，军旅文学的娱乐功能最终应该指向高雅的格调。军旅文学娱乐性最根本的成因，还是在于军旅文学能够引起人的美感。如果始终徘徊于生理和心理的浮泛满足，军旅文学作品便会堕入哗众取宠、令人生厌的境地。

军旅文学的娱乐功能有助于军旅文学其他功能的实现。军旅文学价值的实现不能靠强制的手段。所以，好的军旅文学作品常常是"寓教于乐"，就是把军旅文学的教育功能渗透在娱乐功能与审美功能当中，如通过富有吸引力的人物形象和故事情节使人获得认识，受到教育。古罗马的贺拉斯说过："诗人的愿望应该是给人益处和乐趣，他写的东西应该给人以快感，同时对生活有帮助。……寓教于乐，既劝谕读者，又使他喜爱，才能符合众望。"美国现代文论家韦勒克、沃伦在《文学理论》一书中，据此也进一步指出："我们在谈论艺术的作用时，必须同时尊重'甜美'和'有用'这两方面的要求。"在大众文学和通俗文学中，娱乐功能占有突出的比重，在军旅文学中也是如此。

这里需要注意的是，军旅文学作品的娱乐性与军旅文学作品的严肃性，并不是截然对立的。经过恰当的艺术处理，娱乐性完全可以寓于严肃性之中。军旅文学的娱乐性与严肃性巧妙结合乃至水乳交融，恰好是一种精湛的艺术境界。

在市场经济条件下，那些市场化的写作往往把军旅文学的娱乐性表现得淋漓尽致。一方面，军旅文学的娱乐功能发挥得越充分，人们对娱乐功能的要求也就会越强烈；另一方面，读者对娱乐性军旅文学作品的追捧，势必使军旅文学的娱乐性越发突出。但是，军旅文学绝不能只有娱乐功能。只有娱乐功能的军旅文学，严格说来只能算作"准军旅文学"或粗劣之作。这种作品不会成为军旅文学的精华，也不会成为军旅文学的主体。军旅文学的"娱乐过度"，是有害于创作和接受的。中外已有理论家提出"娱乐至死"的问题，认为如同使军旅文学成为一个"文字狱"一样，若使军旅文学成为一场"滑稽戏"，同样是会让军旅文学的文化精神迅速枯萎的。因此，任何时候，军旅文学都不应该忘记它应有的精神内涵与终极关怀，都不应该忘记它应有的审美取向和道德底线。只有这样，军旅文学的各种功能才能相得益彰，发挥出应有的作用，为满足人民群众的精神文化生活服务。

思考题：

1. 什么是军旅文学？军旅文学有哪些基本特征？
2. "军旅文学"概念的形成大致经历了哪几个主要阶段？
3. 简述军旅文学的形成和发展过程。
4. 如何正确认识军旅文学的价值取向？
5. 为什么说军旅文学的真、善、美价值具有辩证统一性？
6. 军旅文学的教育功能主要表现在哪些方面？
7. 怎样看待军旅文学的审美和娱乐功能？

第二章

军旅诗歌鉴赏

学习提示：本章主要介绍了军旅诗歌的发展、军旅诗歌的独特风格、鉴赏方法以及中外经典军旅诗歌作品。通过学习，学员应明晰中国军旅诗歌的发展线索，了解中外军旅诗歌的代表作品，掌握军旅诗歌的审美特征和鉴赏方法。

自人类诞生以来，战争就作为一种最尖锐、最惨烈、也最为惊心动魄的对抗形式存在着。而在一切战争中必然倾注着军队和军人最高的智慧和最强大的精神。这些智慧和精神凝聚而成的军魂，又在各民族一代又一代的军人身上传承与积淀着，也在卷帙浩繁的历史文化典籍中保存着，从而构筑成一个国家或一个民族的精神脊梁。军旅诗歌正是体现这种军魂的重要载体之一。

第一节 军旅诗歌基本知识

军旅诗歌以其独特的内涵、独具的思想意义、美学价值及艺术魅力，成为中外诗歌中一个重要的组成部分，一道特殊的风景。军旅诗歌是以军事生活为主要表现对象的一种特殊题材的诗歌样式。其最主要的特征就是以军事、军队为主，涉及军事行动、军事问题、军人的思想情感。军事行动包含战争、战斗、演习等，军事问题包括人们对战争的看法及态度、对军队中出现的问题的揭示等。需要提及的是，词是诗歌的一种特殊形式。我们在后文的古代军旅诗歌讨论中，包括了军旅词作而不再单独分类。

一、军旅诗歌的滥觞与发展

军旅诗歌的发轫由来已久。人类数千年的历史，政权更替、分分合合，注定了战争频繁、攻伐兼并不断。因而，自从诗歌这种文学体裁诞生之时，就出现了反映战争的军旅诗歌作品。在中国文学史上，军旅诗歌的发展大致经历了这样几个阶段。

（一）军旅诗歌的滥觞

《诗经》是我国最早的一部诗歌总集，也是我国军旅诗歌遥远的源头。《诗经》中的军旅诗约有20多首，既描写了兵士们热爱和平、慷慨卫国的英雄气概，如《秦风·无衣》；也表现了战争带给人们的痛苦及人民对不义战争的憎恨与谴责，如《邶风·击鼓》《王风·君子于役》等。尽管军旅诗只是《诗经》中的一小部分，但她能独树一帜，以独有的方式开创了中国军旅诗歌的先河，为我国军旅诗歌的发展奠定了坚实的基础。

（二）古代军旅诗歌的发展

两汉时期，是我国军旅诗歌发展的重要时期。

这一时期涌现出的很多军事将领为后世军旅诗提供了源源不断的题材和精神动力。如被匈奴扣押19年而其志弥坚的苏武及飞将军李广。汉乐府中军事题材的民歌，则生动地反映了长期征战给人民带来的深重苦难。

魏晋时期，战乱频仍。多有军旅生活经历的建安文人创作了较多的军旅诗歌。曹操的《苦寒行》、王粲的《从军行五首》是这类题材的代表作品。而曹植的《白马篇》则无疑是建安军旅诗中的杰作。可以说，建安时期是文人创作军旅诗的开端。魏末两晋的军旅诗作品多是模拟之作，艺术创新不多。

南北朝时期，动荡的社会现实为军旅诗的发展准备了必要的社会条件。

典型的军旅诗是以鲍照、吴均为代表的下层文人的边塞作品。寄托了诗人立功边塞的志向，表达了人们渴望国家统一的愿望，具有慷慨激昂的感情基调。

唐代，国家空前统一，统治者不断开疆拓土，边塞战争绵绵不断，使唐代军旅诗呈现出前所未有的繁荣景象。盛唐时期，出现了以高适、岑参、王昌龄和李颀为代表的边塞诗派，表现从军出塞，反映唐朝各民族交往和塞上风情，抒发报国壮志，呐喊反战之声，全面深刻地描绘出文人从军、将士赴边的生活内容和情感体验。浪漫主义诗人李白一生也写下了大量的边塞军旅诗，如反映唐王朝抵御外侮的正义战争的《塞上曲》；身处唐朝由盛转衰的杜甫则创作了《兵车行》《哀江头》、"三吏""三别"等同情人民疾苦、反对战争的军旅诗歌。

可以说，在中国古代军旅诗史上，唐代是一座丰碑。唐代军旅诗歌是后代军旅诗人所追慕效法的范例，其影响甚为深远。

两宋时期边战频繁，为军旅诗的创作提供了必要的条件。但宋朝廷先偏安江南，后亡于蒙古，因而这一时期军旅诗创作的主体大多缺乏唐人自信乐观的精神和奋发有为的理想，军旅诗数量也大不如唐代。值得注意的，是富有"血性"的将帅诗人范仲淹、岳飞、陆游、辛弃疾等的抗战诗词。

辽金元时期，统治者为少数民族贵族，军旅诗作者也多为少数民族诗人。如元好问、耶律楚材、萨都剌等。他们对异域风光有着独特的亲切感，故其诗作风格多瑰丽奇特。

明代，由于统治者加强对思想和文化的专制，诗坛缺少有活力的诗歌，有成就的军旅诗家也寥寥可数。著名抗清将领陈子龙、夏完淳的军旅诗作悲歌慷慨，笔力豪健，格调雄浑。

清代，大规模、全方位的殖民主义入侵严重地威胁到中华民族的生存空间，爱国救亡成为军旅诗压倒一切的时代最强音。吴伟业的《临江参军》、王夫之的《杂诗》堪称军旅诗的代表作，气势有如盛唐之风。

（三）近现代军旅诗歌的发展

1. 近代军旅诗歌

从1840年鸦片战争至1919年五四运动前夕的80年间，资本主义列强发动了一次又一次罪恶的侵略战争，给中华民族带来了深重的灾难，也激发了中华民族抗敌报国、救亡图存的爱国主义激情。中国近代军旅诗歌以史诗般的画卷记载了中国人民反帝反封建的斗争，形象地再现了东方睡狮的痛苦、觉醒与反抗。其中，极具代表性的作品或讴歌身先士卒、血洒战场的将帅，如张维屏的《三将军歌》、朱琦的《关将军挽歌》、黄遵宪的《冯将军歌》；或反映人民反抗侵略的英勇斗争，如《三元里》（张维屏）；或传达爱国志士匡扶社稷的心声，如《黄海舟中日人索句并见日俄战争地图》（秋瑾）。

2. 现代军旅诗歌

现代军旅诗歌发端于五四运动前后。军旅诗歌继续呈发展的态势，作者面更为广泛，既有现代军人和广大群众的热情创作，也有诗人的高声吟唱，更有革命烈士和领袖人物的壮怀抒吐。

20世纪20年代，在红军部队和苏区群众中出现了"红色歌谣"。30年代至40年代发展为抗战诗。抗日战争时期，外族的入侵激发了诗人们同仇敌忾的豪迈之气。这一时期，军旅诗歌极度发达。抗战时期至1949年，现代军旅诗走向成熟，其标志是长篇叙事诗的问世和战歌诗体的形成。艾青的《吹号者》、公木的《岢岚谣》、方然的《邓正死了——献给一个诚朴的灵魂》堪称长篇叙事诗的代表。最值得一提的是，这一时期出现了一种后来长久影响军旅诗创作的"战歌体"诗歌形式。田间的《假使我们不去打仗》《给战斗者》是"战歌体"诗的杰出代表。叶挺的《囚歌》、陈然的《我的自白书》，陈毅的《梅岭三章》，以及毛泽东大量反映战争生活的诗词作品，都是这一时期军旅诗歌的代表之作。

（四）当代军旅诗歌的发展

当代军旅诗是现代军旅诗的合理延伸与发展。当代军旅诗歌的60年历程与中国当代文学发展的脉络大体合拍。如果省略军旅诗歌基本停滞乃至荒芜的"文革"十年来划分的话，大致可以分为"文革"前十七年（1949—1966）、20世纪80年代、20世纪90年代以及21世纪四个阶段。

1."文革"前十七年的军旅诗歌

本时期的军旅诗人主要由三部分构成。一部分是1949年之前就已经成名的诗人，如郭沫若、艾青等；一部分是1949年以前开始创作而成名于50年代的诗人，包括郭小川、闻捷和贺敬之等；另一部分是新中国成立后走向诗坛的青年诗人，他们绝大部分来自部队，是新中国的第一代军旅诗人，以未央、张永枚、柯原、胡昭、公刘、白桦等为代表。未央的诗集《祖国，我回来了》、柯原的《一把炒面一把雪》都是代表之作。

这一时期，最具有创造精神的诗人是郭小川和贺敬之。郭小川致力于创造一种基本整齐且富于变化的长短句式的诗体，使叙事诗也极富有诗化特征。长篇叙事诗《将军三部曲》《一个和八个》充分体现了这一特点。贺敬之总是热情关注社会重大问题，对祖国的命运和新中国的建设表现出极大的政治热情。他的政治抒情诗在当时产生了强烈的社会影响，如广为流传的《回延安》《雷锋之歌》。

真正使当代军旅诗歌艺术臻于成熟和规范的是李瑛。他善写和平时期的战士，通过站岗、巡逻、行军等平凡生活中不平凡的发现，表现近于神圣的责任感、自豪感、爱国主义精神和英雄主义气质。把艺术和政治的均衡关系处理到了极致。诗集《战场上的节日》《静静的哨所》极具有代表性。

2.20世纪80年代的军旅诗歌

1980年，《解放军文艺》开辟的"战友诗苑"专栏荟萃了老、中、青三代军旅诗人的作品，拉开了新时期军旅诗歌革命的序幕。80年代中、后期开始，军人的人性觉醒导致了军旅诗人抒发感情方式的根本变化，军旅诗人以不同的方式呈现了自己非常个性化的诗歌体验与追求，程步涛、杜志民、马合省、贺东久、陈云其、刘立云等人，在开掘军旅生活更新的领域和更深的层面方面，都做出了自己的努力和贡献，并且顺利地汇入了新时期当代诗歌的潮流之中，形成了一支不可忽视的队伍，包括简宁、蔡椿芳、师永刚、史一帆、王鸣久等，而以辛茹、阮晓星、张春燕等为代表的一批女军旅诗人则以全新的女性意识成为女性诗歌的主要代表。

3. 20世纪90年代的军旅诗歌

20世纪90年代以来，市场经济对文学阵线的冲击，在军旅诗人身上也得到了相当程度的表现：模拟之风盛行，很多军旅诗人在"英雄颂唱"的效仿中丧失自己，在"李瑛模式"的效仿中迷失自己，在现代的迷宫里抛却自己。

4. 21世纪的军旅诗歌

自21世纪以来，由于外部环境的变化，如部分部队优秀诗人的断档和流失，部队体制对军旅诗歌不够重视等；以及内部环境的制约，如军事现代化进程加快，军旅诗人知识层面面临新的挑战、军旅诗歌自身发展面临先天的局限性，新时期的军旅诗歌总体状况略显萧条。在极为窘迫的生存环境中，依然有一批诗人坚守在军旅诗歌的阵营当中。这批诗人主要包括四个群落。第一个群落由李瑛、朱增泉、程步涛等为代表的老诗人组成，他们的创作既体现了现实主义写作传统的传承，也有现代意义上的全新思索。第二个群落包括刘立云、王久辛、辛茹、姜念光等中间诗人，他们的创作从整体上呈现出思想内容及艺术手法的丰富性。第三个群落是以董玉方、温青、黄恩鹏、周承强等为代表的一批优秀的青年军旅诗人，以对军人心灵的内在开掘和揭示，用反思和审视的眼光来观照军人人性的复杂性，为当代军旅诗写作提供了文本价值参考。第四个群落是以朱秀海、喻林祥等为代表的军旅旧体诗词创作群。从整体上来看，他们的创作呈现出既向古典传统回归，同时亦体现出时代创新性的特征。

在对中国军旅诗的发展历程进行了一番简单的扫描之后，我们了解一下军旅诗歌的艺术风格。

二、军旅诗歌的独特风格

军旅诗歌具有广阔而丰富的内容：或刻画战火硝烟中金戈铁马、刀光剑影的激战场面，歌颂将士们冲锋陷阵、以身许国的壮志豪情；或描绘绝塞大漠、冰雪朔风的战地风光，或抒发诗人投笔从戎，渴望建功立业、报效国家的迫切心情；或揭露统治者穷兵黩武、边将腐败无能的黑暗现实；或表现戍边将士思念故乡、怀恋亲人的痛苦心情；或倾诉对净洗甲兵、和平安宁生活的热切渴望。

军旅诗歌题材的特殊性，决定了它独特的艺术风格。军旅诗歌的独特风格有多种体现，这里主要介绍三点。

（一）爱国主义——军旅诗歌的情感诉求

说到军旅诗歌中的爱国主义情感，我们不妨先从"国"字讲起。"国"最早写作"或"，读作"yù"，收录在《说文·戈部》："或，邦也。从口，戈以守其一。一，地也。域，或，或从土。"戈是武器，象征着军队、军人，"口"代表城邦，"一"表示土地。军人手持武器守卫着城邦和土地，就是"国"。这个字的构造体现出军人和国家的不可分离，体现出军人的天职就是保家卫国。军人的这一神圣使命，注定了军人的首要品质就是热爱祖国。作为历代军人的心声，军旅诗歌虽然产生在不同的历史时期，具有强烈的时代性，但从思想内涵的取向看，都高扬着爱国主义主旋律。

爱国主义是一个发展着的概念，不同时代有不同的内涵。在动乱的年代里，在民族危亡、国土惨遭蹂躏、百姓生灵涂炭的时刻，军旅诗作中爱国主义精神的重要体现之一是对民族前途、人民命运的深切忧虑，如岳飞"靖康耻，犹未雪，臣子恨，何时灭"的悲愤难平，张元干"底事昆仑倾砥柱，九地黄流乱注？聚万落千村狐兔"（《贺新郎·送胡邦衡待制赴新州》）的抢天呼地，谭嗣同"四万万人齐下泪，天涯何处是神州"（《有感一章》）的扼腕悲叹；二是对祖国生死不渝的忠贞气节。文天祥《正气歌》中"为严将军头，为嵇侍中血,为张睢阳齿,为颜常山舌"四句诗中所指的严颜、嵇绍、张巡、颜杲卿,可谓这一精神的光辉典范。军旅诗歌中处处激荡着这类英雄为了国家民族的利益而慷慨赴死、要以自己的血肉铸成新的长城的怒吼与呐喊。

而在国家相对稳定、人们安居乐业,无外族入侵之痛、无大厦将倾之虞时,这种爱国主义则表现为强烈的忧患意识,以及对国家安定与繁荣的强烈的责任感与使命意识:"慨然抚长剑,济世岂邀名。在昔戎戈动,今来宇宙平。"(唐·李世民《还陕述怀》)"向北望星提剑立,一生长为国家忧。"(唐·张为《渔阳将军》)

正是这种高昂的爱国主义精神,构成了军旅诗歌作品的主旋律,千百年来激励着无数仁人志士前赴后继,为国家民族的繁荣强盛不懈奋斗!

(二)英雄主义——军旅诗歌的价值追求

英雄主义是贯穿古今中外军旅诗歌的最重要的价值追求。英雄主义是指杰出人物为了完成具有重大意义的任务而表现出来的英勇顽强、自我牺牲的气概和行为。军旅诗歌中处处洋溢着一种壮怀激烈的英雄主义精神。它内在地导源于人类生命意识的底层,蕴藏着极为丰富的人文意义及美学内涵,同时也标示出军旅诗歌创作的审美追求和价值取向。

军旅诗歌英雄主义的价值追求主要体现在三个方面。

1. 崇拜伟力

军旅诗歌中充满了对征服者伟力的崇拜。不论是古巴比伦人民对英雄吉尔加美什以超凡力量战胜邪恶的林怪、消灭食人兽天牛,给人民带来幸福安宁的歌颂,还是古代中国项羽"力拔山兮气盖世"(《垓下歌》)、刘邦"威加海内"(《大风歌》)的自我称许,都体现了这种意识。

人们对于英雄伟力的崇拜更多地倾向"精神之力"。从荆轲"风萧萧兮易水寒,壮士一去兮不复还"的悲壮,到关天培血战炮台化身烟尘(朱琦《关将军挽歌》)的惨烈……一座座丰碑无不昭显着人类出生入死、百折不回、一切威压不可夺其志的精神高标。

无论是对于自然体魄之力的崇拜还是对于精神之力的崇拜,人类都将对于英雄之力的崇拜转向了人类的内部,从而使得对于"力"的崇拜升腾为一种人类自身的英雄意识,从而使对于"力"的崇拜拥有越来越强烈的人文内涵。

2. 尚武精神

对"力"的崇拜,生成了人类历史上慷慨赴死的尚武精神,这是英雄主义的心理基石。战争是残酷的,极具有破坏性;战争又是雄阔的,具有激励性,每一个民族要力求生存,必须主动地或者被动地投入或者卷入战争。面对战争中必然出现的死亡和牺牲,英雄们都有一个相同的生命"处置"方式:敢死轻生,舍生取义。他们希冀个体生命在"马革裹尸"的悲壮中实现人生的真正价值,达到精神上的永恒和不朽。"愿得此身长报国,何须生入玉门关"(戴叔伦《塞上曲二首》其二)的视死如归,"孰知不向边庭苦,纵死犹闻侠骨香"的昂扬激越(王维《少年行四首》之一),"堂堂好男儿,最好沙场死"(黄遵宪《军中歌》)、"捐躯赴国难,视死忽如归"(曹植《白马篇》)的慷慨豪迈,都充分体现出"敢死轻生"的尚武精神。

3. 悲壮之美

悲壮是英雄主义表达的审美特质,也标志着军旅诗歌作品中悲剧英雄的精神特征。具体体现为悲剧主人公面对强大的敌对势力,并不因可能产生的悲剧结局而退缩,而是表现出勇敢的抗争和无畏的勇气,在显示了对敌对势力的巨大冲击力之后,走向毁灭,同时又从毁灭中获得永生,犹如凤凰涅槃。这是一种壮烈的刚强的悲。屈原笔下那些"带长剑兮挟秦弓,首身离兮心不惩"的楚军将士,虽然战死沙场、身首分离却依然紧握武器,至死不忘英勇杀敌、保家卫国的神圣使命,堪称鬼中豪杰,正是这种悲壮美的典型体现。

(三)阳刚之美——军旅诗歌的审美特征

中国美学史上,历来有阳刚之美与阴柔之美的区分,刚柔并存,两美并尊,而军旅诗歌则以阳刚之美为主导倾向。翻开军旅诗作,我们看到的常常是这样一些形象画面:辽阔苍凉的"边关"、激烈鏖战的"沙场",粗犷的地域样态，虎啸剑鸣的边关意象，携带着深重的壮烈与苍劲。

阳刚之美的审美对象或以形态上的巨大威严，或以力量的雄健威猛，或以时间上的迅猛急促，造成某种威慑和震撼，唤起人们"高山仰止，景行行止"的崇敬，激发人们昂扬的意志力量和奋斗精神，使人获得特殊的审美感受。如"力拔山兮气盖世"的宏阔大气、"马作的卢飞快，弓如霹雳弦惊"的迅猛急促、"待从头，收拾旧山河，朝天阙"的壮怀激烈，——这些，堪称阳刚之美的典范。这种阳刚之下蕴含的正是那种向往战斗、勇于挑战的生命精神。军旅诗歌中并不排斥优美与柔情。但是，它的主要审美形态则是阳刚，以及崇高与阳刚之美的主调之下那种浓烈的进取热情、强者雄心。

三、军旅诗歌的鉴赏方法

军旅诗歌打上了鲜明的时代印记，具有特殊的表现对象及独特的审美风格，我们在阅读鉴赏时要紧紧结合这些要素，从不同于鉴赏一般诗歌的角度来品鉴。

（一）把握军旅诗歌的时代脉搏

军旅诗歌是时代的产物，也是最能体现国运盛衰的文学作品，鉴赏军旅诗歌时，如能对作品创作的时代背景有所了解，对理解作品的思想内容、体会作者的感情大有帮助。

比如，在鉴赏中国古代军旅诗歌时，一定要结合时代特点。盛唐是中国历史上国力强盛的时期，我们在欣赏构成"盛唐之音"要素之一的边塞诗时，会明显感受到充溢其间的高亢激越、豪迈英发的鞺鞳之声："单车欲问边，属国过居延。征蓬出汉塞，归雁入胡天"（王维）；"醉卧沙场君莫笑，古来征战几人回"（王翰）；"黄金百战穿金甲，不破楼兰终不还"（王昌龄）……。即使是艰苦战争，也壮丽无比；即使是出征远戍，也爽朗明快；即使是壮烈牺牲，也死而无悔。到了中晚唐，国势式微，诗人虽然仍保持着昂扬向上的基调，但不免夹杂着几许悲壮，几许哀惋："碛里征人三十万，一时回首月中看"(李益);"可怜无定河边骨,犹是春闺梦里人"(陈陶)。到了积贫积弱、国力衰微的宋朝,外侮不断,国难当头,军旅诗中流露出来的思想感情,就更多地体现为报国无门的愤懑:"塞上长城空自许,镜中衰鬓已先斑"(陆游);体现为功业难成、归家无望的哀怨:"燕然未勒归无计,羌管悠悠霜满地"(范仲淹)。这些诗句中尽管仍洋溢着一股爱国热情,但和盛唐时代的边塞诗相比,不免更多一丝凄凉、一份惆怅。时代不同,军旅诗的题材、主题基本类似,风格也差别不大,却分明展示了各自不同的时代特征。

(二)捕捉军旅诗歌的意象美

诗歌的构成要素是意象。诗歌的创作十分讲究含蓄、凝练。诗人往往言在此而意在彼,写景则借景抒情,咏物则托物言志。这里所写之"景"、所咏之"物",即为客观之"象",物象;借景所抒之"情",咏物所言之"志",即为主观之"意";"象"与"意"的完美结合,就是"意象"。

鉴赏军旅诗中的形象,重要的是要捕捉并理解诗歌中的意象。

为了与其所要表现的或豪壮奋发或悲凉凄楚的情感基调相吻合,军旅诗歌经常采用大量的与军事活动相关联的意象,如大漠、哨所、刀、枪、剑、旌旗、战鼓、炮火等等。如"击鼓其镗,踊跃用兵"(《诗经·邶风·击鼓》),"倚天万里须长剑"(辛弃疾《水龙吟·过南剑双溪楼》),"山下旌旗在望,山头鼓角相闻"(毛泽东《西江月·井冈山》),"我揣着爱与恨,我携着火和雷"(李松涛《云天,我的哨位》)。军事意象,构成雄豪壮阔的审美境界。

军旅诗中所描绘的自然景物意象,如大漠、黄沙、冰川、雪山、长云、疾风、巨石等等,也多呈现出一种奔腾耸峙、不可一世的气派。如岑参《走马川行奉送封大夫出师西征》一诗中所描绘的"轮台九月风夜吼,一川碎石大如斗,随风满地石乱走",如此绝域奇景,令人既惊且叹。

这种自然和军事素材的选用,都与诗句中的感情力量相配合,呈现为充满悲壮色彩的崇高美,令人为之感奋。

军旅诗歌中的意象,可以从以下两个角度来鉴赏。

其一，熟悉意象的传统色彩。诗歌中常用一种反复出现的意象来表达特定的情趣和意味，它代表了民族和人类共同的情感体验。因而，这些意象有较为固定的意义。熟悉军旅诗歌的常见意象，有助于我们对诗歌形象的理解。军旅诗中出现的大漠、黄沙、霜雪、碣石、瀚海、朔风等意象，常用来反映边关恶劣艰苦的自然条件，表现戍边生活的苦寒，反衬边地将士们的英勇无畏、豪迈乐观；金鼓、旌旗、羽书、烽火、狼烟等与战斗场景相关的意象，常用来渲染紧张激烈的战争氛围；秋月、羌笛、胡笳、琵琶，《折杨柳》《落梅花》《关山月》则常是抒情主人公情感的寄托，表现征人思乡怀亲的情怀。

其二，理解意象的特定内涵。现当代军旅诗歌较古代军旅诗歌意象的出现更为频繁，而且有着明朗的时代气息。这些诗中的意象常常具有比喻、象征意义，只有了解其特定的含义，才能准确地解读诗意。如现代军旅诗人刘立云的代表作《太阳照亮的金盔》是一首歌颂大阅兵的组诗。其中第一首《太阳的方队》的第一小节是这样的："集合起山群/集合起奔雷/集合起共和国的太阳/和太阳照耀的金盔/在时代刷新的路面和蓝天/切成四十六个方队。"诗中写的是参加检阅的四十六个方队，"山群"喻徒步方队，"奔雷"喻机械化方队，而"太阳"则指第二炮兵的导弹、核武器方队。"时代刷新的路面和蓝天"是说，我们已经走入改革开放的新时代。如果不了解这些意象的含义，就无法真正读懂诗作。

（三）感受军旅诗歌的意境美

诗歌意境是指情、理、形、神相互融合，引人联想、想象的完整的艺术境界，是一种情景交融而又虚实相生的艺术形象，是作者的创作与读者的想象共同创造的结果。诗人常通过一系列相关意象的组合，构成具有特定意义的意境。鉴赏意境就要从作者所描绘的风物、景象入手，把握作者贯穿其中的思想感情。

军旅诗歌内容的特殊性与作者自身经历的独特性，决定了作品所展现出来的独特的美学意境。军旅诗歌的审美意境主要有两种。

1. 崇高悲壮型

这类作品的基本特点表现为：写景则雄奇壮美，气势雄浑；抒情则奔腾激荡，格调昂扬，气吞宇宙；其语言往往渲染夸张，惊心破胆。就表现对象而言，常常是战争的直观描绘，如战争场面的描写，敌我搏杀的残酷无情，自然环境的恶劣等，抒发诗人的爱国深情，反映和歌颂守卫国土的将士们英勇悲壮和勇于牺牲、前赴后继的不屈精神。这类作品以屈原的《国殇》和唐代边塞诗人的部分作品为代表。

2. 苍凉凄楚型

战争毕竟是残酷的，因而反映战争给国家、社会和普通百姓包括战场上的军人带来悲惨境遇与不幸的军旅诗歌作品也随处可见。这种意境的作品其一般特征是：其景往往苍茫阔远，峭拔萧疏，其情往往曲回郁结，深沉凄咽，慷慨悲凉，语言往往不事雕琢，绝少夸张，长于以情事动人。从《诗经》中的《东山》《君子于役》到汉乐府，从曹操的《蒿里行》到王粲的《七哀诗》，杜甫的《兵车行》等许多诗作，无不如此。这些作品主要揭露了战乱给人民带来的沉重灾难，给人们带来的心灵与肉体上的双重创伤。这种"创伤"只能是苍凉凄楚。

第二节　中国军旅诗歌鉴赏

一、赏析篇目

《秦风·无衣》

岂曰无衣？与子同袍。王于兴师，修我戈矛。与子同仇！
岂曰无衣？与子同泽。王于兴师，修我矛戟。与子偕作！
岂曰无衣？与子同裳。王于兴师，修我甲兵。与子偕行！

《诗经·秦风·无衣》是《诗经》中的名篇，也是一首著名的军歌。

产生《秦风》的秦地，即现在的陕西中部、甘肃东部。商周时代，秦人以养马闻名，以尚武著称。当时的秦人部落实行的是兵制，平民成年男子平时耕种放牧，战时上战场就是战士，武器与军装由自己准备。

开篇"岂曰无衣？"是起兴句，为了引起下文与衣服相关的话语。回答是："与子同袍。"这句应理解为"与你同穿一样的战袍"。这两句诗后来成为名言。后人形容战友之情为"袍泽之谊"，即源于此。

"王于兴师，修我戈矛。""王"在诗中是国家的代号。国家要出兵了，修整好手中的戈矛。这里体现出强烈的国家民族意识、保家卫国的责任感。在这种意识的推动下，喊出"与子同仇"这一豪奇诗句。强调的是同仇敌忾、团结友爱的战斗精神。

诗共三章，后两章是第一节的同义复唱。采用了重叠复沓的形式。每一章句数、字数相等，但结构的相同并不意味着简单、机械地重复，而是不断递进、有所发展的。如首章结句"与子同仇"，是情绪方面的，说的是我们有共同的敌人。二章结句"与子偕作"，"作"是"起"的意思，这才是行动的开始。三章结句"与子偕行"，"行"是"往"之意，表明战士们将奔赴前线共同杀敌。这种重叠复沓的形式固然受乐曲的限制，但与舞蹈的节奏起落与回环往复是紧密结合的，而构成诗中主旋律的则是战斗的激情。

整首诗可以看作言辞慷慨、情绪激昂的出征誓词，自问世以来就被视为鼓舞斗志的战歌，这是它得以广泛流传的原因之一。诗的语言质朴无华，但情绪是发自内心的，所以有震撼人心的力度，这是其流传千古的另一原因。

《国 殇》

屈 原

操吴戈兮被犀甲，车错毂兮短兵接。

旌蔽日兮敌若云，矢交坠兮士争先。

凌余阵兮躐余行，左骖殪兮右刃伤。

霾两轮兮絷四马，援玉枹兮击鸣鼓。
天时怼兮威灵怒，严杀尽兮弃原野。
出不入兮往不反，平原忽兮路超远。
带长剑兮挟秦弓，首身离兮心不惩。
诚既勇兮又以武，终刚强兮不可凌。
身既死兮神以灵，子魂魄兮为鬼雄。

屈原，战国末期楚国人，杰出的政治家和爱国诗人。他是中国文学史上第一位伟大的爱国诗人，是浪漫主义诗人的杰出代表。

战国时期，楚国自怀王后期，多次为秦军所败，死亡人数动辄几万。

《国殇》就是屈原所作的一首追悼为国捐躯的将士的挽歌，选自《楚辞·九歌》。国殇，指为国捐躯的人。

作者以史诗般的笔触，真实生动地再现了楚国将士们在敌强我弱的严峻形势下奋勇杀敌、血洒疆场的壮烈画面，热情颂扬他们刚毅勇决、视死如归的英雄气概与爱国精神，表达了诗人对阵亡将士的沉痛哀悼与由衷崇敬之情。

全诗可分为两大层次。第一层次，由开头至"严杀尽兮弃原野"，主要以白描手法，直接铺叙紧张、激烈而悲壮的拼死鏖战的战斗场面：楚国将士虽有着"吴戈"与"犀甲"等精良的武器装备，在战车交驰、短兵相接的战斗中，也都表现得异常奋勇当先，置飞射如雨的利箭于不顾，但面对旌旗蔽日、敌众如云的敌强我弱、力量悬殊的严酷军事形势，其战争的悲壮与惨烈也就不言而喻。"严杀尽兮弃原野"一句，将楚国全军将士壮烈牺牲、尸横遍野的悲惨情景凸现了出来。楚国虽以惨败而告终，但由于诗人集中笔力深刻揭示了楚军将士顽强的战斗意志和豪迈的英雄气概，其着力点不在渲染战争的恐惧情绪与悲哀之情，因而读者面对悲惨的战争场面与凄惨的失败悲剧，并不感到悲哀沮丧，而是深刻感受到阵亡将士那种虽死犹荣、精神不朽的悲壮美与崇高美，从而对其产生高度的崇敬仰慕之情。

第二层由"出不入兮往不反"到结尾八句，着力描绘出为国捐躯将士们的精神世界。前两句追忆将士们远离家乡、奔赴战场时义无反顾的精神。"带长剑兮挟秦弓"两句，写阵亡将士们至死不忘英勇杀敌、保家卫国的神圣使命。最后四句，高度赞颂将士们勇武刚强、凛然无欺的顽强斗志，由衷称颂他们死为"鬼雄"。全诗以"鬼雄"二字作结，掷地有声，充分表达了诗人对阵亡将士们最为虔诚的崇仰之情。诗人的追悼之怀，歌颂之情，至此已臻极致。

《国殇》在艺术上极具特色。

第一，脉络清晰，表现主题的角度非常巧妙。前十句，主要以敌我双方力量悬殊的对比角度，描写战争的激烈与悲壮。后八句，由前面的叙事描写转为抒情与议论，表达对阵亡将士的高度赞美之情与沉痛追悼之怀。

第二，语言质朴凝练，感情深挚炽烈，风格刚健豪壮。全诗均是七言句，句式整齐，中间间以极具感情色彩的"兮"字，使诗句更富抑扬顿挫的节奏感，显得短促有力，与诗的内在精神相合，形成刚健豪壮的风格。

《白马篇》

曹　植

白马饰金羁，连翩西北驰。借问谁家子，幽并游侠儿。
少小去乡邑，扬声沙漠垂。宿昔秉良弓，楛矢何参差。
控弦破左的，右发摧月支。仰手接飞猱，俯身散马蹄。
狡捷过猴猿，勇剽若豹螭。边城多警急，虏骑数迁移。
羽檄从北来，厉马登高堤。长驱蹈匈奴，左顾凌鲜卑。
弃身锋刃端，性命安可怀？父母且不顾，何言子与妻？
名编壮士籍，不得中顾私。捐躯赴国难，视死忽如归。

曹植是曹操的第三子，是东汉建安时期杰出的文学家。曹植的创作受其身世遭际的影响分为前后两个时期。后期因身受排挤，壮志难酬，作品多表现自己备受压抑、有志不得伸的悲愤情绪。前期，诗人志得意满，作品充满了对壮烈事业的幻想和追求，对前途充满信心。乐府诗《白马篇》就是这一时期的代表作。

这首诗热情赞颂了边塞少年高超的武艺，昂扬的斗志和为国捐躯、视死如归的英雄气概，表达了诗人为国建功立业的雄心大志和忧国忘身的豪情壮志。

全诗可分四层。开头两句是第一层。首句用借代和烘托的手法，以马指代人，以马的雄骏烘托骑者的英武，不写人而人在其中。"连翩西北驰"，显示了军情的紧急，创造出浓郁的战争气氛。

"借问谁家子"以下12句，是第二层。诗一开头即写军情紧急，可接下来却以"借问谁家子，幽并游侠儿"的问答宕开，缓笔插入对这位白马英雄的描述，造成诗篇节奏上的一张一弛。幽并，指幽州和并州，是燕、赵故地，自古"多慷慨悲歌之士"。诗中写这位白马英雄是"幽并游侠儿"，以见其根基不浅。这位"少小去乡邑"的白马英雄何以能久经征战而扬名边塞？诗人接着便以饱蘸热忱的笔触描述英雄的精绝武艺。"宿昔秉良弓"两句，写他早晚弓箭不离手，射出去的箭络绎不绝，纷纷疾驰。描绘他长期坚持不懈地苦练骑射技术的情景，说明他精深的武艺并非一朝一夕之功。接下来写他过硬的骑射技术：左右开弓，仰射俯射，或动或静，箭无虚发。敏捷胜过猿猴，勇猛好像虎豹和蛟龙。诗人以高度凝练的笔墨、铺陈描写的手法，生动形象而又集中概括地交代了这位英雄的不凡来历和出众的本领。这就不仅回答了这位白马英雄是何等人物，他何以能"扬声沙漠垂"，而且为下边写他的英雄事迹做了坚实的铺垫。

"边城多紧急"以下6句，是第三层。从结构上讲，这里是紧承开头"连翩西北驰"的，既是"西北驰"的原因，也是"西北驰"的继续。从内容上讲，是把人物放在严酷的战争环境中来塑造。"边城多警急"四句，写出了英雄急国家所急的侠肝义胆。"长驱蹈匈奴"两句，是正面描写人物的英勇。从结构上讲，这两句承前启后，既是前段描写的自然归结，又是诱发下文议论的引言。

"弃身锋刃端"以下 8 句是议论，也是诗作的最后一层。既是诗篇中主人翁的独白，又是诗人对英雄崇高精神世界的揭示和礼赞。就一般叙事诗来说，用不着再加议论。就本诗而言，这段议论是必不可少的。诵读全诗，我们不难感受到，在层层的铺陈描述中，诗人心中的激情步步上升，到最后已不得不一吐为快。这是诗人心声的自然流露，句句真切，震撼心灵。

全诗不仅节奏张弛有致，篇章波澜起伏，有奇警之感，语言也具有奇警的特色。例如，"楛矢何参差"的"参差"，原本是个普普通通的词，本意是长短不齐，可是用在这里就平中见奇。用来形容射出去的箭纷纷疾驰，络绎不绝，非常形象贴切。篇末所颂扬的英雄的"捐躯赴国难，视死忽如归"的精神，与屈原《国殇》篇末所歌颂的卫国英雄的"子魂魄兮为鬼雄"的爱国精神是一脉相承的，都是对爱国英雄的慷慨礼赞。

《木兰诗》

北朝民歌

唧唧复唧唧，木兰当户织。不闻机杼声，唯闻女叹息。问女何所思？问女何所忆？女亦无所思，女亦无所忆。昨夜见军帖，可汗大点兵，军书十二卷，卷卷有爷名。阿爷无大儿，木兰无长兄，愿为市鞍马，从此替爷征。

东市买骏马，西市买鞍鞯，南市买辔头，北市买长鞭。旦辞爷娘去，暮宿黄河边。不闻爷娘唤女声，但闻黄河流水鸣溅溅。旦辞黄河去，暮至黑山头。不闻爷娘唤女声，但闻燕山胡骑鸣啾啾。

万里赴戎机，关山度若飞。朔气传金柝，寒光照铁衣。将军百战死，壮士十年归。

归来见天子，天子坐明堂。策勋十二转，赏赐百千强。可汗问所欲，木兰不用尚书郎，愿借明驼千里足，送儿还故乡。

爷娘闻女来，出郭相扶将。阿姊闻妹来，当户理红妆。小弟闻姊来，磨刀霍霍向猪羊。开我东阁门，坐我西阁床。脱我战时袍，著我旧时裳。当窗理云鬓，对镜帖花黄。出门看火伴，火伴皆惊惶。同行十二年，不知木兰是女郎。雄兔脚扑朔，雌兔眼迷离；双兔傍地走，安能辨我是雄雌！

《木兰诗》是一首著名的乐府民歌，和《孔雀东南飞》一起称为"乐府双璧"。关于《木兰诗》的创作年代，一直众说纷纭，比较流行的说法是产生在北朝。

诗歌记述了木兰女扮男装、代父从军，在战场上建立功勋，回朝后不愿做官但求回家团聚的故事，塑造了一个杰出的女性形象，热情赞扬了木兰勤劳善良的品质、保家卫国的热情、英勇战斗的精神。她身上凝聚着中华民族勤劳勇敢、善良淳朴而又机智的美德；同时她乔装十年，驰骋沙场传奇般的经历和全诗洋溢着的英雄主义精神，又使诗作带有浓厚的浪漫色彩。《木兰诗》堪称古代文学史中现实主义和浪漫主义相结合的成功典范。

诗一开头，写木兰平日织布时发出的"机杼声"，已经被她的声声叹息所代替。老父名在军籍，家中没有长男，怎能不使木兰焦虑？但她终于做出"愿为市鞍马，从此替爷征"的勇敢抉择。木兰从军，是迫不得已的。当她一旦做出"从军"的抉择，就异常坚决。她四处购置行装的情景就形象地表现出她的主动性和坚决性。

从军，使木兰得到同男子一样可以施展智慧和才能的良机。十多年的战火考验，使她从一个善良、热情、能干的闺中少女，成长为一名建立功勋的"壮士"。战争，赢得了胜利，也赢得了和平。在论功行赏的大典礼中，由于她是一个女子，只有辞受封爵，走上解甲还乡的唯一道路。全诗用欢快的笔调描写木兰一家骨肉团聚的欢乐。让她在"当窗理云鬓,对镜帖花黄"之后,以女子的面目出现在同伴的面前。最后,作者用兔子跑在一起,难辨雌雄的隐喻,说明女子如果有施展抱负的机会,她们的智慧、胆略和才能并不比男子逊色。

女英雄木兰形象不一定确指哪一个人,而是一个典型形象。有人说,木兰姓花,有人说她姓魏,也有人说她姓朱,还有人说她姓复姓。有人说,木兰是谯郡人,又有人说她是黄州人。这些考证,恰好反映了当时到处都有木兰的影子。她有着自我牺牲的精神、大胆勇为的性格和不贪图功名富贵的品德。这些品格,是从现实生活中来的,但集此众美于一身的人物,在现实生活中却难以找到。而且,她代父从军的传奇经历,现实中也极为少见。可见,现实生活中的木兰被典型化了,在女英雄的形象之中沉淀和闪耀着劳动人民的理想。

木兰形象的成功塑造,是通过人物自身的行动、依靠情节的发展而自然表现的。同时,在刻画木兰这一形象当中,一系列的细节描写,如"当户织"、她对父母的思念,她还家后换上女儿装时欢快的情形等,都使木兰成了有血有肉的英雄人物。从形象塑造上说,木兰的形象是真实可感、令人叹服的。

这一形象的成功塑造,还取决于作品高超的艺术技巧。这首诗有着鲜明的民歌特色。诗中用拟问作答来刻画心理活动,细致深刻;叠字、叠句的运用也为诗歌增色不少。民歌中常用的起兴、顶真、比喻、夸张等修辞手法,也运用得恰到好处。大量排比句的巧妙组织,精练的口语的运用,增加了诗歌语言的活泼明快,造成了一种独特的节奏感和音乐美。

《从军行》(其四)

王昌龄

青海长云暗雪山,孤城遥望玉门关。
黄沙百战穿金甲,不破楼兰终不还。

王昌龄是盛唐边塞诗派的代表诗人。他擅长绝句，尤其以七绝见长。诗作意新格俊，雄浑自然，被誉为"开元圣手"。

《从军行》是乐府《相和歌辞·平调曲》旧题，内容多写军旅战争之事。《全唐诗》收王昌龄的诗，在这一标题之下共有七首七绝。这首诗是其中的第四首，也是盛唐边塞诗中的优秀篇章。

诗的开头两句写景，次第展现出广阔地域的画面：青海湖的上空，长云弥漫，使湖北面绵延千里的祁连雪山也显得隐隐约约；越过雪山，是矗立在河西走廊荒漠中的一座孤城；再往西，就是和孤城遥遥相对的军事要塞——玉门关。这两句既是描写遥望中所见之景，也是对战地前线恶劣形势的有力渲染，暗含着西北漫长的国境线上战云弥漫、狼烟四起、强敌压境之意。

三、四两句由情景交融的环境描写转为叙事抒情。诗人先以"黄沙百战穿金甲"一语，推出了生活和战斗在这一恶劣的环境和紧张形势中的戍边将士的特写镜头。"黄沙"二字，既点明了作战环境，也极力突出西北边地的恶劣气候条件；"百战"则说明戍边岁月之长久、战事之频繁、争战之激烈；"穿金甲"，即磨穿金甲，更可想见敌军的凶悍、战斗的艰苦激烈。诗到这里，可谓说尽"悲凉"意。但是，结句"不破楼兰终不还"却加以翻转。这里的楼兰，是汉代西域国名。据《汉书·傅介子传》记载：西汉时，楼兰王贪财，经常与匈奴勾结，劫杀汉朝使者。傅介子奉命出使楼兰，设计斩杀了楼兰王，持其首级回到长安，因而声名远播。诗人正是借这一典故歌咏唐军奋勇杀敌的战斗精神。联系前两句来看，尽管边境乌云密布、雪山暗淡，尽管将士们也远离家乡、久戍边关、黄沙百战、铁甲磨穿，但是这些忠勇的将士们的灭敌信心毫未消减、报国壮志绝未消磨！恰恰相反，他们的决心在大漠风沙及腥风血雨的洗礼中更加坚定，他们的意志在连年战争的磨炼中更加刚强，不消灭敌人，绝不回还！这正是将士们豪壮的誓言。表现了他们马革裹尸、誓与国家共存亡的坚强决心和忘我的牺牲精神。

总体看来，这首诗一、二两句境界阔大，感情悲壮，含蕴丰富；三、四两句转折有致，对照鲜明，抒写出了戍边将士的豪情斗志。整首诗典型环境与人物感情高度统一，体现出王昌龄绝句的突出特点。

《塞下曲》
李　白

五月天山雪，无花只有寒。
笛中闻折柳，春色未曾看。
晓战随金鼓，宵眠抱玉鞍。
愿将腰下剑，直为斩楼兰。

李白是唐代著名的浪漫主义诗人，生逢开元、天宝盛世，具有积极的进取精神和自由豪放的性情。

《塞下曲》是唐代出现的新乐府诗题，多表现边塞军旅生活。现存李白诗集中有《塞下曲》六首，都是借用唐代流行的乐府题目写时事与心声的。这首诗是组诗的第一首，是一首五言律诗。

首句"五月天山雪"扣紧题目。五月，在内地正值盛夏。但是，李白所写的五月却在塞下、在天山，到处积雪，与内地景物有巨大的反差。然而，他没有具体细致地进行客观描写，而是以轻淡之笔道出自己的感受："无花只有寒。""无花"，一语双关，既指没有鲜花，又指没有雪花；"寒"，既写天气寒冷，又写内心感受。边塞将士所处的遍地坚冰、苦寒荒寂的恶劣环境，由平淡之语道出，更觉苍凉凄苦。

"折柳"是指乐府横吹曲《折杨柳》，多含离人羁客的凄伤愁苦。"寒"字已经隐约透露出诗人心绪的波动，何况，寒风之中又传来《折杨柳》的凄凉曲调呢！在"春风不度玉门关"的边塞，寒风凛凛，传来声声凄凉的《折杨柳》曲调，"何人不起故园情"呢？夏天美好的景色、故乡亲切的风物，只能从笛曲声中去回味了。诗人用笛声烘托边塞将士背井离乡、身处绝域的艰苦以及思乡念亲之情，意境深婉。按照惯例，五言律诗应当在第二联作意思上的承转，但是李白却就首联顺势而下，不肯把苍凉情绪稍做收敛，这就突破了格律诗的羁绊，豪纵不拘，语淡而雄浑。

颈联继续描写边塞生活场景："晓战随金鼓，宵眠抱玉鞍。"语意由苍凉变为雄壮。"金鼓"，古代军中指挥士卒进退的锣鼓，击鼓进军，鸣锣收兵；"玉鞍"，马鞍；"晓战"与"宵眠"，互文见义，概括军中典型的一日生活：除了作战，就是休息；"随"字写出战士们白天纪律严明、奋勇征战的情状；"抱"字绘出战士们夜间高度警觉、随时准备跨马应战的情形。军旅生活的紧张劳顿、边塞将士的英勇机警，跃然纸上。

首联中那么艰苦的环境，颔联里那么凄苦的情怀，颈联中如此紧张的气氛，边塞将士会怨恨战争给自己带来的痛苦吗？会因乡思难抑而消沉悲观吗？他们这样舍生忘死究竟是为了什么？

尾联抒情，揭示原因："愿"，心甘情愿；"腰下剑"，腰上的佩剑，喻指全身的本领；"直为"，只为了；"斩楼兰"，是用典（内容见前《从军行》）。结句运用这一典故，加之"直"与"愿"字相互呼应，语气斩截慷慨，掷地有声，既是边塞将士杀敌报国、立功建勋的豪迈誓言，也是盛唐子民（包括诗人本人）以身许国的爱国宣言。"黄沙百战穿金甲，不破楼兰终不还"的誓死、执着，"天下兴亡，匹夫有责"的使命、豪情，喷薄而出，壮怀激烈。

全诗突破律诗通常以联为单位作起承转合的约束：前四句"起"，写边塞苦境，五六句"承"，叙边塞生活；最后二句"转合"，抒豪迈之志；气脉直贯，别开生面。前六句极写环境艰苦，反衬出后两句豪壮卓绝的精神，景凄而情壮，事苦而意豪。笔力雄健，格调旷远，意境苍凉而宏壮。

《兵车行》

杜 甫

车辚辚，马萧萧，行人弓箭各在腰。

耶娘妻子走相送，尘埃不见咸阳桥。
牵衣顿足拦道哭，哭声直上干云霄。
道旁过者问行人，行人但云点行频。
或从十五北防河，便至四十西营田。
去时里正与裹头，归来头白还戍边。
边庭流血成海水，武皇开边意未已。
君不闻汉家山东二百州，千村万落生荆杞。
纵有健妇把锄犁，禾生陇亩无东西。
况复秦兵耐苦战，被驱不异犬与鸡。
长者虽有问，役夫敢伸恨？
且如今年冬，未休关西卒。
县官急索租，租税从何出？
信知生男恶，反是生女好。
生女犹得嫁比邻，生男埋没随百草。
君不见，青海头，古来白骨无人收。
新鬼烦冤旧鬼哭，天阴雨湿声啾啾。

杜甫是唐代伟大的现实主义诗人。他以天下为己任，关怀国家前途命运和人民疾苦，并将这种忧国忧民的情怀通过具有高度艺术价值的诗作表现出来。因此，他的诗歌被后世誉为"诗史"，他也被世人尊为"诗圣"。

他的《兵车行》是一首反对唐玄宗穷兵黩武的政治讽刺诗。天宝以后，唐王朝对我国边疆少数民族的征战越来越频繁。连年征战，给边疆少数民族和中原人民都带来深重的灾难。

"行"是乐府歌曲的一种体裁。《兵车行》没有沿用古题，而是缘事而发，即事名篇，自创新题，运用乐府民歌的形式，深刻地反映了人民的苦难生活。这是杜甫第一首为人民的苦难而创作的诗歌。

全诗分为两大段：首段叙事，写送别的惨状。"问行人"以下为第二段，由征夫诉苦，是记言。

诗从客观描述开始，以重墨铺染的雄浑笔法，在读者眼前突兀展现出一幅触目惊心的送别图：兵车隆隆，战马嘶鸣，一队队被抓来的穷苦百姓，换上戎装，佩上弓箭，在官吏的押送下，正开往前线。征夫的爷娘妻子乱纷纷地在队伍中寻找、呼唤自己的亲人，扯着亲人的衣衫，捶胸顿足，边叮咛，边呼号。车马扬起的灰尘遮天蔽日，连咸阳西北横跨渭水的大桥都被遮没了。千万人的哭声汇成震天的巨响在云际回荡。一个家庭支柱、主要劳动力被抓走了，又急促押送出征，剩下来的尽是老弱妇幼，对一个家庭来说不啻是塌天大祸。"牵衣顿足拦道哭"一句之中连续四个动作，把送行者那种眷恋、悲怆、无奈、绝望的动作神态，表现得细腻入微。灰尘弥漫，车马人流，令人目眩；哭声遍野，直冲云天，震耳欲聋。这样的描写，给读者以听觉、视觉上的强烈冲击，集中展现了成千上万家庭妻离子散的悲剧，令人触目惊心！

接着，从"道旁过者问行人"开始，诗人通过设问的方法，让当事者，即被征发的士卒做了直接倾诉。

"道旁过者"指杜甫自己。上面的凄惨场面，是诗人亲眼所见；下面的悲切言辞，又是诗人亲耳所闻。这就增强了诗的真实感。"点行频"，频繁地征兵，是全篇的诗眼，一针见血地点出造成百姓妻离子散，万民无辜牺牲，全国田亩荒芜的根源。接着以一个十五岁出征、四十岁还在戍边的"行人"为例，具体陈述"点行频"，以示情况的真实可靠。"边庭流血成海水，武皇开边意未已。""武皇"，汉武帝，实指唐玄宗，这是以汉喻唐。杜甫大胆地把矛头直指最高统治者，充分表达了他怒不可遏的悲愤之情。

接着，笔锋陡转。诗人用"君不闻"三字领起，以谈话的口气提醒读者，把视线从流血成海的边庭转移到广阔的内地。诗中的"汉家"，也是影射唐朝。华山以东的千村万落，变得人烟萧条，田园荒废，荆棘横生，满目凋残。诗人驰骋想象，从眼前的闻见，联想到全国的景象，从一点推及到普遍，两相辉映，不仅扩大了诗的表现容量，也加深了诗的表现深度。

从"长者虽有问"起，诗又推进一层。"长者"二句透露出统治者加给人民的精神桎梏。但是，压是压不住的，下句就引发出诉苦之词。敢怒而不敢言，而后又终于说出来，这样一阖一开，把征夫的苦衷和恐惧心理，表现得极为细腻逼真。这几句写的是眼前时事。因为"未休关西卒"，大量的壮丁才被征发。而其中原因，正是由于"武皇开边意未已"。"租税从何出？"又与前面的"千村万落生荆杞"相呼应。这样前后照应，层层推进，对社会现实的揭示越来越深刻。这样通过当事人的口述，从抓兵、逼租两方面，揭露了统治者的穷兵黩武强加给人民的双重灾难。

诗人接着感慨：如今是生男不如生女好，女孩子还能嫁给近邻，男孩子只能丧命沙场。连年战争，男子大量死亡。在这一残酷的社会条件下，人们一反常态，改变了重男轻女这一普遍的社会心理。这反映出人们心灵上受到多么严重的摧残！最后，诗人用哀痛的笔调，描述了长期以来存在的悲惨现实：青海边的古战场上，平沙茫茫，白骨露野，阴风惨惨，鬼哭凄凄，令人不寒而栗。这都是"开边未已"导致的恶果。至此，诗人饱满酣畅的激情得到了充分发挥，唐王朝穷兵黩武的罪恶也揭露得淋漓尽致。

《兵车行》真实地反映了当时的社会现实，背景宏阔，描写细腻，情思深邃，充分体现了杜诗"诗史"的特点。诗在艺术表现上也有突出成就。诗人情思与所叙事件的自然融合，作品结构上的前后呼应、开阖有致，句型上的错综变化，以及过渡词语、通俗口语的灵活运用，都显示了杜甫非凡的艺术功力。

《满江红》

岳 飞

怒发冲冠，凭栏处、潇潇雨歇。抬望眼、仰天长啸，壮怀激烈。

三十功名尘与土，八千里路云和月。莫等闲、白了少年头，空悲切。

靖康耻，犹未雪；臣子恨，何时灭。驾长车，踏破贺兰山缺。壮志饥餐胡虏肉，笑谈渴饮匈奴血。待从头、收拾旧山河，朝天阙。

岳飞（1103—1141），字鹏举，相州汤阴（今属河南）人。南宋抗金名将，官至枢密副使。以不愿议和、英勇抗金，被秦桧害死。孝宗时复官，谥武穆。宁宗时追封鄂王，理宗时改谥忠武。有《岳武穆集》。《全宋词》录其词三首。

词如其人。岳飞的这首《满江红》，正气凛然，气壮山河，表现了作者抗金复国的坚定意志和必胜信念，体现出大无畏的英雄气概，洋溢着爱国主义激情。

宋高宗绍兴六年（1136），岳飞陆续收复了洛阳附近的一些州县，前锋逼近北宋故都汴京，大有一举收复中原、直捣金国的老巢黄龙府（今吉林农安，金故都）之势。但此时的宋高宗一心议和，命岳飞立即班师，岳飞不得已率军来到鄂州。他痛感坐失良机，收复失地的志向难以实现，在百感交集中写下了这首词。生于北宋末年的岳飞，目睹了华夏的山河破碎，他少年从军，以"精忠报国""还我山河"为己任。转战各地，艰苦斗争，为的是"收拾旧山河"。这首词所抒写的即是这种英雄气概。

词一开篇便如急风暴雨劈天而来，"怒发冲冠"四个字作一个总起，既唤起全篇的精神，也总领了全篇的气氛。满腔的怒火"冲冠"而出，随之词人独自"凭栏"，欲寻解脱，急骤的雨势暂时停歇，也表明词人情绪的暂时平静。然而抬头远望，所见则是山河破碎、敌虏猖獗，惊心怵目，不由得忧心如焚、怒火复燃，一时间悲愤难抑，只有仰天长啸，借吟咏诗词来抒发自己激烈悲壮的情怀。接下来的几句，便是对这种悲怀壮志的抒写。"三十"一句，反思以往，回顾了自己三十年来的战斗经历。既反映从战时间之久长、又谦称建树之微不足道。在多年迢迢征战的日日夜夜里，词人经受了数不清的艰难困苦，屡建奇功，威名远扬，但如今已成为过去；而且，收复失地、重整河山的大业还未成功，个人的功业犹如尘土。想到正在进行的抗金大业，词人以"八千里路云和月"说明取得北伐胜利的道路还很漫长。因此，词人以"莫等闲，白了少年头，空悲切"期许未来，既表明自己抗金复国的坚定信念，也表明他积极奋发的人生态度，情怀急切，激越中微含悲凉。

接着，词人在下片中对未来做了展望，申说了雪耻灭恨、重整山河的决心和报效君王的耿耿忠心。换头四个短句，三字一顿，裂石崩云，道出词人欲抓紧时机，一举击破敌人的思想动因。靖康二年（1127），金军攻陷汴京，大肆劫掠后，又把徽、钦二帝和皇族、大臣三千多人俘虏到北方去，北宋王朝就此灭亡。这个奇耻大辱如同磐石，几年来一直沉重地压在词人心头。这份仇恨又转化为强大的动力，促使他决意报仇雪耻，以平复胸中的愤恨。"臣子恨，何时灭？"用强烈的反诘语气表明了这种心理。以下几句表明作者的雄心壮志：他要率领大军，驾着战车轰轰烈烈前进，冲破敌人的层层险阻，踏平敌人盘踞之地；"饥餐""渴饮"以夸张手法表现了词人震慑敌人的英雄气魄，表达了高度的民族义愤。结尾两句，表明词人收复失地，尽忠报国的信心。作者爱国忠君的深情充溢于字里行间。

这首词是岳飞在国家民族危亡之际唱出的一首慷慨激昂的悲歌，同时也是一支鼓舞人们积极奋进的战歌。数百年来，它激励过无数的中华儿女。"莫等闲、白了少年头，空悲切"更成了励志名言。

《破阵子·为陈同甫赋壮词以寄之》

辛弃疾

醉里挑灯看剑，梦回吹角连营。八百里分麾下炙，五十弦翻塞外声。沙场秋点兵。马作的卢飞快，弓如霹雳弦惊。了却君王天下事，赢得生前身后名。可怜白发生！

辛弃疾，字幼安，号稼轩，山东济南人，南宋杰出的爱国词人，抗金英雄。他的词风格以豪放为主，与苏轼并称"苏辛"。

《破阵子》是辛弃疾的名篇之一。从题目看，是寄给好友陈亮，抒发抗金壮志的。陈亮，字同甫，著名的爱国词人，和辛弃疾同属主战派，又同遭投降派的打击迫害。

　　本篇以浪漫主义与现实主义的虚实结合手法来驰骋壮志，抒写悲愤。词人将自己的爱国之心，忠君愤懑，都熔铸在这篇神采飞扬而又慷慨悲壮、沉郁顿挫的辞章里。词题为"壮词"，壮就壮在形象地描绘了抗金部队的壮盛军容、豪迈意气，道出了英雄的一片壮心。"醉里挑灯看剑"一句是写实。辛弃疾早年参加抗金义军，南归后一直等待着挥戈上阵、杀敌立功的机会，以实现恢复中原、统一祖国的宏愿。然而，这一夙愿无法实现。此时，词人罢职闲居，目睹国事忧心如焚，胸中块垒唯有以酒浇之，以期在醉梦中凭借想象获得暂时的慰藉。醉酒之时，词人拨亮灯火，深情地端详着心爱的宝剑。"挑灯""看剑"是写动作和神态。从中可以看出词人在刀光剑影中抗战杀敌的愿望多么迫切！也真切地表现了此时词人英雄欲死无战场的满腔忧愤，"梦回吹角连营"即写词人由醉入梦。在迷离醉态中，词人好像又回到了那令他日夜梦萦的战场和那难以忘怀的英雄岁月，听到了军营里召唤将士出征杀敌的号角声声。接着写的，既是词人早年抗金战斗生活的回顾，更是其理想事业的幻象。

　　"八百里分麾下炙，五十弦翻塞外声。""八百里"，牛的代称。"麾下"，指部下。"五十弦"，泛指多种乐器。"翻"，演奏。"塞外声"，以边塞为题材的雄壮悲凉的战歌。这两句进一步渲染军中的战斗气氛，部队给养充足，官兵同甘共苦。"沙场秋点兵"，只用五个字就栩栩如生地写出了雄壮威武的阵容，再现了词人立马阵前、点兵授令的形象，对上文所描写的情况做了小结，收束有力。

　　战前的"点兵"，意味着一场激战即将开始，下片紧承上片的词意描写战场情景，把激情推向高峰。战斗是异常艰险激烈的，词人于杀声震天的战斗场面中只选取了快马、强弓两物。"的卢"，形容善战的良马。据《世说新语》载，刘备在襄阳遇难，的卢载他一跃三丈，脱离险境。的卢飞快，意味着将士英勇善战;"霹雳弦惊",比喻强弓劲矢响声如雷,表明我军不可抗拒的力量。两句连用比喻,使一位冲锋陷阵、报国尽忠、所向无敌的抗敌英雄的形象跃然纸上。这是壮词壮景的进一步烘托。

"了却君王天下事,赢得生前身后名"点出这位英雄的壮志宏愿。"天下事",指收复失地、统一祖国的大业。"生前身后名",意谓生前死后都留下为祖国、民族建立不朽功勋的美名。体现出词人理想中踌躇满志、大功告成的无比豪壮之情,使词的感情上升到最高点。

结句"可怜白发生",笔锋陡转,感情从最高点一跌千丈,揭示了理想与现实的尖锐对立,抒发了词人报国有心、请缨无路的悲愤,使全词笼上了浓郁的悲凉色彩。这一句与首句相呼应,都是写实,与中间梦境形成强烈对比,有力地表现了报国之志难申的悲愤。

这首"壮词",气势恢宏,慷慨激昂。从结构上看,构思奇特。它打破一般词上片写景、下片抒情的传统写法。除首、尾两句写现实外,中间全写梦境,过片不变。梦境写得雄壮,现实写得悲凉;梦境写得酣畅淋漓,将爱国之心、忠君之念及自己的豪情壮志推向顶点,结句猛然跌落,在梦境与现实的强烈对照中,宣泄了壮志难酬的一腔悲愤。

《长征》

毛泽东

红军不怕远征难,万水千山只等闲。
五岭逶迤腾细浪,乌蒙磅礴走泥丸。
金沙水拍云崖暖,大渡桥横铁索寒。
更喜岷山千里雪,三军过后尽开颜。

1935年10月

万里长征是人类历史上空前的伟大壮举,作为这一伟大历史事件的亲历者、主要指挥者之一,毛泽东曾以此为题材写过《忆秦娥·娄山关》《十六字令三首》《念奴娇·昆仑》《清平乐·六盘山》。这些诗词都是写一景一地，以此来表达心情，着重在于侧写。而这首《长征》，则形象概括了红军长征的战斗历程，热情洋溢地赞扬了工农红军不畏艰险，英勇顽强的革命英雄主义和革命乐观主义精神。

首联开门见山，赞美了红军不怕困难、勇敢顽强的革命精神，这是全篇的中心思想，也奠定了全诗的艺术基调。"不怕"二字是全诗的诗眼，"只等闲"强化、重申了"不怕"；"远征难"包举了这一段非凡的历史过程，"万水千山"则概写了"难"的内外蕴涵。这一联是全诗的总领，以下三联则紧扣首联展开。

颔联是写山，也是写红军对山的征服。"逶迤""磅礴"极言山的高大绵亘，这是红军也是诗人心中的山，极大和极小正是诗人对山的感知，这里重在小而不在大，愈大则愈显红军长征之难；愈小则愈显红军之不怕。重在小也就突出了红军对困难的蔑视。通过两组极大与极小的对立关系，充分表现了红军顽强豪迈的英雄气概。从艺术手法上说，是夸张和对比。写山是明线，写红军是暗线，动静结合，明暗结合，反衬对比，十分巧妙。

颈联是写水，也是写红军对水的征服。红军渡过金沙江和大渡河在长征史上有着重要的意义。如果说巧渡金沙江是红军战略战术最富有智慧、最成功的一次战斗，那么，强渡大渡河则是红军表现最勇敢、最顽强的一次战斗。这两句所写的都是长征中的经典战例，具有典型意义。

颈联中的"暖"和"寒"是诗人精心设计的一对反义词。"暖"字温馨喜悦，表现的是战胜困难的欢快；"寒"字冷峻严酷，传递的是九死一生后的回味。两个形容词含不尽之意于其中，起伏跌宕，张弛有致。

末联"更喜岷山千里雪，三军过后尽开颜"是对首联的回应。开端言"不怕"，结尾压"更喜"，强化了主题，升华了诗旨。"更喜"承上文而来，也是对上文的感情收束。"尽开颜"写三军的欢笑，这是最后胜利即将到来的欢笑。以此结尾，使全诗的乐观主义精神得到了进一步的凸显。

《梅岭三章》

陈 毅

一九三六年冬,梅山被围,余伤病伏丛莽间二十余日,虑不得脱,得诗三首留衣底。旋围解。

断头今日意如何?创业艰难百战多。
此去泉台招旧部,旌旗十万斩阎罗。

南国烽烟正十年,此头须向国门悬。
后死诸君多努力,捷报飞来当纸钱。

投身革命即为家,血雨腥风应有涯。
取义成仁今日事,人间遍种自由花。

1936年,两广事变结束后,蒋介石又于八九月份起调遣其嫡系部队四十六师对赣粤边游击区发起新的清剿。1936年冬天,敌军对陈毅的驻地梅山大举清剿一个多月。陈毅因负伤又加患病,行动不便,在梅岭被敌人围困于丛莽间达二十天之久,在考虑到不得脱身的生死关头,他慷慨陈词,写下了《梅岭三章》藏于衣底,作为自己的绝命诗。

《梅岭三章》是由三首七言绝句构成的一组诗。

第一章,着重表现作者对革命事业生死不渝的坚贞气节。诗一开篇就径直将死亡问题提了出来,以如何面对断头之危自问,充分显示出陈毅勇于面对死亡的英雄无畏气概。面临断头的时刻,陈毅首先想到的,是"创业艰难百战多"。要奋斗就会有牺牲,为了开创革命大业,"我"已经经历了无数艰难困苦的战斗生活,早就将生死置之度外了,今日断头也是死得其所,实在没什么可顾虑的。一问一答,问得率直明快,答得慷慨豪壮,使陈毅视死如归的英雄形象顿然矗立在我们面前。接着,诗人驰骋想象,以富于革命浪漫主义的手法,续写了豪情四溢、气贯长虹的壮言:"此去泉台招旧部,旌旗十万斩阎罗。"泉台,泉下、地下。陈毅以阎罗喻指祸国殃民的罪魁蒋介石,表示自己一旦牺牲,就要到黄泉之下招集先前死难的战友,组织起十万浩浩荡荡的大军,斩下阎罗的首级,表现出诗人即使壮烈牺牲也战斗不息的精神。

第二章,着重写对后死诸君的期待,勉励生者为人民解放的未竟事业继续奋斗下去。"南国烽烟正十年",是诗人参加革命武装斗争历程的概括。而今,在中央苏区已失、南国大地处于反动派更加凶残的统治与蹂躏之下的时候,自己有可能告别这片十几年为之浴血奋战的南国大地,这不能不使他感慨万端。于是,他将满腔激情喷涌笔端,写下"此头须向国门悬"的绝生之语。《史记·伍子胥列传》记载,春秋时期,吴国功臣伍子胥受人残害,被吴王夫差赐剑自杀,临死时要求把自己的头颅悬挂在吴国都城(今苏州)阊门上,以便看到越国军队来把吴国灭掉的故事。作者借用这一典故,表现了不亲眼看到敌人彻底灭亡死不瞑目的精神。后两句,诗人勉励活着的战友努力奋斗,多打胜仗,用频频飞来的捷报当作祭奠自己的纸钱,以使头悬国门、魂归泉台的自己得到慰藉。这一期望,同样表现了诗人对革命事业必定胜利的坚定信念。

第三章,进一步正面抒发自己对革命事业的必胜信念和甘愿为之献身的人生理想。前两句是说,自己从参加革命之日起,就把革命事业当作自己的家,并决心为之奋斗终身;虽然一直处于艰难创业之中,眼前祖国大地还处于反动派的血腥统治之中,但黑夜即将过去,黎明必会到来。正因为抱着革命必将胜利这样的信念,所以诗人不仅处变不惊、临危不惧,而且从容泰然、义无反顾地咏歌道:"取义成仁今日事,人间遍种自由花。"为了人类解放的美好未来早一天到来,诗人甘愿将自己和无数烈士的鲜血流入一道,在祖国的大地上浇灌出自由之花。

《梅岭三章》雄浑豪放,格调高昂,铮铮有声,是诗人崇高情怀的抒发,也是诗人伟大人格的写照。将汹涌的激情、崇高的理想注入出人意料的想象之中，有虚有实，虚实相生，是此诗艺术构思上的一个突出特点。体现了作者非同一般的艺术想象力和高超的结构技巧。

《我的名字叫：兵》

李松涛

边防线上，竖着我的身影，
雪雨风霜知道我的行踪。
我的钢枪，似一座山峰
撑起青色的黎明，
以及黎明后祖国的沸腾。
我的军装，似一片浓绿，
覆盖金色的黄昏，
以及黄昏后祖国的甜梦。
啊！我威武而豪迈地守卫着界碑，
守卫着界碑这边大豆摇铃的土地，
守卫着界碑上面霞光挥彩的天空。

枪，上肩——
肩起青春！肩起信任！肩起使命！
军帽下的大脑，盛着机智，
军服里的身躯，藏着英勇。
解放鞋的鞋带，勒紧足力，
巡逻途中，踢平坎坷，踏断泥泞。
走过原野，我的心胸就原野似的宽广，
走过高山，我的脚步就高山似的坚定。
迎接雾里朦胧的旭日，
欢送雪后闪烁的繁星。

有我坚实的足迹，
就有幸福和安宁。

烈日下不枯的山花可以作证，
寒风中不凋的苍松可以作证，
四季不倒的界碑可以作证——
我是祖国母亲信得过的儿子，
我的名字叫：兵！

当代军旅诗人李松涛的诗作题材多样，历史、文化、故乡的风情等等，都是他极为关注的。其代表作是以《无倦沧桑》《拒绝末日》和《黄之河》三部长诗构成的《忧患交响曲》，但更为引人注目的则是他军旅题材的作品。他的《我的名字叫：兵》获1981—1982《诗刊》优秀作品奖，这是对他军旅诗成就的充分肯定。诗从宏观的角度概括了军人的特质，大处着笔，豪情满怀，是李松涛军旅诗的力作，极具代表性。

诗运用了一种大概括的写法，但诗的情境效果极好，读来绝无抽象的感觉。诗中的"我"是所有"兵"的代称，是大写的"我"，但李松涛从"我"的个体入手，诗歌中第一人称抒情主人公"我"的反复使用，造就了诗歌本身强烈的抒情意识，拓展了生动的感性空间，既不是空泛又不是泥实的描写，而是把浪漫的精神贯注其间，军人的理性便生长出蓬蓬勃勃的诗意。"边防线上，竖着我的身影"，"竖"乃挺拔之姿，与后边"我的钢枪，似一座山峰"是内在联结的同义反复，这样的"身影"，这样的"山峰"，是守卫，是担当，是责任与使命的喻指。诗中"枪"在肩上的意象，意味着青春在肩上，信任在肩上，使命在肩上。然后，以"巡逻"这一军旅生活的典型性情境，表现了一名军人为了祖国的安宁、人民的幸福忠于职守的高贵精神，最后归结为："我是祖国母亲信得过的儿子，/我的名字叫：兵！"这样直接写"兵"，有直抒胸臆的特点，但诗人的笔在情境中行走，写得有血有肉、有声有色，读来有情动于衷之感，虽是"直言"，但却韵致生动。

  从艺术上来看，诗作从头至尾都押比较响亮的庚青韵，有助于表达诗作中自豪、坚定的声情。又以不定行押韵、平仄韵相间的形式使整首诗的情调、声韵时高时低，富于变化，实现了诗歌韵律的和谐。反复、对仗手法的多次运用，也使得整首诗句式整齐匀称，节奏感强。全诗感情激昂，语言质朴，诗风洗净、凝练，在特定的、纯净明朗的情感背景上，显现了军人崇高的精神、丰富的内心世界，这也是李松涛军旅诗作的一贯风格。

《非攻》

简 宁

穿草鞋的墨子，兼爱的墨子，摩顶放踵的墨子
座席没有温暖，炉子没有生火，又要上路
十个昼夜，裂裳裹足，从鲁到楚
还来得及吗？你不见郢城上猎猎欲飞的旌旗

这里有秘密的核武器：公输班发明的云梯
与人心里古老的嗥叫合谋，满志踌躇
你如何赢得起？凭什么抗拒和抵御？
还有阴险的最后一招，先不告诉你

我也带来了我的钩钜：恭和爱
我也带来了义的草药，治疗天下的顽疾
我也带来了我的死，放在门外

这大地上的每一滴血也是我的一滴
我活着，就有一根针缝补渗漏的大海
我死了，灵魂也将填塞天空的罅隙

在当代军队诗人当中，简宁是屈指可数的具有自觉的诗歌本体意识的一位。他坚持用自己独特的个性语言来创作。他的军旅诗显现出娴熟的表达技巧，堪称当代军旅诗作中最能体现诗歌特质的示范性文本。从内容上看，简宁的军旅诗不以再现火热的军营战斗生活、抒发战士的豪迈之情见长，而以揭示战争的残酷性、表达对于战争的厌恶为旨归。《非攻》正是集中体现了这两种特点的一首短诗。

《非攻》取材于《墨子·公输》。墨子主张"兼爱"，就是爱人，爱百姓而达到互爱互助；兼爱还表现在大国不侵略小国，国与国之间无战事，和平共处。"非攻"是墨子的另一重要思想，即反对一切非正义的战争，表达的是平民百姓对战乱的看法，也是兼爱思想在战争问题上的体现。

墨子珍惜生民、热爱和平。为了制止楚国对宋国的不义战争，他四处奔走，席不暇暖，摩顶放踵，裂裳裹足。本诗通过对墨子止楚攻宋这一历史故事的简单描述，表现了诗人对墨子崇高人格的赞颂。同时，诗作也从人和战争的关系出发，借墨子之口，表达了一位当代军人对战争的清醒认识：无论战争以怎样的形式出现，都是残酷的、极具有破坏性的。简宁在他的另一首诗《倾听阳光》中设置过这样一个情景：我们美丽的星球上发生了核爆炸，开在天空中的毒蘑"令石头也发出焦虑和忧惧的长叹"，战争的最夸张的形式出现之后，文明如凄迷夜晚的火光般摇曳，倾听阳光、拥抱太阳，这也许将成为劫后余生的人类最虔敬的一个姿态。这时，诗人说："作为战士，我将永远退伍。"形象地传达出诗人这样的期盼——战争永远从人类历史中消失、和平永驻人间，这与《非攻》表达的思想是一脉相承的。

为了突出这一思想，诗中运用了隐喻、象征等现代诗艺，借助意象的象征来加大诗意表达的强度。"人心里古老的嗥叫"象征人性中的贪婪与残忍，"渗漏的大海"和"天空的罅隙"则是指战争带给人类的灾难；"钩钜"代指武器，出自《墨子·鲁问》中墨子与公输班的一段对话："公输子善其巧，以语子墨子曰：'我舟战有钩强，不知子之义亦有钩强乎？'子墨子曰：'我义之钩强,贤于子舟战之钩强。我钩强我,钩之以爱,揣之以恭,弗钩以爱则不亲,弗揣以恭则速狎,狎而不亲则速离。故交相爱,交相恭,犹若相利也。今子钩而止人,人亦钩而止子;子强而距人,人亦强而距子。交相钩,交相强,犹若相害也。故我义之钩强,贤子舟战之钩强。"用"钩"可以钩住敌人后退的船只;用"拒"可以挡住敌人前进的船只。此处暗寓墨子试图将自己"恭和爱"的思想推行于世,使天下人互爱恭敬从而共同获"义"——利,有力地瓦解武力争战。

兰波说过,虽然诗歌不能阻挡一颗子弹,但它所赋予的人文精神,却是军人坚守良知底线及完整性人格的基础。《非攻》正是因为赋予了这样一种人文精神而引人深思,所以尽管简短、简单,却并不单薄。

从艺术上来看,诗歌采用拟问作答的形式,以第一人称的口吻,运用反复手法,直接表明墨子以维护和平为己任、并且不惜以生命为代价消弭战争以及战争制造之罪恶的心声,坚毅、果决,有助于突出主旨。此外,整首诗文字简约,形象生动,艺术手段多样,显得含蕴丰富,意味隽永。句式整齐,韵律和谐,也使本诗极富有音乐的美感。

二、推介篇目

《诗经·小雅·采薇》

采薇采薇,薇亦作止。曰归曰归,岁亦莫止。
靡室靡家,猃狁之故;不遑启居,猃狁之故。
采薇采薇,薇亦柔止。曰归曰归,心亦忧止。
忧心烈烈,载饥载渴。我戍未定,靡使归聘!
采薇采薇,薇亦刚止。曰归曰归,岁亦阳止。
王室靡盬,不遑启处。忧心孔疚,我行不来!
彼尔维何?维常之华。彼路斯何?君子之车。
戎车既驾,四牡业业。岂敢定居,一月三捷。

驾彼四牡，四牡骙骙。君子所依，小人所腓。
四牡翼翼，象弭鱼服。岂不日戒？狁孔棘！
昔我往矣，杨柳依依。今我来思，雨雪霏霏。
行道迟迟，载渴载饥。我心伤悲，莫知我哀！

《采薇》是《诗经·小雅》中著名的抒情诗。这首诗约写在公元前十世纪左右的周懿王时。戎狄入侵，懿王派将士戍边，长期交战。为了解除狁的侵略威胁，缓解国内的阶级矛盾，便发动了征伐狁的战争。这些战争维护了社会和边邑人民生活的安定，也在一定程度上促进了民族的发展与融合。但繁多的徭役、沉重的兵役、深重的精神痛苦，又使百姓陷于另一种灾难。诗用倒叙的手法，描写一个参加了抵御异族入侵的士卒罢战归来，在还乡途中的抚今追昔。一方面，抒写广大士卒对战争的厌恶和对和平的渴望，反映战乱给人民带来的苦难；另一方面，表现广大士卒对入侵之敌的痛恨。

《从军行》

杨 炯

烽火照西京，心中自不平。牙璋辞凤阙，铁骑绕龙城。
雪暗凋旗画，风多杂鼓声。宁为百夫长，胜作一书生。

"初唐四杰"之一的杨炯，是一位擅长写五言律诗的诗人。以乐府旧题表现现实生活的诗篇《从军行》是他的代表之作。诗作写的是应召出征的传统题材，但赋予这一题材以新的思想内涵。

首联写战争的紧张气氛和书生由此而激起的杀敌报国的热情。在这一战争的大背景下，颔联写手执兵符的将帅辞别京师，统率大军浩浩荡荡地开赴前线，将敌方城池严密包围，一场大战即将展开的场景。然而，诗人没有正面描写激战场面，而是用最能象征军队的旗帜如何被大雪掩盖了上面的绘画,激响的战鼓如何夹杂着风声的怒吼来侧面烘托战斗的激烈、残酷和将士们英勇无畏的精神。结尾两句直接抒写自己渴望投笔从戎、立功报国的心愿。这种心愿正反映了初唐崇尚武功、奋发向上的时代精神。

《凉州词》
王 翰

葡萄美酒夜光杯,欲饮琵琶马上催。
醉卧沙场君莫笑,古来征战几人回!

这是唐代诗人王翰创作的一首描写军中宴乐的诗作。其中写景抒情充满了浓郁的边地色彩和军营生活风味。

在战争中,生与死是很难预期的,因此投射到军人内心时,就会有某种苦涩的及时行乐的意识。《凉州词》就是这种情绪的典型流露。诗人描绘酒宴时,只选择了其中最具有边地特色的"酒"和"杯"。"酒"是西域特产"葡萄美酒","杯"是胡人所制的"夜光杯",暗示出地点是在西北边塞。在琵琶的伴奏下,将士们推杯换盏、开怀痛饮。酒喝多了自然要失态,醉卧在沙场之上似乎不大雅观,但请你不要笑话,因为自古至今,征战在外的军人有几人能回去呢?如果透过结尾两句豪放、兴奋的表层意义,我们似乎能够体味到主人公心理深层对残酷战争的厌恶、对生命短暂的慨叹。

《燕歌行并序》
高 适

开元二十六年,客有从御史大夫张公出塞而还者,作《燕歌行》以示适,感征戍之事,因而和焉。

汉家烟尘在东北,汉将辞家破残贼。
男儿本自重横行,天子非常赐颜色。
摐金伐鼓下榆关,旌旆逶迤碣石间。

校尉羽书飞瀚海，单于猎火照狼山。
山川萧条极边土，胡骑凭陵杂风雨。
战士军前半死生，美人帐下犹歌舞。
大漠穷秋塞草腓，孤城落日斗兵稀。
身当恩遇恒轻敌，力尽关山未解围。
铁衣远戍辛勤久，玉箸应啼别离后。
少妇城南欲断肠，征人蓟北空回首。
边庭飘飖那可度，绝域苍茫更何有。
杀气三时作阵云，寒声一夜传刁斗。
相看白刃血纷纷，死节从来岂顾勋。
君不见沙场征战苦，至今犹忆李将军。

《燕歌行》是盛唐诗人高适描写边塞战争最著名的诗篇，也是唐代边塞诗的代表作品之一。全诗以简约而又浓缩的笔墨描写了一个相当完整的战争过程，借其发展变化以表现主题。诗人的可贵之处在于：一方面，以满腔热情歌颂战士们的浴血奋战；另一方面，又以愤恨的口吻揭示了军中存在的腐败行为：一边是阵前与敌人的生死搏斗，一边却是帐下的美人歌舞。这种苦乐不均的不平等现象，加之"身当恩遇"的将领们骄傲轻敌，对士兵漠不关心，导致了战争的失败。诗作对将领们荒淫失职的行径进行了谴责，对遭受极大痛苦和牺牲的广大兵士寄予了深切的同情。

《雁门太守行》

李贺

黑云压城城欲摧，甲光向日金鳞开。
角声满天秋色里，塞上燕脂凝夜紫。
半卷红旗临易水，霜重鼓寒声不起。
报君黄金台上意，提携玉龙为君死。

李贺处于中唐藩镇叛乱此起彼伏的时期。这首七言古诗就叙写了一次平定叛军的斗争。首联分别从攻、守城池的敌、我双方落笔，通过景物描写反映出临战前的形势，表现了紧张的战斗气氛。颔联从听觉、视觉两方面写唐军将士行军途中的所见所闻，烘托临战前的气氛。颈联写唐军将士向敌军进击的情景，突出战斗的艰苦，表明将士们的英勇顽强。尾联写唐军将士在战局不利、情况危急之际顽强奋战、誓死报国的决心。诗篇以虚写实，用景物描写渲染、烘托紧张的战斗气氛。

《黄金错刀行》

陆 游

黄金错刀白玉装，夜穿窗扉出光芒。

丈夫五十功未立，提刀独立顾八荒。

京华结交尽奇士，意气相期共生死。

千年史册耻无名，一片丹心报天子。

尔来从军天汉滨，南山晓雪玉嶙峋。

呜呼！楚虽三户能亡秦，岂有堂堂中国空无人！

这是南宋爱国诗人陆游在川、陕从军时作的一首诗。作者托物寄情，表现了杀敌报国的雄心壮志。在南宋朝廷一味苟安求和的情况下，诗人的复国愿望难以实现。前两句看似写刀，实是写人。锁不住的刀光"夜穿窗扉"，暗喻诗人报国之心未曾泯灭。"丈夫五十功未立"两句，表达了诗人壮志未酬、抑郁苦闷的心情。但是想到有无数"意气相期共生死"的爱国志士，诗人更加坚信抗击金军、收复失地的事业必将成功。诗人以戍边军人的身份抒发自己的复国壮志，感情奔放、豪气冲天，使人振奋。

《黄海舟中日人索句并见日俄战争地图》
秋 瑾

万里乘风去复来，只身东海挟春雷。

忍看图画移颜色，肯使江山付劫灰！

浊酒难销忧国泪，救时应仗出群才。

拼将十万头颅血，须把乾坤力挽回。

1905 年，秋瑾第二次从日本回国，在船上，有人给她指点前一年日俄战争爆发的地点，后又见到日俄地图。日俄两国为争夺在中国的利益，在中国的土地上发动战争，清政府竟然宣告中立。秋瑾感慨万端，写下了这首充满爱国激情的诗篇。"图画移颜色""江山付劫灰"的现实使诗人忧心如焚。她从半个多世纪的反帝斗争中看到，哀怨和眼泪都救不了中国，只有进行武装斗争，用生命和鲜血才能将这颠倒的乾坤扭转。全诗沉痛雄健、激昂慷慨，尤其是结尾两句振聋发聩的激切呼唤，至今读来仍能激起人们杀敌保国的情怀。

《枪给我吧！》
未 央

松一松手，

同志，

松一松手，

把枪给我吧！……

红旗插上山顶啦，

阵地已经是我们的。

想起你和敌人搏斗的情景，

哪一个不说：小张，你是英雄！

看你的四周，侵略者的军队，

被你最后一颗手榴弹，炸成了肉酱。

你的牙咬得这么紧，你的眼睛还睁着，

莫非为了你的母亲还放心不下？

我要写信告诉她老人家，

请答应我做她的儿子。

莫非怕你的田园荒芜？

你知道，家乡的人们

会使你田园的禾苗更茁壮。

不是，不是！

我知道你宏大的志愿。

你的枪握得多紧，强盗们还没被撵走，你还不甘心……

松一松手，

同志，

是同志在接你的枪！

枪给我吧，让我冲上前去，

完成你未竟的使命！

  《枪给我吧!》是现当代诗人未央的一首表现抗美援朝战争的诗篇。诗作紧紧围绕"枪给我吧"——从牺牲的战士手中接过枪这一特定的情景，展开联想，抒发情感。作品描写了紧张激烈的战斗场面，并在简括的勾画中塑造了一位和敌人血战到最后一刻，用自己的身躯守住了阵地，即使牺牲了仍然双手紧握钢枪，咬紧牙齿、怒目圆睁的英雄战士形象，同时也表达了"我"要继承烈士"宏大的志愿"、冲向前去，为战友报仇、完成战友"未竟的使命"、为正义而战斗的激切心情。诗作虽只有短短的三十三行，却饱和着志愿军同仇敌忾的战斗激情，洋溢着不消灭敌人，不取得战争的最后胜利，就永远奋斗不止的革命英雄主义精神。

第三节　外国军旅诗歌鉴赏

一、赏析篇目

《伊利亚特》（节选）

[希腊] 荷马著

阿开亚人和特洛伊人的队阵乌黑一片，翻滚在
平原上。赫克托耳高声呼喊，在两军之间：
"听我说，特洛伊人和胫甲坚固的阿开亚兵壮！
我的话出自真情，发自内心：
克罗诺斯之子、高坐云端的宙斯将不会兑现
我们的誓约；他用心险恶，要我们互相残杀，
结果是，要么让你们攻下城楼坚固的特洛伊，
要么使你们横尸在破浪远洋的海船旁。
现在，你等军中既有阿开亚人中最勇敢的战将，
那就让其中的一位，受激情的驱使，出来和我战斗，
站在众人前面，迎战卓越的赫克托耳。
我要先提几个条件，让宙斯做个见证。
倘若迎战者结果了我的性命，用锋利的铜刃，
让他剥走我的铠甲，带回深旷的海船，
但要把遗体交还我的家人，以便使特洛伊男人
和他们的妻子，在我死后，让我享受火焚的礼仪。
但是，倘若我杀了他，如果阿波罗愿意给我光荣，
我将剥掉他的铠甲，带回神圣的伊利昂，
挂在远射手阿波罗的庙前。
至于尸体，我会把它送回你们凳板坚固的海船，

让长发的阿开亚人为他举行体面的葬礼，

堆坟筑墓，在宽阔的赫勒斯庞特岸沿。

将来，有人路经该地，驾着带坐板的海船，

破浪在酒蓝色的洋面，眺见这个土堆，便会出言感叹：

'那里埋着一个战死疆场的古人，

一位勇敢的壮士，倒死在光荣的赫克托耳手下。'

将来，有人会如此说告，而我的荣誉将与世长存。"

他如此一番说道，镇得阿开亚人半晌说不出话来，

既羞于拒绝，又没有接战的勇气。

（节选自由毛荣贵、向红翻译，航空工业出版社 2007 年出版的《伊利亚特》）

《伊利亚特》是古希腊著名的长篇叙事诗。长诗原来是靠乐师背诵流传的口头文学，是些零散的篇章，后由盲诗人荷马定型。

"伊利亚特"意为"伊利昂之歌"或"伊利昂诗记"。伊利昂是特洛伊的别称。特洛伊城位于小亚细亚西北海岸，商业繁荣，史诗称它是"富丽的伊利昂"。当时，希腊地方的部族总称为阿开亚人，公元前 12—前 11 世纪之交，他们联合进攻特洛伊，史称特洛伊战争。《伊利亚特》就是描述这场战争的史诗，是一部神的故事和英雄传说。

相传伊利昂的王子帕里斯到希腊的斯巴达王墨涅拉俄斯那里做客，拐走了墨涅拉俄斯美貌的妻子海伦及无数财宝，带回伊利昂，惹恼了阿开亚人。墨涅拉俄斯的哥哥迈锡尼王阿伽门农倡议：召集各部落首领，调集 10 万大军，1000 多艘船只，由阿伽门农任联军统帅，渡过爱琴海，攻打特洛伊城。经过一番周折，希腊联军登岸特洛伊，兵临城下，但一连九年不得攻破。在第十年里，阿伽门农和联军中最好的战将阿喀琉斯发生争执，阿喀琉斯退出战场。《伊利亚特》从这里开始写起，只描写了战争第 10 年里 51 天的事情。阿开亚人失去一员大将，抵挡不住特洛伊人的攻击。特洛伊主帅赫克托耳在

宙斯和阿波罗等天神鼓舞下，所向披靡。希腊人则节节败退，到了山穷水尽的地步。赫克托耳阵杀帕特罗克洛斯后，阿喀琉斯重返战场，在女神雅典娜的帮助下杀死了赫克托耳，暂时休战，史诗结束。

《伊利亚特》以英雄业绩为中心，描述了一场轰轰烈烈的战争中最悲壮的一页，充满英雄主义气氛。作品没有关于战争的道义观念。史诗记叙的是历史事件，是人类社会的童年、人类文明的初期，是希腊氏族社会开始瓦解和奴隶制开始形成的时代，希腊史上称为"英雄时代"。战争在那时是常事。史诗表现出对那个时代、对英雄主义精神的赞美和崇敬。

《伊利亚特》展示了战争的暴烈，和平的可贵；抒发了胜利的喜悦，失败的痛苦；描述了英雄的业绩，征战的艰难。它阐释人和神的关系，审视人的属性和价值；它评估人在战争中的得失，探索促使人们发动战争的内外因素；在一个神人汇杂、事实和想象并存、过去和现在交融的文学平面上对影响人的生活、决定人的思想、指导人的行为的一系列重大问题，进行了严肃的、认真的探讨。

作品触及的一个最根本的问题是，人生的有限和在这一有限的人生中，人对生命和存在价值的思索。

人生充满生机，充满创建功业的希望和喜悦。世代的更替给家族带来的不是悲生厌世的情绪，不是怨天尤人的悲叹，不是无所作为和默默无闻，而是枪马创立的霸业，汗血浇铸的英名，世代相传的美谈。勇士们不厌其烦地对着敌人大段地宣讲自己的宗谱，从中享受作为英雄后代的光荣和骄傲。战争诚然无情，死亡确实可怕，但战士的职责是效命疆场，战士的荣誉是拼杀掳掠，战士的喜悦是千古流芳。

人生短促，所以在所必争；生命可贵，所以必须珍惜。财富可以通过劫掠获取，但人的魂息，一经滑出齿隙，就无法"再用暴劫掠回，也不能通过易贾复归"。然而，对生命的挚爱，没有使英雄成为生命的奴仆——除开神的因素，他们始终是它的主人。明知命运险厄，但却拒不向它屈服；明知征战艰难，但即使打到头破血流，也要拼个你死我活。活要活得扬眉吐气，死要死得明明白白。

用有限的生命抗拒无限的困苦和磨难，在短促的一生中使生命最大限度地获取和展现自身的价值，使它在抗争的最炽烈的热点上闪烁出勇力、智慧和进取的光华。这便是荷马的勇士们的人生，凡人试图冲破而又无法冲破自身的局限的悲壮。很明显，这是人生的悲剧，也是人生的自豪。荷马和他的《伊利亚特》教我们看到人生的悲苦，人生的英烈，人生的渺小和伟大。

史诗在结构上剪裁巧妙，布局精当。情节围绕一个人物、一个事件展开。人物性格描写十分出色。诗中塑造了一系列英雄形象，最突出的代表是阿喀琉斯和赫克托耳。阿喀琉斯是忘我的战斗精神的体现，赫克托耳则是令人同情、令人崇敬的悲剧性的英雄。诗中的众神形象，也各具特点，栩栩如生。史诗的语言质朴自然，近乎口语，语汇丰富形象。诗中还大量地运用生动的比喻，比喻多达200多处，构成"荷马式的比喻"，史诗还多次使用传统的反复手法增强作品的感染力。

《罗兰之歌》（节选）

［法国］佚 名

罗兰感到死神正向他逼近……

他一手抓住号角，怕被人指责

（把它留给了异教徒），另一手执剑。

他在休闲田里朝西班牙走了一箭之远，

山顶的两棵树下，有四块大理石。

罗兰仰面倒在绿草之上

…………

罗兰觉得两眼发黑；他站起来

使尽全力，脸已因失血而变白

他痛苦而愤怒，以剑击石，
剑"嘣嘣"作响，但无伤无损。
伯爵说："圣母啊，帮帮我吧！
杜朗达尔，勇敢的剑，你何其不幸！
现在你虽已无用，但我爱你如初。
我用你打了那么多胜仗，我曾在
白胡子查理王的辽阔疆土上征战：
但愿你的主人不是临阵脱逃的懦夫！
长期携带着你的曾是这样的一个勇士
在自由的法兰西无人能与他相比。"
....

罗兰伯爵躺在松树底下，
他把脸转向西班牙。
他回想起件件往事：
回想起他所征服的地方，
回想起法兰西和他的族人，
回想起查理王，养育他的恩主
忍不住潸然泪下轻轻哀叹，
他还是忘不了这些往事。
他忏悔罪恶，请求上帝宽恕：
"天父啊，您从来不说假话，
您曾让圣拉萨尔死而复生，
您曾从狮口救出达尼埃尔，
拯救我的灵魂，让我避开一切厄运，
我此生所犯的罪将给我以灭顶之灾。"

> 他伸出右手，把手套献给上帝，
> 圣加伯利用手接了过去。
> 罗兰用手臂支起垂下的头颅，
> 双手合一，走向他的黄泉。
> 上帝给他派去了二品天使，
> 以及危海中的圣米歇尔。
> 圣加伯利与他们一同来临，
> 众人带着伯爵的灵魂上了天庭。

（胡小跃译）

《罗兰之歌》是法国中世纪著名的长篇叙事诗，是"骑士文学"最重要的代表作品之一。它不仅在欧洲文学领域占据重要地位，而且也极具史料价值，被誉为关于英雄的"史诗"。作品最初源于行吟诗人的传唱，其原作者已难详考。主要内容是：查理率军出征西班牙，历时七年，征服了半岛上几乎所有的小王国，只有萨拉哥萨王国拒绝臣服，该国国王马西理为了让查理返回法兰西，假装皈依基督教，并派使者给查理送去重礼和人质。法兰西朝臣分成主战和主和两派。大将罗兰向查理推荐甘尼仑出使萨拉哥萨国，而一向与罗兰不和的甘尼仑认为罗兰是有意加害于他，便怀恨在心，决心报复，他向敌军泄密。当罗兰率领两万后卫部队返程经过一个山谷时，遭到萨拉哥萨40万大军的伏击。罗兰及其战友英勇抵抗，终因寡不敌众，全军覆灭。临死前，罗兰吹响了号角通告查理曼。查理曼率军返回，全歼了萨拉哥萨的军队并处决了叛徒甘尼仑，为罗兰报了仇。

《罗兰之歌》充分反映了西欧骑士忠君爱国的思想。诗将查理大帝写成理想的君王，在查理身上寄托了当时人民的理想，人们将和平、安定、统一国家的愿望寄托在查理王身上，这位封建君王便成了和平统一的国家的象征。因此，人们忠于君王即忠于国家。

这种忠君爱国精神集中体现在罗兰身上。他刚强、勇敢,把国家的利益和荣誉看得比自己的生命还重要。马西理王遣使求降,罗兰反对受降,要求彻底消灭敌人。查理派他带后卫部队时,要将一半人马留给他,为保皇帝安全,他坚决谢绝,自己只要了两万人,并保证只要自己活着,查理就无忧无患。当受到人数五倍于他的敌人突袭时,他临危不惧,蔑视敌人。在战斗中罗兰在挥舞宝剑砍杀的同时,口中一遍遍叨念道:"不要由于我而使法兰西丧失威名。""可爱的法兰西不会把威名丢掉。"当罗兰看到遍地阵亡的将士,哭泣道:"法兰西啊,我亲爱的故乡,遭到这般损失。变成一片荒凉。"随后,他又投入战场,说道:"我们将要殉国,……不能让可爱的法兰西羞愧无光!"据统计,在《罗兰之歌》中,"法兰西"这一国家的名字共出现了370次。

《罗兰之歌》中的爱国概念虽与今天的爱国主义不同,但在当时的封建割据状态下,显然是具有进步意义的。在结构上,史诗情节集中,只写了一件事。描写简单精当,鲜明突出。叙事时,常用重叠法,如奥利维埃三次建议罗兰吹号,罗兰三次拒绝;又善于用对比手法,罗兰忠心耿耿,为祖国英勇牺牲,而甘尼仑则因为个人恩怨不惜出卖国家。重叠法和对比法都有利于突出罗兰形象的性格特征及忠勇精神。同时,也体现出这部史诗的民间文学的痕迹。

《俄罗斯人要不要战争》

[苏联]叶夫根尼·叶夫图申科

俄罗斯人要不要战争?
那就请你们去问问
宁静的、辽阔的耕地和原野,
还有白桦和杨树林。
请你们再去问问

埋在白桦树下的士兵，

他们的儿女将回答你们：

俄罗斯人要不要战争？

不仅为自己国家

士兵们在那场战争中牺牲，

也为全世界的人们

能安然地步入梦境。

在树叶和海报的簌簌声中

睡吧，纽约，睡吧，巴黎……

让城市的睡梦回答你们：

俄罗斯人要不要战争？

是的，我们英勇善战，

但不希望在战争中

士兵们又一次阵亡，

在祖国忧伤的热土地上。

请你们去问问母亲们，

去问问我们的妻子，

俄罗斯人要不要战争？

叶夫根尼·叶夫图申科，苏联20世纪五六十年代"大声疾呼"派诗人的代表人物。他的诗题材广泛，以政论性和抒情性著称，既写国内现实生活，也干预国际政治，以"大胆"触及"尖锐"的社会问题而闻名。

叶夫图申科是一位十分敏感而又充满激情的诗人，他时刻密切关注着他所热爱的俄罗斯的命运，俄罗斯人民的命运，世界人民的命运。他是用心灵与苏联现实、与人类世界对话的诗人。叶夫图申科曾说过："没有对祖国的爱，就没有诗人。然而今天，如果不参加整个地球上进行的斗争，就没有诗人。"基于这种清醒而深刻的认识，诗人在创作中融进自己的人类思维。20世纪 50 至 60 年代，尽管叶夫图申科关注思索的焦点是自己的国家和民族，但也不乏对人类命运关怀的情感。1961 年，卫国战争 20 周年之际，叶夫图申科创作了著名的战争诗、政治抒情诗《俄罗斯人要不要战争》。

诗一开始，"俄罗斯人要不要战争？"这一颇具警示性的问句破空而来，引人深思。但是，诗人并没有对这一问题直接做出回答，而是设定了两组问询的意象，形象性地暗示出作者的态度。诗人内心的强烈情感使得意象具有生动丰富的内涵。诗中的一组意象是耕地和原野、白桦和杨树林、城市的睡梦，渲染出宁静、和谐、甜美的艺术境界；另一组是卫国战争中牺牲的士兵，他们的儿女、母亲和妻子们，忧伤的土地，展示出悲剧性的画面。两组意象相对比，发人深省：战争使无数母亲失去儿子，使多少年轻的妻子失去丈夫，又使多少原本幸福的孩子成了孤儿！战争残酷地毁灭着一切的美好与和谐，它无情地摧毁着我们和平的甜梦，不仅是俄罗斯人要不要战争，整个世界要不要战争呢？由此凸显出和平的可贵及战争的破坏性、灾难性，以及战争带给人们的无限创伤，表现人们对和平生活的无限希冀和渴望。

综观全诗，以问语的方式开头，起得突兀，中间以发自内心的深沉、哀伤、激愤的感人诗句，通过多种意象的叠加，以及"……回答你们：俄罗斯人要不要战争？"这一情感强烈的诗句的多次反复，结得意远，反映了世界和平这一关系到人类命运的重大主题，表达了爱好和平是全世界人民的共同心愿。诗篇把对民族昨天的悲怆历史的追溯与人类未来命运的思考结合起来，在展示苏联卫国战争的残酷性、悲剧性的艺术画面中，发掘人类情感的普遍规律。

这是一首创作于俄罗斯诗歌不押韵的自由体诗尚未战胜押韵的诗歌的背景下的自由体诗。诗人思维本身的跃动构成了内在的节奏，诗歌激荡的情绪构成了内在韵律，自由奔放、无拘无束的诗行与诗歌激昂的旋律，真正地获得了动态的和谐。

《康科德碑颂歌》

[美]拉尔夫·沃尔多·爱默生

河水在简陋的拱形桥下流淌，
旗帜在四月的微风中招展，
这里曾屹立整装待发的农夫，
打响声震寰宇的那一枪。

敌人早已悄然无息；
征服者也早已安然入土；
时光把小桥的残骸扫入
那流入大海的黝黑小溪。

在翠绿的堤岸上，在缓流的小溪边，
今天我们竖起一块纪念石碑；
让英雄的伟业丰功时时重现，
一如纪念祖先，直至我们的子孙晚辈。

英雄们以无畏的精神
以生命换取后代的自由，
愿时光和自然仁慈地将它们保留
我们为他们和你竖起的这座丰碑。

1836年4月19日是康科德纪念日，在革命烈士纪念碑的揭幕典礼上，美国作家爱默生朗诵了这首诗。康科德在19世纪是美国著名的文化中心，著名作家爱默生、梭罗和霍桑等都曾在此居住。本诗是爱默生为讴歌在康科德战役中献身的英雄们而创作的。诗中描绘的是美国独立战争期间在康科德发生的战事。康科德是美国马萨诸塞州东部的城镇，临康科德河，在波士顿西北 92 公里处。在独立战争期间，该小镇和莱克星顿同为美国独立战争的发源地。1775 年 4 月 19 日，英国军队取道莱克星顿进入康科德，企图摧毁当地人民收集的用于抵抗英军的枪支弹药。小镇居民闻讯后迅速将枪械转移，民兵们在康科德北桥与英国军队遭遇，展开了英勇的抗争，打响了爱默生在诗中所说的"声震寰宇的那一枪"，从而拉开了独立战争的序幕。

爱默生的诗名一向为文名所掩。但是通过诵读本诗，我们可以体味到诗人饱满的爱国热情和动人的音乐性。全诗充满了对革命先烈的缅怀之情，诗人首先回忆康科德战役的情景，满怀深情地描述康科德河、微风中飘扬的旗帜和揭竿而起的农民，随后引出那脍炙人口的名句："声震寰宇的那一枪"，使美国的独立革命引起了世人的瞩目。接着，诗人又转而描述当年战争中的独立者和被击败的英军，借助重复"悄然无息"，着意表现了小镇的宁静。尽管事过境迁，当年参战双方和横跨康科德河的小桥都已不复存在，然而那激烈的鏖战依然留在人们的记忆中。接着，诗人以优美的笔触对康科德纪念碑作了描述，翠绿的堤岸，滚滚的流水，康科德的一草一木都沉浸在对先烈的崇敬和缅怀中。诗人以虔诚的心灵祝愿纪念碑永世长存，让子子孙孙都铭记先烈，珍惜这块先烈们流血牺牲换来的热土。

本诗是美国文学的精品，长期收入美国教科书中，受到一代又一代青年学生的喜爱。尽管爱默生素以散文和演说著称，但是，许多美国学生却是从本诗开始熟悉他的。

二、推介篇目

《力士参孙》

［英］弥尔顿

（原文略）

作品见殷宝书译《弥尔顿诗选·力士参孙》，人民文学出版社 1958 年版。

《力士参孙》是英国 17 世纪杰出的诗人和政论家弥尔顿的代表作之一。取材于《旧约·士师记》，是一部戏剧诗，也是一出著名的悲剧。参孙是以色列人玛挪亚的儿子。他出生时以色列已受非利士人辖制 40 年。上帝耶和华让他降生以拯救以色列人。他力大无穷，勇敢无畏，但错娶了非利士女子大利拉为妻。参孙做以色列士师 20 年，与非利士人交战，烧其田庄，杀其军卒，一次便杀死一千多敌人。非利士人不敢与他交锋，便买通大利拉，打探清楚参孙的神力在于头顶上的七缕头发，于是趁他睡觉时剃光了他的头发。他失去了神力，做了非利士人的俘虏，被挖去双眼，关进牢狱，日日做着苦工。不久，他的头发重新长出，体力恢复，然而已是双目失明的奴隶。他的朋友(剧中的歌队)来看他，安慰他，他父亲准备把他赎出去。正在这时，公差传他去宴会场上为非利士人表演武艺。参孙知道非利士人是要拿他开心，但意识到是个复仇的好机会。非利士首领和三千公众观看参孙表演。参孙求引路童子让他摸着大厅的柱子，心中默默求助于耶和华，用力摇动柱子，大厅倒塌，首领和众人无一幸免，参孙也与他们同归于尽。

1649 年共和国成立，弥尔顿被任命为新政府拉丁文秘书，为捍卫共和国不断奋笔疾书。1660 年，斯图亚特封建王朝的复辟结束了他的政治生活，但他依然渴望行动，渴望复仇。于是，他选取了参孙的题材，用参孙被囚禁、受摧残的情节，反映出王朝复辟后革命者内心的痛苦和所受的迫害；用参孙宁可与敌同归于尽也要消灭仇敌的悲壮之举，表现自己坚强不屈的革命精神。他要使这部悲剧成为一种号召，号召年轻一代继续斗争。所以，剧中的主人公也就是作者的代言人。

《浴血的一周》

[法]葛莱蒙

（原文略）

作品见《巴黎公社诗选》，沈宝基译，人民文学出版社 1957 年版。

《浴血的一周》由法国革命家、诗人葛莱蒙创作，是巴黎公社文学的一首名诗，与鲍狄埃的《国际歌》并称优秀诗篇。1871年3月18日巴黎公社起义，推翻资产阶级第三共和国，建立了人类历史上第一个无产阶级政权——巴黎公社。5月28日，公社失败，得胜的反动派进行疯狂的屠杀。那时候，作者藏在巴黎一位同志家里，听到外面的枪声、抓人的呵叫声、妇女儿童的哭号声。在这种血腥凄惨的气氛中，他写成了这首诗，以满腔的怒火揭露反动统治者的惨无人道，表达出无产阶级百折不挠的斗争精神。反动派残酷杀戮，甚至连妇婴也不放过，造成无数的孤儿寡母。但是，作者坚信，这样的日子不会长久，总有一天穷人们要报仇。诗篇在结构上利用了复句的形式，反复吟咏"这不会长久，这些坏日子总有过去的时候。当心我们报仇，所有的穷人都动手！"突出了复仇的决心，突出了革命必定还要兴起的主题思想。

《被俘的英雄》

[印度] 泰戈尔

（原文略）

　　作品见石真译《泰戈尔作品集》，人民文学出版社1961年版。

　　泰戈尔是印度伟大的诗人、教育家、画家，东方第一个诺贝尔文学奖获得者，被称为印度新文化之父。他反对异族对印度的统治，反对封建主义。爱国主义和人道主义是他创作的指导思想。他创作了50多本诗集，最著名的诗集是《吉檀迦利》《新月集》《园丁集》《故事诗集》等。

　　《被俘的英雄》是《故事诗集》中的一首著名长篇叙事抒情诗，创作于1900年，讴歌锡克教徒反抗异族侵略的斗争。

　　泰戈尔生于印度沦为英国殖民地后的第三年，死于印度争取到国家独立的前六年，整整一生处于印度争取民族解放的时期。印度人民多次起义，屡遭镇压。作为一位爱国作家，泰戈尔投身民族解放运动的前列。《被俘的英雄》中表现出他强烈的爱国主义思想，对自由的不懈追求，对锡克教的热情赞颂。

从 1526 年波斯统治者巴布尔入侵印度，建立莫卧儿帝国，统治印度 200 年之久，使印度国势衰弱，才引起西方殖民者的入侵。莫卧儿帝国期间，印度人民也曾不断起义，1710—1716 年，锡克教徒的起义规模巨大，领导者是农民般达，他是锡克教第十四位祖师戈宾德的弟子、锡克教的领袖，他团结农民，举起反对剥削、推翻异族统治的旗帜，失败后被俘，但给了莫卧儿帝国以沉重打击。诗中揭露了异族刽子手的灭绝人性，赞扬了民族英雄的不屈精神。

《瓦西里·焦尔金》

[苏联]特瓦尔多夫斯基

（原文略）

作品见飞白译《瓦西里·焦尔金》，人民文学出版社 1985 年版。

《瓦西里·焦尔金》是苏联 20 世纪 60 年代著名诗人特瓦尔多夫斯基的代表作，是苏联卫国战争时期最重要的文学成果，是一部由 30 首能够各自独立而又互相衔接的诗篇组成的长篇叙事诗、战争史诗。

主人公焦尔金这一形象有巨大的艺术概括性，是苏联红军战士的一个成功典型。在他身上，体现了苏联战士不屈不挠、英勇果敢的精神和他们的幽默机智；也体现了俄罗斯人对祖国的高度责任感、热爱劳动和勇于建立功勋的品质。焦尔金朴实、天真、幽默、乐观，喜欢开玩笑，而玩笑中饱含着深刻、严肃的道理。他是乐观的化身，在他的乐观中体现出坚忍顽强的精神、高明的见解和英雄的本色。

思考题：

1. 什么是军旅诗歌？其最主要的特征是什么？
2. 中国军旅诗歌的源头是什么？

3. 军旅诗歌的独特风格主要表现在哪些方面？

4. 如何鉴赏军旅诗歌？

5. 军旅诗歌的审美意境主要有哪两种？

6. 我国文学史上第一位伟大的爱国诗人是谁？他最具代表性的军旅诗是哪一首？

7. 唐代边塞诗派的代表作家主要有哪些？

8. 辛弃疾的《破阵子·为陈同甫赋壮词以寄之》在结构上有什么特点？

9. 法国"骑士文学"最重要的代表作品是什么？

10.《俄罗斯人要不要战争》表达了怎样的主题？

第三章

军旅散文鉴赏

学习提示：本章主要介绍了军旅散文基本知识，以及古今中外军旅散文的名篇，并且对经典篇目进行了赏析。通过学习，学员应了解军旅散文的含义，军旅散文的分期和发展，掌握军旅散文的审美特征，以及军旅散文的鉴赏方法。

"只解沙场为国死，何须马革裹尸还。"军旅文学在兴衰演进的历史中，一直是人们关注的话题。任何一次战争，都演绎着勇敢、荣誉、尊严和牺牲精神，也造就了一大批杰出的将领和经久不衰的文学作品。人类历史上难以数计的文人墨客，以其丰富细腻的感情，敏锐深透的观察力，引人遐思的想象力和扣人心弦的笔触，写成了一部部、一篇篇千古流传的军旅散文作品。

中国是一个诗歌的国度，也是一个散文的国度。从司马迁的《史记·项羽本纪》、诸葛亮的前、后《出师表》，到李华的《吊古战场文》、苏轼的前、后《赤壁赋》等等，正是这些涉及军旅的名篇佳作，成就了军旅散文的璀璨华章。

第一节 军旅散文基本知识

如何界定"军旅散文"？这是进行军旅散文鉴赏的前提。本章节将从军旅散文的源流和概念谈起，介绍军旅散文的分期及发展。其中，军旅散文的审然，大家杰作迭出——有周作人式的小品，也有鲁迅式的杂文；有郁达夫、徐志摩宣泄无遗的抒情，也有夏丏尊、丰子恺精简传神的记述……然而，铜琶铁板唱大江东去的'军旅散文'依然少见，如果硬要按图索骥，茅盾先生的《白杨礼赞》之类，大概可以归入其中。"

（三）当代军旅散文

当代散文，大致是指新中国成立以来的作品。如魏巍的《谁是最可爱的人》《依依惜别的深情》；还有刘白羽的中篇纪实散文《万炮震金门》，以及《志愿军一日》《星火燎原》《红旗飘飘》等大型回忆性丛书。以个人角度的散文笔法记录下战斗历程而成为散文佳构的作家，还有巴金、丁玲、孙犁、吴伯箫、碧野、柯灵、杨朔、艾煊、黄秋耘、菡子、彭荆风、吴有恒，等等。

限于篇幅，我们只鉴赏其中的一些代表篇目，而且仅仅将当代军旅散文的发展流变稍作展开。

1."前17年"："纪实性"与"抒情性"

在共和国成立最初的几年，最激动人心的散文是反映抗美援朝战争的通讯特写，这是建国初期文学园地中的报春花，也是这一时期文学创作中的重要收获。巴金、魏巍、靳以、菡子、杨朔、黄钢等大批作家，都奔赴硝烟弥漫的抗美援朝战场，以饱蘸激情的笔墨，在三千里锦绣江山的宏阔背景下，谱写了一曲曲志愿军的颂歌，及时向祖国人民报道志愿军抗美援朝的战斗事迹和生活故事。围绕着抗美援朝，掀起了新中国成立后散文创作的第一次高潮。这些作品既有专业作家的通讯特写，也有专业作家和志愿军指战员的作品合集。前者如魏巍的《谁是最可爱的人》《依依惜别的深情》，菡子的《和平博物馆》《我们从上甘岭来》，巴金的《生活在英雄中间》《我们会见了彭德怀司令员》，刘白羽的《朝鲜在战火中前进》《对和平宣誓》，杨朔的《鸭绿江南北》，华山的《远航集》，靳以的《祖国——我的母亲》等，都是这类散文中的名篇。后者如《朝鲜通讯报告选》（一、二、三辑）、《志愿军英雄传》《志愿军一日》《凯歌声中话友谊》等。这些作品真实地再现了中朝人民同仇敌忾、团结一致，同侵略者英勇斗争的壮举，表现了中朝人民血肉相连、唇齿相依的传统友谊。

巴金、魏巍、靳以、菡子、杨朔、刘白羽、黄钢等关于抗美援朝的散文佳作以鲜明的个性色彩点染着"前17年"军旅散文园地，使其在同一中不失绚丽，严肃中不失清新。其中，最有代表性的作家是魏巍。

抗美援朝期间，魏巍曾先后三次奔赴朝鲜战场，陆续发表了《谁是最可爱的人》《战士和祖国》《汉江南岸的日日夜夜》《年轻人，让你的青春更美丽吧》《血与火》《前进吧，祖国》《依依惜别的深情》等。这些作品都有过较大的影响，《谁是最可爱的人》《依依惜别的深情》被选入大学、中学课本，"最可爱的人"成了人民解放军和志愿军战士的代名词。丁玲说："魏巍是钻进了这些可尊敬的人们的灵魂里面，并且同自己的灵魂融合在一块，以无穷的感动和爱，娓娓地道出这灵魂深处所包含的一切感觉。"这是作品取得成功的主要原因。

菡子于1952年赴朝，在朝鲜战场体验生活8个月，亲身经历了举世闻名的上甘岭战役。作为新中国第一代女作家，菡子给人印象最深刻的是战地通讯，《从上甘岭来》《在胜利的前沿阵地上》《和黄继光通讯班相处的日子》《前方》《和平博物馆》《观察员的位置上》等。这些作品对这场保家卫国的战争报道得绘声绘色，感人至深。

杨朔散文涉及的范围相当广泛，涉及军旅题材的主要体现在两个方面。首先，在抗日战争及解放战争期间，他曾以明快而热情的笔调描写人民子弟兵的英雄行为、献身精神和成长过程，这期间的散文创作主要辑入《潼关之夜》《铁骑兵》《北黑线》。其次，1950年作者随中国铁路援朝大队开赴朝鲜战场，后又转入志愿军战斗部队工作，写了大量的散文，大部分收在《鸭绿江南北》和《万古青春》两个集子里。或歌颂中朝人民友谊，如《鸭绿江南北》《平常的人》《上尉同志》；或赞美朝鲜人民的战斗意志和志愿军的英勇牺牲精神，如《春到朝鲜》《中国人民的心》《万古青春》《英雄时代》等，都感人至深。这一时期的散文是他创作走向成熟的时期,总是力图"从生活的激流里抓取一个人物,一种思想,一个有意义的生活片段,迅速反映出这个时代的侧影"。

反映朝鲜战争的散文,在巴金散文中占有重要地位。巴金曾两次赴朝鲜前线,亲自体验过枪林弹雨、烈火硝烟的战争生活,目睹了志愿军指战员前赴后继的英雄行为,这些都化成了强烈的创作驱动力。巴金先后写下了《我们会见了彭德怀司令员》《生活在英雄们中间》《朝鲜战地的春夜》《在金刚山发生的事情》《坚强战士》《寄朝鲜某地》等抒情篇章,分别从不同的侧面,不同的角度,真实而又生动地描写了"最可爱的人"无限宽广的胸怀,无比坚强的意志,讴歌了他们美的行为与心灵。

2. "后20年":繁花竞放

新时期之初的军旅散文和当代散文一样,正处在挣脱"前17年"传统窠臼,并向着更加良性的散文生态环境发展的过渡时期。杨闻宇从"文革"开始发表作品,至今几近30年,先后出版了《灞桥烟柳》《绝景》《不肯过江东》等多部散文集。对中国传统散文的精研和对典籍的谙熟,使他常常能辑古钩沉,发历史之幽思,愈到晚近,愈有走余秋雨"文化苦旅"之趋向。

而真正打破军旅散文的沉寂局面是在八十年代后期,尤其到了九十年代,安定祥和的社会环境,多音齐鸣的文化格局,都使得作家们的精神和心态得到了空前的解放。于此,散文热潮的高涨也就不可避免了。从诗人、小说家队伍里杀出几员大将,他们是周涛、李存葆、莫言、朱苏进、朱增泉。

周涛是新边塞诗的代表人物。他从小便随父移居边疆,在一个多民族聚居的区域里长大,华夏文明和游牧文明在周涛身上的碰撞和融合,使他从小便"学会了在各民族的对比中关照自己的民族"。马背民族的原始粗犷,改造了汉文化的圆熟精致,为之注入了新鲜的血液。两种文化板块的碰撞,孕育出了一个"西北胡儿周老涛",也造就出了周涛雄浑劲健、豪放悲怆的文学风貌。

80年代中期以后，周涛由诗歌走向散文创作，著有散文集《稀世之鸟》《秋风秋雨集》《人生与幻想》《游牧长城》《兀立荒原》等。虽然周涛的散文直接涉及军旅题材的作品不多，但是他的每一篇文章都能让人感受到深切的军旅情怀与豪放的军人气质。由诗而走向散文的周涛，再次找到了释放自己生命感悟的文体方式，受到了评论家朱向前不无奢侈的热烈赞扬："散文家周涛比诗人周涛更雄放也更俊美，更精微也更大气，更自信也更自然，因此也更具诗人的气质、魅力与品格。因为，他的散文是更加广义的别一形态的真正的诗。"

周涛在西北土地上生活了30多年，以一种当代人的思想和宏大的文化精神，对西北大地进行了独具个性的文化思索，试图从西部的自然万物中寻找原初的美和人类失却已久的品质与精神。周涛的散文在表达生命这一主题时，善于展示其丰富的内涵，有一种英雄式的悲壮与高贵，展示了他对生命本质、意义的探索和参悟。

朱增泉也是由诗而文。他是一位真正行伍出身有四十年军龄的老军人，一位将军作家。他的散文选材和感情走向有着更为鲜明和强烈的军旅定位。军营现实、戍边官兵以及古战场和历史名将都是他的创作对象，而民族文化传统、军事智慧和现实军队命运的思考则是他散文创作的理性内核。他关注一般的军营现实和戍边官兵，但他对古战场和历史名将投注了更多的目光。在抚今追昔之中，融入了他对民族文化传统、古代军事智慧和现实军队命运的交织思考，将尚武精神、载道传统和言志理路巧妙嫁接，展示了一位将军散文家特有的气质与风范。曾出版散文集《秦皇驰道》《边地散记》《西部随笔》《边墙·雪峰·飞天》等。新近出版的长达140万字的《战争史笔记》，受到文学界的广泛关注与一致好评。

朱苏进的散文创作和他的小说特点基本吻合。一是锐利的思想性，集中表达当代职业军人对战争、军人、死亡与和平的深度认识与终极追问，常常在形而上的层面升华为睿智的哲理，或者以理念的火炬照亮生活的发现。二是深思熟虑，出手谨慎，所作不多，作必精到。《天圆地方》和《独自散步》两本集子篇幅不大，却都有沉甸甸的分量。

与周涛、李存葆、莫言、朱苏进、朱增泉等人的阳刚大气之作形成呼应与互补的有两个方面军。一是由诗人、小说家、资深编辑、报告文学作家组成的"混合军团"，如叶楠、彭荆风、凌行正、朱亚南、峭岩、喻晓、程步涛、韩静霆、王宗仁、苗长水、金辉、阎连科、杨景民、卢江林、汪守德、张为等人。二是由斯妤、裘山山、燕燕、庞天舒、项小米、唐韵、刘烈娃、王秋燕、刘馨忆、文清丽等和前辈作家郭建英、杨星火等共同组成的军旅女散文家群。

战争与女人，看来似乎水火不容，但搭配在一起却非常地完美。在军队这支充满阳刚之气的群体里，女性的存在为它注入了阴柔的气息。她们很好地调和了象征着山的军队，用水一般的品质滋润着中国那巍峨长城的绿色。军旅女性散文家们用她们手中如诗的画笔，以独特的女性视角描绘着血与火的战争，描绘着伟大、可爱的战士们，描绘着平凡中默默无闻的神圣，描绘着军人那一颗颗美丽的心灵。新中国成立后，同样经历过战争风云的女作家们也和男作家们一样，在散文的天地里书写起了自己亲历的战争和那些"最可爱的人"。

郭建英是一位从朝鲜战争中走出来的老一辈军旅散文家，14岁从戎，对部队和战士有着深厚的感情，出版过散文集《长城望不断》《关山集》，散文诗集《流星雨》等。郭建英早期受杨朔散文的感染和鼓舞并开始创作，她的散文多是以个人回忆形式写成，有时也以别人的故事来展现战士的情怀。作为老战士，她接触了许多首长和战士，得到很多宝贵的历史素材。在这个基础上，创作出了大量的人物通讯、人物小传体的散文作品，以饱满的热情表现着军人的人性美。可贵的是，郭建英不断调整自己的散文创作，审美情趣由以前的"诗意"的颂歌，转向了对人生、生命进行形而上的思考，不再停留在从既定的政治理念、时代精神出发，而是从自我感受出发，写自己对人生或自然的感悟。

新时期以来，尤其是八九十年代之后，一大批青年军旅女作家从海岛、高原，从山岳、丛林，从医院、哨所，从通讯班、演出队走了出来，她们共同的使命就是书写军营生活与人生况味……裘山山、毕淑敏、庞天舒、项小米、燕燕、斯妤、王秋燕、马晓丽、刘烈娃、文清丽、刘馨忆、唐韵等，这些多由女兵成长起来的女作家们，纷纷以不同的写作题材、各异的创作风格、自觉的女性立场，充实着军旅散文的园地，用同样丰满的画笔描绘着自己，抒发既是军人又身为女人的独特心境。

毕淑敏的散文是最有军旅味的女性散文作品。当她还是少女的时候就参军到了藏北高原的军营里。在《从西部归来》中，她向我们讲述了在昆仑山当军医的岁月。恶劣的自然环境、恶劣的生存条件、一年一半时间大雪封山与世隔绝的困苦，这些都没有使这个小女孩屈服，她美丽的心灵依旧闪着迷人的光芒：在给一个牺牲的小战士换衣服的时候，"趁人不注意，我在他的衣兜里放上了几块水果糖"，"那个小兵被安葬在阿里高原，距今已经有二十多年了。我想，他身边的永冻层中，该有一小块泥土微微发甜，他在晴朗的月夜，也许会伸出舌头尝一尝吧！"从这些纯净的话里，我们可以看到她那一颗少女清澈、善良的心灵。昆仑山的吃、喝、眠都是常人无法忍受的，最平常的生活都成了和自然和自己搏斗。在《昆仑山的吃》《昆仑山的喝》《昆仑山的眠》中，吃脱水蔬菜、奢侈地晒被子，以及用酒和男兵们换罐头都变成了苦中作乐的美好回忆。在《葵花之最》里，她用一小袋南方小姑娘寄来的作为慰问品的葵花籽在海拔五千多米的高原竟然种出了葵花，经过暴风雪的肆虐，只剩下一株侏儒般的小葵花，被她们小心地用石头墙保护了起来，作为美丽的信念储存在冬天的高原。她说："我不知道它是不是世界上最小的葵花，但我知道它是世界上最高的葵花。"其实，毕淑敏和她的战友们就是这株小葵花，她们才是世界上最美的葵花。虽然，毕淑敏回到北京后，又写了许多如《呵护心灵》《素面朝天》《生生不息》等反映自己工作、生活的散文，但我们仍旧能够从中发现她骨子里昆仑山般坚强的意志与精神。

正是上述这样的两股力量,再加上刘白羽推出的记录与总结自己一生的厚重长卷《心灵的历程》,就使得九十年代的军旅散文开始初具规模,有了基本阵容,有了代表人物,也有了重头产品,是50年来的最好时期。也正是在这个意义上,才可以说,军旅散文是迟开的花朵。

3. 新时期:走向个性的写作

90年代以来,没有了战争,没有了硝烟弥漫的战场,生活日渐平静,军人也成为众多职业中的一种。多数情况下,军人所面临的也是大量平凡的日常生活。那种雄赳赳气昂昂的姿态、那种激烈的矛盾冲突和英勇献身的英雄热情,似乎已没有了太多的用武之地。

但是,困境不能不说是一种机会,它使军旅作家不再作为一个板块出现。多元的、散乱的、没有热点、没有中心的状态为军旅散文向个性化、多样化、向生命本体的回归提供了条件。

一些作家静下心来,仔细关注日常状态中的军营生活,并从中体味关于人生的意义、苦难的意义、奉献的意义,以及心灵中的快乐与痛苦、热闹与孤独等种种感受,走向人性的深度。一些作家的视野走出了"当下"生活,在对历史的探究中思考"此在"的生命意义,思考过去、现在和未来的关系。另有作家在人与自然、生命的关系中追寻人生的自在状态。

较之其他文体,散文更注重个人性。不同的生存经验和内心体验,构成每个人不同的内心世界,同时也就决定了散文的丰富多样性。

曾在青藏线上当过汽车兵,深深体会过雪域高原上军人的奉献的深层含义和他们无以排遣的精神寂寞的王宗仁,近年来的作品紧紧盯住一个"情"字。《情断无人区》《情重昆仑》《可可西里的白房子》都关乎情。朱增泉的《我惦记着两位西部士兵》,庞天舒的《生命热土》,王宏甲的《腰铃声声》等作品,也都选择独特的角度表现军人的生活和精神状态。

三、军旅散文的审美特征

对国家民族而言，战争是痛苦，也是灾难。而革命战争，则是历史进程中的必然之物。它无情地摧毁腐朽的、沉重的、阻碍历史前进的旧堡垒。同时又点燃圣火，热烈地锻造着一个新国家。题材的特殊，造就了军旅文学作品独特的审美特征。从本质上讲，颂扬英雄主义是军旅散文的基调。无论是战争岁月的枪林弹雨、出生入死，还是和平年代的戍守边防、抗洪抢险，只要军人出现的地方，就是军旅散文诞生的土壤。所以，军旅散文应该是气势磅礴，应该是高天流云。几乎所有军旅散文都渗透着强烈的使命感、责任感，充满了爱国主义、英雄主义精神，这正是军旅散文的灵魂和生命力。

（一）壮怀激烈，抒情言志

借事抒怀，托物言志，在散文长河中由来已远。军旅散文作为革命军人抒怀言志的载体，历来侧重于表达内心体验和抒发内在情愫。军旅作家个人的思维在血水、苦水、泪水里浸泡愈久，倘若形成散文，便有希望愈见光芒。

中国军人与自己的民族、土地相依为命，存亡与共，军旅散文里，永远流淌着军人的赤诚热血。方志敏，中国工农红军第十军创建者，因叛徒告密被俘，在狱中坚持斗争，利用写"供状"的机会写下了《可爱的中国》《清贫》等作品。在生命的最后一刻，他以无比深厚的激情，诗一般优美的语言，描述了祖国母亲伟岸而美丽的资质，又形象地揭露了帝国主义列强瓜分中国、贪婪吞噬的暴行，以激发人们的爱国心和斗争志。"血性文章血写成"，文中洋溢着炽烈的爱国之情，融历史规律探寻、社会生活剖析、自我心灵写照为一体，具有强烈的思想和艺术感染力。对革命者而言，在即将献出生命的最后时刻，书写自己内心最真实的情感，不仅是生命热能的最后一次释放，更是用文字在向世人显示自己的壮志与胸怀。正是血管里流出的鲜血，成为战争所支撑着的生死砧石上迸溅出的火花。

刘白羽的名篇《日出》《长江三日》借用"日出"和船行三峡的壮丽景观，抒发一个战士对人生、对社会、对历史进程所做出的如高天流云般的俯察与观照，和激流勇进般一往无前的英雄气概与必胜信念，胸襟阔大，格调高远，激情澎湃，文采华美，有一种交响乐的气势与辉煌。

（二）阳刚之气，云水襟怀

生与死始终是文学的根本性题材。作为军人，生死存亡、牺牲奉献如影随形，其内蕴的阳刚气质是天然的，天生的。南宋岳飞词云："靖康耻，犹未雪；臣子恨，何时灭！驾长车，踏破贺兰山缺。"晚清林则徐云："海纳百川，有容乃大；壁立千仞，无欲则刚。"毛泽东主席的"云横九派浮黄鹤，浪下三吴起白烟"，陈毅元帅的"大雪压青松，青松挺且直"，均彰显着男儿的云水襟怀，军人的气贯长虹，这种精神气质，从古至今，在中国军旅中是一脉相承的。"大江东去，浪淘尽，千古风流人物"。阳刚之气是一种神奇的、和谐的、蓬勃奋发的精神现象，是民族力量的精华，是人民意志的象征。我们的人民军队，天经地义是阳刚之气的聚合、集结和凝铸。

革命军队的职能是毁旧更新，近乎"补天"。作为一个群体，其举措常常是超常规的行动。抗日战争、解放战争、抗美援朝、援越抗美、中印边界自卫反击战争、西藏平叛、珍宝岛之争，对越自卫反击战……诸多战争一进行便延续多年。战争是政治的延续。和平在一定条件之下，也许又是战争的准备与酝酿。而人民军队进入21世纪的和平时期，救地震之灾，与洪水较量，与诸多不期而至的自然灾难展开搏斗……所参与的无一不是应当在共和国历史上记载一笔的大事件。非常举措及其间涌现出的置生死于度外的人物，为军旅散文的萌生与成长奠定了现实的基础。凡是与此有涉的熟悉部队生活的作家，其作品往往大气恢宏，视野开阔，贯注着军旅固有的阳刚之气。

人常说，部队是"铁打的营盘、流水的兵"。革命军人来自五湖四海，萍水相逢，别离分合的变数时有发生，加上这里尽是"而立""不惑"之年的矫健身姿，义气如云，阳刚之气与悲壮之美是天然连襟的。

周涛的《稀世之鸟》《游牧长城》《兀立荒原》等散文集，使他鹤立于军旅散文界，和部队的新老散文作家一起，排出了新中国军旅散文新的风景线。周涛的散文气势沉雄，意蕴高远，笔力强悍，从不同角度汇成一股语言的雷鸣，携带着西北的天风滚滚而来，使人如闻天籁，振聋发聩。朱增泉在其作品《长平之战》《振长策而御宇内》中，对古战场和历史名将投注了更深远的目光。在抚今追昔中，融入了对民族文化传统、古代军事智慧和现实军队命运的交织思考，将尚武精神、载道传统和言志抒怀做出了巧妙的嫁接，展示了一位将军散文家自由的气度与风范。

（三）境界高远，格调高昂

文章以气为主。军旅散文，从来都空间浩大，题材、内容涉及范围应有尽有，古代散文如此，近现代亦然。如果说，日常衣食住行、忧乐心思是诞生散文的摇篮；那么，大起大落大悲大喜的军旅生涯，则是负载文字的战车。军旅散文的胸襟与气度自是不同流俗。将士们用操枪的手握笔为文，描绘着与自然界融为一体的、带有不同声光和风采的军旅生活。军旅散文的地域色彩强烈浓郁地浸染着军人独有的思想感情，视角是独特的，目光是凝重的，境界是崇高的，格调是高昂的。

军旅散文自古以来就是军旅与军营相伴相生，是一代代军人抗争精神、奋斗精神、牺牲精神的凝结。战火烧到哪里，战争打到哪里，哪里就播下了军旅文学的种子。刘立波的散文《天坟》描写祖国西北一位空军战士执行任务中突然消失在天际，地上什么残片遗骸也找不到，祁连山大雨滂沱，山上雪花纷飞，苍天为烈士的失踪而动容。亲密的战友在追悼会后只能这样说："说不定哪天，他会赶着一群牛羊从祁连山里走出来呢！"当作者沿丝绸之路西行时，一路每逢到放牧牛羊的人，就会情不自禁地念叨："他该不会是陆金生吧？"绵亘千里的祁连山是壮丽的，有这样的军人之魂萦绕于山上山下，祁连山便益发壮丽巍峨。烈士的形象永驻于战友的心中，铭刻在祁连山的胸脯上，像一座不朽的丰碑。

思想、情感、文采，三者在军旅题材的散文随笔中体现得比任何一类题材都更充分、更强烈。想想看，天涯海角、边山大漠、冷月疏星、风霜雨雪……这样的地域，这样的环境，和都市的繁华、乡村的恬静相比，有着何等巨大的差异啊！在没有了硝烟、没有了烽火的漫长岁月里，当代军人忍受着孤寂、清苦，用自己的青春、汗水乃至热血生命，铸造着共和国的繁荣与安宁。当军旅作家把目光投向自己的战友，那些浸润着生命的焦灼与昂奋、袒露着灵魂的困惑与坚毅、闪耀着高贵的人格光辉和时代光辉的篇章，就愈发显得崇高，放射出耀眼的光辉，涤荡着人们的灵魂，照亮着人们的生命！

四、军旅散文的鉴赏方法

散文，被称之为美文。它取材广泛，形式灵活，篇短意深，文笔活泼。欣赏优美的散文，犹如徜徉于"花市"，美景、美情、美味迎面扑来，使人赏心悦目，得到美的享受。散文感情自由，思想自由，题材自由，文字自由。它可以海阔天空无所不写，又可以行云流水最无定式，这就为散文的鉴赏带来困难，到底应该从哪里入手来品味它的美呢？是它的布局谋篇，还是它的思想情感？是它的表现手法，还是它的遣词造句？散文的鉴赏，不能就作品的情景就事论事，不能仅仅局限于作品的历史背景。一篇优秀的散文作品，往往具有超越时代的强大穿透力和辐射力，应该从中探求至今仍然充满生命力的文化精髓。提高散文鉴赏能力的过程。是一个循序渐进的过程，只有潜心研读，持之以恒，方能把握美文的实质。根据军旅散文的特点，鉴赏时可从如下几方面入手。

（一）感同身受， 渐入佳境

文学以形象反映生活，一旦真正进入鉴赏，我们在作品里所得到的首先就该是作家所塑造的生动艺术形象的复呈，伴随着这种复呈，又会自然而然地体味到军旅作家浸透在形象里的意蕴。这时，我们就会感到一下子到了另外一个完全是自立自足的世界——文学艺术的意境之中去。大凡成功的文学作品均有意境。这是由文学的形象特质决定的。作为一个好的散文鉴赏者，应该善于体味散文的意境美。

军旅散文不同于由来已久的怀旧散文、知识性散文、思辨性散文和游记散文。它的作者和读者永远与军营、军旅、军人相伴，文中歌颂的不是风花雪月、儿女情长，而是昂扬的抗争精神、奋斗精神和牺牲精神。军号响到哪里，战旗插到哪里，军人的足迹落到哪里，哪里就有军旅散文的作者，也就有军旅散文的读者。缘此，军旅散文的鉴赏在形象的感知、意境的领悟方面更强调生动真实、感同身受，阅读军旅散文的过程也正是精神洗礼的过程。

散文与诗歌紧密联系，但在意境的创造上却很有差别，即诗境尚虚，文境尚实。诗境强调大胆想象与夸张，允许虚构与概括，追求避实就虚的空灵，常给人以"水中之月，镜中之花"的美感；文境则大致相反，强调严格的真实，不允许夸张与虚构，追求避虚就实的真境界，常给人一种如闻其声、如临其境的美感。

正因为如此，军旅散文鉴赏始终伴随着形象思维和逻辑思维。"观文者披文以入情"，读者借助作品语言这个媒介，去感知作者所描述的形象和形象世界，领悟其思想意义，因而形象思维是军旅散文鉴赏的根本特点。读者是凭借形象、想象和情感去感知、再现作品所描述的形象或形象世界的，在阅读中会产生一种如临其境、如见其人、如闻其声、如触其物的真切感受。比如，刘立波的散文《体验歼击机飞行》，读者就是通过语言，真切地感受到作者乘歼击机穿云凌空 45 分钟的过程和所思所想。即使合起书来，作品中所描述的情景，也会像过电影一样，闪现在脑际。

军旅散文不仅以形象反映生活，而且讲究客观情景的细致描写。这样对散文形象的感受力就显得尤为重要。一个人的散文鉴赏水平如何，至少一半是取决于对作品感受力的高低。何谓感受力呢？它是指读者对散文艺术形象的一种领悟能力。换言之，也即是指读者对作者所描写的形形色色的生活图画可以在自己心中毫不费力地复现出来、获得某种称心适意的共鸣能力。澳大利亚散文作家格·赫·费恩赛德的《军中一日》，以日记的形式叙述了前沿阵地一天中发生的事情。作者用细腻的笔触刻画了士兵在敌我双方对峙的战斗间歇中的微妙心理和复杂情感。表面上看，作者是在记录一天的时间流程，而在这些士兵言行背后，作者想要表达的思想感情，是需要读者去细细体会的。

对散文形象的感受力是在长期实践中培养起来的，或者说，是由于反复的经验而获得的一种敏捷性，包括生活经验、艺术经验和知识积累等诸方面结合在一起，才能具体构成我们说的对艺术形象的感受力。一切优秀的散文，其意境总是深邃隽永的，往往很难一下子发现。读者在具备了作品里相应的生活经验之外，还得凭着自己的知识水平和艺术修养去敏锐地、认真地感受对象的形象特征和细节内涵。这就好比在江南园林中寻幽访胜，进愈深而景愈奇，能给人以渐入佳境的感受。

（二）牵住线索，沿波溯源

古今中外那些优秀的军旅散文作家，仿佛都是一个个神奇的骑手，纵横驰骋，洒脱不羁。他们的作品，就好比风行水上，既有自然的美，也有飘逸的美。鉴赏军旅散文，关键在于必须窥见文章从何"飞"来，又如何"飞"去。文章飞动的来龙去脉，人们常称之为"线索"。如果把作者行文的线索牵住了，然后再披情入文，按图索骥，则无论文章怎样出没隐见，变化无穷地飞来飞去，读者一样循干理枝，因枝振叶，牵一线而明全篇。

线索之于散文是不可须臾离开的东西。越是无拘无羁的体裁，就越需要维系其艺术生命的线索，使生活的珍珠串连在一起。散文既是"飞"的艺术，散文线索因而也应是异彩纷呈、灵活多样。归纳起来有如下三大类型——纵贯式、横贯式和纵横交贯式。懂得散文线索的这些基本类型，对于散文鉴赏很有益处。

所谓纵贯式，就是按事物本身发生、发展的进程作为线索，纵深地组织材料。最为常见的形式是以时间的次第为线索，且往往为一些叙事散文所采用。其特点是叙述事情有头有尾，来龙去脉比较清楚，也较易为读者把握。也有以空间转移为线索的，这是纵贯式线索中的另一种形式。写景一类的散文，多属此类。因为这类散文描写的对象是相对静止的客观事物，要求依照观察次序来结构文章。不过，这类文章的骨子里仍然离不开时间因素。在纵贯式类型中，还有一种以情节为线索的。它虽然更多地见于小说、戏剧之类，但在散文中，尤其是叙事散文中也并不少见。

所谓横贯式，就是以内在的思想路线或外在的某个物件来连缀各种互不关联的"画面""断片"，按事物的性质归类，并列组织材料。诸如以情感为线索，以事理为线索，以物件为线索，等等。这在横贯式中运用得最普遍，也是最能表现出散文文体特征的形式。以情感为线索的，多见于抒情散文。以隽永的情感为线索，是深入作品底蕴的结果，它不仅在抒情散文中普遍采用，在一些怀人叙事散文中也常常碰到。如陶铸之女陶斯亮的《一封终于发出去的信》和罗瑞卿之女罗点点的《生命的歌》，这两篇先后出自军人子女之手的回忆性散文，皆是描写父亲在十年动乱中的不幸遭遇，文章柔肠百结，低回往复，以生动感人的细节寄托了对父辈的无限哀思，用血泪谱写了一曲共产党人、革命军人在十年动乱中的正气歌。

所谓纵横交贯式，是以上两种方式的综合运用。这种情况，在一些游记散文里颇为常见。游记如果单用一条游踪的纵线索，文章就很可能像记流水账一样，杂乱散漫，故往往需要在游踪的线索之外再加一条横线索来约束。如方志敏的《可爱的中国》既以时间展开回忆，回顾自己的成长历程，列举耳闻目睹的许多事实，揭露帝国主义列强瓜分中国、贪婪吞噬的暴行，又以横线索"炽热的爱国之情"来抒写对祖国母亲无比深厚的激情和热爱。

（三）纵观全局，探索主题

军旅作家周涛说："散文是思想的美丽的容器。"军旅散文，或叙事，或抒情、或说理，通过对某个人物、某件事情的叙述，对某种风物的描绘，来抒发某种感情，表达某种思想，给人以强烈的感染和深刻的启迪，使之在思想上产生强烈的共鸣，或感情上激起激烈的震荡。因此，在鉴赏军旅散文时，必须厘清作品的材料，并分析材料之间的内在联系，探索作者感受不断深化的脉络，进而揣摩作品的主题。

主题是作者在散文里所表达的对人类社会种种现象的态度和观点。它是一篇散文的灵魂。鉴赏散文，就是要探索散文的"灵魂"。灵魂探索到了，也就等于抓住了散文作品的本质，这是军旅散文鉴赏的一个重要的、决定性的步骤。

第一，从作品的写作背景探索主题。主题的表现不可能离开一定的写作背景和作者个人世界观的制约，弄清作品是作者在怎样的心境下写出来的，当时的时代背景如何，社会环境怎样等，是我们探索散文主题的重要途径。叶挺将军的《囚语》即是作者在皖南事变后被捕入狱，身陷囹圄时所作。《囚语》的文字和段落不是很连贯，显得比较散，初读时很难理清头绪，不知作者究竟想表达什么，可是在了解到写作背景后，就会明白文章是作者入狱后随思绪信手写下的。文章用片段的形式回顾了早年思想性格的形成和参加革命以来经历的危难，特别是表达了对皖南事变中死难者的悲痛之情和自己被囚禁后宁死不屈的决心。全文不见"关心、思念、痛惜"等字眼，没有"不屈、大义、忠心"等词语，但我们分明听到将军生死不苟、赤诚报国的呐喊和追求真理、捍卫尊严的心声。

第二，从作品的"文眼"探索主题。文眼，是指那些特别精炼警策的词句，是作者精心安置的"慧眼"，也即散文主题的凝聚点。点睛之笔，正是我们探索军旅散文主题的直接途径。刘熙载在《文概》中说："余谓眼乃神光所聚，故有通体之眼，有数句之眼，前前后后无不待眼光照映。"所谓"神光"，即散文的主题；所谓"照映"，即主题对散文的统摄作用。如柳宗元《捕蛇者说》中的"苛政猛于虎"，杜牧《阿房宫赋》中的"后人哀之而不鉴之，亦使后人而复哀后人也"，都是"神光"闪烁之处，透过它即可以窥探文心的奥秘。

第三，从作品的重点段落探索主题。军旅散文的主题，固然得通过作品的每一个段落表现出来，但它绝非平均分布在各段里，每个段落固然也都要为表现主题服务，但它们所担负的具体任务并不完全相同。或在描写某个具体的部位，或在叙述某个事件的过程，或在结构上承上启下以表明过渡等。可以说，一篇散文的大部分段落与主题的关系并不是直接的，有的甚至完全是出于结构上的考虑，与主题全无关系。一篇散文的主题，它常常是通过作品中的某一两个重点段落来表现的，它好像是支撑一篇散文的"力点"，它是我们探索军旅散文主题时千万不能忽视的地方。

第四，从作品的内部联系中探索主题。大部分军旅散文，表面看来的确是"散"的，但它的内部却极有分寸。循章求旨，在作品的内部联系中掌握行文的来龙去脉，分析主题，这也是一个有效的办法。

第五，从作品的总体倾向上探索主题。探索军旅散文主题有个最为常见的毛病，就是不从作品的全局着眼，不从全部题材的总倾向考虑，而是孤立地从某一枝节、某一部分来归纳主题，这是必须要克服的。与其他文学样式比较，散文表现主题并不是通过完整的情节，也不是集中通过某一两个典型化的人物，而常常是通过一些事实的片段、生动的场面、作者的感怀来表现的。所以，从总体倾向上探索主题就显得更为重要了。

（四）剖析结构，仔细理会

散文的特点是"形散而神不散"。所谓"形散"是指取材广泛，不受时间空间的约束，驰骋想象，思接千载，视通万里。所谓"神不散"是指用明确的立意统领全篇，放得开，收得拢。鉴赏军旅散文，就要在分析和梳理组织材料的结构特点、明确线索的基础上，把握文中的"神"。人们常把主题比作文章的灵魂，把材料比作文章的血肉，那么结构就是文章的骨架了。鉴赏军旅散文，对结构进行剖析，也就好比是对散文进行人体解剖一样。这对于我们了解散文的内部构成与联系，深入到散文的骨子里，仔细理会其奥妙所在，有着重要的意义。一般而言，对军旅散文结构的剖析，可以从如下三个方面入手。

一是剖析结构由哪几个部分组成，即给散文分段。就散文的外部结构来看，包括句、自然段和部分三个方面。前两者是出于文字表达上的需要，起着停顿与间歇的作用，均属于自然的形式单位，而且也有明显的外部标志，容易掌握。部分则是作者出于内容表达上的需要，集中某个方面的内容，为突出主题服务的、意义上的段落。《张中丞传后叙》是表彰安史之乱期间睢阳守将张巡、许远的一篇名作。韩愈这篇文章忽而议论，忽而叙事，议论、叙事中又插入描写和抒情。这样纷繁复杂的头绪和变化，在鉴赏时难度很大，对结构的分析和把握就至关重要。通过仔细分析可以看出，文章的前三段先通过议论，破小人的污蔑，后两段通过补叙遗事，彰英雄之业绩。从材料来源看，先据李翰《张巡传》所提供的事实进行论辩，后根据作者自己在汴、徐二府的见闻和张籍所提供的材料补叙英雄遗事。段与段之间多有变化，但这些变化绝非纷然杂陈的大杂烩，而是于多样之中仍见浑成统一。这除了有一种对张、许壮烈殉国而又蒙冤的悲剧感激荡于字里行间成为统贯全篇的文气之外，文章谨严的组织结构功不可没。

二是剖析段与段之间的联系，看文章是如何组织得完整、严谨和自然的。所谓完整，是指散文结构有头有尾有中段，部分与部分、部分与整体紧针密线，连贯一气；所谓严谨，是指散文的各部分安排得非常妥帖紧凑，无法做增删更动，任何挪动或删削都会使整体构架脱节；所谓自然，是指散文结构要像生活那样浑然天成，不见斧凿痕迹，当行于所当行，当止于不可不止。

三是剖析结构的局部特征，深入研究开头、结尾和过渡。剖析散文的结构，从大的方面而言，不外乎两条途径：由整体到部分，或由部分到整体。

这里说的剖析结构的局部特征，侧重在由部分到整体，也即是进一步要求从部分入手，达到从整体上深入把握作品各个部分安排的方法与技巧。诸如作者在叙述方法上哪里是顺叙、倒叙、插叙和补叙？作者又是怎样安排波澜节奏的？是否使用了伏笔、悬念？尤其是在开头、结尾和过渡这些关键部分，又有什么特征？等等。为了弄清它们，就有必要对散文的每个细小的部分做认真的考察和研究。

方纪的《挥手之间》记叙了1945年8月28日毛主席离开延安到重庆进行"和平谈判"时，延安人民去机场送行的特定情景。文章以"挥手之间"为题，将镜头定格在主席在机舱门口向群众"挥手"告别的一刹那。文章所写的是重大事件，描写的是宏大的场面，又置于广阔的历史背景之下，从写作难度上来讲是非常大的。但通读全篇可以感觉到，作品无论是从整体结构还是具体写法，都充分显示了作者在选材上以小见大的艺术匠心和谋篇布局的能力。

军旅散文的语言风格在鉴赏过程中也需要留意。散文语言有的粗犷，有的细腻，有的豪放，有的婉约，有的精练准确，有的朴素自然，有的清新明快，有的亲切感人。针对不同作家的不同语言风格特点，需要仔细品读，体味散文的语言之美。另外还要注意修辞的作用。散文语言比较注重形象、生动，一般多用比喻、拟人、夸张、排比、引用等，这些修辞手法本身具有典型的作用。如比喻的作用是化此为彼，形象生动；拟人的作用是化物为人，亲切自然等。

军旅散文的精妙，或体现在思想情感的含蓄深邃，或体现在谋篇布局的匠心独运，或体现在表现手法的多姿多彩，或体现在遣词造句的精练生动。在对文章内容与思想情感有了宏观理解的前提下，如果能揣摩咀嚼出文章的一二精妙之处，才算做到了真正意义上的鉴赏。因而，军旅散文鉴赏的方法也就多种多样，不一而足，需要广大读者在阅读实践中潜心钻研，静心体会。长此以往，鉴赏水平自然会逐步提高。

第二节　中国军旅散文鉴赏

一、赏析篇目

《左传·晋楚城濮之战》

（原文略）

春秋时代，地处长江流域的楚国不断向中原扩展，中原列国经常联合起来抵御它。与此同时，晋文公重耳在外流亡十九年，回国做国君后励精图治，进行了一系列内政改革和外交活动，图谋霸业。于是，晋楚两国的利益发生了冲突。

城濮之战是晋楚首次交锋。在这次战争中，晋国君臣上下一致，精诚团结，并且采取了正确的策略：在政治上，通过宋国争取秦、齐的同情支持；同时瓦解曹、卫与楚的同盟，孤立楚国。在决战时，根据敌强我弱的形势，采取了正确的战略部署，取得最后胜利。而楚国在这次会战中，不能巩固己方联盟瓦解敌方联盟，君臣意见不合，相互掣肘，统帅子玉骄傲轻敌，指挥判断失误，最终导致失败。

《晋楚城濮之战》通过考察政治、军事、外交等诸多因素，揭示战争胜负的原因，是古代战争散文中不可多得的典范之作。文章描写细腻，情节精彩，令人拍案称奇，叹为观止。

首先，描写战争时把双方的政治、外交活动结合起来，展示战争发展的因果关系和胜负原因，注重战前的酝酿过程和双方力量的对比变化。

"宋人使门尹般如师告急。公曰：'宋人告急，舍之则绝；告楚不许。我欲战矣，齐秦未可，若之何？'"文章一开篇，即开门见山地交代了战争的起因和性质。据史料记载，战前晋文公扩建军队，教育人民，外交上采取了分化瓦解联盟、孤立楚军的策略，军事上晋国君臣将帅勠力同心，有谋有断。而楚国君臣意见不一，特别是统帅子玉刚愎自用，骄傲轻敌，已经注定了失败的结局。因此在写作中，作者对战前的酝酿过程浓墨重彩，目的是在战前的分析中找到成败的原因。表现出作者作为一名史学家纵览风云、观析是非的睿智卓识和深刻见解。

其次，采用了双线结构来叙写战争，设置了晋、楚两条线索。详写晋国，略写楚国；详写战争始末，略写战争过程。

这种安排使整个记述简洁、清晰，增强了故事的情节性、曲折性。另外，在双方的谋略和外交辞令上又交叉推进，时而写子玉的请战，时而写子犯的应变，时而写楚军的进逼，时而写晋军的退让。行文波澜起伏，跌宕多姿。

最后，重视人在战争中的地位和作用，用大量笔墨描写战争中的人，而且借人物之口表现发人深思的军事思想。

人是主宰战争的重要因素，晋国之所以能取胜，是因为晋文公的知人善任，广纳良计，君臣勠力同心，而楚国的失败也与君臣不和、子玉轻敌有直接的关系。

其中引人深思的军事思想，如"有德不可敌"，"师直为壮，曲为老，岂在久乎"，借不同人物之口表现出来，体现了当时崇德尚礼的价值标准，具有鲜明的时代特色。

此外，文章重视表现人物心理状态的细节描写。通过晋文公"梦与楚子搏"写出了他对此战的信心不足，心存疑惧，而子犯随机应变为之解说，坚定了晋文公作战的决心和信心。这种有关人物心理的描写，在我国早期文学作品中，是不多见的。

《史记·韩信破赵之战》

（原文略）

公元前205年，刘邦亲率主力在荥阳、成皋一带抗击楚军。同时，命韩信在黄河以北作战，在消灭当地割据势力的同时，逐步形成对项羽的战略包围。这是颇有战略眼光的军事部署。韩信破赵之战就是在这时进行的。

韩信军队在逐个击破魏、代等割据势力后，越过太行山向赵军进击。当时，赵军谋士李左车提出避其锋芒、利用地利、坚守不战、分兵断汉军粮道的正确作战方案。可是，主将陈余信奉"义兵不用诈谋奇计"，自恃人多势众，集二十万大军于井陉，硬要与汉军决战。结果，韩信巧设背水阵，又偷袭赵营，赵军被一举击溃，赵王被擒，主将陈余兵败身亡。

本文从多方面生动传神地写出了韩信的军事才能。首先，是正面描写：他先派人侦探，知陈余不用李左车之计，"则大喜，乃敢引兵遂下"，说明其谨慎。但韩信的谨慎绝非谨小慎微，他还是相当大胆、敢于冒险的。他不能否定对方主将有醒悟的可能，他深知"薄人于险，利在速战"，在这种情况下进兵，必须在对方醒悟前速战速决。因此，他摆了个似乎是兵家之大忌的背水阵，诱使赵军倾巢出动，尽快决战。同时，他令两千人潜伏在赵营附近，待赵营空虚后，"拔旗易帜"，使敌方军心大乱，一败而不可收拾。如果没有这一计谋，赵军退到营内，成为对峙之势，后果难以预料。韩信慎、勇、智的用兵特点，在这场战役中得到了较充分的体现。

其次，是反面衬托：赵军望见背水阵而"大笑"，后来见军营皆汉帜而"大惊"。前者迷惑敌人，后者乱其军心，都取得了预期效果，从敌人的反应衬托韩信用兵之妙。

再次，作者还用到了侧面描写：在韩信部署军事行动时，许愿"今日破赵会食"而"诸将皆莫信，详应曰：'诺'。"可是，结果却如其所料，韩信用兵之妙，由此可见。这样写又自然引出诸将问兵、韩信论兵的一段，作为破赵之战的小结，使作品的主题得到进一步揭示。背水摆阵，一般人都认为是大忌，但韩信却因而获得成功，表现了韩信用兵的灵活性、创造性，也说明了战略战术的制定必须紧密结合当时的具体条件，对古人兵书要灵活运用，生搬硬套绝对不行。

韩信的背水阵，显然有意"置兵于生死之地"，有人认为这是愚弄士兵。我们认为，这是在充分相信军士战斗力的基础上所制定的战略部署，何况他自己也身在军中，不杀出一条生路，夺取胜利是不可能的。这和项羽渡河击秦的"破釜沉舟"之举，倒有几分相似。

《张中丞传后叙》

韩 愈

（原文略）

《张中丞传后叙》作于唐宪宗元和二年(807年)，是表彰安史之乱期间睢阳(今河南商丘)守将张巡、许远的一篇名作。睢阳是江淮的屏障，唐朝廷军队的给养主要依赖江淮地区。坚守睢阳，对制止叛军南犯，保障给养由淮河、长江溯汉水进入唐军后方，具有极其重要的意义。史家认为，张巡、许远坚守睢阳之功，不亚于郭子仪、李光弼的用兵。韩愈这篇文章是对李翰《张中丞传》的阐发与补充，故题为《张中丞传后叙》。

《张中丞传后叙》融议论、叙事、抒情、描写于一炉，体现了韩愈文章多变的特色。文章除叙张巡、许远、南霁云三人事迹外，还牵涉到于嵩、张籍和作者自己。这样纷繁复杂的头绪和变化，可按由破到立的线索去把握。前三段先通过议论，破小人的污蔑，后两段则补叙遗事，彰英雄之业绩。就议论部分看，开头一段，寥寥数语，类似于日记或读书札记的写法。第二段辩许远之诬，多用推论。由于许远所受诬蔑太重，在阐明层层事理之后，又有悲慨深长的抒情插笔。第三段虽也是议论，但由于睢阳保卫战功勋卓著，有目共睹，所以话语踔厉奋发，咄咄逼人。像"守一城捍天下"一节，读之有"轩昂突起，如崇山峻岭，矗立天半"（吴闿生语）之感。

第四、五段同是叙事，第四段专叙南霁云，情节紧张，气氛浓烈，人物形象鲜明，语言激昂。第五段为了统合比较分散的材料，语言则显得自然而随意，节奏也比较舒缓。这两段，文笔有拙朴处，有渲染处，有很带感情的叙述，有精细的描绘刻画。可见，在段与段之间，以及在语言、精神、境界等方面，确有多种变化。但这些变化绝非纷然杂陈的大杂烩，而是于多样之中仍见浑成统一。这除了组织结构之功外,还因为篇中有一种对张、许壮烈殉国而又蒙冤的悲剧感激荡于字里行间,成为统贯全篇的文气。第一、二段因张、许蒙冤未白,这种悲剧感处在被压抑的状态,故层层申辩,文气比较收敛。第三、四段由辩诬转入主动进攻和正面歌颂,悲剧感强烈地向外激射,文气也显出强盛凌厉之势。第五段则由高潮转入回旋和余波,悲剧感也化为悼念缅怀的情绪,文气随之显得委婉纡徐。由于全文自始至终带着这种悲剧感,所以虽变化多姿,却仍具有统一的基调。

《囚语》

叶 挺

(原文略)

叶挺(1896—1946),原名叶询,广东归善(今惠阳)县人。1926 年在北伐战争中领导独立团,为第四军赢得"铁军"称号。南昌起义时担任前敌总指挥,广州起义时,担任红军总司令。毛泽东曾当面称叶挺是"共产党第一任总司令,人民军队的战史要从你写起"。《囚语》是皖南事变后,叶挺被关押在上饶集中营时的第四天开始写的,断断续续写了十余天。这篇 18 页 4000 多字的文稿,在长达 50 年中不为人们所知,直至 20 世纪 90 年代初期才公之于世。

《囚语》的段落不是很连贯,显得比较散,没有任何雕饰,作者用平实的语言,如拉家常地回顾了自己的思想性格的形成和参加革命以来的艰难历程,特别是对"皖南事变"死难者悲痛、对同时被关押的部属的思念之情,以及自己宁死不屈的决心。全文不见"关心、思念、痛惜"等字眼,但我们分明能感受到叶挺的拳拳之心光华如日月,眷眷之情浓烈似深海,通篇没有"不屈、大义、忠心"等词语,但我们分明听到铮铮铁汉生死不苟赤诚报国的呐喊和热血男儿追求真理、捍卫尊严的心声。

"不辞艰难哪辞死,生死原来相游戏,只问此心无愧怍,赤条条来光棍逝。"开头的四句明志诗，集中反映了《囚语》的主题，表明了叶挺从参加革命时早已把生死置之度外，不求名利、地位和金钱，但求无愧于人民，无愧于国家。在怀念挚友任光那段文字中，用"惭""迫""痛""悲""哀"几个字，写出了他内心最真切的感受，"愿后世有音乐家为我一哀歌以吊之"，字里行间，充满了对朋友的无限追忆与痛惜之情。

"妻儿的私情固深剡着我的心，便我又哪能因此忘了我的责任和天良及所处的无可奈何的境遇呢？我固不愿枉死，但责任及环境要求我死，则我又何惜此命耶？""军人天职，人格重于生命。""人格重于生命"，既是叶挺的人生格言，也是叶挺的人格宣言。在囚禁的五年中，叶挺顽强战斗，他为新四军的荣誉而战，为真理而战，为人格而战，虽渴望自由，但是，"人的躯体怎能由狗洞子里爬出！"(《囚歌》)如果获得自由是以出卖灵魂为代价的，他宁可永远不自由，因为还有比自由更高贵的东西，那就是人格。贝多芬说过："卓越的人的一大优点是：在不利与艰难的遭遇里不屈不挠。"这是对叶挺最好的写照。

《和平博物馆》

菡子

(原文略)

菡子不像魏巍那样以哲理的抒情著称，而是以诗意的叙述见长。"人生经受严峻的生活的考验，最能产生诗的情绪。"菡子的散文清纯朴素、自然流畅、情致宛然，散发出生活的芳香和动人的诗意。她以女作家细腻的艺术感觉，把战争的艰苦和残酷通过渲染环境的气氛透示出来，从而捕捉到来自生活的诗意。从细微的景象和战士的活动中捕捉动人的诗意，从而体现战争环境中人的精神风貌和思想境界。

《和平博物馆》写的是作者跟随通讯员到前线作战坑道的经历。这条一千六百多米长的弯弯曲曲的坑道，是从石壁中一分一厘地"磨"出来的，环境艰苦自不用说，还经常有敌人的炮弹在周围爆炸。通讯员却说："现在靠着它打仗；往后呢——和平博物馆，门上挂块'欢迎参观'的牌片，说不定全世界的人都来瞧瞧呢。"作者在这里没有激昂慷慨的抒情，更没有豪言壮语的铺陈，读者却可以从战士普通的话里领会到他们的乐观精神和必胜信念。菡子说整理这些文稿时，"又激起了我作为一个战斗者的自豪感，我追随过英雄们的足迹，几乎不能离开他们，甚至有时也成了战斗的一员"。在作品中，菡子一再说，她自己是一个女兵，而且很以这个女兵的身份而自豪。如她在《自序》中所说："曾经有个惊人的标题：战争，让女人走开！大约是一番好意，我有可以领会的地方；可是我的一些经历是：在前沿只有一个女兵，那是大有活头的。我时时在战士们的保护之下，可我发现他们也需要我，就是聊天说故事，也很受人欢迎。"

她就是以这种对前方"矜持、温柔、坚贞"之心，写出了抗美援朝前线的战士们在坑道中的革命英雄主义和革命乐观主义精神，写出了战士们对和平的美好祝福与奉献。

借用俄罗斯谚语"爱国爱到心痛"来形容菡子也很妥帖。爱国爱民，成了她终生的主题。在上甘岭的坑道里，她总是以极大的兴趣，从战士的一个眼神、一句话语发现那些光彩动人而又能激起人们共鸣的感情，着意发掘普通人美的品质和美的人情。这些以朝鲜战场为背景、以志愿军战士为主体的散文，具有鲜明的时代性、真实性、战斗性，浸透着作者对战士的爱和对侵略者的恨。

《挥手之间》

方 纪

（原文略）

1945年8月10日，日本宣布无条件投降，中国共产党为了尽一切努力争取和平，也为了在争取和平的过程中揭露美帝国主义和蒋介石的真面目，以团结和教育广大人民，决定由毛泽东、周恩来、王若飞到重庆同国民党进行和平谈判。方纪的《挥手之间》，就是记叙1945年8月28日，毛主席离开延安到重庆去同蒋介石进行"和平谈判"，延安人民去机场送行的特定情景。

文章所写的是重大事件，描写的是宏大的场面，又置于广阔的历史背景之下，因而从作品的整体结构到具体写法，都充分显示了作者的艺术匠心。"挥手"既意味着告别，又意味着新的征程的开始。文章以"挥手之间"为题，利用电影拍摄中特写镜头的手法，将镜头定格在主席在机舱门口向群众"挥手"告别的一刹那："主席也举起手来，举起他那顶深灰色的盔式帽。举得很慢很慢，像是在举起一件十分沉重的东西。一点一点的，一点一点的，等到举过头顶，忽然用力一挥，便停在空中，一动不动了。"作者以这种"工笔画式"的细致描写，作为牵动全文的动情点，并配合以抒情性的议论，来衬托主席离开延安远赴重庆谈判将会面临的波谲云诡的政治环境，将主席和延安民众在内的各种复杂情感通过人们目送主席离开、主席从容告别的连带动作具体展现出来。

通读全文，作者采用回环往复、波澜迭起的笔墨，将毛主席要亲自去重庆同蒋介石谈判的时代特征、引起延安广大干部群众焦虑不安心情的历史根据以及事件发展展现给读者。表面上，"挥手"承载的是依依惜别的情感，实际上，它却凝聚了一个民族由经受重大挫折走向新生的道义、精神。"挥手"的易与不易、果断与不舍，通过民众和领袖之间的亲洽关系完全得到了反映：民众顾虑的是民族国家重大抉择中主席的安危，主席面对的是担当民族新生重大使命的艰难抉择；民众领略的是主席临危不惧和处事不惊的人格魅力，主席体验的是民众水涨船高般的爱国情怀。文章题目既有实义，同时又是一个历史镜头的特写，蕴含虚义。毛泽东亲赴重庆与蒋介石谈判，大智大勇，义无反顾，系安危于一身，置生死于度外。全文以"送行"为线索，其间巧妙地穿插一些追述，纵横议论，抒发感情，起伏跌宕，曲折变化，逼真地再现了毛泽东叱咤风云、扭转乾坤的伟人形象。

《历史与山河同在》

周 涛

（原文略）

生命虽然是短暂的，在生活之树上，一茬又一茬生命的树叶飘零四散了。但是没有关系，每一茬叶子都没有白长，也没有白喧哗，它们绿过，给过世界勃勃生机，然后归于历史。

——选自《历史与山河同在》

周涛，中国新边塞诗的代表人物，主要作品有诗集《神山》《野马群》，散文集《稀世之鸟》《秋风旧雨集》《游牧长城》等。20世纪80年代后期，周涛转向散文创作不久，率先提出了"解放散文"的口号，写出了一篇篇"独抒性灵，不拘格套"的大散文，以狂飙突进之势把中国散文带入一个新的境界。

《历史与山河同在》充满传奇、惊险、迷人的军营文化，充满崇高感、使命感。站在辽远苍茫的大西部的土地上，周涛以军人特有的情怀将自己对生命、对军营、对战争的思考倾注于笔下，那些闪耀在生死线上的人性光辉，使军人特质在本书的字里行间淋漓尽致地倾泻出来，令人一读难忘。

周涛散文以其"四力"——奇特的想象力、强劲的语言张力、对西域文化独到的理解力，以及汪洋恣肆、纵横捭阖中独具的深刻穿透力，营构出西北地区独特的阳刚之美、粗犷之美和原始野性之美。在《历史与山河同在》中，周涛为读者奉献了一篇篇苍茫厚重、弥漫着浓浓文化气息的佳作。《沙场秋点兵》《老将暮年》《边防的魅力》《慈不掌兵》《吐拉克将军》，在自然景色的描写中融入了理性的思索和寻找人类文明的宏大命题，具有庄严的生命色彩。雄厚苍凉的文字中不失细腻敏锐的灵性和智者的幽默，构成了中国当代散文创作中蔚为壮观的一幕。

周涛的文章充满了爱，哪怕是自己身处逆境，也爱着这个世界的一草一木。他的文章中充满了对生命的敬畏之情。周涛以其独特的散文语言,将他对西部的挚爱表现得宽广而深厚,执着而优美。在巨大的时空背景下揭示了民族丰富的自然史和心灵史。他因对中国新诗和散文这两种文体做出的贡献而被载入中国文学史。因完美、诗意地书写了新疆而被中国读者所熟知。余秋雨评价说:"周涛的文章,我一看到就想认真地读,认真地关注,这是一种心灵对心灵的关注。"

《离太阳最近的树》

毕淑敏

(原文略)

在新时期的女作家中,毕淑敏是特殊的一位:作为女性作家,她敏感而又深切;她从医的经历让她面对生命比一般人更加冷静;她从军的经历,让她面对死亡比常人从容。正是这些"特殊"使得毕淑敏在创作中常常引发对人生命的思考与关怀。泰戈尔在诗中对生命有过这样的描述:"生命有如一重大海,我们相遇在这同一的狭船里。死时,我们同登彼岸,又向着不同的世界各奔前程。"毕淑敏创作中对生命的诞生、死亡这些主题本身的探索与思考,对生命意义灵魂的关注及拷问,已经从她大多数作品中体现出来。作为女性军医的文学创作者,她关注着人类以及与人类相关联的最宝贵、最本质的东西——生命。

《离太阳最近的树》以"生命关怀"为主题,收集了毕淑敏各个不同时期的散文数十篇,娓娓道来如何敬畏生命,面对生命的苦难我们该何去何从,拥有什么样的心态,是本净化心灵的好书。

其中《离太阳最近的树》一篇,作家用平静而有穿透力的语言讲述了一个30年前西藏阿里的故事:一队浩浩荡荡的队伍,在平均海拔5000米的高原雪域,风餐露宿,用斧子,甚至炸药挖掉了那些离太阳最近的唯一的绿树——红柳。

文章中，"主人公"是红柳树，是歌颂红柳树顽强的生命力，用了拟人的修辞手法。"对着高原和酷寒微笑"，"微笑"一词写活了红柳树面对酷寒和缺氧而从容不迫、怡然自得。"它们如盘卷的金属，坚挺而硬韧，与沙砾黏结得如同钢筋混凝土。""每一块红柳根，都弥久地维持着盘根错节的形状，好像一棵傲然不屈的英魂。"作者笔下的红柳就是以其顽强的生命力傲然生长于自然条件极其艰苦的高原之上。

除了顽强的生命力，红柳还有奉献精神，可以固住泥沙，保护生态环境。

红柳是高原上的精灵，傲然不屈，无私奉献，尤其是其强大的根系所具有的内在力量，当红柳作为燃料用来烧饭时，它"持续而稳定地吐出熊熊的热量"，燃烧自己，造福人类。给高原带来生命希望的树，最后却被挖掉了，这是为红柳歌唱的颂歌，同时也是一曲悲歌。地球的基本颜色是绿色，绿色孕育着生命和未来，如果没有绿水青山，我们的世界将是不可思议的。对于环保主题，作者匠心独运，从红柳的顽强生命力，鞭挞了人类的野蛮和愚昧，呼唤人们热爱自然、珍视自然。作为文明人，我们应该清醒地认识到：人类只有一个地球，红柳是地球的原住民。

二、推介篇目

《左传·曹刿论战》

(原文略)

本文选自《左传·庄公十年》，选文又题作"齐鲁长勺之战"或"长勺之战"。这一战事发生在鲁庄公十年(前684)，是齐桓公即位后向鲁国发动的第二次战争。全文大致可分为三个段落。第一段写战前曹刿请见庄公，并与之讨论进行的政治准备和用兵作战的条件。第二段写两军交战的实况。第三段用补叙笔法写战役之后由曹刿论证战术的选择和克敌制胜的原因。这部分是全文的重点，展示了曹刿作战指挥智勇双全的特点。这是一篇文字简短明快、内蕴丰富的记事散文。作者取材精到，构思落笔立意高远，既于叙事中撮取历史经验,又于行文中生动刻画人物形象。语言简洁精练,通达晓畅,其中曹刿的语言尤为精彩,如战场上的指挥用语,简短明确,不仅衬托出战事紧迫无暇论析战争策略,也表现出曹刿思维敏捷和临战时坚定而自信的心态。

《梅花岭记》

全祖望

(原文略)

《梅花岭记》是清代作家全祖望的散文名篇,见于作者的《鲒绮亭集外编》卷二十。全祖望字绍衣,号谢山,浙江鄞县(今宁波市)人,清初著名史学家。文章以明末抗清名将史可法喋血扬州的事迹为题材,热忱地颂扬了史可法等志士忠贞爱国、临难不苟、大节凛然的高贵品格,无情鞭挞嘲讽了那些投降变节之徒。作者以《梅花岭记》为题,是取梅花"傲霜怒放,冰清玉洁,芳香不染"的象征义。全文分为记叙和议论两部分。记叙部分共三段。第一段写史可法准备赴难。第二段记叙史可法英勇就义。第三段写史可法死后的影响,突出表现他死的伟大。议论部分是第四段,承接上文,深入议论史可法殉国流芳百代的意义,突出文章中心。本文按史可法就义前、就义时、就义后的顺序叙写,最后对就义加以议论,总结全文。文章处处照应"梅花岭"这个地点,注意选取史可法事迹中典型性的细节加以刻画,言近旨远,令人回味。

《可爱的中国》

方志敏

(原文略)

在土地革命战争馆的展柜里,陈列着两份泛黄的手稿,这就是方志敏同志于 1935 年在狱中写成的《清贫》和《可爱的中国》。《可爱的中国》描写了作者改变现实的急切心情和对祖国母亲光明未来的坚定信念,表达了作者深沉炽烈的爱国之情。全文共五个自然段。文章开头连用三种句式：感叹句、陈述句、设问句，直抒胸臆，确定全文的抒情基调——祖国可爱。第二段用拟人手法写了母亲的哭泣。用三个"难道"领起的反问句构成一组排比，层层深入，启发人们深思。第三段号召人们起来为了祖国的独立解放而斗争。第四段是全文的高潮，用大量的并列句式和排比句式及对比手法，描述祖国现在和未来的景象，表达了自己对祖国明天的美好希望。全文最后表达了作者坚定的信心，坚信祖国"光荣的一天"一定会到来，抒情强烈，爱国之情洋溢四射。全文结构严谨，线索清晰。语言活泼，多次变化句式和修辞方法。语句慷慨激昂，铿锵有力，所抒发的感情炽烈、深沉、激昂，很有感染力。

《依依惜别的深情》

魏 巍

（原文略）

《依依惜别的深情》是著名作家魏巍 1958 年发表的一篇通讯。写中国人民志愿军离开朝鲜回国前夕，同朝鲜父老乡亲、人民军战友相互之间依依惜别的深情厚谊，真实地记录了中国人民志愿军与朝鲜人民依依惜别的历史镜头。作品既有概括介绍，又有具体描写，情景交融，笔墨传情，是一篇优秀的散文。文章由两大部分组成，前一部分叙写志愿军离别朝鲜前的情景，后一部分叙写离别时的场景。本文情思横溢，离情感人。在抗美援朝战争中，魏巍曾经两次奔赴朝鲜前线，同中国人民志愿军的战士们生活在一起，同"最可爱的人"的灵魂融合在一起，所以能以深刻的感受与无限的爱，娓娓地道出他们真诚高尚的情怀；也正因为魏巍同志目睹了朝鲜人民在战争中所遭受的灾难，又在凯歌声里感受到了他们重建家园的欢乐，对他们的爱和恨，理解得深入，所以能细腻逼真地道出他们内心的情和意。作者写志愿军依依不舍之情，写朝鲜父老依依惜别之情，无不把自己的情倾注其中，你情，他情，我情，渗透交融，奏出了一曲扣人心弦的鲜血凝成的友谊的乐章。

《硝烟散去——二十世纪军旅散文集锦》

杨闻宇

（原文略）

由军旅作家杨闻宇编选的《硝烟散去——20世纪军旅散文集锦》辑选了自20世纪三十年代迄至21世纪之交有较大影响的军旅散文。如方志敏的《清贫》、朱德元帅的《回忆我的母亲》、叶挺将军的《囚语》乃至著名作家孙犁的代表作《采蒲台的苇》、菡子的《激渡》、吴伯箫的《记一辆纺车》、方纪的《挥手之间》等，皆为压卷之作。这些散文有的直接描写了我人民军队或解放区军民对形形色色敌人的浴血奋战，有的则写了人民领袖和统帅的风采与精神世界，还有的写了动荡年代的政治风云和人世沧桑。本集的作品和作者，有的是当事者写战争或回忆军旅生涯，有的是后来者为战争或战地所感动，不能不倾吐他们的一腔深情。亲历和体验过的精彩片段如《掖县之行》《笑容》《雪山之春》《大江东去》等篇，令人读后心灵撼动。后来者自肺腑涌出的感人文字也充满真情，如《蓝色的乌斯浑河》《九顶山高羌寨情》《泸定桥的风》等篇，表现出作者的独特视角，令人耳目一新。如果说当事者写战争与军旅是"走出来"，那么后来者写感受即可谓"走进去"。正是这一"出"一"进"，在这部厚重的选集中碰撞出各呈异彩的心灵火花。

第三节　外国军旅散文鉴赏

一、赏析篇目

《滑铁卢战役》

维克多·雨果

（原文略）

法国19世纪杰出的浪漫主义文学家维克多·雨果(1802—1885)的文学巨著《悲惨世界》中截选的《滑铁卢战役》不是以故事的主人公为主体，而是以一场大战役为主体，这是小说创作的惊人之举。正因为如此，它可以独立成篇，我们也才能把它当作战争题材的散文来欣赏。

为了写好这一章，雨果亲临滑铁卢，在圣约翰山圆柱旅馆住了两个月。他到这片"曾经血肉横飞"的原野，只是作为一个"过客"，一名俯身的"寻觅者"，一个"事后的见证人"。正是这样，作者才能摆脱写战役史和战例分析的窠臼，换一副眼光，以诗人的笔墨，来描绘军事家和史学家所看不见的滑铁卢战役的景象。

《悲惨世界》的第二卷《珂赛特》的第一章《滑铁卢》中描述了拿破仑和滑铁卢战役，以下节选即来自作者对滑铁卢战役的评价：

"滑铁卢战争是个谜。它对胜者和败者都一样是不明不白的。对拿破仑，它是恐怖，布吕歇尔只看见炮火，威灵顿完全莫名其妙。……滑铁卢在断然制止武力毁灭王座的同时，却又从另一方面去继续它的革命工作，除此以外，它毫无作用。刀斧手的工作告终，思想家的工作开始。滑铁卢想阻挡时代前进，时代却从它头上跨越过去，继续它的路程。那种丑恶的胜利已被自由征服了。"

滑铁卢对雨果像个解不开的谜，既让他愤愤不平，又让他魂牵梦萦。他恨滑铁卢和铜狮雕塑，却又总想去那里凭吊拿破仑。雨果曾以其强烈的民主共和意识奋起反对过拿破仑的称帝，失败后逃亡国外，在比利时度过了一千来个日日夜夜。他就住在布鲁塞尔市中心广场边的"鸽子旅店"，却一直没有去滑铁卢。直到1860年5月5日，拿破仑逝世纪念日这一天，雨果终于下决心去滑铁卢。他在日记中写道："拿破仑的忌日，我要去滑铁卢。"对滑铁卢战役，雨果是这样评价的："这不单只是欧洲对法国的胜利。这是一次彻底的、绝对的、辉煌的、无可辩驳的、决定性的、不可侵犯的平庸战胜天才的凯旋。"

看到雨果写法国大革命的时候，觉得他内心一定不好受，字里行间都是挣扎。他对拿破仑应该是又爱又恨吧，否则不会如此痛苦。尽管在一些别国人们的眼中，拿破仑是个矮小的好斗狂人，狂野的狮子。但是在法国，他是伟大的英雄，甚至用拿破仑开玩笑都是犯法的。拿破仑死后，有一个时期法国人不愿意提起他，表面上是政治原因，其实质是对这位战死的亲人的怀念，深切而具体。

《苏联人民的憎恨之火》

爱伦堡

（原文略）

爱伦堡(1889—1967)，苏联著名作家、社会活动家，他在卫国战争期间和战后的作品以长篇小说《巴黎的陷落》《暴风雨》《九级浪》最负盛名。他的许多政论、特写是世界报告文学的明珠。《苏联人民的憎恨之火》是爱伦堡在卫国战争期间写的一篇政论特写，是他和反法西斯战士们接触、谈话的真实记录。文中写到一个女志愿兵，一个学生出身的中士，一个原来是农庄主席的中尉，一个从前是会计的曹长，一个织布工人出身的战士，一个钢铁工人出身的中士。这些人在战争前并没有很高的觉悟，但战争教育了他们，德国法西斯屠杀苏联人民的鲜血教育了他们，使他们认识到战争不但是"国家的事情"，也是"自己的事情"，使他们认清了用技术文明掩盖着的德国人的兽行，使他们对祖国的爱成为一个活的信仰。于是战争渗透到每一个家庭的生活中，"杀德国人！"这句话从报纸的新闻栏上移进了私人的书信。于是织布工人出身的柴尔金消灭了34个德国人，记录还在上升；炼钢工人普里特科夫两天之内杀死66个敌人；许多苏维埃士兵全身缠满手榴弹滚到敌人的坦克下面；军事工厂的女工人睡不足，吃不饱，而工作不停……一句话，战争使苏联人民像水泥一样凝结在一起，成为不可摧毁、不可战胜的力量，由此，全世界有了希望。作者的目的就是要给读者一种认识和信念。政论特写的语言是一种灵活的、犀利的、能击中要害的文学武器。爱伦堡在第二次世界大战中写了不少政论特写，影响广泛，脍炙人口。他和苏联著名作家阿·

托尔斯泰、列昂诺夫等被称为战争时期卓越的政论家和善于使用这一武器的大师。这篇作品立意深刻,时代精神强,是站在时代的高度来描写具体的事件和人物的。同时,作家把叙事和政论结成一体,使文章既有强烈的政论色彩,又有不可抗拒的逻辑力量。他的语言不仅犀利,还饱含哲理。《苏联人民的憎恨之火》充满真挚的爱国精神和对侵略行为的无比憎恨,雄辩地宣扬了社会主义维护自由、民族平等、坚持进步、热爱人民的崇高理想和光辉业绩,是世界报告文学中的优秀作品。

《R. E. 李将军传》

道格拉斯·索思韦尔·弗里曼

(原文略)

从家庭背景、所受教育、从事的职业和个人天赋等方面看,道格拉斯·索思维尔·弗里曼都是撰写罗伯特·爱德华·李的权威传记的理想人选。弗里曼是南部联邦一名老军人的儿子,曾在约翰·霍普金斯大学获得历史哲学博士学位,又是里士满的《新闻向导》的编辑,他的"第一爱好"就是"军事史研究",并且写得一手漂亮散文。1915 年,他接受了一位出版商的邀请,为南方最受爱戴的英雄立传。起初,弗里曼只是想把这部传记写成一卷本,但是搜集到的材料异常丰富,令人爱不释手,其中许多材料颇为珍贵,得之不易,因而最终将传记篇幅扩展到四卷本之多。

《R. E. 李将军传》的第一卷有 36 章,从 1807 年 1 月 19 日李出生一直写到南北战争爆发,跨越 55 个年头。其内容足以使读者兴致盎然,乐此不疲。书中写了李在西点军校求学的岁月、他的婚事、在军队中的逐步升迁、墨西哥战争、俘获约翰·布朗,以及早期在西弗吉尼亚的一些不成功的行动。作者指出:"弗吉尼亚精神每时每刻都涌动在他的心中……作为一名合众国的军官,他热爱部队、为合众国而骄傲。但他刻骨铭心、念念不忘的是:他首先是弗吉尼亚人,然后才是一名军人。"

传记第二卷包括35章，追述了在里士满以东同麦克雷兰的7天战斗、同波普的第二场马纳萨斯之战、同老对手麦克雷兰在马里兰州进行的夏布茨堡战役、与伯恩赛德展开的弗里德里克斯堡之战等一系列战斗。为避免叙述中事实过多，作者借用了小说创作的技法，即突出重点，只把李将军亲身经历的事件原委向读者交代。结果，第二卷显然结构巧妙，扣人心弦，生动有力，绘声绘色。

第三卷共有29章。从葛底斯堡战役开始，弗里曼博士对战争双方的命运冲突做了全面研究。1864年格兰特同李的交手——这场"重锤对利剑"的较量，包括了韦尔德内斯、泡特塞瓦尼亚县、科尔德港等一系列战斗。这位历史学家将其一一展现，一丝不苟却又令人毫无厌倦之感。举世无双的格雷特之战为军事史提供了一个新的别开生面的战例。读者则同饥寒交迫的南方军队一起熬到了1864年到1865年相交之际的冬天的尽头。

第四卷的头11章叙述了李将军在阿波美托克郡政府大楼的投降，弗吉尼亚战争就此结束。其后的16章描述李将军转入文职之后，继续笃实真诚、坚持不渝地为和平、和解而工作，这也是对李将军身心的一个写照。作为列克星屯任职的大学校长，他始终保持了端庄崇高的形象，直到1870年10月12日辞世。最后一章《人生的楷模》是弗里曼的名篇，概括了李的生活道路和性格。

《R.E.李将军传》是充满挚爱的劳作成果，读者在品味这部传记时，也会体验到一种精神境界的升华。书中尽管描述细致，叙述却绝无乏味枯燥之感。总的来看，弗里曼搜集、撰写材料的准确性可以与其风格上的清新魅力相媲美。《R.E.李将军传》长期保持了新鲜感和生命力。就在头两卷出版后不久，《R.E.李将军传》便获得了普利策奖。无疑，这位白璧无瑕的美国英雄的传记，正是那位出类拔萃的美国传记作家的杰作。

《潜伏珍珠港——一个日本间谍的回忆》

[日本]吉川猛夫

（原文略）

1941年12月8日（夏威夷时间，12月7日）清晨，当日本的"和平"使者还在华盛顿"谈判"的时候，日本的海军航空队未经宣战，即对珍珠港内的美国太平洋舰队发动了突然袭击，击毁击伤美国主要舰艇十八艘，飞机二百六十余架，使美国舰队遭到惨重损失，从此拉开了太平洋战争的序幕，这就是著名的"珍珠港事件"。

偷袭珍珠港，是日本联合舰队司令长官山本五十六海军大将亲自策划指挥的。为了确保偷袭成功，日本政府在外交上采取了假和谈的策略，在军事上秘密地进行了周密的计划、训练和部署，但能及时而准确地为日本大本营提供珍珠港内美国舰艇情报、使日本海军航空舰队偷袭成功的，则是被誉为"夏威夷作战的无名英雄"——吉川猛夫。吉川猛夫即本书的作者，是个退役海军少尉，当年二十八岁。他以驻檀香山总领事馆"书记生"的身份做掩护，化名为森村正，潜伏在珍珠港，出色地完成了为日本海军搜集军事情报的任务。

偷袭珍珠港、不宣而战，是日本发动太平洋战争战略计划中的一个重要组成部分。因为珍珠港位于太平洋中部夏威夷群岛的瓦胡岛南部，是美国在太平洋上的主要陆海军基地，也是美国和远东、西太平洋之间的海上交通要道，战略地位十分重要。日本为了达到在初战中挫伤美军锐气，改变日美双方的海空军力量对比，夺取制海权和制空权，以便放手侵占南洋各战略要地的目的，才处心积虑地策划了这次偷袭。

作为退役海军军官的吉川猛夫，尽管不是职业间谍，但他胆大心细，应变能力强，从而获得了极高的评价。偷袭珍珠港的海军第一航空舰队草鹿参谋长在回忆中说："由于军令部及时通报了来自檀香山的情报，才得以及时了解了珍珠港内的敌情，使奇袭获得了成功。"横须贺航空队的指挥官说：

"在关键时刻得到了'代号 A'（吉川代号）所提供的准确情报，因而对美国舰队及瓦胡岛的敌情了如指掌。"甚至英国的著名谍报史作家——理查德·肯迪也夸赞说："吉川猛夫善于乔装打扮，有时他化装成观光旅客，挎着美貌的艺妓，驾车遍游瓦胡岛，有时化装成声色犬马的花花公子，沉溺于酒楼，拈花惹草、寻欢作乐，以迷惑对方耳目；有时他又化装成卑贱的奴仆、菲律宾的码头工人或夜总会的帮厨，去直接窃取情报……他向东京汇报的大量情报，都是由他身临其境搜集来的有价值的情报。"

美国著名作家约翰·托兰在他所著的《日本帝国的衰亡》一书中写道："那些用了很大工夫监视那位无辜牙医的联邦调查局特工人员，却没有怀疑日本领事馆内的一位下级官员森村正，实际上他正是日本帝国海军的一个名叫吉川猛夫的特务。"

震惊世界的"珍珠港事件"虽然已经过去八十年了，但今天的世界并不平静，战争的因素仍然存在，所以，了解这一历史事件的内幕，对研究战争规律，在和平时期提高我们的警觉，仍有一定的价值。本书作者虽如实地叙述了他从事间谍工作的亲身经历，但由于其世界观的限制，未能充分揭示太平洋战争的实质和战争胜负的根本原因，且对情报工作也有夸大之处，希读者在阅读时辨识。

二、推介篇目

《高卢战记》

[罗马] 恺撒

（原文略）

朱利尤斯·恺撒是古代罗马著名的政治家、军事家。《高卢战记》详尽地记载了他本人在共和末期所经历的主要政治军事事件。这是一部由统兵将帅亲笔写下的战争实录，开创了历史著作的新体裁，其独特的史料价值奠定了恺撒在罗马史学上的地位。《高卢战记》全书分八卷，前七卷写的是公元前58年到52年这7年的事迹，每年一卷，由恺撒亲自执笔。第八卷写的是公元前52年至公元前50年年底的事迹，是由恺撒的僚属续成。《高卢战记》虽然是恺撒在戎马倥偬的征战空闲中写成的，但这部著作文笔清新，结构严谨，叙事翔实。这些特点，使得《高卢战记》成为用拉丁文写作的典范著作。作为历史见证人，恺撒对高卢、日耳曼人从氏族公社向萌芽状态的国家过渡时期的政治、经济、宗教和风土人情等方面的情况也不吝笔墨，所以《高卢战记》又成了研究古代社会的第一手资料。高卢战争显现了恺撒杰出的军事天才。他总是善于判断和利用形势，行动果敢迅速，他在战斗中又能身先士卒，有巨大的号召力。《高卢战记》让人充分地领略了恺撒作为军事家的风采。他凭着精锐的部队屡屡以少胜多，从取得胜利的战绩素描，对后人用兵指挥，都有极大的启迪，该书堪为军事家的必读之作。

《第二次世界大战回忆录》

[英国] 温斯顿·S. 丘吉尔

（原文略）

《第二次世界大战回忆录》共六卷，是丘吉尔根据他作为英国首相兼国防大臣的亲身经历写成的。由于特殊地位，他所掌握的材料广泛、全面而具有权威性。书中大量引用了文件、会议记录、来往通电，以及他个人保存的档案材料，这些都是一般人难以接触到的。本书尽管提供了丰富独到的史实和思想材料，尽管拥有非常重大的军事、史学和文学价值，但它并不是一部关于第二次世界大战的完整的、科学的历史，而是作者以其独特的身份、立场和观察角度写出的一部有很浓厚个人感情色彩的回忆录。这套独特的"回忆录"用他透彻历史的思想，揭示了这场战争的深刻背景，从历史的角度来审视这场人类文明史上最大规模的战争。1953年，瑞典文学院做出一项很不寻常的决定，把该年度诺贝尔文学奖授予英国在任首相温斯顿·丘吉尔爵士。

那一年，丘吉尔恰好完成了这部卷帙浩繁的《第二次世界大战回忆录》。正如瑞典文学院院士 G. 利列斯特兰德在颁奖仪式上对代表丘吉尔前来领奖的丘吉尔夫人所说的："在黑暗的年代里，他的言语以及与之相应的行动唤起了世界各地千百万人们心中的信念和希望。"

思考题：

1. 军旅散文的发展可以分为哪几个阶段？每个阶段的代表作家及作品是哪些？

2. 军旅散文具有哪些独特的审美特征？

3. 军旅散文鉴赏的方法和步骤是什么？

4. 新时期军旅散文有哪些有代表性的女作家？她们的散文创作有什么特点？

5. 90 年代军旅散文创作有什么特点？有哪些代表作家？他们各自的风格是什么？

第四章

军旅小说鉴赏

学习提示：本章主要介绍了关于军旅小说鉴赏的知识。通过学习，学员应了解军旅小说的源流、种类及其审美特征，掌握军旅小说鉴赏的一般方法。

古今中外，军旅题材小说均占据了世界各国文学创作的半壁江山，它深刻地影响着一代又一代读者的精神世界。军旅题材小说向来以其构造的民族精神、爱国主义、英雄主义、集体主义精神，以其塑造的人物的坚韧、顽强、尊严、自信，以其高亢激越、磅礴大气的宏大叙事，一度成为当代世界各国文学创作的主流。

第一节　军旅小说基本知识

小说是一种与诗歌、散文、戏剧并列的叙事性文学体裁。它以塑造人物形象为中心，综合运用语言艺术的各种表现方法，通过完整的故事情节和具体的环境描写，广泛而形象生动地反映社会生活。军旅小说则指的是以塑造军旅人物为中心，通过描述完整军旅故事情节和具体的军旅生活环境，形象、深刻地反映革命战争、军旅生活的叙事性文学体裁。它是一种比较富有思想性、娱乐性和大众化的文学样式，有人称其为"铁血小说""补钙小说"。

一、中国军旅小说的源流

在中国文学史中，军旅小说虽是一朵浪花，但它却是中国文学版图不可或缺的部分，更是见证中国历史发展的一个重要窗口。在传统文学理论中，并没有明确界定何为军旅小说。在中国古代文学中，描写作战、反映战争的各类文学作品并不少见，但若以当代军旅小说的标准来看，又是凤毛麟角。四大名著之一的章回体历史小说《三国演义》不失为一部描写作战、打仗的全景式军旅小说。它描写战争之长、次数之多、形式之多样、规模之宏大，在中国文学史乃至世界文学史中实属罕见，堪称中国古典军旅小说的典范。可以说，它是我国军旅小说的开山之作。除此之外，包括近代在内，似乎也都没有真正意义上的古典军旅小说问世。

到后来，中国现代文学的前 30 年出现了鲁迅、老舍等文坛巨匠，也出现了《狂人日记》《骆驼祥子》等小说佳作，但反映军旅生活的作品还是少之又少，擅长军旅题材的作家更是凤毛麟角。抗日战争时期，被称为"前线主义"小说的《华北的烽火》，具有很强的新闻性、纪实性，虽名曰长篇，实则是几个作家赶写的短篇集纳。七月派作家丘东平描写淞沪战争的《第七连》《我们在那里打了败仗》《一个连长的战斗遭遇》等，洋溢着抗战之初的气息，富有时代感。这些现代小说都有着军旅小说的骨架和血肉。解放战争中，作家刘白羽长于表现部队生活，擅长对宏伟战斗场面的勾勒，语言激昂，气势磅礴。短篇小说《无敌三勇士》《战火纷飞》和中篇小说《火光在前》，都是其巅峰代表作。马烽、西戎的长篇小说《吕梁英雄传》和孔厥、袁静的《新儿女英雄传》，则分别描写了吕梁山和白洋淀的农民游击战争，开拓了中国革命英雄传奇的小说模式。

新中国成立后，军旅小说更是成为文学史上的一朵奇葩。"军旅小说"的提法也从大量创作实践中被抽象到文学理论层面，遂形成了军旅小说的概念。真正意义上的当代中国军旅小说诞生了。中国军旅小说的发展脉络与当代小说基本一致，有大致两种时间发展分法。一种分法是"前十七年"（1949年—1966年）和"后十七年"（1977年—1994年）之说，另一种分法是20世纪50年代、80年代和90年代，相对形成了老、中、青三代军旅小说作家群。我们接下来主要按第二种分法来介绍。

20世纪50年代，作家刘白羽《火光在前》的发表标志着中国当代军旅小说的开始，紧随其后，是马加的《开不败的花朵》、柳青的《铜墙铁壁》与石言的《柳堡的故事》。50年代中期，逐渐形成了一个庞大的军旅作家群体：一是以刘白羽、魏巍为代表的资深军旅作家高举旗帜；二是担任过部队文化宣传工作的领导干部，如吴强、曲波等异军突起；三是新中国成立后从军的青年知识分子，如徐怀中、王愿坚等人厚积薄发。1954年，杜鹏程的军旅小说《保卫延安》一经出版，便被誉为"英雄诗史的一部初稿"（冯雪峰语）。它把当代军旅小说提升到一个崭新的高度，是新中国军旅小说发展中的一座里程碑。继之以孙犁的《风云初记》、吴强的《红日》、曲波的《林海雪原》等作品，掀起了新中国军旅小说创作的第一次浪潮。第二次浪潮的出现则是数年后的五六十年代之交，以冯德英的《苦菜花》、李英儒的《野火春风斗古城》为代表的优秀军旅小说积极涌现出来，占据当代小说"半边天"。

由于"文化大革命"的影响，20世纪70年代中国当代文学，包括军旅小说曾陷入停滞、荒废时期。直到1980年，徐怀中的短篇小说《西线轶事》犹如一枝报春花，掀开了新时期军旅文学创作的序幕。整个80年代军旅小说可以概括为："两代作家三条战线"。"两代作家"主要从文学观念、价值取向、审美风范和创作手法上进行区别：一代是指50年代非常活跃而80年代仍在军旅中的一批小说家，如徐怀中、黎汝清、魏巍、刘白羽等。另一代作家是指在新中国成立后出生，"文革"期间入伍，80年代登上军旅文坛的一批青年小说家。其中包括出身于军人家庭的军人子弟朱苏进和大部分青年军旅女作家，以李存葆、莫言、周大新、阎连科等为代表的农民子弟。"三条战线"分别指当代战争题材、当代和平军营题材、历史战争题材。以徐怀中

《西线轶事》、李存葆《高山下的花环》和韩静霆《凯旋在子夜》为代表的当代战争题材战线，以朱苏进等作家的作品为代表的当代和平军营战线和以莫言《红高粱》系列、魏巍《东方》和黎汝清《皖南事变》为代表的历史战争战线三足鼎立，形成80年代军旅小说的基本格局。这种基本格局直到当前也未曾被打破。正是以"三条战线"为代表的当代军旅作家掀起了新中国军旅小说的第三次浪潮。魏巍的《东方》填补了全景式反映朝鲜战争的空白，"是一部诗史式的小说"（丁玲语），并荣获第一届"茅盾文学奖"。黎汝清的《皖南事变》将重大革命历史题材创作水准提高到新的高度。李存葆以他发表作品为标志，宣告了新一代军旅小说家的崛起，其代表作《高山下的花环》和《山中，那十九座坟茔》，都曾获过全国优秀作品奖。莫言对新时期军旅小说的主要贡献，则是取材于山东高密民间抗日故事的"红高粱系列中篇"中的《红高粱》，获全国优秀中篇小说奖，改编的同名电影获柏林国际电影节金熊大奖，成为传奇故事、地域文化与外来技巧相结合的典范之作。1982年，获全国优秀中篇小说奖的《射天狼》奠定了朱苏进在新时期军旅文坛的地位。

20世纪80年代，军旅文坛一扫过去男性作家一统天下的局面，出现了一批女性作家。其代表作有王海翎的《她们的路》、成平的《干杯，女兵》、庞天舒的《秋天总有落叶》、严歌苓的长篇《绿雪》。这些作品多从医院、通讯连、气象站、宣传队等角度切入，描绘神秘的女兵王国和女性的心理世界，为雄壮的军旅增添了些许柔情。

20世纪90年代的军旅文坛主要有三大特点：一是长篇军旅小说的创作与成功，显示出了军旅小说的写作逐渐成为一种个人化的精神劳动。二是晚生代军旅小说家的崛起，标志着个体意识的觉醒。三是军旅文学与影视的联姻，表明军旅文学走上了市场化的道路。以朱苏进的《炮群》《醉太平》、朱秀海的《穿越死亡》、韩静霆的《孙武》、乔良的《末日之门》和邓一光的《父亲是个兵》《我是太阳》为标志，显示出了20世纪90年代长篇小说创作的态势，即作家作品的成熟和题材的互补性。晚生代军旅小说家是指那些20世纪60

年代前后出生、90年代崭露头角，现正活跃在文坛的青年作家，如阎连科、石钟山、陈怀国等。他们的作品中充满了个体意识的张扬，带有浓郁的自传性质。他们用富有青春气息的笔调，最自然、最真实地抒写着处于现代化进程中的广大基层官兵的情感、理想与追求，填补了前代作家疏离基层而留下的创作"真空地带"。20世纪90年代，文学作品渐趋商业化，不再追求纯粹的艺术性、文学性，而追求商业效益和读者的认同感。文学作品的商业化使之与影视联姻成为可能。作为昂扬英雄主义和积极向上精神的军旅文学，也融入了这种潮流，最典型的就是以石钟山的《父亲进城》改编的电视连续剧《激情燃烧的岁月》引起的轰动效应。而有一些作品则因为电视剧的反响不错，而催生了作品的畅销。例如，反映九七回归时驻港部队的《归途如虹》和反映高科技战术的《DA师》等。21世纪来临，军旅小说作为当代文学的一支劲旅，正在以独有的风貌和勃勃生机，源源不断地为新时期文坛呐喊助威。

二、中国军旅小说的种类

军旅小说依据不同的标准，可以有不同的划分。考虑到优秀的军旅小说皆为长篇小说，所以按篇幅长短进行划分，仍具有重要的现实意义。另外，按目前军旅小说创作题材来说，大部分军旅小说的内容特征也相当明显。

（一）篇幅分类法

军旅小说可以按照篇幅长短分为军旅微型小说、军旅短篇小说、军旅中篇小说、军旅长篇小说。

1. 微型小说

比短篇更短的小说完全符合瞬息万变的社会生活中忙碌的人们的阅读习惯，几乎现在每天都可以看到人们为这类小说赋予一个新名词和新定义。例如，"精短小说""超短篇小说""微信息小说""袖珍小说""迷你小说"等等，多不胜数。通常认为，这种小小说的篇幅应在两千字以下，甚至更少。由于题材通常是生活经验的片段。因此，这类小小说可以是有头无尾、有尾无头、甚至无头无尾。它的高潮通常放在结尾，高潮一到马上完结，营造余音绕梁的意境。由于比短篇更短，字句也需要更加精练，题材以见微知著者为佳。一个意外的结局虽然能吸引眼球，但文章再短，也还是要有伏笔呼应，更重视能否带给读者感动。例如，近年来为繁荣军旅小说创作，丰富军营文化生活，国家文化部、《解放军报》、新华军事频道、《文学报》及中国微型小说学会，曾经联合举办过全军军旅微型小说创作大赛。比赛要求展现新时期广大官兵的精神风貌，具有浓郁的军营生活气息，短小精悍，生动活泼，情趣高雅，构思新颖，语言幽默诙谐，轻松好读。字数一般不超过1500字，评比采取专家评选和读者推荐相结合的办法进行。一直关注军旅微型小说创作的《微型小说选报》每半个月推出一期"军旅微型小说"专版，转载了不少反映部队火热生活的优秀军旅微型小说作品。

2. 短篇小说

篇幅在几千到两万多字的小说会被划归为短篇小说。"三一律"——"一人一地一时"是其特点之一，也就是减少角色、缩小舞台、短化故事中流动的时间。虽然它们时常惜墨如金，但仍应符合小说的原始定义，也就是对细节有足够的刻画，绝非长篇故事的节略或纲要。例如，孙犁的《荷花淀》就是一篇纯美的短篇小说，又是一篇完全被非战争化了的军旅小说。作为现代文学史上负有盛名的篇章，它亦被文艺界视为"荷花淀派"的主要代表作品。小说以抗日战争时期河北农村为背景，生动再现了当地人民群众的生活和战斗情景。小说不仅掩盖和消解了战争特性，而且还抽掉了生活中的一切矛盾冲突，从而突出社会人生中那种明净、纯真的自然形态。小说人物个性特征鲜明，心理活动复杂微妙，因而是一篇以写人为主的而且写人很精彩的短篇小说。

3. 中篇小说

篇幅在三万字至十万字之间的小说，也有少数十几万字也算是中篇而不算做长篇的。例如，《高山下的花环》是中国对越南自卫还击战争中涌现出来的优秀中篇小说。该小说发表以后，在全国引起了强烈的反响，人们被它那悲壮的故事所吸引，被它那严肃的主题思想所震动。小说从正面集中而突出地描写了中国人民解放军可歌可泣的事迹，再现了中越边境自卫还击战波澜壮阔的战斗场面，礼赞了指战员英勇作战、为国捐躯的顽强的革命英雄主义精神，展示了中华儿女鲜红赤热的爱国之心和深明大义的高尚情怀。同时，作为现实主义的创作方法，该作品也没有回避现实生活中特别是战争中的矛盾。在塑造人物、组织故事上，也有自己的独特的一面，在追求悲壮崇高的美学风格上，也取得了不小的成就。

4. 长篇小说

长篇小说字数最为不定，字数差距甚大。有十几万字的，更有上百万字甚至几百万字的长篇小说。如此一来，长篇小说还可分为小长篇（一般在十几万到三十万字间）、中长篇（一般是五六十万字）、大长篇（一般在八十万字以上）、超长篇（一般要达到一百五十万字）、巨长篇（往往是几百万字）。如果作家打算表现人生中常见的错综复杂关系，则必须使用如此巨大的篇幅才可以。长篇小说通常要有一个严肃的主题，否则很容易陷入无组织或是零乱。写作长篇小说时最需注意全局对主题的呼应、结构的严密性，以及避免重复、矛盾或缺漏。军旅长篇小说往往创作数量巨大，创作成就也较之微型、短篇、中篇高。例如，朱苏进的《醉太平》，朱秀海的《穿越死亡》，韩静霆的《孙武》、乔良的《末日之门》、柳建伟的《突出重围》、都梁的《亮剑》等，皆为军旅长篇小说中的厚重之作，成为中国当代军旅文学的主要景观。另外值得一提的是，茅盾文学奖得主也往往从军旅长篇小说作家中诞生。例如，魏巍、刘白羽等老一辈军旅作家在20世纪摘得"茅盾文学奖"后，徐贵祥、柳建伟等后起之秀又继续在21世纪摘得此项国家最高文学创作奖的桂冠。

（二）题材划分法

中国军旅小说还可以按照题材，划分为当代战争题材、当代和平军营题材、历史战争题材等。

1. 当代战争题材

1979年发生在我国南部边疆的局部战争，无形中成为新时期军旅小说的策源。在徐怀中和李存葆创作的感召和启导下，一批批军旅小说家轮番前往南线"淘金"，这股热潮一直持续到八十年代中期才逐渐降温。其间陆续产生了一批有相当影响的作品，虽然不及始作俑者的轰动效应，但在深化战争与人的主题方面，在人道主义与英雄主义的辩证把握方面，在战争小说表现技巧的开拓方面，都做出了有益尝试与推进。比较重要的作品有长篇小说《亚细亚瀑布》（朱春雨）、《战争和女人》（沈石溪）；中篇小说《阮氏丁香》（徐怀中）、《凯旋在子夜》（韩静霆）；短篇小说《山上山下》（宋学武）、《最后的堑壕》（王中才），等等。它们手拉手一起构成了八十年代军旅小说的一条重要战线。在众多军旅小说家争抢南线制高点时，朱苏进却在走着一条与众不同的独特道路。1982年，朱苏进的中篇《射天狼》和李存葆的《高山下的花环》联袂获奖，不仅奠定了他个人的文学地位，无意中也为军旅小说开辟了一条新的战线，从而使现实军营生活较之"前十七年"得到了空间广阔而深刻的全面反映。朱秀海的创作也体现了对当代战争题材长篇小说的追求与收获。其长篇小说《穿越死亡》直逼死亡这一战争中的主要矛盾和军旅文学的重大主题，以死亡为鉴来洞彻人物的灵魂、照取人性的深度，揭示出当代中国军人从平凡走向英雄的心路历程，具有强烈的"战壕里的真实"。

2. 当代和平军营题材

古人云："忧劳可以兴国，逸豫可以亡身。"军人处在相对和平年代的军营里，要心存一份居安思危，心存一份对国家安全形势的焦虑，才能不会停止前进的步伐，才能在思想上不放松，才能认清国际形势，牢牢坚定党的路线、方针、政策。邵钧林等的《沙场点兵》是当代和平军营题材比较具有代表性的军旅小说。身处国家富足、百姓安宁、社会和谐的和平年代，军人们点的什么兵？为什么要点兵？又怎样点兵？读者可以从《沙场点兵》中品味出很新鲜、很尖锐、很感人、很深刻的味道。小说以积极推进中国特色军事变革,扎实做好军事斗争准备的现实形势为背景,再通过讲述两支具有优良传统的陆军机械化部队,在贴近实战的基地化对抗中发现问题、解决问题的过程,提高战斗力,强化军人战斗精神的故事,反映了中国军队认真贯彻军委主席关于加强军事训练的重要指示精神,立足现有装备、着眼未来战争,扎实推进信息化建设的伟大进程。新中国成立后,人民充分地享受着和平的阳光。但是,和平不是上帝赐予的,也不会永恒,和平年代并不意味着刀枪入库、马放南山。因此,当代军人就不能"和而不忧""和而忘忧",深刻的忧患意识必须随时在军人耳畔警响,和平时代也赋予当代军人新的命题:维护和平环境,打赢未来战争。

3. 历史战争题材

历史是文学的思考对象之一,文学自身的审美性决定了它是以审美的方式思考历史的。在文学家眼中,历史不单是社会史,更是精神史、灵魂史。例如,徐贵祥的长篇小说《历史的天空》就是这样一部深入揭示人的精神成长的小说,它以对革命斗争史的独特再现颠覆了以往革命历史题材小说的经典叙事模式,革新了我们的历史记忆和传统英雄观。从小说的题目可以看出,作家是将对历史的思考、对历史本质的揭示作为小说的主题的。《历史的天空》向读者传递了这样一种历史观:历史是必然和偶然的结合。换句话说,历史进程中有多种可能性,人的命运走向也是一样。由于小说的叙事时间跨度较大——从抗战爆发到"文革"结束,相应的对历史变迁轨迹勾勒的难度加大。作者并没有在历史的各个断面上平均用力,而是集中笔墨展示抗战这一历史时期的整体风貌。我们对历史的关注动因并非来自历史本身,而是来自现实,所谓"以史为鉴,可以知得失"。文学既是对现实的审美超越,也是对历史的审美超越。当然,这种超越是以对历史事实的基本尊重为前提的,但它更多的则是想象与再造,借此达到艺术的真实。

三、中国军旅小说的审美特征

随着影视剧《激情燃烧的岁月》红遍大江南北,当代军旅小说再次成为人们关注的焦点。《红色娘子军》《林海雪原》等老作品再创作又为这一"红色经典"的回流注入了激情。应该说，军旅小说是那些经历了战火硝烟、伴随着新中国成长起来的军旅作家的心灵结晶。他们将自己亲历的战争生活诉诸笔端，尽情倾吐着对每一位战友的怀念，对每一场战役的慨叹，以及胜利者的喜悦，作品中洋溢着的真诚和真挚、热情和热血曾激励了无数中国人的心。尽管战争结束了，但战争在人们心里却留下了难忘的记忆。当身带硝烟的人们从事和平建设以后，文化心理上很自然地保留着战争时代的痕迹：实用理性和政治激情的奇妙结合，英雄主义情绪的高度发扬，以及民族主义、爱国主义热情占支配地位，对西方文化的本能性的拒斥，等等。因此，军旅小说受战争文化心理的影响打上了鲜明的时代烙印，形成了较为统一的美学特征。军旅长篇小说以其鲜明的民族特色、高扬的英雄主义主旋律、把握生活的宏观开阔，以及朴素、率真的美学风格奠定了其创作的审美风范。它们不仅深刻地影响了当代中国文学的整体面貌，而且远远超出文学的范围，持久有力地引导了几代中国青年的思想、情感、信仰乃至行为规范。

（一）英雄主义审美特征

英雄主义主旋律的时代特色、战争文化规范的影响，使军旅文学作品中英雄主义的选择成了一种必然。作家们在追忆战友们英勇献身的壮举时，总是会涌现出无比的崇敬和豪迈之情，于是尽情地讴歌英雄、赞美英雄、升华英雄，既是抒发对战友的怀念，更是表现了胜利者的喜悦和自豪。对英雄的热情赞颂和抒写，也满足了特定时期读者对艺术完美、理想化的追求。另一方面，特殊时代的呼声也要求文艺作品千方百计地塑造英雄。因为英雄人物、先进人物是革命理想的载体，作为理想主义的文学，必然充满了英雄主义，必然要以塑造正面英雄为核心。这样，军旅小说中出现了大批高大、完美的英雄形象，而且高扬英雄主义和革命乐观主义的创作基调，也被作为固定的审美模式，为军旅长篇小说打上了鲜明的美学烙印。在小说《保卫延安》中，我党高级军事指挥者的形象第一次在文学作品中出现；《红日》里军长沈振新带领部队转战南北，以孟良崮战役的大捷体现了人民军队的战无不胜；《林海雪原》里智勇双全的少剑波、孤胆英雄杨子荣等的事迹被广为传颂；《红岩》里的江姐、许云峰、齐晓轩、华子良等英雄形象，则长久而神圣地铭记在读者的脑海里。

综观整个军旅长篇小说创作，让英雄更加完美是作家和评论家共同遵循的法则。当然，英雄不见得就是一位伟人，他可以是战争的指挥员、政治思想工作的指导员、军队的高级统帅，同样也可以是炊事员、普通的战士、地下工作者、游击队员。但无一例外的是，他们都具有坚定的政治思想、高尚的品德、顽强的意志和英勇的斗争精神。即使写到他们的缺点，也大多只是行动鲁莽，遇事不冷静，并且这些近乎可爱的缺点，还会在革命的大熔炉里逐渐改变过来。特殊时代的阅读背景也形成了读者对完美英雄形象的期待心理，也促成了作家对英雄人物不遗余力地尽情歌颂。社会的合力使军旅文学作品中的英雄人物越来越脱离其人的品质而呈现出神化的色彩。高、大、全的趋势越来越明显，对英雄藐视困难的大无畏革命气概和革命的乐观主义精神的歌颂，使作家们忽视或有意回避了英雄对战争苦难和残酷性的客观认知。军旅文学的作家，以其胜利者的姿态以及追忆往事的写作方式，也容易使战争蒙上了一层浪漫、美好的面纱。其实，战争作为人类社会一种非常态的环境，它会暴露人性中最原始、最深层、最复杂的欲望和要求，每一个人的灵魂在战争面前都会呈现出多样、复杂、善变的反应，而文学只有反映出了战时这些丰富的生命画面，才能真正打动读者的心灵，才能经受住历史的考验。

（二）宏大叙述审美特征

经历了伟大的民族解放战争的军旅作家，在以热烈的激情展现历史的过程中，总是力求再现战争的宏伟场面和国家、民族命运风云变幻的整体过程，把握整个时代的民族精神，反映出中国革命波澜壮阔的历史全貌。这些具有史诗品格的作品，以宏大的斗争场景，壮阔的时代风云，决定民族生死存亡的重大历史事件,在较大的时间跨度和广阔的空间背景上,描绘民族的历史或现实生活,并采取了与史诗品格相适应的宏伟浩大的艺术结构和富有民族特征的表现方式。新中国的诞生历经艰苦卓绝的斗争,中华民族的新生与崛起也历尽几代人的波折与苦难,具有史诗性质的伟大史实为军旅长篇小说的创作提供了具备史诗品格的可能性。抗日战争带来的民族斗争的高潮;解放战争带来的民主、自由的新生活等等这些曲折辉煌的革命史让军旅作家心情激荡。他们创作的每一部作品,都力求拥有最大的历史概括性,即将人民生活翻天覆地的变化、国家前途命运的历史选择全部融入作品之中,从而带来了作品史诗品格的意识和结构。《保卫延安》以宏伟的结构、磅礴的气势,在广阔的历史背景上正面描写了解放战争的第一仗"延安保卫战"的伟大胜利。《红日》则选取山东战场的伟大胜利结构全篇,取高视角、俯瞰式的叙述方式,表现了更具战争史的格局和气派;《红旗谱》则以巨大的时空跨度、高度的艺术概括力,关注国家民族生死存亡,以重大历史事件为主线,表现了作家雄浑阔大的史诗追求;《红岩》将一群优秀的共产党员与国民党反动派的斗争置放于新中国成立前夕、国民党政权全面崩溃之际展开,描绘了一场酷烈和严峻的伟大斗争。这些诗、史并重的艺术作品,以其宏大、雄浑的艺术魅力成为军旅长篇小说中的优秀篇章。从时空跨度上看,军旅长篇小说往往将三、四年的历史画面浓缩在特定的历史时间中,通过加强内在的密度而获得时间的张力;在作品的空间上,史诗性作品大多是选取了并置性的多重空间,以表现特定历史阶段中生活的总体风貌。军旅长篇小说在以宏观的篇章构图形成史诗气势的同时,也由于这时期的作家个体大都选取了全知全能的单一创作视角,致使众多的文学作品在风格上显得单调而不够多样。

(三)民族风格审美特征

军旅长篇小说的作家,大多并不是专职的作家或文学家。对他们来说,倾诉对战争的刻骨铭心的记忆是进行创作的初衷。他们对域外优秀文学作品的了解和掌握近乎空白,文学素养的积累和获得大都来自中国传统的民间文化。文化背景的单一使民族风格的选择成了一种必然。但是在表现民族风格方面，军旅长篇小说形成了两种样式。一种是在写作形式上采取了传统的章回体或传奇式叙事方法，形成了传奇化的叙事风格。另一种是在作品中塑造了带有鲜明民族性格和精神的人物形象，并展现出本民族特有的民风民俗和生活风貌。这类作品在精神内涵上更多地展现了我们民族的气魄和本质。

以传奇叙事的写作手法而取得了较高艺术成就的作品，当数曲波的《林海雪原》。该小说讲述了我军一支36人的剿匪小分队深入东北林海雪原，以超人的智慧、非凡的英勇战胜敌人的故事。自然环境的神秘、奇异，故事本身的惊险、曲折，都提升了作品传奇化的艺术品格。应该说，这类作品在军旅长篇小说中占据了较大的分量。如《平原枪声》《野火春风斗古城》《敌后武工队》等等，都属此列。传奇叙事的文学作品因其叙事手法的相似而带来了一些共同特征：一是整部小说并不瞩目于对大事件的展开或大场面的铺排，而是由一个或数个小型的战斗故事构成；二是叙述者在小说中充当作家的代言人，不仅以全知全能的视角讲述故事的细节和整体，而且能够按照自己的价值标准、道德观念和情感取向发表议论和评判；三是由于过于注重故事情节的曲折、生动，而忽视了人物形象的塑造，缺乏对人物心理性格的揭示，从而使人物显得单一、扁平。

另一类以塑造具有鲜明民族性格的英雄形象、展现民族精神风貌的作品则体现了时代的特色和中华民族坚忍顽强、百折不挠的精神实质。《红旗谱》是其中的优秀代表作。作品对民族精神的张扬比较集中地体现在朱老忠这个人物身上，他的侠、义、忠、勇，让读者看到了古代许多英雄豪杰的影子。

两类作品以不同的方式，从不同侧面，共同表现了我们民族的传统和特征，从而构成军旅长篇小说富有民族特色的美学风格。

四、军旅小说的鉴赏方法

小说由情节、人物和环境三个基本要素构成，军旅小说也概莫能外。情节是军旅小说故事展开的具体化环节。它是军旅小说构成的基本要素。人物是小说的第二要素。小说所叙之事必定是人物参与之事,没有人物活动的故事是不存在的。传统小说由于注重情节而擅长描写人物的行为动作及语言,现代小说则注重刻画人物性格,探索人物内心世界,诸如感觉、情绪、潜意识等。环境是小说又一要素。小说的环境包括自然环境和社会环境两方面。小说的环境不同于诗歌和戏剧的环境。诗歌的环境是被情感"清洗"过的抒情环境,即意境。戏剧的环境是一种假定性的环境。只有小说的环境才能给人以身临其境的现场感。所以,要赏析一部军旅小说,应当从情节、人物、环境三个基本方面进行。

(一)体验小说的情节美

情节,是军旅小说的一大要素。一般来说,小说情节就是一个个由某种内在逻辑联系在一起的故事,是一组或几组经过挑选,并按照一定的时空次序和因果关系精心组合起来的事件。这是小说鉴赏的基点,既涉及小说的内容因素,又涉及形式因素。从内容上说,情节的新奇有趣,是吸引读者的关键,但它必须建立在真实可信的基础上,即要合乎情理、事理。从形式上讲,情节的设置要曲折生动,富有变化。小说情节的展开是一个过程,故事开端、发展、高潮、结局要明显。故事情节的组织具有一定技巧。比如,线性结构、网状结构;主线、副线等。情节是人物性格的发展史,也是作家对故事进行因果安排而形成的艺术性结构。鉴赏小说的情节,还要看情节发展变化是否符合人物性格的发展逻辑,是否有助于人物形象的刻画。那种脱离人物性格特征,一味追求情节离奇的做法,是不可取的。小说事件经过作家的分解、组合与虚构,超越了生活事件,实现了小说情节的陌生化与新奇化。这时,小说情节就完整细致。完整是指小说情节具有整体感,不中断;细致是指小说情节具有丰满感,不干瘪,好像一个健康的人,既有完美的骨骼,又有丰满的血肉。情节作为生活中矛盾运动的艺术反映,它是作为过程展开的,完整细致的小说情节一般呈现出"开端、发展、高潮、结局"这样一个动态过程。那么如何赏析小说的情节美？

首先，体验情节艺术魅力。小说情节具有一定的审美价值，尤其是中国传统军旅小说的故事情节具有强烈的艺术魅力。人们赏析小说往往被曲折、生动、传奇、惊险的情节所吸引。例如，在《三国演义》与《水浒传》之间，人们通常认为《水浒传》的艺术成就要更高些。人物刻画为其加分不少。但《三国演义》有一个重要的长处，显然是《水浒传》所不能及的。那就是，它具有一个相当完整细密的宏大结构，有条不紊地处理了繁复的头绪，描绘了极其壮阔、波谲云诡的历史画面。《三国演义》的故事框架是在历史记载的基础上构成的，作家做了许多铺张渲染，更增添了不少虚构的情节。这些地方往往成为全书最精彩的创作部分。全书形成一个完整的结构，充分地描绘出魏、蜀、吴三方之间错综复杂的矛盾关系，政治、军事、外交方面的有声有色的活动，并由此展现历史人物各具风采的形象。尤其是对战争的描写，成就最为特出。如官渡之战、赤壁之战、彝陵之战等大规模的战争，从战事的起因、力量对比、彼此的方略及内部争执，到战争的过程及其变化、胜负的决定及其缘由、有关人物在战争中的作用，都能叙述得生动而具体，写出战争的巨大声势、紧张气氛，处处扣人心弦。特别是赤壁之战，作为三方同时卷入、决定三国鼎立之势的关键性战争，经过铺排和虚构，成为小说中整整八回的篇幅，写得波澜壮阔、高潮迭起，始终充满戏剧性的变化，从中可以感觉到作家广阔的视野和宏伟的构思。

其次，探究情节的社会内蕴。社会生活的矛盾冲突，是小说情节发展的内在驱动力，而最具有意义的情节必然显示出某些时代特征和社会本质。例如，在军旅小说《士兵突击》中，草原五班是个连子弹都不配发的最小建制单位，许三多却完成了在其他人眼里不可能铺就的石子路，向自己，向战友证明"不抛弃、不放弃"的强烈信念。在五班，他没有甘于平庸，沉溺于安逸，学会了在极其有限的条件下，不放弃理想信念。其中有一段给人留下深刻印象的情节：史今班长不肯放弃许三多，和所有人都闹掰了，他骂许三多，逼他抡锤，最终许三多抡起大锤……情节的张力被无限放大，而这段也恰恰是许三多人生成长的分水岭。每个人都有内在潜力，但是每个人都有封锁潜力的障碍，平心而论，只有很少人有这样的突破机会。而钢七连具备激发战士潜力的氛围，只不过这个转变由史今班长来具体完成。这个转变，对许三多而言是一种质变，走出了"自己是骡子"的心灵困境，即使他成为"老A"，也是以此刻为真正起点的。在这样的集体里成长，是钢与钢的对撞，火与火的交融，这不是一个蝇营狗苟的环境所能营造出来的，只有五班、钢七连、A大队这样的熔炉才能散发出这样的热度和磁场。这个集体体现出来的自强不息、奋发有为、百折不挠的精神，在我国和我军迈向现代化，实现中华民族伟大复兴的过程中，是必不可少的。

文似看山不喜平。作家不能完全按照生活时空的客观发展来铺排情节，而要根据艺术需要分解、组合和虚构，使情节生动曲折，具有变化美。或惊涛拍岸，流风回云；或平波展镜，潜流暗滚；或余波涟漪，荡漾回环；或路转峰回，柳暗花明。只有千变万化的情节铺叙，才使情节产生"出人意料之外"的变化美。但无论情节怎样变化，一定要符合情理，符合逻辑。

（二）品味小说的人物性格美

人物是小说三要素的关键要素，塑造鲜明、独特、生动的人物形象，是小说创作的中心任务。这是军旅小说鉴赏的核心，它往往决定着军旅小说创作的成败。首先，要看人物的个性是否鲜明，唯其鲜明，才能给读者以深刻的印象。例如，《亮剑》中的李云龙就是一位特色鲜明的人物形象。其次，看它是否具有概括意义，能否代表某类普遍现象。个性化与概括化的结合，使人物形象产生典型意义，成为"一个熟悉的陌生人"（《别林斯基论文学》第120页）。鲁迅笔下的阿Q形象，它是旧中国农民的典型形象，既有鲜明的个性特征，又有普遍的共性特征。赏析军旅小说，就要抓住这一关键要素，从不同侧面去把握人物性格，并揭示出人物的典型意义。我们可以从以下几个方面入手赏析人物性格。

首先，循形探神。"以形写神"，"形神兼备"是中国的传统美学观。军旅小说就是运用这种美学观来创造人物形象，使之达到以形传神的目的。因此，我们赏析人物形象，就必须循形探神，以把握人物性格及其精神风貌。在军旅小说中，所谓"神"，是指风采意态，精神气质，性情品格等内在生命和个性特征。我们只有紧紧抓住了人物的"形"，才能把握人物的"神"。用什么样的词语为《亮剑》中的李云龙进行形象定位：硬汉？英雄？似乎都不那么确切。满腹忠诚，一身正气，性格刚烈，而且有着强烈的传奇色彩。作家塑造李云龙这个人物时用了很大的力度，不但从造型、生活细节，语言及和手下官兵的关系上着力表现，也反复通过对手日本军人和国民党晋绥军名将楚云飞的评价，侧面表现李云龙的过人之处。有血性，有胆识，刚勇不失柔情的李云龙，的确不同于一般意义上的硬汉，可以幽默到不顾粗俗，机智中带着狡黠，仗义的背后还有黑心商人的精明，桀骜不驯到对大局不管不顾……作者将这种在一个人身上的不同适度放大了。就是这样的一个人，它的人格魅力却征服了包括独立团将士在内的无数人，甚至是性格与成长经历有着天壤之别的政委赵刚，也在李云龙的影响下多了几分草莽味道。

其次，对比比较。一部小说描写了众多的人物形象，而这些形象相互关联，构成一个整体世界。在这个整体世界中，任何个别人物都不是孤立存在的，而必须与他人发生关系。因而人物的独特性是与他人相比较而显现的。其比较有四种方法：一是性格相左的人物对比。二是性格相近的人物对比，从而去显示人物的个性差别。三是比较不同人物对待相同或相似的事情，来认识人物性格的独特性。四是通过人物的前后对照，认识人物的发展变化。比较对照是一条审美心理法则，赏析人物形象，自觉地运用这一心理法则，就能更好地认识审美对象，从而获得充分的美感享受。例如，在《亮剑》中与李云龙搭档的政委赵刚，也是刻意塑造的另一种英雄形象。在艺术结构上，这个人物与李云龙形成了一种补充和合一的关系。李云龙身上更多地是农民旧习气，是个典型的现实主义者；而赵刚是大学生投身革命，书生意气重，更多带有理想主义色彩。两者性格的碰撞、磨合，有助于文本故事的进展，也展现了中国军人的多样性。小说的前半部分即新中国成立前的战争时期，李云龙的光芒明显盖住了赵刚，赵刚似乎是为了映衬李云龙而存在的；到了后半部分即新中国成立后，赵刚的形象日益立体鲜明起来。无论是冯楠初见赵刚时对赵刚外貌、信仰的描写；还是"文革"初赵刚坚持原则，宁可走向死亡也不愿失掉尊严同流合污，这些叙述都凸显了赵刚的人格魅力，尤其是会场上掷地有声的一番言辞和临自杀前与冯楠的对白都令人震撼不已。透过赵刚，作家展现了知识分子军人的铮铮铁骨，赵刚的形象更多地带上了知识分子的启蒙主义立场。例如，赵刚找李云龙谈心，说过几句话，使李云龙铭心刻骨，至今不能忘怀，"李云龙懊悔地想，要是时光能倒流，他一定会拜赵刚为师，好好学学做人的道理"。多少年过去了，赵刚的智慧、宽容、深沉和人格的魅力仍使他感到神往，表面看来，赵刚似乎是受到了李云龙的同化，例如喝酒、骂人，但赵刚的影响却是潜在而深远的，他从另一个角度诠释了"亮剑"精神的内涵：当人的自由和尊严受到伤害，受到挑战，而又无力改变现状时，死亡其实也是一种反抗。

最后，探究内涵。小说中的人物形象，尤其是主要人物形象应当具有一定的典型性。这种典型性的人物，不仅具有鲜明的个性特征，而且蕴含了丰富的社会人生和历史文化意蕴。对赏析者来说，这种典型性的人物也是引导人们认识社会人生的良师益友，是陶冶人们情操的最佳产品，它引起一代代人们感情的共鸣，为人们留下回味无穷的艺术魅力。赏析军旅小说，就要着力探究人物形象的身后意蕴。还是拿《亮剑》来举例，整部小说都突出了一种"亮剑"的意志：两军相遇勇者胜，明知不敌也要敢于亮剑一搏。"明知是个死，也要宝剑出鞘，这叫亮剑，没这个勇气你就别当剑客。倒在对手剑下不算丢脸，那叫虽败犹荣……"道出了中国军人的军魂，也道出了人民军队以弱胜强的原因。自始至终讲的是一种精神，一种气魄，这是一种军人精神，一种民族精神。不管是输是赢，是生还是死，先干了再说，拼了就有生机，就有活的可能，否则只有死路一条。在勇敢正直、意志坚定、不媚上欺下等美德已渐为稀缺之时，这些红色英雄形象的塑造，能使我们反思历史，正视民族缺陷，重塑军魂、民族魂。

小说创作的中心是塑造鲜活而富有典型性的人物形象。小说人物形似神肖生活原型，既是创作家在创作时应遵循的审美规范，也是构成小说人物美的主要标志。小说人物不仅在外表上"形似"生活原型，而且富有了自己的生命和神韵。小说典型人物的"形似"与"神肖"得到了高度统一，共性与个性得到了有机结合。它能更充分、更深刻、更生动地反映出生活的真实面貌和本质规律，因而也具有了历史厚度和思想深度。由于小说人物能反映出一个相对比较长的时间段，因此具有历史感，而且优秀的小说典型人物又能概括民族性格的某些本质。小说的人物又能表现人的深层心理和意识，反映人的心灵深处最隐秘和最微妙的意识。在小说人物的创作中，越是具有思想深度这一审美特点的，在体现人的本质方面，往往就越充分，越典型。从这个意义上说，小说作家是人物灵魂的探索家和解剖家，他得钻进每一个人物的灵魂深处，把他们各自的隐蔽的内心奥秘、精神品格以及各种外部特征，活灵活现地揭示出来。

（三）感受小说的环境美

环境是人物活动和情节展开的场所。小说人物形象的真实性、典型性，情节的具体性、合理性，只有在一定的环境中才能确定。因此，小说十分注重环境描绘。我们赏析小说，就离不开对环境的赏析。感受环境美应注意亮点：

首先，体验环境浓郁的气氛。小说中的环境并不是纯粹而客观的，总是包含着人的主观因素，渗透创作家的审美意识，有着鲜明、浓郁、丰富的感情和情绪色彩。环境描写为小说情节的展开、角色的出场提供了一个宽广的舞台。在军旅小说创作中，自然环境描写是整个环境描写的重要方面，它所描绘出的自然的鲜丽与灰暗，直接反映了人物的内心世界，为下文情节的发展渲染了特定的气氛，更为人物的存在、行动和成长提供了适当的场景和充分的条件。人物环境是对人物活动的具体场所及人物相互间关系的描写,它是具体可感的。首先自然环境为舞台布景,以最形象最直观的方式向读者交代故事的大环境;紧接着社会环境,让读者进一步了解故事的历史背景,为故事情节展开做必要的铺垫;最后随着人物环境(包括人物活动场所、人物关系)逐步展现故事的来龙去脉、作家的思想感情被充分揭示出来。短篇小说《荷花淀》开篇有一段自然环境描写非常出色:

月亮升起来了,院子里凉爽得很,干净得很,白天破好的苇眉子潮润润的,正好编席。女人坐在小院当中,手指上缠绕着柔滑修长的苇眉子。苇眉子又薄又细,在她怀里跳跃着……这女人编着席。不久在她的身子下面,就编成了一大片。她像坐在一片洁白的雪地上,也像坐在一片洁白的云彩上。她有时望望淀里,淀里也是一片银白世界。水面笼起一层薄薄透明的雾,风吹过来,带着新鲜的荷叶荷花香。

月光、水色、薄雾、轻风、荷香,一幅美妙的风景画!水生嫂"像坐在一片洁白的雪地上,也像坐在一片洁白的云彩上",苇眉子在她手指上"缠绕",在她怀里"跳跃"。作品在清新淡雅、有声有色的描绘中洋溢出诗情画意。这诗情画意又透露出水生嫂勤劳而贤惠的性格,同时又暗示"江山如此多娇",岂容日本鬼子践踏,我们的人民怎能不为之浴血战斗?

其次,探究环境描写的艺术作用。环境的艺术作用是多种多样的。首先环境烘托人物的情绪、情感、思想和性格。

再次,环境描写还具有推动故事情节发展的作用。

值得注意的是,当代小说人物、情节、环境等三要素逐渐地淡化,一方面,降低了对人物、情节、环境等要素的要求,另一方面,却增加了其他要素,如哲理、诗情、画意、美感、幽默、惊叹等。这样做,并不是减少了小说的构成要素,恰恰相反,进一步地丰富了小说的构成要素。因此,鉴赏当代小说,我们还应对三要素之外的其他要素进行艺术分析,以获得更多的审美愉悦。

第二节　中国军旅小说鉴赏

我国许多优秀的革命历史题材和军事题材的小说，之所以有着感人的艺术力量，不仅在于作品反映了巨大的历史事件或提出了社会问题，还塑造了许多性格鲜明、个性独特的典型人物形象。近年来，大量的优秀军旅小说，如《激情燃烧的岁月》《亮剑》《士兵突击》等，都以鲜明的艺术典型形象反映了重大历史事件而获得成功。赏析优秀军旅小说，既可以提高读者的思想觉悟，又可以增强读者的愉悦感受。

一、赏析篇目

《水浒传·三打祝家庄》[①]
施耐庵

（原文略）

施耐庵，元末明初杰出小说家。《水浒传》是他在长期积累的以梁山故事为题材的群众创作和作家创作的基础上撰写而成的。书中表现了"官逼民反""乱自上作"的社会现实，揭露了封建统治集团的罪恶，揭示了农民起义的根源，真实地再现了农民军形成壮大的历程。

《水浒传》堪称是中国白话文学的一座里程碑。作家驾驭流利纯熟的白话，刻画人物的性格，描述各种场景，显得极其生动活泼。特别是写人物对话时，更是如闻其声如见其人。有了《水浒传》，白话文体在小说创作方面的优势得到了完全的确立，这在整个中国文学史上的意义极为深远。作家对社会生活的广泛了解、深刻的人生体验和丰富活跃的艺术想象，加上前面所说的语言和结构的长处，都达到了前所未有的成就。例如，在第四十九回"三打祝家庄"中，就将一场攻打祝家庄的战役描述得引人入胜。前两次攻打祝

[①] 见《水浒传》第四十九回，北京：中华书局 2005 年版。

家庄，梁山均以失败而告终。主帅宋江用兵出现了明显漏洞，出动了19名战将，包括林冲、秦明、花荣这样的好汉，6000多人的队伍，竟然奈何不了区区一个祝家庄，而且还被祝家庄俘虏了秦明、黄信、邓飞、王英四人。宋江渐成骑虎之势，进退两难。

　　三打祝家庄就在这样的背景下开始了。吴用派遣戴宗回山寨去取铁面孔目裴宣、圣手书生萧让、通臂猿侯健、玉臂匠金大坚。教四人带了如此行头，连夜下山。又让孙立把旗号改换作"登州兵马提辖孙立"，领了一行人马，来到祝家庄后门前。庄上墙里望见是登州旗号，报入庄里去。栾廷玉听得是登州孙提辖到来相望，说与祝氏三杰道："这孙提辖是我弟兄，自幼与他同师学艺，今日不知如何？"带了二十余人马，开了庄门，放下吊桥，出来迎接。他们哪里知道这孙立已经是梁山的头领了。孙立带领几位头领和兵士进入庄里，他们轻易地取得了信任，很快掌握了祝家庄的道路秘密。经过几番攻打之后，里应外合，祝家庄被攻破。宋江又设计骗取李家庄李应也上了梁山。自此，经过三次攻打，宋江取得了祝家庄大捷。这一回突出的特点是宋江和吴用以及孙立的智谋。而且，写其智谋的时候，不露声色，几乎没有让读者看出丝毫的破绽，一切都是水到渠成。孙立带领那么多人去骗祝家庄，所有的人都知道自己已经是梁山的人，这中间要做多少工作。李应被官府拿了去问罪，后面就把村子给烧了，这又有多少情节。但是这一切，都在不动声色中做了。这是一个很有意思的细节。石秀担当探听情报的重任，潜伏到村里，得到钟离老人的信任，指出了出村的道路秘密。当宋江和吴用要血洗祝家庄的时候，石秀想起了这位老人。他对宋江说，这个老人有恩于我们，是善心良民，不能一并杀害。宋江找见了老人，不仅送给他钱财，还告诉他，因为他的善良，一村的民众都饶了。打下了祝家庄，李逵又把扈家庄灭了门，宋江的使命按说已经完成了，但是，他们做事做到底。他们了解到官府并不放过李应，就在半路拦截，营救了李应。然后悄悄派人去村里接了李应的家属和村人，把村子也烧了，迫使李应上山入伙。梁山攻破祝家庄收获甚大：不仅获得大量军需物资，还得了李应这样的将才。另外，宋江还将一丈青扈三娘许配给矮脚虎王英，兑现他曾对王英的承诺。三打祝家庄，对宋江和梁山来说，最大的收获就是通过实战增长了自身的作战能力。宋江三打祝家庄，最精彩的是这一回。这一回可以单独成一部小说。但是，在这里，作家仅仅用了不多的篇幅，却把整个情节写得精彩纷呈，这足见作家的艺术功力。

《保卫延安》[①]

杜鹏程

（原文略）

杜鹏程，当代作家，陕西韩城人。他曾发表大量的新闻、通讯、特写、散文、剧本。代表作有长篇小说《保卫延安》、中篇小说《在和平的日子里》等。有影响的短篇小说有《夜走灵官峡》《延安人》等。

20世纪50年代初期，真正称得上纯军事题材的长篇小说，应该首推杜鹏程的《保卫延安》。它是杜鹏程的代表作，也是作家倾注了全部心血的一部精品之作。小说在较大的规模上反映了1947年3月至9月发生于陕北的战争。《保卫延安》激情之高昂，笔墨之凝重，气势之磅礴，在中国军事文学创作中具有开先河的意义，它是当代文学史上第一部大规模正面描写解放战争的长篇小说，被誉为"英雄史诗"。

首先，站在时代和历史的高度，以宏大的规模、磅礴的气势，出色地反映了解放战争中著名的延安保卫战，描绘了一幅真实、壮丽的人民战争的历史画卷。作品围绕西北战场我正规部队与10倍于我军的敌人的浴血奋战，以我军主力纵队的一个连所参加的青化砭、蟠龙镇、榆林、沙家店等战役为主线，艺术地概括了我军由战略防御转入战略反攻的历史性进程。作品所描写的人民战争的场面，规模宏大，头绪纷繁，从高级将领的重大决策到基层

[①] 杜鹏程：《保卫延安》，北京：人民文学出版社1999年版。

连队的战斗生活，大大小小战斗的组织和进行，根据地人民和游击队的斗争，都有真实、正面的描写。作品不讳饰当时严峻的斗争形势，不回避敌强我弱形势下战争的空前残酷和激烈，每次战斗都有无数英雄战士壮烈牺牲，"一片土地一片血"，最终胜利是付出了极大的代价的。

作品还深刻地揭示了这场战争之所以能够取得胜利的根本原因——党中央、毛主席对整个战局的正确分析和英明决策，彭德怀司令员的正确部署和指挥，我军将士从高级指挥员到普通战士为誓死保卫党中央而浴血奋战的革命英雄主义精神。这一切在作品中都有充分而精彩的描绘。其次，以高昂的笔调，遒劲的笔力，刻画了一批丰满而生动的人物形象。他们之中有彭德怀这样的我党、我军的卓越领导人，有陈允兴、李诚、赵劲、卫毅这样的驰骋沙场、有胆有识的高、中级将领，有周大勇、王老虎这样叱咤风云、威震敌胆的基层指挥员，有普通的战士、炊事员，还有李振德这样的根据地革命老英雄。这些人物具有共同的阶级本质，但每个人又有各自独特而鲜明的个性。主人公周大勇是作家浓墨重彩塑造的英雄形象。作品通过一系列战斗和细节描写，突出地描绘了他的英雄性格。而从团政委李诚的身上，体现了我军从红军时代起在长期实践中所培育起来的部队政治工作的优良传统和政工干部的精神风貌。作品对彭德怀形象的塑造，是当代文学塑造老一辈无产阶级革命家光辉形象的一次成功的尝试。小说不仅写出彭德怀那高瞻远瞩、洞察一切、雍容大度、指挥若定的军事战略家的恢宏气概，而且他质朴谦和、平易亲切、真诚慈祥。《保卫延安》在艺术风格上有自己鲜明的特色：气势恢宏，笔调豪放；语言明白晓畅，朴实生动；既有浓郁的生活气息，又富于激情的力量。浓郁的诗意和深刻的哲理高度结合。《保卫延安》在长篇小说创作中达到了20世纪50年代初期的最高水平，不愧为我国当代文学宝库中的一件瑰宝。

《林海雪原》[1]

曲 波

（原文略）

　　曲波，当代作家，山东黄县人。他曾出版了长篇小说《林海雪原》《山呼海啸》《戎尊碑》《桥隆飙》等。

　　其代表作《林海雪原》成功地塑造了杨子荣、少剑波等英雄形象，细致深刻地再现了惊心动魄的剿匪斗争，情节曲折惊险，故事引人入胜，富于传奇色彩。作品曾多次再版，被改编成话剧、京剧、曲艺和电影，并被译成英、俄、日、阿拉伯等多种文字。

　　作品描写了解放战争初期东北牡丹江地区，以团参谋长少剑波为首的一支 36 人的人民解放军小分队，深入林海雪原，同数倍于自己的国民党残余部队和土匪武装力量周旋，斗智斗勇，最终全歼敌人。作品以"奇袭虎狼窝""智取威虎山""绥芬草甸大周旋"和"大战四方台"等为主要情节，展示小分队在远离主力部队的情况下，英勇机智地歼灭顽敌的战斗历程。通过一连串惊险曲折的战斗故事，塑造了杨子荣、少剑波、刘勋苍、栾超家、高波、李勇奇等生动而带有传奇色彩的人物形象。其中，侦察能手杨子荣智勇双全、胆识超人、生死无惧的英雄形象，尤其具有魅力。林海雪原的雄伟壮丽，战斗生活的惊险，小分队指战员的机智勇敢，以及敌人的凶残狡诈，使小说具有浓郁的传奇色彩。作品从古典小说中汲取营养，情节环环紧扣，一波三折，读来惊心动魄。小说基本上采用通俗小说的格局，语言浪漫夸张，思想单纯明朗，对人物内心世界的丰富复杂性开掘不多。

　　小说把小部队置于这样的困难之下，写出了人民解放军以神奇的智慧和超凡的胆识所创造的令人惊叹的战斗奇迹。奇迹般的战斗是以人物的神勇机智为灵魂的。小说从特定的情境出发，塑造了人民解放军传奇式的英雄形象。其中，孤胆英雄杨子荣的形象塑造得最为成功。作家抓住杨子荣性格中

---

[1] 曲波：《林海雪原》，北京：人民文学出版社 2004 年版。

大智大勇的一面，置其于异常艰难奇险的情境，极力渲染，让他在与凶悍狡猾的敌手一次次惊心动魄的较量中，显示其英雄本色。智取威虎山一节，把杨子荣智勇双全的英雄性格表现得淋漓尽致。此外，小说对贯穿全书的中心人物少剑波多谋善断的指挥、神机妙算的用兵，做了重笔刻画。而对小部队其他成员的描写，如刘勋苍的胆大心急、勇猛过人；栾超家的诙谐幽默，善于攀登；孙达得的耐力过人，长于跋涉，也都各具特色。

作家为了真实充分地展开小部队传奇式的英雄们错综惊险的剿匪斗争，在情节结构上颇费匠心。全书以奇袭虎狼窝、智取威虎山、大战四方台而最终全歼顽匪为基本的情节线索。几个大故事既各有首尾、相对独立，又彼此联系，构成整体。而大故事中又旁逸出许多可独立成篇的小故事，使作品错综复杂又和谐统一，婆娑多姿又脉络分明。而且这种大故事里套着小故事，小故事里引出大故事，大小故事重叠交织，一个故事连着一个故事的结构布局，使作品环环紧扣、奇峰迭起，与其传奇性内容相得益彰。此外，作家还在战斗故事的间隙，有机地插入北方奇异的景色描写和优美的神话传说，更增添了作品浪漫主义的传奇氛围，也使小说在叙述节奏和情调上，急缓相间，疏密有致。从传奇艺术的角度看，一部现代传奇在艺术上成功的关键，常取决于"奇"与"信"之间的张力。这部小说的成功也在于此。

《凯旋在子夜》[①]

韩静霆

（原文略）

韩静霆，当代作家，吉林辽源人。他曾在空军政治部创作室任职。主要作品有散文集《太阳宫殿》《唱歌的小草》，小说《市场角落的"皇帝"》获1983—1984年全国优秀中篇小说奖。长篇小说《凯旋在子夜》发表后在读者中间产生强烈共鸣，随后改编成电视连续剧。其他重要作品还有中篇小说

---

① 韩静霆：《凯旋在子夜》，《昆仑》1985年第2期。

《战争让女人走开》，长篇小说《大山滨》。

《凯旋在子夜》在反映南线战事方面，可以说是颇具影响的作品。与其他作家同类题材的作品不同之处在于，作家没有直接描写轰轰烈烈的战争场景，而是侧重于写军人家属，写女人在后方承受的战争重负丝毫不逊于前方的军人。此一角度既掩饰了作家对前线生活体验的不足，又打开了文学沟通军人与社会的联系，使广大读者能更直接地体验前线官兵的浴血奋战与自身和平环境生活的内在联系，从而增加了对一线官兵生活的理解。所以，作品被搬上银幕和荧屏之后，立即受到广大观众的喜爱。

《苦菜花》[①]

冯德英

（原文略）

冯德英，当代作家，山东牟平人。曾任空军政治部文化部创作员、山东省作家协会主席等职。代表作有长篇小说《苦菜花》《迎春花》《山菊花》（获解放军文艺出版社首届优秀长篇小说奖）等，长篇三部曲《大地与鲜花》第一部《染血的土地》等，另有短篇小说、散文和电影剧本。

《苦菜花》是冯德英的代表作。它是以作家自身的生活经历为素材，借助艺术构思而写成的反映胶东人民在抗日战争中与日本侵略者和汉奸地主等进行英勇抗争的作品。故事情节曲折惊险，人物刻画生动丰满，成功地塑造了母亲——娟子妈的形象。这部小说通过许多激动人心场面和动人情节的描写，细致地揭示了抗日根据地八路军和人民群众高尚的精神境界，充分反映了斗争的残酷性和复杂性，展现了人们不仅要同鬼子汉奸、间谍特务进行较量，还要与头脑中的封建思想、习惯势力展开搏击。母亲抚育子女的含辛茹苦、落入日寇手中受尽严刑拷打而英勇不屈，在整个斗争中识大体、顾大义，都写得极为感人。小说语言清新流畅，情节跌宕起伏，人物性格刻画细

---

① 冯德英：《苦菜花》，北京：人民文学出版社2005年版。

腻真实。作品的不足之处是许多人物出场与消失过于匆匆，显得不够完整。《迎春花》和《山菊花》作为《苦菜花》的姊妹篇，也以胶东人民的革命斗争为背景，前者描写村支书曹振德率领贫下中农与地主和反革命展开尖锐复杂的斗争；后者突出刻画桃子由农村妇女成长为革命母亲的过程。这些作品都保持了《苦菜花》的艺术风格。作家情感真挚浓烈，语言笔墨富有胶东地方色彩。

《高山下的花环》[①]

李存葆

（原文略）

李存葆，当代小说家，山东五莲人。他曾任济南军区创作室主任、中国作协军事文学委员会委员等职。1982年，以中篇小说《高山下的花环》轰动全国，获1981—1982年全国优秀中篇小说奖、荣获1977—1982年首届中国人民解放军文艺奖。

《高山下的花环》通过赵蒙生的追述，描绘了对越自卫反击战中人民解放军一支步兵连生活和战斗的情景，塑造了一系列可歌可泣的英雄形象：顾全大局、淳朴稳重、为掩护战友牺牲自己的连长梁三喜，牢骚满腹但身先士卒、献出生命的靳开来，铁面无私、治军严厉的雷军长，机智勇敢、死于"臭弹"的雷军长的儿子"小北京"。小说后半部由梁三喜留下一张血染的"欠账单"引出梁家和赵蒙生母子的关系，并由此赞美了梁大娘、三喜的妻子韩玉秀的崇高美德。小说直面现实，通过赵蒙生母子的"曲线调动"、靳开来因"牢骚"和一捆甘蔗而不被授功、"小北京"由两发臭弹导致牺牲，大胆触及了军内矛盾和社会上的弊端。同时，将军营生活和社会生活紧密地结合在一起，高唱"位卑未敢忘忧国"的主题歌，提示当代军人的爱国主义、英雄主义及其社会历史根源，展现其丰富的精神世界。

《高山下的花环》最大的成功之处在于打破了长期以来部队作品不能或者

[①] 李存葆：《高山下的花环》，《十月》1982年第1期。

说不敢直面现实矛盾的种种思想禁锢，通过"臭弹事件""调动风波"直至"欠账单"那些震撼人心的情节与细节，深刻地揭示部队生活中不可避免的现实矛盾。人物命运的大起大落，情节事件的起伏跌宕，使作品具有十分强烈的可读性。所以，作品一经刊出，很快被改编成电影并被翻译成多种文字出版。

《高山下的花环》是李存葆的成名作，同时也是他的代表作。它的"轰动效应"应该说，得益于作家对一种"政治禁区"的大胆突破。这是一部坚持了现实主义创作精神的"英雄主义"作品，在军事小说社会化的发展进程中做出了新贡献。小说在写军人生活时，处处观照它与整个社会脉搏的联结与感应。在作品中，赵蒙生战前的心理和表现与复杂的社会生活有着密切的联系。梁三喜的遗书催人泪下，浓缩了时代的特征，展现了深广的社会内容。作家还通过梁三喜和赵蒙生两家悲欢离合的戏剧性描写，揭示了老区人民与军队的血肉联系，升华出"人民——上帝"这个庄严而神圣的主题。这种在小说中注入纷繁复杂的社会因素的写法，超越了军旅小说的旧格局，扩展了小说的社会容量。虽然它在艺术上还有某些粗糙之处，但是，作品的现实主义强大冲击力为之赢得了巨大声誉，使得众多的评论家不忍或不愿在文章中谈及作品的缺憾。这充分表明了长期以来广大读者对现实主义精品佳作的渴望。此后发表的有关南线战事的诸多作品中，我们不能否认，或多或少地都受到过《高山下的花环》现实主义精神的影响。

总之，《高山下的花环》所具有的悲壮、崇高的美学风格，作品中蕴涵的炽热的情感、深沉的哲理、朴直的笔调和浓重的色彩非一般作品所能匹敌，而寓爱国激情和善美柔情于悲壮史诗之中的雄壮的悲剧美和浓郁的诗情美，更具有永久的魅力。该作品不仅使我国军事文学有了重大突破，也为新时期文学的发展做出了贡献。

《亮剑》[1]

都 梁

（原文略）

都梁，当代作家，江苏淮安人。主要作品有长篇小说《亮剑》、电视连续剧剧本《血色浪漫》。《亮剑》由解放军文艺出版社出版后不久，同名电视连续剧又由海润影视传播公司拍摄并很快热播。

《亮剑》是一部真正意义上的军事题材小说，是一部真正称得上军人味的军事题材小说。为了展现战争的规模和丰富性，小说以抗日战争为核心，从李云龙独立团化整为零游击战写起，到平安城混战时团的归建；从抗战结束到三年解放战争人民解放军由战略防御转入战略进攻；从解放军挥师南下到追剿国民党残余进驻闽南海边，由李云龙团长、师长、军长的职务变迁，笔触从排、连、营一直延伸到团、师、军，由普通部队的沙场征战一直写到特种部队的交锋，全书所展现的战争视野极为宏大。从宏观上说，以陆战为主，兼顾海战、空战；既展现了胜仗，也描写了败仗。从战役类型来看，几乎立体式地反映了人类告别冷兵器时代后到信息时代到来之前战争的种种类型：阵地战、白刃战、奇袭战、伏击战、破袭战、特种战，等等。全书按时间顺序共写了大大小小十几次战役（斗），然而每个战役（斗）都写得各有特色，绝不雷同。李家坡阵地战、魏大勇白刃战、聚仙楼奇袭战、野狼峪伏击战、赵家峪破袭战、平安城混战、黑云寨复仇战、赵庄阻击战、金门海战等，生动地表现出各种类型的战役、战斗的特征，使得小说对战争具有了极高的表现力，也使得小说具有了极强的可读性。对于战争的认识，作家抛开了以往的惯性思维。尽管最终的结果是我军取得了胜利，大战之前也通常会有严谨细致的规划部署，但在具体的战斗中，战事发展过程却极其复杂、曲折，充满了偶然性、复杂性、残酷性。

《亮剑》最大的转变体现在人物塑造上。20世纪80年代的军旅小说，在

---

[1] 都梁：《亮剑》，北京：解放军文艺出版社2006年版。

塑造英雄形象时，已突破了五六十年代那种"高大全"的形象塑造，而《亮剑》对此既有回归更有超越。作家在构思小说人物时借鉴了"政委""草莽英雄"的搭配模式，同时还自觉吸收和利用了民间文化中有关传统游侠的传奇性故事的叙事方式，安排了赵刚与李云龙搭档。这两个人物，作家都塑造得极为成功。与传统的正面人物显然不同，李云龙长相并不出众，更谈不上俊朗。都梁不仅写出了他作为我军基层指挥官的一面，还写出了他来自农民出身的性格弱点。作家反其道而行之，塑造了一位个性张扬、极富争议的英雄形象。作家的探索性努力还表现在对民间文化形态的利用上。中国传统文学有所谓"游侠""绿林""侠义"等题材，一向为民众喜闻乐见。作家自觉地从民间文化中吸收其粗野、活泼、洋溢着原始生命力的艺术营养，用以打破此前战争文化规范下过于刻板的审美模式，这与之前的莫言极为相似。于是，小说情节变得传奇化，人物变得草莽化：李云龙喜欢耍小性子、暴躁、霸气、不讲理，还讲粗话、好喝酒。虽然没有文化，可身上有一种质朴的、农民式的智慧：打仗爱动脑筋，常常是逆向思维；作战勇敢，不畏对手，有一种不达目的不罢休的韧劲。所以，无论是与兵力数倍于己的日军作战还是单刀赴会，李云龙总是无往不胜。李云龙为了救自己的妻子，不惜发动一场十多个旅、团参加的战役；为战友复仇而不计后果地领兵剿灭了已归降的土匪，这些其实可以说是违法乱纪，但这凸显的是李云龙强烈的个性色彩。在他身上，我们看到的是放大的人性：无论是优点还是缺点，都是如此地突出。可见，李云龙比以往的英雄形象更加夸张、更加理想，但也更显得真实，业已成为一种新的英雄模式。《亮剑》是一部战争艺术和传奇色彩融会贯通的主旋律作品，它的巨大成功，不仅显示了中国战争小说审美模式的极大转变，也昭示了中国军旅小说迎来了新的辉煌。

二、推介篇目

《三国演义·火烧赤壁》①

罗贯中

（原文略）

罗贯中，元末明初小说家、戏曲家。他名本，字贯中。他的创作才能是多方面的，但以小说成就为主，他把章回体小说这一文学式样推向成熟的阶段。他的小说，除《三国演义》外，还有《隋唐志传》《残唐五代史演义》和《三遂平妖传》。现存戏曲作品方杂剧《赵大祖龙虎风云会》。在这些作品中，《三国演义》的成就最高。作品构思之雄伟、活动场面之广阔、人物形象之鲜明、艺术水准之高，在世界古典小说中均无与伦比。

《三国演义》的故事框架是在历史记载的基础上构成的。作品充分描绘出魏、蜀、吴三方之间错综复杂的矛盾关系，政治、军事、外交方面的有声有色的活动，并由此展现历史人物各具风采的形象。尤其是对战争的描写，成就最为特出。如官渡之战、赤壁之战、彝陵之战等大规模的战争，从战事的起因、力量对比、彼此的方略及内部争执，到战争的过程及其变化、胜负的决定及其缘由、有关人物在战争中的作用，都能叙述得生动而具体，写出战争的巨大声势、紧张气氛，处处扣人心弦。特别是赤壁之战，作为三方同时卷入、决定三国鼎立之势的关键性战争，从《三国志》中简略的记载，经过铺排和虚构，成为小说中整整八回的篇幅，写得波澜壮阔、高潮迭起，始终充满戏剧性的变化，从中可以感觉到作家广阔的视野和宏伟的构思。赤壁之战被誉为"充满了战争艺术"的战争。《三国演义》中描写的大量战争，经由战前铺排以及各方的陈述、分析之后，显得格外恢宏壮阔。

---

① 罗贯中：《三国演义·火烧赤壁》，天津：天津古籍出版社2002年版。

《红日》[1]

吴 强

（原文略）

吴强，江苏涟水人。主要创作了《红日》《堡垒》两部长篇小说，以及多部中短篇小说、散文和话剧等作品。

《红日》所描写的故事发生在1947年的山东，以华东野战军常胜英雄军沈振新部为中心，选取三个重要而连贯的战役——涟水、莱芜、孟良崮战役来展开故事情节，反映出第三次国内革命战争的一个横断面和解放军所经历的历史性转变。小说从沈部在第二次涟水之战失利写起，直至最后战胜在人数和装备上都处于优势的敌人，全歼蒋介石七十四师。小说全方位地反映了部队生活和指战员的精神面貌，从军、师、团到连、排、班，从前线哨所到后方医院，从战斗场景到部队日常生活乃至军人的爱情，从高级指挥员到普通士兵，是当代战争小说以巨大的容量和广度见称的作品。小说着重刻画了解放军指战员形象，从战斗行动、日常生活和内心活动三方面，较成功地塑造了军长沈振新、副军长梁波、团长刘胜、连长石东根等人物形象，写出了他们的思想、性格、气质、修养及经历上的差别。对国民党将领张灵甫的成功塑造，克服了漫画化和脸谱化的倾向，具有突破意义。小说以孟良崮战役为故事高潮、艺术构思宏阔而又有立体感，硝烟弥漫的战斗和普通的日常生活达到了和谐的统一。作品较为成功地处理了写作战史和艺术创造之间的关系，在不违背基本史实的基础上，充分发挥了文学创作中的虚构能力，将人物与细节表现得栩栩如生。

---

[1] 吴强：《红日》，北京：解放军文艺出版社1997年版。

《狼牙》[1]

刘 猛

（原文略）

刘猛，当代青年新锐作家，河北邯郸人。他著有长篇小说《狼牙》《冰是睡着的水》。其作品在传统小说的写作方法之中加入了蒙太奇的处理方式，更具有现代感以及镜头感，倾倒了众多读者，《最后一颗子弹留给我》一书更是被评论家称为"在敏感题材领域手法大胆、挥洒自如的经典之作"。

墨绿的油彩、冷峻的双眼、幽灵般的身影……如此这般语言描述，为小说《狼牙》附上了一层神秘面纱。小说讲述的是一首壮魂之歌，一群热血军人为了实现自己的梦想而甘愿洒汗洒泪洒血。他们改写历史，创建了中国历史上第一支特种兵部队。一百三十三人，一个破旧营地，和一座荒草丛生的大山，这便是他们的全部财产。然而，谁又能想到，经过苦难洗礼从山里走出来的是中国第一支特种部队。再苦他们也不怕，因为他们是特种兵，是一支虎狼之师。他们曾在军旗下庄严宣誓"牢记使命和责任！顽强永不退缩！宁死不当俘虏，最后一颗子弹留给我！"国家，责任，使命，信仰永远地刻在了他们的心中。《狼牙》以真实的笔触立体地刻画了中国军人形象，刻画了军人家庭情况，让读者在作者涓涓溪流的文字中感受着那份激情燃烧的岁月。

《中国近卫军》[2]

方南江

（原文略）

方南江，当代作家，湖南平江人。短篇小说《最后一个军礼》（合作）获1980年全国优秀短篇小说奖、解放军文艺奖，并改编为同名电影和电视剧，结集有《方南江中短篇小说选》。

---

[1] 刘猛：《狼牙》，北京：大众文艺出版社2005年版。
[2] 方南江：《中国近卫军》，解放军文艺出版社2005年版。

《中国近卫军》这部风趣幽默的小说像黑森林一样动人，它显示了语言的力量，揭开了军旅生活神秘的一角。作品以大跨度、大场面、全景式地个性叙述，反映了中国武警部队的现代化建设进程，军人的人生观、爱情观，武警官兵的牺牲与奉献精神，刻画了二十几位从将军、校级警官到普通士兵、性格鲜明、内涵丰富、栩栩如生的人物形象。《中国近卫军》使读者明白："无论你是将军还是士兵，永远都是历史长河中微小的分子；铁打的营盘流水的兵，正是几百万普普通通的官兵的血肉之躯的分分合合，才铸就一个国家稳固的国防长城；只有把个人理想放在国家、民族、人类的羽翼之下，个体生命和理想才具意义——也唯其如此，一个伟大的民族才会强盛不衰。"作者对"军事题材"采取了人性化处理，使得小说人物更加生活化、更加真实。军人的工作和生活，军人的爱情和婚姻，军人的欢乐和悲伤与其他社会领域的人存在共性，因而获得了普通读者的极大共鸣。小说的语言"极具个性化的幽默风趣"，让人忍俊不禁，但这种细节不是无厘头，更不是画蛇添足式的，它是作者提炼生活智慧、升华生活乐趣的表现。

《沙场点兵》[①]

邵钧林、黄国荣、郑方南

（原文略）

《沙场点兵》以我军积极推进中国特色军事变革，做好军事斗争准备为主题，以华北某部队贴近实战，实行基地化训练改革为背景，以红蓝军对抗演习从有预案的摆练，到不设预案背靠背的对抗，再到远程立体跟踪打击等四次较大规模的演习为线索，深层次触及了部队抓训练与保安全、个人荣誉与国家利益、"练为看"还是"练为战"之间的矛盾和问题，多层次、多视角地展示了我军各级将领紧迫的忧患意识和远大的强军之志，讴歌了一批肩负历史使命，勇于探索创新，敢于应对挑战的当代军人英雄群像。未来战争什么

[①] 邵钧林、黄国荣、郑方南：《沙场点兵》，北京：中国文联出版公司2006年版。

样？中国军队能否打赢下一场战争？《沙场点兵》中，红军猛虎旅与蓝军野狼团在演习场上展开了激烈的争斗。

猛虎团与"蓝军团"的实兵对抗被魏嵩平活动成排练。蓝军团长康凯借故离开演习场，却在那达慕上夺得摔跤冠军，巧遇义妹陆雅池。猛虎团长庞成功攻占蓝军阵地，蓝军提前替红军把红旗插上山头。军区副司令员楚淮海从录像发现演习成"作秀"，决定重打一场无预案的对抗。魏嵩平怕失败影响升迁，拉关系搞亲情，康凯则头痛打仗容易处事太难。庞成功不想与狼共舞当了野狼团团长，得到楚淮海支持，要走321旅的两个坦克营和一批骨干。为调陆雅池，康、庞僵持不下，陆雅池坚持留321旅，庞成功决心打败康凯。庞成功按外军战术训练野狼团，战胜所有对抗对手，名声大振。两支部队再度对抗。庞成功利用地理障碍和气象战术叫康凯无法挺进。庞成功凭装备优势大败红军。猛虎精神威震蓝军，坦克炮长魏小飞摔成植物人。庞成功求婚再碰钉子，康凯受挫，魏嵩平劝其转业可免处分，康凯之妻梅雨晴求楚淮海放康凯走。康凯与梅雨晴友好分手。康凯把离婚证交楚淮海要求干满任期，康凯背处分继续当旅长。第三次交锋，庞成功请来"七国顾问团"，康凯也搞了"中国智囊团"。美国军官弗斯特想解开上甘岭321师两个连战胜联军七个营之谜，却给321旅搞了战前动员。战幕拉开，蓝军陷入了人民战争的汪洋大海，魏小飞在炮声中醒来，魏嵩平感悟到人生意义……

《高地》[①]

徐贵祥

（原文略）

徐贵祥，当代作家，安徽省霍邱县人。他著有中篇小说《潇洒行军》《弹道无痕》等，长篇小说《历史的天空》获第六届人民文学奖、第六届中国人民解放军文艺奖、第八届"五个一工程"奖、第六届"茅盾文学奖"。改编拍摄

[①] 徐贵祥：《高地》，武汉：长江文艺出版社2006年版。

成32集同名电视连续剧。

《高地》写了两个默契的军人因为一场"双榆树战斗"而决裂，一生在谁应该登上高地建立头等功的问题上争论不休。为了捍卫荣誉、争夺精神高地，兰泽光和王铁山的军人生涯跌宕起伏，盘根交错。最让人不可思议的是结尾：一个看似永无止境的争斗其实是一片良苦用心。兰泽光死去后给老对手留下了一份扑朔迷离的遗嘱，直到王铁山死前才揭开了遗嘱的真相。徐贵祥说，兰泽光的原型是他老部队的一位师长，因病去世，传说他在弥留之际留下遗言，希望免职时，尽量避免他的名字和另一位领导的名字出现在同一份文件上。这个传说中的遗嘱给了作家巨大的遐想空间。如果传说是真的，那么在这个传说背后，到底有多少恩怨，症结到底在哪里，两个军人之间到底发生了多少故事。小说再次证明作家所言非虚，那两个军人、两家军人、两代军人，他们的事业，他们的情感，他们的生活，他们的命运，像雪地里绽放的梅花一样鲜活醒目。他们是活生生的人，像普通人一样高尚或者不高尚，像普通人一样英雄或者不英雄，像普通人一样经常被宏大的抱负激动得浑身颤抖，却也经常被七情六欲折磨得神魂颠倒。一切几乎都是相同的，不同的只是生命存在的过程。所以小说《高地》值得我们去把握他们生命过程中的每一个环节，每一个情节，每一个细节。

《人间正道是沧桑》[①]

江奇涛

（原文略）

江奇涛，当代作家，安徽无为人。他著有中篇小说集《马蹄声碎》《雷场上的相思树》，电影文学剧本《马蹄声碎》《人间正道是沧桑》等；《雷场上的相思树》获第二届解放军文艺大奖，电影文学剧本《雷场相思树》获第七届金鸡奖特别奖，《神秘王国的领衔主刀》获全国1990—1992年优秀报告文学奖。

[①] 江奇涛：《人间正道是沧桑》，南京：江苏文艺出版社2009年版。

"一代开天辟地的风流人物,一段惊心动魄的家国故事,一曲谁主沉浮的历史长歌!""从钥匙孔里窥看历史"影响一代中国军人的"黄埔情结"!《人间正道是沧桑》是《亮剑》编剧江奇涛的又一军旅史诗!

1925年,杨立仁行刺北洋政府要员的计划因弟弟杨立青的顽皮而失败,生来性格相冲的兄弟俩先后背井离乡前往广州找寻各自的前途。杨立青在姐姐杨立华和共产党员瞿恩、瞿霞兄妹帮助下,考入黄埔军校。受共产主义思想影响,以及经过东征和北伐的历练,杨立青成为优秀的军人,他与进入国民政府政治核心层工作的杨立仁产生主义之争,兄弟俩在"四一二"反革命政变后各自选择了不同的阵营,隔阂日渐加深。抗日战争爆发,杨立青在我党领导的敌后游击战场上战功卓著,杨立仁则在重庆开展情报工作,兄弟俩暗自较劲。抗战胜利后,内战爆发。杨立青先从事我军后勤保障工作,后转至一线战场,直接面对盛气凌人的杨立仁和黄埔旧同窗。国民党失道寡助,最终兵败,杨立仁从战场上狼狈撤退,并带着立华等杨家眷属逃往台湾……历史的进程见证了分分合合的兄弟相争,历史的选择决定了殊死较量的胜负成败,历史的发展期待着血浓于水的民族统一。

《时间的河流》[①]

王 凯

(原文略)

王凯,当代作家,陕西绥德人。曾发表长篇小说《全金属青春》及中、短篇小说若干。曾获全军军事题材中、短篇小说一等奖,全军文艺优秀作品二等奖,空军蓝天文艺创作奖"银翼奖"。

《时间的河流》从多个方面展示了王凯的创作才华。作为近年来涌现出来的部队优秀青年作家,王凯小说始终立足于当下基层军人的真实情感和生活,毫不回避军人生活与世俗撞击时产生的疼痛,并时常有意地将普通军人

---

① 王凯:《时间的河流》,《西南军事文学》2007年第3期。

置于情感和道德的困境当中，并让笔下的人物做出属于自己的虽然未必正确但却是真诚的选择。他的小说十分注重叙述的节奏与文字的繁简，对语言具有一种特别突出的丰富、灵巧、奇特的感觉，以及驾驭语言的自如与灵动。从他的作品中，可以窥见当代军人的苍茫青春历程乃至人民军队息息相关的个人命运、内心思想乃至价值取向。

第三节　外国军旅小说鉴赏

国外优秀的军旅小说基本上都是反战小说，通过抒写战争的残暴，对战争进行本体性的认知、反思战争暴力本质给人类带来的灾难以及战争造成的人性扭曲。作家们立足于人本主义，对战争环境中人类命运、普通个体士兵命运进行了观照，对生命存在意义进行了思索。例如，海明威的小说《永别了，武器》，作品审视战争的残暴本性给书中人物肉体、精神、心灵带来的摧残，怜悯他们作为人的求生欲望，思考战争环境中的生命存在形态，鞭挞战争对人性的扭曲和毁灭，在创作精神上契合了国外军旅小说的书写传统。

一、赏析篇目

《战争与和平》[①]

[俄国]列夫·托尔斯泰

（原文略）

列夫·托尔斯泰（1828—1910）是19世纪俄国最杰出的现实主义作家，代表作有长篇小说《战争与和平》《安娜·卡列尼娜》《复活》等。

《战争与和平》是托尔斯泰的三大代表作之一。小说以包尔康斯基、别素霍夫、罗斯托夫、库拉金4个贵族家庭的纪事为情节线索，从战争与和平两个方面来表现俄罗斯民族同拿破仑侵略者、俄国社会制度同人民意愿之间的

---

① [俄国]列夫·托尔斯泰：《战争与和平》，北京：人民文学出版社2004年版。

矛盾，肯定了俄国人民在战争中的伟大历史作用。他努力写人民的历史，把卫国战争写成是为人民的正义之战，高度赞扬了人民群众高涨的爱国热情和乐观主义精神。审美地运用和描写历史材料，在历史事变中描写人，是《战争与和平》的一条基本的创作原则，也是使小说产生宏伟的史诗风格的重要原因。

小说着重通过对安德烈·包尔康斯基、彼埃尔·别素霍夫和娜塔莎·罗斯托娃三个中心人物的描写，回答贵族的命运与前途的问题。安德烈才华出众，善于解剖自己，不倦地探求生命的意义。他身为贵族，但能跳出上流社会那"蛊惑的圈子"，寻找自我的真正价值。开始，他带着强烈的荣誉感，做着英雄梦走上战场。作家认为，刻意追求个人荣誉，其实是一种虚荣心的表现，而"虚荣心是希望自己感到满足"，是个人私欲的表现，不属于真正的灵魂的追求。可见，安德烈此时还不是一个真正道德完善的人。在奥斯特里兹战场上中弹倒地后，他从空旷的天空的崇高中，领悟了人的渺小，荣誉的渺小，从而走出小我，走向为他人、为人民而活着的更高境界。临死之前，他还在《福音书》中找到了"幸福的源泉"，即爱一切人，他体会到了"灵魂追求的幸福"。彼埃尔也总是处在对社会出路和人生意义的探索之中，他身上更具有作家的思想特点。开始，彼埃尔向往有理想有道德的生活，却混迹于上流社会花花公子们的行列；他常常懊悔自己的放荡行为，却又不知不觉地去过那种"熟悉的放纵生活"；他明明不爱放荡的爱伦，却又在"虚伪的爱情"的掩护下与她结合，顺从了肉欲的诱惑。他一度迷失于肉体与灵魂冲突的十字路口，在痛苦与失望中难以自拔。后来，"共济会"的博爱教义使他的灵魂得到了洗涤，在拿破仑的俘虏营里又受到了农民士兵普拉东的影响，最终走上了和谐地追求个人幸福与他人幸福的道路。顺从天命、净化道德、爱一切人，是他最高的道德理想。娜塔莎以坦荡的胸怀接受着丰富美好的生活，本能地渴望人的生活更加充实。她虽然一度受肉欲的诱惑，抛弃安德烈而企图与花花公子阿那托尔私奔，在人生意义的追求中误入迷津，但很快经受住了肉体与灵魂冲突的考验，后成为内心和谐的贤妻良母。她热爱人民，富有爱国心，在莫斯科撤退中表现出高尚的品德。她是理想化了的俄罗斯优秀妇女的形象。

小说不仅描写了强大的和不同性质的生活激流,展现了历史和社会的运动,而且也展示了各种人物的心理发展和他们内心的生活激流,同时还揭示了内心生活激流与外部生活激流之间的联系,丰富繁杂的材料和为数众多的人物都得到了妥善的安排。作品的心理描写技巧,不仅表现在个人内心世界的刻画上,也表现在人民群众群体心理的描写中。小说以宏伟的构思、气势磅礴的叙述和卓越的艺术描写被公认为世界长篇杰作之一。

《静静的顿河》[①]

[苏联]米哈依尔·亚历山大罗维奇·肖洛霍夫

(原文略)

米哈依尔·亚历山大罗维奇·肖洛霍夫(1905—1984)是苏联时代最杰出的作家之一,他在苏联叙事文学中开创了悲剧史诗的艺术先河。《静静的顿河》第一部的巨大成功使肖洛霍夫声名鹊起。

《静静的顿河》反映了1912年至1922年间哥萨克经历的所有重大历史事件:哥萨克的战前和平生活,第一次世界大战,1917年二月资产阶级革命和十月社会主义革命,顿河地区的国内战争和战后生活。书中塑造了许多体现历史前进方向的革命者、布尔什维克、红军指战员的形象,描写了他们在伟大革命斗争中的英勇献身精神,讴歌了他们为之斗争的苏维埃政权的彻底胜利。肖洛霍夫在书中也写了旧政权的垂死挣扎和白军最终失败的必然趋势。作家在小说中书写的是:在旧政权和新政权、红军和白军、新世界和旧世界斗争过程中,以葛利高里·麦列霍夫为代表的劳动哥萨克走向新生活的艰难曲折的历史道路和他们中许多人充满迷误和痛苦的悲剧命运,以及在两个时代急剧转变中的整个哥萨克世界。

---

① [苏联]米哈依尔·亚历山大罗维奇·肖洛霍夫:《静静的顿河》,北京:人民文学出版社1988年版。

第一次世界大战前夕，哥萨克社会生活中已经潜伏着日益尖锐的阶级矛盾。葛利高里的岳父是鞑靼村的首富，牛马成群，有阔绰的房舍和园林，雇用了不少人。其中葛利高里的好友柯晒沃依和他父亲就是葛利高里岳父家的雇工。但是柯尔叔诺夫家的财富远远赶不上村中富商莫霍夫家。莫霍夫有店铺，有磨坊，雇有20多个工人和佣人，靠欺骗和剥削赚了很多钱。他的磨坊工人"丁钩儿"愤愤地说，很快就要让莫霍夫这样的人再尝尝1905年革命的滋味。葛利高里和阿克西妮亚的东家、大地主李斯特尼茨基将军更是这一带的富豪，他家有数千俄亩土地，有自己的庄园，老地主过着悠闲的生活，他的儿子是沙皇军队中的中尉军官，始终是一个狂热的保皇派。第一次世界大战打破了哥萨克的平静生活。哥萨克在战争中的情绪和认识，先后发生了很大的变化。当十月革命来临的时候，上过前线的劳动哥萨克几乎都站在革命的一边，成立了以波得捷尔珂夫为首的顿河哥萨克革命军事委员会。葛利高里参加了向旧政权进军的行列，他是鞑靼村第一个参加红军的哥萨克。从革命的敌对力量方面来说，肖洛霍夫以历史文献与事实为基础，描写科尔尼洛夫、邓尼金、卡列金、克拉斯诺夫等反革命的将军们也在迅速地组织反革命力量，发动国内战争，并招来外国武装干涉者，企图从四面八方包围年轻的苏维埃政权，尤其在南方战线，形势更加严重。1919年春，在国内战争期间南方战线危急的时刻，哥萨克和苏维埃政权发生了冲突，顿河上游哥萨克起来暴动，这构成了长篇中最重要的事件。在这个事件中，最悲惨的一幕是以波得捷尔珂夫为首的红军哥萨克远征队全部牺牲在受白军军官蒙蔽的哥萨克及其代表手里。

具有丰富内涵的葛利高里形象，其最能征服读者的"人的魅力"在于，他在动荡的年代真诚地寻求正确的哥萨克道路而同时陷入不正确的选择的悲剧。在这一点上，葛利高里·麦列霍夫这个形象的意义扩大了，与20世纪世界文学中探索真理、选择人生道路的人物形象是相通的。俄罗斯文学曾经塑造了许多成功的农民形象。肖洛霍夫塑造的哥萨克农民形象达到了一个新的艺术高度。肖洛霍夫笔下的农民是历史的积极创造者,是在历史发展中的积极的感受者、思考者、行动者、追求者。葛利高里积极寻求"真理",苦苦地探索、思虑,但是他不是哈姆莱特,不是多所思虑、迟于行动的人。作家在他身上充分而深刻地表现了哥萨克农民所具有的属于新与旧、属于未来和过去的多重复杂本质。柯晒沃依也以一个新时代的主人翁的姿态积极行动着,他带着自己的偏激和忠于革命的心,勇往直前、无所畏惧地投入建立苏维埃政权的斗争。潘苔莱·普罗珂菲耶维奇同样积极地行动着,他常常不自觉地站在旧事物一边……这些普通的农民,无论他们是顺着历史潮流而动,还是逆历史风向而行,他们都是积极的行动者。

肖洛霍夫笔下的哥萨克农民有着丰富的内心世界,有感受爱情、友谊、欢乐和痛苦的丰富情感。这在苏联文学的农民形象塑造方面的确标志着一个新水平。肖洛霍夫的人物都生活在丰富的感情当中。对劳动、对自然的热爱,是肖洛霍夫的优美品格之一。他们的感情不只局限在个人的狭小圈子里,这些感情同时也融会在社会生活中,并具有显著的主动性和进取性。葛利高里在寻求正确道路和对历史进行思考当中的迷惘和苦闷、悔恨和彷徨,他失去亲人后的刺痛肺腑的悲伤,这许多的感受交织在一起,体现出时代的巨大痛苦。

《永别了,武器》[①]

[美]厄内斯特·海明威

(原文略)

厄内斯特·海明威(1899—1961),生于美国伊利诺伊州,诺贝尔文学奖获得者。代表作品有中长篇小说《老人与海》《永别了武器》《丧钟为谁而鸣》等。

《永别了,武器》是海明威的主要作品之一。美国青年弗瑞德里克·亨利在第一次世界大战后期志愿参加红十字会驾驶救护车,在意大利北部战线抢救伤员。一次执行任务时,亨利被炮弹击中受伤,在米兰医院养伤期间得到

---

① [美]厄内斯特·海明威:《永别了,武器》,北京:军事谊文出版社2006年版。

了英国籍护士凯瑟琳的悉心护理，两人陷入了热恋。亨利伤愈后重返前线，随意大利部队撤退时目睹战争的种种残酷景象，毅然脱离部队，和凯瑟琳会合后逃往瑞士。结果凯瑟琳在难产中死去。海明威根据自己的参战经历，以战争与爱情为主线，吟唱了一曲哀婉动人的悲歌，曾多次被搬上银幕，堪称现代军旅文学的经典名篇。

小说描写了战争如何毁灭人的精神，扼杀人的爱情以及人与人之间无谓地相互残杀，无疑贯穿了反战的主题。特别是小说通过爱情与战争这对矛盾对照来展开，描写战争是怎样摧毁亨利与凯瑟琳的爱情和幸福，并通过士兵之口喊出了"打倒军官！和平万岁！"的口号，深刻反映了这场战争的反动本质和人民厌恶战争、渴望和平的愿望。《永别了，武器》与当时一般的反战小说所不同的是，海明威没有重弹尚武的老调，而是辛辣地揭露了狂热的战争宣传，小说借亨利之口剥开了战争宣传的假面具："什么神圣、光荣、牺牲这些空泛的字眼儿，我一听就害臊，我可没有神圣的东西，光荣的东西也没有什么光荣，至于牺牲，那就像芝加哥的屠宰场，不同的是把肉拿来埋掉罢了。"同时，海明威也没有像当时一般的反战作家那样，把希望寄托在战后的和平生活上，而是给小说涂上一层深重的迷惘和悲剧色彩。这些都体现了作家对整个人类文明的悲观失望情绪，反映了"迷惘的一代"的心声。此外，《永别了，武器》的悲剧色彩还集中表现在主人公亨利身上。亨利是世界大战的反对者，同时又是消极的和平主义者。他不仅从战场上逃跑，而且逃离社会，满怀沮丧绝望的情绪。在他看来，任何信仰、任何理智上的思考，都没有实际的用处，都是虚妄的，只有个人的幸福才是看得见、摸得着、靠得住的东西。特别是在这场灾难面前，他认为孤独的个人是无能为力的，"世界颠倒了"，但他不想"把它整好"。他也不去追究这场战争是怎么回事，而只是逃避社会，躲进自我的小天地。这是资产阶级道德崩溃时期的一个"英雄"形象，也是"迷惘的一代"的一个典型代表。

《永别了，武器》也是海明威独特的艺术风格成熟的标志。它不仅显示出作家在素材提炼、主题开掘、情节安排等方面具有极深的造诣，还充分表现出作家在写人状物的手法、语言和文体的运用等方面具有独特的风格。具体表现在以下几个方面：第一，突出地体现了简约含蓄的散文风格。海明威为了达到厚积薄发的艺术效果，体现他的"冰山"写作原则，总是十分注重描写对象的内涵，讲究文体的简练、含蓄，力避华丽辞藻和洋洋洒洒的宏论。例如，小说开头的那段写景，便是"冰山"风格的典范，写得简练、含蓄，富于象征性，使小说一开始就暗示了和平与战争的反差，强烈地烘托了小说反战的主题。第二，充分体现了海明威描写艺术的绘画感与电影艺术特点。海明威在写景状物、塑造人物时，常把活生生的画面直接诉诸读者的视觉，读者通过人物一系列动作和语言，真切迅速地体验人物的内心感情和思想性格。他从视觉、感觉、触觉等几个方面着手去刻画人物，描写景物，并采用具体鲜明，不夹杂个人爱憎的感情色彩，真切不隔的画面映入读者眼帘，让读者去体味凝聚在形象中的思想情绪，尽量缩短作家、形象和读者之间的距离，使读者有身临其境、如见其人的真实感。

总之，所有这些技巧在小说中，都融入统一的艺术风格之中，没有丝毫的斧凿痕迹。

二、推介篇目

《西线无战事》[①]

[德]埃里希·马里亚·雷马克

（原文略）

埃里希·马里亚·雷马克（1898—1970），德国作家，后加入美国籍，战争小说作家。一战后创作了被誉为"古今欧洲书籍的最大成就"的成名代表作《西线无战事》。

《西线无战事》（德文原名：Im Westen Nichts Neues；英文原名：All Quiet

[①] [德]埃里希·马里亚·雷马克：《西线无战事》，南京：译林出版社2007年版。

On The Western Front)发表于 1929 年,共分十二章。《西线无战事》奠定了埃里希·马里亚·雷马克在德国乃至世界文学史上的重要地位。这部小说也是一战时期被毁灭的德国青年一代的控诉书,一经出版就在西方大陆引起轰动效应,尤其受到当地青年的热烈欢迎。

《西线无战事》主人公叫博伊默尔。他和 4 个同学积极投笔从戎,但不论是谁,都不清楚他们为什么出来打仗。初入战场,进入火线,参加战役时他们带有各自不同的思想感情及遭遇,但是在那里却患难与共。经过短期训练他们被送上了战场。然而一到前线,他们原先对人生乃至战争的理想以及那一层浪漫主义色彩全都破灭了。在前线,主人公为所目睹的一切痛苦不堪:他们肮脏得自己都难以忍受,浑身虱子而且不时饥寒交迫;听到的是枪炮声与轰炸声,要不就是牺牲的人在临终前的惨叫声;看到的是硝烟弥漫、一片火海以及遍地血流和尸体。前线是一个神秘的旋涡……战争是这样残酷无情,在前线,战场犹如一个笼子,没有谁能解救自己,士兵们不得不在里面担惊受怕地等待着任何可能发生的事情。

小说以沉重的笔触和简明精炼的手法写了战争的荒谬无情,透过一名一战中的德国士兵从迷恋战争、迷恋英雄,到心冷、心死的每一次心理转变,渲染了战争的恐怖及其对人性的摧残,表达了对人类自相残杀的反感和把人推向灾难的当权者的厌恶,给人们留下了深深的回味和沉思。

《德川家康》[①]

[日本]山冈庄八

(原文略)

山冈庄八(1907—1978),日本著名历史小说家,著有《德川家康》《织田信长》《丰臣秀吉》《伊达政宗》等,作品规模宏大,运笔细腻生动,代表了日本历史小说的最高成就。

---

① [日本]山冈庄八:《德川家康》,海口:南海出版公司 2008 年版。

日本德川幕府的开创者德川家康，以前的历史地位和刘邦颇为雷同。基于对平民英雄丰臣秀吉的特别关爱，日本的史学家和小说家普遍较同情短命而悲剧的丰臣王朝，将推翻这个孤儿寡妇的政权，进而建立260余年太平盛世的德川家康，常描写成阴险、狡猾好欺诈的老狐狸。一直到山冈庄八的长篇历史小说《德川家康》以生动的笔调，详细刻画出德川家康的政治个性和争霸心程，才使日本民众对德川家康转轻视为尊重，更掀起了长达数十年的研究"德川家康"热潮。《德川家康》将日本战国中后期织田信长、武田信玄、德川家康、丰臣秀吉等群雄并起的历史苍劲地铺展开来。在这样一个英雄辈出的时代，德川家康最终脱颖而出，结束战国烽烟，开启三百年太平盛世。作品展现了德川家康作为乱世终结者和盛世开创者丰满、曲折、传奇的一生，书中充满着智慧与杀伐、谋略与权术、天道与玄机，不仅成为商战兵法、政略宝典、兵家必备，更是不朽的励志传奇。

本书从德川家康出生前夕写起，交代日本战国风云，浓笔淡抹，或轻或重，写家康成人，统兵，成军，崛起三河，统领关东，最终统一日本，建立真正意义上的国家，最终写到盖世英雄逝世，洋洋洒洒，令人或大喜大悲，或拍案叫绝，或唏嘘欲泪，或掩卷沉思……巨著叙述家康铁血纵横一生，铁马金戈与运筹帷幄，战阵兵刀与闺闱秘闻，自然甚是详细，其中不免添加了诸多花絮，多为作家为了增加阅读趣味，时有发挥，但在书写桶狭间之役、三方原之战、长筱合战、本能寺之变等实际事实与大是大非者，却无丝毫歪曲历史，尤其是被日本称为"千年一役"的关原合战，更是将其来龙去脉娓娓道来，人物刻画入木三分，合战经过一清二楚，不失为一部优秀的演义型历史巨作。本书书写百年日本战国乱世：战场与后帏交错，正邪与善恶纵横；或缠绵悱恻于儿女情长，或慷慨悲歌于武士壮烈；用兵以诡道，驭人以心道，治世以王道，治乱以霸道；要紧处动人心魄，动情处肠断魂伤；前后勾连，彼此呼应，有伏笔，有隐语，有难言之隐，有纸背之力，有艰难曲折人世之艰，有浩浩荡荡天道之气……诚如柏杨先生所言：中文图书，唯《三国演义》《资治通鉴》可与之媲美。一言以蔽之：史家笔法，大家风范。

思考题：

    1. 军旅小说与其他小说有什么区别和联系？

    2. 如何对军旅小说进行分类？

    3. 军旅小说的审美特征有哪些？

    4. 军旅小说的鉴赏方法有哪些？

    5. 鉴赏军旅小说的人物形象时应注意把握哪些基本原则？

第五章

军旅纪实文学鉴赏

学习提示：本章主要介绍了纪实文学的基本知识和军旅纪实文学的鉴赏要求。通过学习，学员应了解纪实文学的概念、种类和发展脉络，掌握军旅纪实文学的审美特征、鉴赏过程和鉴赏方法，提高对军旅纪实文学作品的鉴赏能力。

一部文学史，就是各种文体此消彼长、各领风骚的历史。当虚构文学不能承载或更好承载真实生活的时候，纪实文学就当然地走到前台。军旅纪实文学作品因为对于战争、军队和军人生活的真实再现，吸引了一大批对战争和军事有浓厚兴趣的社会人士。同时，也成为需要了解战争、军队和军人生活的青年军人的良好启蒙读物。

第一节 军旅纪实文学基本知识

怎样理解军旅纪实文学的概念？它有哪些种类？与军旅虚构文学相比，军旅纪实文学具有怎样的审美特征？如何进行较高水平的军旅纪实文学鉴赏？这是鉴赏军旅纪实文学必须掌握的基本知识。

一、纪实文学概说

纪实文学是社会进步的产物，是时代的宠儿。网络等传媒技术的发达使个体的表达方式日渐多样化。人们已经习惯并乐于对曾经的和现在的生活进行真实的、文学化的记录表达和阅读欣赏。因为真实地再现了社会生活，满足了人们认识社会的要求，人们对纪实文学的热情也越来越高。社会对各种非虚构文学作品的关注已经超过对虚构文学的关注。

（一）纪实文学的概念

按传统文学理论的分类，在诗歌、散文、小说、戏剧之外，并没有纪实文学这一项。20 世纪 80 年代初期，一些历史题材非虚构文学作品开始登上中国文坛，尽管这些作品以"报告文学"称之，但已经没有多少新闻性和报告性。80 年代中后期，"报告文学"已经无法覆盖体式日渐多样、题材日益广阔的非虚构文学领域。于是，"纪实文学"逐渐被接受和使用，并随之成立了中国纪实文学研究会。

对"纪实文学"这一概念，我们可以这样理解：借助个人体验方式（亲历、采访等）或使用历史文献（日记、书信、档案、新闻报道等），以非虚构方式反映客观真实的历史或现实生活中的真实人物与真实事件的文学样式。军旅纪实文学是纪实文学的重要组成部分，具体讲，就是以军旅事件和军旅人物为描写对象的纪实文学。

（二）纪实文学的种类

对于纪实文学种类的理解，目前存在不同认识。与 20 世纪初以自然主义小说为主体的"写实文学"相比，今天的纪实文学已演变成多元文体的融合。一般来说，纪实文学包括报告文学、传记文学、纪实散文、历史纪实、纪实小说等多种非虚构文体。

1. 报告文学

报告文学以文学的手法，及时地报告现实生活中意义重大的人物、事件或问题，兼有新闻和文学的特性。中国最早具有报告文学性质的作品可以追溯到梁启超的《戊戌政变记》。按照表现题材的不同，报告文学可分为人物报告文学，如徐迟的《哥德巴赫猜想》；事件报告文学，如袁厚春的《百万大裁军》；问题报告文学，如解思忠的《盛世危言——民风求疵录》等三种基本类型。为了能够涵盖、蕴含更多的思想内容，又出现了全景报告文学，如钱钢的《唐山大地震》；历史报告文学，如董汉河的《西路军女战士蒙难记》等。

2. 传记文学

传记文学以人物为表现中心，是纪实文学中历史最悠久的一类。它所再现的是个体化的历史。比如，作为《史记》主体的本纪和列传，就属于传记文学范畴。传记文学主要有三种体式：史传、评传、自传。为读者提供信史是史传的主要目的。评传跟史传一样讲究真实有据，不同的是，作者要从特定的学术角度，对传主进行评议。自传是作者对自己生活道路的回顾。回忆录是自传的重要类型。它是追记本人和与本人有密切关系的他人过去生活经历和社会活动的一种文体，具有重要的文献价值。公元前四世纪，古希腊哲学家苏格拉底的学生克塞诺封写了一本书，比较完整而忠实地记载了苏格拉底的言论和经历，书名就叫《回忆录》。

3. 纪实散文

以真人真事为表现对象的散文就是纪实散文，可分为纪人、纪事和纪行三种类型。撷取现实生活中的真人、真事作为表现对象的纪实性散文，可视为纪人、纪事散文。现代文学史上曾产生了朱自清的《执政府大屠杀记》、何香凝的《孙中山广州遇难记》等名篇。纪行散文可分山水名胜游记和社会纪实游记两类。山水名胜游记距社会现实较远，现实意义较淡，但审美意味较浓。当作家把游记的角度转向现代意识支配着的人情世态时，就出现了社会纪实游记。近代留洋归国人士的游记作品多属此类，如容闳的《西学东渐记》、张德彝的《随使法国记》、郭嵩焘的《伦敦与巴黎日记》、王韬的《扶桑游记》、康有为的《欧洲十一国游记》、梁启超的《新大陆游记》等。

4. 历史纪实

历史纪实主要记录并挖掘重大历史事件和鲜为人知的历史事实，往往比报告文学更多几分严谨和凝重。历史纪实的共同特点是：资料翔实，细节丰富,形象鲜明,生动感人,思想深刻。如麦天枢和王先明的《昨天——中英鸦片战争纪实》、钱钢的《海葬——大清国北洋海军成军百周年祭》、邢军纪的《黄河大决口》、金一南的《苦难辉煌》、王树增的《解放战争》等。围绕当代历史而创作的纪实文学作品又称为当代纪实。当代纪实非常重视口述史料和人物访谈。比如叶雨蒙的《出兵朝鲜纪实》系列、叶永烈的《沉重的1957》和《拨开历史的迷雾》、胡平和张胜友的《历史沉思录——井冈山红卫兵大串联二十周年祭》、冯骥才的《一百个人的十年》等。

5. 纪实小说

纪实小说是纪实文学克服拘谨滞涩、寻觅艺术灵性的必然产物。纪实小说主要有三个特点:一是内容表达的细节化;二是主观抒情成分的强化;三是表现内容的意象化。20世纪60到80年代,美国形成了创作"非虚构小说"的潮流,涌现了《在冷血中》《刽子手之歌》《美国梦寻》《铁草》《原子弹制造内幕》等名作。中国新时期的纪实小说,源于1985年,刘心武名之以"纪实小说"的《五·一九长镜头》的发表,当时引起了轰动效应。

此外当代纪实文学还包括纪实诗歌、纪实影视文学等类型。随着文学创作实践的深入,应该还会有新的纪实文学种类产生。

(三)纪实文学的发展

纪实文学与虚构文学一样古老。它的创作源远流长。早在公元前后,东西方就相继出现如《史记》《希腊罗马名人传》这样的皇皇巨著。纪实文学是一个民族为自己建造的纪念碑,真实地记录了民族的盛衰强弱、荣辱兴亡。下面简要介绍现当代纪实文学的发展脉络。

1. 中外现代纪实文学的发展

美国、英国从20世纪五六十年代开始,就习惯将文学分为"虚构"和"非虚构"两类,并形成非虚构文学的创作浪潮。苏联(俄罗斯)、德国、法国、日本,以及我国港台地区先后出现了有影响的非虚构文学作家和作品。在美国、日本和中国台湾等地还设立了非虚构作品的奖项。

20世纪70年代以后，苏联(俄罗斯)军事题材纪实文学的发展可以作为重要代表。如阿达莫维奇、勃雷利、柯列斯尼克合著的《我来自烈火熊熊的乡村》，格拉宁的《克拉芙季娅·维洛尔》(中译本名为《女政委》)，阿达莫维奇、格拉宁合著的《围困纪事》，阿达莫维奇的《讨伐者》等。它们文笔质朴，容量博大，场面深广，颇具史诗气质，分别获得过全苏国家文学奖、法捷耶夫金质奖和重要文学刊物的创作奖。

当代中国纪实文学与世界纪实文学同步发展，参与并呼应着世界非虚构文学的发展潮流。以徐迟《哥德巴赫猜想》为旗帜的报告文学率先成为新时期文学的主流文体。以叶永烈、权延赤等为代表的围绕中国革命领袖和高层领导人创作的传记文学，以刘心武、蒋子龙等为代表创作的纪实小说，以张辛欣和桑晔等的《北京人》、冯骥才的《一百个人的十年》、安顿的《绝对隐私》等为代表的口述实录文学蜂拥而至，在相当程度上改变了当代中国文坛的面貌。

2. 中国现代军旅纪实文学的发展

军旅纪实文学在中国有悠久的历史。《左传》《史记》中就有大量文辞优美的战争记述和对古代军事将领栩栩如生的刻画。战争和军队是军旅纪实文学的土壤。在近代中国外侵内乱的历史条件下，先后出现了法芝瑞的《京口偾城录》、杨荣的《出围城记》、朱士云的《草间日记》、彭翊的《书广州香山县守城事》、李应珏的《浙中英事纪略》、汤纪尚的《纪定海兵事》、陈庆年的《道光英船攻镇江记》、曹晟的《夷患备尝录》等不少军旅纪实文学作品。它们从思想性和艺术性两方面为中国现代军旅纪实文学确立了自己的优良传统。

中国现代军旅纪实文学的爆发性成长是在抗日战争时期。抗战爆发后，许多作家通过军旅纪实文学作品，记录了中国军民用血肉创造的英雄业绩，描绘出英雄人物在火热斗争中的光辉形象。丘东平的《吴履逊和季子夫人》、骆宾基的《"我有右胳膊就行"》、萧干的《刘粹刚之死》、曹白的《杨可中》等都是脍炙一时的优秀作品。沙汀的《记贺龙》、刘白羽的《记左权同志》、周而复的《诺而曼·白求恩断片》、萧三的《续范亭先生》、杨朔的《毛泽东特写》等，显示了解放区军旅纪实文学的丰硕成果。

这些作品大多采用了人物速写、战争场面速写等简单明了的速写体。这表现出这一时期军旅纪实文学创作的粗疏化。同时，作品一般都没有固定的、既成的结构模式，而是一些片段的组合，如"访问记""印象记"之类，但也出现了由记录断片的直接的经验到表现综合的多方面素材的转变。这是军旅纪实文学走向成熟的关键。

3. 中国当代军旅纪实文学的发展

新中国成立以后，军旅纪实文学创作与社会发展相契合，有过几次发展高潮。

第一次，是新中国成立之初。当时大量战争亲历者开始写作回忆录，为军旅纪实文学的发展奠定了重要基础。《志愿军一日》从 13000 篇来稿中选发了 400 多篇。郭沫若认为，该书超越了世界上任何民族的伟大作家所能创造出来的英雄人物和传奇故事。陈昌奉的《跟随毛主席长征》视角独特、细节生动，曾广受好评。邓洪的《潘虎》极大地影响了后来的文学、戏剧、电影创作。《星火燎原》从全国 3 万余篇应征稿件中选发了 635 篇。作者中有 9 位元帅、437 位将军、84 位省部级领导干部。该书印行 500 万册，30 余篇被收入中小学课本，足见影响之大。

第二次，是 1995 年前后。为了纪念抗战胜利 50 周年，总政治部决定出版"中国抗日战争纪实丛书"。整套丛书全部由部队专业作家撰写，多角度、全方位地记述了八路军、新四军、东北抗联等共产党军队的抗日游击战，也表现了国民党军队在正面战场的激烈战斗，反映了抗日民族统一战线旗帜下全民族抗战取得胜利的辉煌历史。另外，中共中央党校出版社推出由成翼的《地火大光》、彭继超的《东方巨响》、李鸣生的《天路迢迢》、彭子强的《奇鲸神龙》、陈怀国的《洞天风雷》、李培才的《太空追踪》、罗来勇的《哈军工魂》等组成的"中国国防科技报告文学丛书"，再现了新中国国防科技发展的光辉历程和创业者的精神风貌。

可以说，正因为把浓厚的现实情怀、真实的历史叙述和完美的文学手段结合起来，中国当代军旅纪实文学成就了经典，打动了读者。

二、军旅纪实文学的鉴赏

军旅纪实文学是对军旅生活的真实化、文学化的记录。对军旅纪实文学的鉴赏，可以帮助官兵身临其境地感受激烈的、残酷的战争和火热的、艰苦的军营生活，可以帮助官兵深入思考战争的本质和军人的职责，进一步提高思想认识，培养军人的良好气质和素养。

（一）军旅纪实文学的审美特征

相对于虚构文学，军旅纪实文学具有高度的真实性、鲜明的文学性、深刻的思想性等审美特征。

1. 高度的真实性

真实是军旅纪实文学的生命。军旅纪实文学必须使用真实的材料，描写军旅生活里真实存在的人，真实发生过的事。这是它同军旅虚构文学的根本区别。真实性是军旅纪实文学审美的最高标准。美作为人的本质力量的对象化，以对于真的把握和认识为前提。求真，是把握纪实对象客观存在的外部特征和内在意蕴，获得情真意切的审美感受的重要一环。

唯其真实，才有力量。优秀的军旅纪实文学之所以产生轰动效应，给人以美的享受，完全是真实性使然。纪实文学由真实性而产生的亲切感，可信性、震撼力、美感力，是任何虚构作品都难以比拟的。捷克报告文学理论家、作家基希说："世界上没有比简单的真实更奇异的，没有比我们周围的环境更富于异地风光的，也没有比客观的现象更美的事物。"这就是对真实美的概括。可以说，失去了真实，就不成其为纪实文学；失去了真实性，也就失去了纪实文学的美学价值。

鲁迅在《坟·论睁了眼看》中曾一针见血地指出："中国人向来因为不敢

正视人生，只好瞒和骗，由此也生出瞒和骗的文艺来。由这文艺，更令中国人更深地陷入瞒和骗的大泽中，甚而至于已经自己不觉得。"可以说，纪实文学对于治疗这一顽疾，不啻一剂良药。

2. 鲜明的文学性

缺乏文学性的军旅纪实作品，其生命力也不会长久。所以，文学性是军旅纪实文学的基础。军旅纪实文学的属性是文学，鉴别文学作品的标准首先要看文本中是否蕴涵着普遍认可的文学性。军旅纪实文学只有在不改动生活真实的前提下，采用多种多样的文学手段，才能创造出形象生动、富有个性的艺术形象，使军旅纪实文学具有更大的可读性和浓郁的文学性，给读者以更大的吸引力、感染力和文学上的审美享受。

近年来，中国军旅纪实文学的创作逐渐使用了诗歌般的意境创造，小说般的细节描写、心理描写和环境描写，戏剧般的结构艺术，散文般的叙事语言，杂文式入木三分的议论，电影般的蒙太奇手法等，产生了引人入胜的艺术魅力。这些探索为新时代军旅纪实文学的发展开辟了更为广阔的天地。

3. 深刻的思想性

思想性是军旅纪实文学的灵魂。思想性所展现出的富有逻辑的、深刻的理性美，是对纷繁复杂的军旅生活的梳理、判断和把握，是从感性认识到理性认识的升华或飞跃。军旅纪实文学需要高扬理性精神，将所描写的具象世界融于哲理境界之中，不仅给读者真实美、艺术美的享受，而且给读者理性美、思想美的熏陶，让读者看到精彩的议论、独到的见解，帮助读者对军旅生活实践做出正确的选择和判断。

军旅纪实文学的理性精神，建立在学术性、资料性和知识性的基础上，具体表现为哲理思辨精神、文化启蒙精神、历史反思精神和现实批判精神等内容。军旅纪实文学常以议论的形式展示理性的判断。这种议论有多种方式：作者在叙述某人或某事前后，压抑不住自己激动的心情，于是议论体现为直抒胸臆；作者于万象纷呈中将感性认识升华到理性认识，于是议论体现为揭示本质意义。军旅纪实文学应充分发挥议论的特点，表现特有的反思批判功能、认识启蒙功能，表现作为"感应的神经，攻守的手足"的现实性和战斗性。

（二）军旅纪实文学的鉴赏过程

纪实文学鉴赏是读者对作品的感受、体验、想象的一种精神活动。鉴赏包括两方面的意思：一是鉴别，也就是判断、评价。一是欣赏，也就是感受、体验。

军旅纪实文学的鉴赏过程就是鉴赏者对军旅纪实文学作品所描写的艺术形象，所反映的社会生活，以及所渗透的思想感情的感知、体验、联想、想象、理解的审美认识过程。它是通过作品语言而感知形象，通过认识形象而体验思想感情，通过领悟思想感情而把握军旅生活意蕴的过程。具体来讲，在军旅纪实文学的鉴赏过程中要重点关注以下环节：

1. 感受形象

要鉴赏纪实文学作品的内容，首先要通过阅读作品的语言，在头脑中唤起表象的联系，在想象中产生形象的感知，也就是将作品的艺术形象图画似的再现于脑海之中，才能进入审美鉴赏。因为纪实文学作品具有具体感性的活生生的艺术形象，有喜怒哀乐的感情，所以易于触动读者的联想，激起情感的波澜。因为鉴赏对象的不同，感受形象的过程也就不同。鉴赏一部全景式的长篇报告文学，感受形象的过程就比鉴赏一部短篇人物报告文学更为复杂。鉴赏者要通过语言感受作品的细节、场面，感受人物的前后活动、人物间的彼此关系、事件的前后联系、情节发展的全部过程，构成对作品形象体系的感受，才能产生对作品的总体鉴赏。

2. 体验玩味

鉴赏者在感受了作品的艺术形象之后，就要对作品的具体、感性、生动、形象的描绘，真实、典型的人物、事件，曲折、跌宕的情节，在头脑中进行反复审察、比较联想、体验玩味，才能真正领悟其中隐含的思想意蕴、感情色彩和审美意境。这也说明，当鉴赏者全身心地去体验作品的一切，特别是人物的内心世界、生活命运和独特意境,细致玩赏艺术形象的动人之处、作品的艺术风味和语言的艺术魅力,体会其弦外之音、景外之景、味外之味的时候,就会进入"入迷""忘我"的状态。这就是体验玩味的境界。

读者通过思维想象活动,可以对作品形象进行"再创造"。读者凭借作品形象,通过联想、想象、玩味,还可以发掘出形象中的含蓄、象征等隐蔽的形象和意义,因小见大,举一反三。读者阅读张嵩山的《解密上甘岭》,不仅感受长眠异国的英灵的精神追求,而且会体验许许多多志愿军英雄对时代、对生命,乃至对人类命运的深刻思考。

3. 审美判断

审美判断并不是纪实文学鉴赏过程的一个独立阶段,而往往伴随着感受形象、体验玩味同时发生。纪实文学鉴赏不是单纯的感性直觉,而是感性、知性、理性的反复推移深化。鉴赏者就是在这个反复过程中对形象的真实性、思想性、艺术性做出一定的审美判断而获得更准确的艺术感受。它不是抽象的逻辑概念的判断,而是形象的理性感情的判断。读者在阅读过程中常常有这样的情况:觉得这里不真实、太造作,那里不生动、太呆板,或这里有意思、真够味,那里真出色、妙极了,等等。这就是凭借对艺术形象的真实感受和审美经验做出的审美判断。这种审美判断是在审美活动的过程中自发地从头脑中闪现出来的。当然,它是在已有的生活经验、文化知识、鉴赏能力的基础上对作品的一种理解。正因为鉴赏过程伴随着审美判断,所以鉴赏者才会在感情态度上随时发出关于作品审美价值的反馈信息。

(三)军旅纪实文学的鉴赏方法

根据军旅纪实文学作品的类型特点和鉴赏的实际需要,可以选择不同模式的鉴赏方法。

1. 以作品历史背景为中心的鉴赏方法

这种鉴赏方法重视对作品反映的时代特点和作家创作时的社会背景的考察,强调以此准确把握作品内容,防止出现曲解或误读。这里有两种代表性的方法：

"知人论世"法。这是由孟子提出来的。他说："颂其诗、读其书、不知其人可乎？是以论其世也。"所谓"知人论世"，就是读者在阅读的时候，要了解作家的性格、生平经历、所处的时代和社会环境，目的是为了准确理解纪实文学作品的内容。

"以意逆志"法。这也是由孟子提出的。他说："故说诗者，不以文害辞，不以辞害志，以意逆志，是为得之。"所谓"以意逆志"，就是读者要通过文学作品的文辞来推求、理解作者所要表达的原意。作品的意义是由作家赋予的，文学鉴赏的目的就是要准确无误地理解作者的创作意图。

因为作品的意义与作家的创作背景有着直接间接的联系，所以这种鉴赏方法有助于读者从社会学的角度了解作品。但是如果过多地强调作家、社会的因素，往往会使文学鉴赏陷入庸俗社会学和烦琐考证的泥沼，从而丧失纪实文学鉴赏的鲜活和生动，其结果就是容易固化作品的"内涵"。

2. 以作品为中心的鉴赏方法

这种鉴赏方法重视对纪实文学作品思想内容和艺术形式的分析，强调从形式中把握作品的内容，在内容中审视作品的形式。这里所说的形式不单指作品的文体，还包括作品的结构形式。作品思想内容的表达不是平铺直叙的语言连缀，它离不开基本的文体形式和表现技巧。阅读不仅要阅读作品的内容，还要分析内容是怎样通过形式和技巧表达出来的。同样，分析作品采用怎样的形式和技巧，也要分析出这些形式和技巧怎样表达了内容。

这种方法主张阅读作品时，要整体把握，局部琢磨，即从整体中把握作品内容，在局部中细加分析。理解作品的具体内容，要把局部放到整篇中去考虑，不能断章取义；同时，要善于从表象中品味意蕴，在意蕴中领悟真谛。优秀的纪实文学作品，除了表层意蕴之外，往往还有深层意蕴。表层意蕴是通过艺术描写直接体现出来，可以由读者通过字面意义直接感知，或从艺术形象中直接归纳和概括；深层意蕴则是运用议论、抒情、暗示、象征等逻辑或艺术手法创造出来，需要读者细细品味琢磨。

以纪实文学作品为中心的鉴赏方法，因为把作品当成一个客观独立的现实存在来进行分析，避免了文学鉴赏中经常出现的庸俗社会学理解和深文周纳、烦琐考证的倾向。但是，如果过分强调作品本身的存在而割裂作品与作家、文学与社会的联系，就会对作品的社会意义、社会价值缺乏必要的分析和解读，容易使文学鉴赏流于纯形式的分析。

3. 以读者为中心的鉴赏方法

这种方法强调读者的阅读鉴赏是创造性地理解与发展的过程。读者对纪实文学作品的阅读是主观见之于客观的能动阅读，由于读者的审美经验、生活阅历、认识水平的不同，读者不可能与作者根据自己的体验写出的作品原意完全重合，它往往只是作品多种潜在意义的某一种选择。因此，读者在对作品含义进行创造性的理解与发挥的时候，既不完全受作品本身的束缚，又在原作品基础上提出某种有节制的异见或新解。这是读者艺术思想、审美观念的有效延伸。西方有"说不尽的莎士比亚"之说，之所以"说不尽"，原因就在于不同的时代、不同的读者对作家、作品有着不同的诠释和理解。

这种方法强调读者的阅读鉴赏是开阔审美期待视野的过程。读者期待视野的建立受其思想、生活经验、文学阅读与审美水平、接受动机等方面的制约。尤其是阅读目的十分明确的鉴赏者，会不由自主地接受对自己有用的东西，对不符合自己阅读意愿的东西则视而不见，或有意遮蔽，出现较为明显的断章取义。期待视野对读者阅读文学作品具有重要影响。一个抱着审美期盼与一个抱着寻求刺激期盼的读者，对同一部文学作品的阅读效果会完全不同。

这种鉴赏方法的积极意义在于：它看到了读者在文学鉴赏中的主动创造性，并合理地解释了为什么对同一文学作品，不同读者会有不同的理解和诠释。但这种方法忽视作品本身实际存在的客观意义，淡化文学鉴赏、文学批评存在的客观标准，夸大读者阅读时的随意性，削弱了文本的价值，其消极意义也比较明显。

以上几种鉴赏方法各有优势和局限。读者在纪实文学作品的鉴赏实践中，应根据个人的实际需要和不同作品的具体情况选择运用或结合运用。

第二节　中国军旅纪实文学鉴赏

中国军旅纪实文学有着悠久的历史。《尚书》中的个别篇章就有纪实文学的特点。早期的史书《左传》和《史记》基本可以当作纪实文学阅读。近代以来，内忧外患不断，中国社会经历过多次战争的摧残和破坏，为军旅纪实文学创作提供了有利条件，所以军旅纪实文学具有较高的成就。本节的鉴赏内容侧重选择近代以来的军旅纪实文学作品。这些作品真实再现了中国近现代的历史变迁和国人对世界局势、对战争发展规律的观察、了解和思考，不仅在文学性上，而且在思想性上，都具有重要的鉴赏价值。

一、赏析篇目

《道光洋艘征抚记》
魏　源
（原文略）

魏源（1794—1857），湖南邵阳人，清代启蒙思想家、政治家、文学家。1842年完成《圣武记》，叙述了清初到道光年间的军事历史及军事制度。后编成《海国图志》，提出"以夷攻夷"和"师夷之长技以制夷"的观点。魏源认为，论学应以"经世致用"为宗旨，提出"变古愈尽，便民愈甚"的变法主张，倡导学习西方先进科学技术和选兵、练兵、养兵之法，改革中国军队，是近代中国"睁眼看世界"的先行者之一。

《道光洋艘征抚记》又名《夷艘寇海记》《夷艘入寇记》等。该书以近两万字的篇幅对鸦片战争做了简洁、系统、忠实而又富有文采的记述。

作品态度鲜明地肯定和赞扬林则徐及其他抵抗派人物的功绩。该书以鲜明的态度赞扬禁烟运动,通过摘引黄爵滋奏折,指出烟毒"蔓延中国,横披海内,槁人形骸,蛊人心志,丧人身家,实生民以来未有之大患,其祸烈于洪水猛兽"。以此证明引起战争的原因是英国进行可耻的鸦片走私贸易,中国严厉禁烟完全正当。

该书写林则徐对烟害深恶痛绝,"十余年后,岂惟无可筹之饷,抑且无可用之兵"。对林则徐严拿烟贩、勒令交出走私鸦片等坚决措施,缴烟后他"亲驻虎门验收""会同督抚"监视烧毁的认真态度等,都以赞扬态度记述。该书记载林则徐招募水勇,用铁链木筏横截水路要道。侵略军大队舰船到达中国海面后,因林则徐防守严密,"至粤旬日,无隙可乘"。书中写林则徐奏请区别对待外商,"遵法者保护之,桀骜者惩拒",道光却批驳"同是一国之人,办理相歧,未免自相矛盾",用道光的颠顶衬托林则徐的识见。书中对邓廷桢、关天培、陈化成、裕谦、姚莹等抵抗派人物及其功绩进行了赞扬。

作品态度鲜明地揭露英国侵略者的罪行,分析了战争失败的原因。书中记录了侵略者犯下的滔天罪行,揭露侵略军所到之处"掳掠焚烧惨甚","炮声震江岸,自瓜州至仪征之盐艘巨舶焚烧一空,火光百余里"。同时认为战争的失败与统治者的保守反动有直接关系。

作品大胆揭露了道光的反复无常、毫无主见:始而虚骄轻敌,告诉林则徐"不患卿等孟浪,但患卿等畏葸",又贸然下令停止中英贸易;可是英船一到天津海口,他就将林则徐革职,让琦善负责对英交涉。后来道光对英宣战,可是闻知侵略者舰船到达镇江,他又吓破了胆,"敕令耆英便宜行事",实际上是委以投降的权力。作品还揭露了清军将领或捕风捉影、虚张声势,或捏奏邀功、推卸罪责以及贪生怕死、临阵逃脱等丑恶情形。如写琦善向敌人献媚,主动提出"重治林则徐之罪",之后又"开门揖盗,自溃藩篱",置将领哭求增兵而不问,"连夜作书令鲍鹏持送义律,再申和议,于烟价之外,复以香港许之。"书中同样深刻揭露奕山、奕经率先冒险,一败涂地之后屈辱投降,最后弄虚作假、讳败为胜的可耻行径。

可以说，作品将统治集团的投降主义和冒险主义造成的严重后果如实记录了下来。

《随使法国记》

张德彝

（原文略）

张德彝（1847—1918），又名张德明，满族，祖籍盛京铁岭，清初编入汉军镶黄旗，曾任光绪皇帝的外语教师。曾多次出访欧美数国。他每次出国都写下详细的日记，依次成辑《航海述奇》《再述奇》《三述奇》《四述奇》直至《八述奇》，共约200万字。其中，《随使法国记（三述奇）》中，有目击巴黎公社革命的重要记载。

《随使法国记》是张德彝随清朝专使去法国时所记。他到达巴黎的第二天就爆发了巴黎公社革命。张德彝以记新述奇的态度，真实生动地记述了耳闻目击的普法战事、巴黎公社事件。

作品创作具有较强的现实性。从作者记新述奇的写作动机就可知道这部书的新闻价值。只要把它同世界上公认的、被马克思誉为"第一部真实可信的公社史"的普·利沙加勒的《一八七一年公社史》对照一下，即可发现这部书的史学价值；真切形象的描述，更使它具有一定的文学价值。作为一部形象的巴黎公社目击记，今天读起来，仍然感人肺腑。因为当时清政府刚刚镇压了太平天国农民起义，不想让国人知道法国巴黎公社的消息，所以更加映衬出这部书的现实意义。

作品内容真实可信，细致具体。如作者对3月28日巴黎起义的记写，与普·利沙加勒的记载相符，而且更为具体："官兵到时，乡勇阻其前进。将军出令施放火器，众兵抗而不遵，倒戈相向。将军无法，暂令收兵。叛勇（即起义战士）犹追逐不已，枪毙官兵数十人。武官被擒二员，一名腊公塔，一名雷猛多，亦皆以枪毙之。戌正，叛勇下山，欲来巴里。一路民勇争斗，终夜喧阗。"张德彝还记述了凡尔赛军队对被俘战士的疯狂镇压："皆黑布蒙头，以枪毙之。"而公社战士视死如归，英勇不屈，"由楼下解判勇一千二百余人，中有女子二行，虽衣履残破，面带灰尘，其雄伟之气，溢于眉宇"。这些记述，不仅与信史完全相符，而且描写细致具体。

作品文笔生动形象，有较强的文学性。张德彝进士出身，才思敏捷，文笔极佳，记事简明生动，真切形象。比如，写巴黎公社街垒巷战："路皆拆毁，叛勇在各巷口多筑土石墙，几案墙；又有木筐墙，系以荆柳编筐，内盛零碎杂物，堆垒成台，炮子虽入，含而不出。"写巴黎起义后凡尔赛军队数百门大炮轰击巴黎，"夜来枪炮齐发，震地惊天"，"枪炮之声，闪闪震耳"，"昼夜火器之声不绝"。写凡尔赛军队侵入巴黎，展开激烈的巷战："浓烟冲突，烈焰飞腾，似焚房屋数千间状"，"入夜北望，烈焰飞腾，炮声不绝。"文笔简练生动，有着典型的《左传》《史记》风格。

《抗战日记》

谢冰莹

（原文略）

谢冰莹（1906—2000），湖南新化人。1926年考入武汉中央军事政治学校，积极参加北伐战争，被誉为"中国第一女兵"。1927年写作反映北伐亲身经历的《从军日记》。1936年出版《一个女兵的自传》。1937年奔赴抗日前线，写下《抗战日记》。1948年赴台湾。晚年客居美国，逝世于旧金山。她一生出版著作80余种、2000多万字。她的作品将女性的激情与柔美融化在爱国主义的民族大义中，反映了"五四"以后中国妇女争取自由、人权的斗争。

《抗战日记》是谢冰莹奔走千里的战场实录。作为抗战报告文学的代表作，作品具有谢冰莹独特的个人风格。

作品将文学笔法注入新闻通讯，具有简洁、生动、明快的风格。作品带有浓厚的文学笔调，往往简洁的导语也包含着文学韵味，如"天在下着毛毛细雨，路上非常泥滑，开往前方作战和前方下来的队伍，把马路挤得满满的"。作品用新闻语言记录了战士的经历。如战士李顺恩的肠子都流出来了，却不哭不叫，被抬上担架时，"肠子像水银似的滚出来了，他连忙用手塞进孔里去"。不仅如此，他还安慰救护人员："你们不要害怕，我不会死的，过一两个星期好了，还要上火线呢！"谢冰莹用自己的语言为报告文学创作开辟了新途径。

作品将现场描写和人物对话有机结合，使读者产生身历其境的现场感。在描写苏州被日军疯狂残暴的轰炸时，她以"目击者"的视角开始，呈现给读者地狱般的恐怖："被机关枪扫射死了的士兵，老百姓，横一个直一个地躺在血泊里，有的正在流血，有的虽然死了，眼睛却睁得很大。"到处是呼救声，"浓黑的青烟直冒上天，鲜红的火焰，烧得噼噼啪啪作响，你找不出那悲惨的声音发自何处"。作品善于用鲜活的现场人物对话表现军民抗战的意志和决心。当她同情地对一个伤兵说："我想你给家人写封信吧！"战士回答说："还是不告诉她吧，免得她又急得要命，其实在我们受伤军人，实在太平常了，有什么关系呢！右手虽然打断了，我还有左手呀！"她曾亲耳听到战士说："死得只剩一个人，也不许后退，死定了，就算尽了我们守卫国土的最后责任。"爱国勇士的赤胆忠心跃然纸上，感人至深。

特有的女性视角使作品具有浓郁的抒情议论色彩。作品有女性特有的情怀。比如，"半弯明月，像水晶似的徘徊在蔚蓝的云里，我独个儿跑去田园间散步，一种凄清寂寞的感觉袭上心头，夜是太静了，月是太美了，要是没有敌机的轰炸，没有大炮的响声，该有多少诗意"。作者的抒情议论决不仅止于儿女情长。她看不惯上海街头的灯红酒绿，认为那些"摩登男女"、"醉生梦死的人群""和在火线上，以血肉和头颅来保卫祖国的战士比较，真有天壤之别"。她在赞叹北方人的吃苦耐劳精神之后说："比起那些不做事只抽鸦片，挂羊头卖狗肉的假救国者，以及损人利己，吃喝民众血泪的败类，和假借服务名义升官发财的腐化分子来，实在有天渊之别。"义正词严，切中时弊。这些议论极大地丰富了谢冰莹的报告文学内涵，增强了可读性。

《诺尔曼·白求恩断片》
周而复
（原文略）

周而复（1914—2004），祖籍安徽旌德。曾赴晋察冀抗日民主根据地参加反"扫荡"、百团大战等战斗。创作了报告文学《诺尔曼·白求恩断片》《海上的遭遇》，长篇报告文学《随马歇尔、张治中、周恩来三将军巡视华北记》等。周而复一生出版著作多部，共约1200万字。长篇小说《长城万里图》获中宣部"五个一工程"奖。

作者曾依据晋察冀的战地生活景象和活跃在脑海中的各种人物形象，创作过小说《白求恩大夫》。在创作纪实文学《诺尔曼·白求恩断片》时，作者收起了幻想的翅膀，写的完全是真人真事。《诺尔曼·白求恩断片》以刻画人物为中心，吸收和运用了小说的创作法则，采用了多种展示方法。

通过生动的情节描写，展现了白求恩的动人形象。作品尤其重视通过行动和语言描写来强化情节的张力，刻画人物精神特征："直到深夜十二时才把手术行完，顾部长请他去吃饭，他回到自己屋子里，脱下衣服，又跑到病房去了。"他一一去向刚才行手术的病人，用他说得生硬的中国话直接问："好不好？"伤员都说："好。"他快乐得简直跳了起来。作品就是通过描写生活的具体情景，使人物的思想风貌和精神特征得到了生动的展现。

通过必要的环境描写和氛围渲染，烘托和强化人物的特点。作品在反映白求恩坚持到火线附近去救治伤员等行动时，对当时的背景、气氛都做了突出渲染："夜晚……白求恩大夫穿着白手术衣，红橡皮围裙，头上戴了一盏小电灯，身上背着电池，在紧张地动手术。訇的一声，一颗炮弹落在手术室的后面，爆炸开来，震动得土都动了，小庙上的瓦片格格地响，有一片落在地上打碎了。白求恩大夫在继续着手术……"作品对环境、氛围的描写，虽然用笔简洁，但有力地烘托了人物的精神特征。

通过描写人物肖像和有特征的细节，对人物性格做立体化的刻画。作品一开始，便描画了白求恩的外部形象："他穿一身八路军的灰军装，胳臂上挂着'八路'的臂章，腰间扎着一条宽皮带，脚上穿着一双草鞋……他嘴上翘起的短髯和他的头发，都灰白了。是的，他已是快五十岁的人了。但他的精神，却很矍铄，像一个活泼健旺的青年……他紧紧地握着你的手，使你感到一股挚爱的热力在交流。"

从这副外形，人们看到的是一个外国籍的八路军独特而可敬的形象，和那上了年纪却精神健旺、在沉毅中流露出热忱与天真的"老少年"的可亲神态。

《诺尔曼·白求恩断片》是这一时期中国纪实文学由以写事件为主到写事写人并重，再到以写人为主的转变的范本。《诺尔曼·白求恩断片》把小说创作的艺术手法，运用于描写真人真事，把人物描写得血肉丰满，性格鲜明。纪实文学因为摆脱了新闻纪事的范式，大大增强了文学性，实现了坚持真实的原则与艺术表现的统一。这种转变对"解放"后的纪实文学产生了很大影响。

《谁是最可爱的人》

魏 巍

（原文略）

魏巍（1920—2008），河南郑州人。1937年参加八路军，1938年加入中国共产党。1939年到1949年，在晋察冀边区长期从事部队宣传工作。1950年12月，赴抗美援朝前线。回国后发表了《谁是最可爱的人》，极大地鼓舞了前线、后方和全国军民。革命战争三部曲之一的长篇小说《东方》获首届茅盾文学奖、中国人民解放军文艺奖。晚年写出杂文《谁是最可恨的人》成为一柄反腐的利剑，引起社会广泛共鸣。

随着巴金等一大批著名作家奔赴抗美援朝前线，大量反映抗美援朝战争及歌颂志愿军英雄风貌的报告文学问世，形成了新中国成立后第一个报告文学创作热潮。在近千篇反映抗美援朝战争的作品中，最受读者欢迎、影响最大的首推魏巍的《谁是最可爱的人》。

作品成功提炼出"最可爱的人"这一鲜明主旨。这是长期在作者心中涌动，到朝鲜前线后又一次有了深切体会后升华而成的主旨。魏巍在《我的散文》中说："《谁是最可爱的人》这个题目，也不是硬想出来的，而是从心里跳出来的。"魏巍长期的部队生活，使他对战士怀有深厚的感情。朝鲜战场上，战士们对伟大祖国的爱、对朝鲜人民的情、对美国侵略者的恨及惊天地泣鬼神的英雄事迹深深地打动了他。内心深处对战士们长期积累着深厚感情的魏巍，有一种强烈的愿望来表现"最可爱的人"这一主题。

作品成功运用了典型生动的材料表现"谁是最可爱的人"这一主题。作品仅三千余字，却是如此令人过目不忘，心灵受到剧烈震动，感情受到强烈感染。这是因为作者从大量素材中精选典型生动、足以表现"谁是最可爱的人"这一主题的材料。

作者从采访到的二十几个生动的事例中精选出最能表现战士精神本质的材料，不仅写出战士们的英勇及牺牲精神，而且把笔触深入到他们的灵魂，写出其英雄行为得以产生的思想感情的崇高与美丽。第一个写松骨峰战斗，志愿军战士保家卫国，勇于牺牲；第二个例子写战士马玉祥勇救朝鲜儿童；第三个例子写志愿军战士"就雪水吃炒面"，心系祖国人民。作者把新闻事实高度浓缩，选择典型事例，深刻表达了我军是正义之师的本质特点。于是，作品就不只是停留在表面，而是蕴涵着闪光的思想，更加深刻感人。

作品把抒情与叙事有机融合在一起，使作品的感情色彩极为浓烈，更具感染力。作者采用散文笔法写作战地通讯，超出了新闻"纯客观报道"的通行模式。作品以鲜明的事实，饱满的激情，鲜活生动的语言，构成了一篇滚烫的激发全国人民爱国热情的战地通讯。所以有人说："《谁是最可爱的人》已经成为我们这个时代对于战士的一种最高赞誉，这五个字已经成为我们这个时代创造的所有新名词、新成语中最美丽的一个。"

丁玲在《读魏巍的朝鲜通讯》一文中说："魏巍是融进了这些可尊敬的人们的灵魂里面，并且同自己的灵魂融合在一块，以无穷的感动和爱，娓娓地道出这灵魂深处所包含的一切感觉。因此，他所要歌颂的人，就非常清晰，亲切地贴在人心上，使人兴起，使人上进。"这段话道出了魏巍作品之所以动人心扉的真谛。

《百万大裁军》

袁厚春

（原文略）

袁厚春（1945— ），黑龙江富裕人。1963年入伍，1987年毕业于武汉大学中文系，曾任解放军文艺出版社编辑、副社长，总政文化部文艺局局长，解放军艺术学院副院长，中国文联第六届全委会委员。代表作有报告文学《省委第一书记》《百万大裁军》《河那边升起一颗星》，长篇传记文学《大投资家胡应湘传》等。《省委第一书记》获得1983—1984年以得票数为序公布的全国报告文学奖第一名。

《百万大裁军》同气势磅礴的百万大裁军一样，既张扬着时代的精神，又具有透视历史的力量，堪称反映伟大变革时代的黄钟大吕之作。

采用全景鸟瞰的全方位报告方式。开篇的场面描写再现了天安门广场国庆阅兵的盛大场景，然后巧妙地将笔锋由阅兵转向裁军，篇末以乌鲁木齐市广场上的阅兵式回应开头。这种全景式架构为作品提供了宏大的空间，允许作者用各种方法运笔，对百万大裁军进行立体化报告。作品既有广角扫描，又有细节描写；既有事件叙述，又有人物特写；既有盛大场面的再现，又有个人心态的揭示；既有激情洋溢的抒怀，又有冷静理性的分析。不同维度的观照，不同层面的扫视，不同现象的剖析，不同人物的画像，使作品内容全面翔实，达到了全面报告的广度与深度要求，呈现出博大恢宏的气势、丰满厚重的品格。

精选典型，突出重点。作品精选裁军中最具典型意义的事例和人物，通过"典型"反映"一般"，在不拉长篇幅的情况下增加了信息，丰富了内容，既满足了读者全面了解裁军的需求，又避免了面面俱到、材料庞杂散乱的弊病。例如，作品没有将4个大军区撤编的情况都写出来，而是主要报告了"成昆之变"，通过昆明军区官兵所经历的考验，展示中国军人以大局为重的胸怀和始终保持优良传统的优秀品质。在百万将要离开部队的官兵中，既选择了大量优秀军人的代表，又选择了L政委这一反面典型，反映裁军过程中发生的问题。所以，阅读《百万大裁军》，会觉得内容丰富厚重，却不会感到拖沓。

客观记录事件，凸显军人气质。作品在写每一个人物、每一个群体时，都特别注意把他们的良好素养、优秀品质写出来，把他们可歌可敬的精神表现出来。无论是昆明军区司令员张铚秀、前线某部政委姜福堂、纪检委员李廷忠，还是工兵部设计处长张昌密、受伤致残的周贵才，无论是坚守前线浴血奋战的作战部队，还是为驻地大型福利工程而日夜施工的后方建设部队，每一个形象都熠熠生辉，都具有无法抗拒的感染力量。作者以事写人，以实写虚，通过人物的所作所为，通过一个个感人至深的故事反映他们的勇敢、刚正、坚忍、英雄气概、牺牲精神、高风亮节、宽阔的胸怀、高远的视界、服从命令的天职、永不颓靡的士气、对荣誉的极度珍视……可以说，最令读者感动、钦敬的就是他们身上的军人精神。

《解放战争》

王树增

（原文略）

王树增（1952—　），生于北京。1970年入伍，1991年毕业于北京师范大学，现任武警部队政治部创作室创作员，全军艺术委员会委员，中国作家协会全国委员会委员。著有长篇纪实文学《朝鲜战争》《长征》《解放战争》《抗日战争》，长篇历史随笔《1901》、《1911》等。作品曾获"五个一工程"奖、中国人民解放军文艺大奖、中国出版政府奖、鲁迅文学奖、曹禺戏剧文学奖、全军文艺新作品一等奖等。

王树增认为《解放战争》是自己非虚构文学著述中"写得最难，却写得最好"的作品，因为从最初计划创作到书的出版，花费了20年的时间，因为在尽力还原历史面貌的同时，也保持着文学表述的激情和可读性。

作品充分尊重历史的真实，尊重档案、史料的研究和对当事者的采访，尽可能保持历史原貌。在创作中，作者不仅走访了大量人物，查阅了数以千万字的档案和资料，还几乎重访了书中涉及的每处战场遗址。作者坚持自己一贯的写作风格，每一个细节必须真实。上至指挥几十万大军的将领，下到进攻一个暗堡的战士；大到横跨中原五省的战役，小到不足一平方公里的战场，在他笔下，都必须有档案、有出处。书里对话很少，但凡有对话，也"都是来自当事者的回忆录或者自己的采访录音，绝不编"。

精确的史料整合为《解放战争》的写作奠定了良好的基础，真实而严谨的写作态度令它不同于普通的历史读物。尤其难能可贵的是，很多材料属于首次披露，如毛泽东与粟裕之间的军事来往电报、毛泽东与林彪之间关于辽沈战役锦州之战的来往电报。如1947年的南麻战役，因为决策失误，我军伤亡很大，以前在同类题材的作品中从未涉及过，本书首次对这次战役进行了详尽的讲述。

作品运用独到的历史观和历史感，引导读者阅读解放战争那段历史。作品具有宏阔的视角和入微的体察，包含着惊心动魄的人生沉浮和变幻莫测的战场胜负，高扬着革命英雄主义的旗帜。作者所看重的是发掘在严酷的战争条件下所形成的信仰与精神力量，以及这种精神力量对于当代人的意义。在搜寻史料的过程中，作者就在寻找让解放军官兵勇于献身的情感支撑。后来理出一条线索：解放战争与其说是战争行为，是共产党作战胜利而建立了新中国，不如说是共产党人以土地改革为引领，逐步获得民心的过程。国民党的失败不仅仅在军事上，更在于民心的丧失。

《解放战争》用纪实笔法再现了一个国家如何艰难新生的历史。作者在采访时曾听到这样的歌："最后一粒粮食拿去做军粮，最后一床被盖在担架上，最后一个儿女送到咱队伍上。"为什么？作者说："如果我的《解放战争》上下两卷还有一个主题的话，那这就是主题。虽然我是在写战争，但是我写了一个人人皆知的道理，一个政权的新生是人民的奉献、人民的牺牲、人民的力量。"

《苦难辉煌》

金一南

（原文略）

金一南（1952—　），祖籍江西永丰，出生于北京。1972年入伍，曾任国防大学战略教研部副主任兼国防大学战略研究所所长。全军首届"杰出专业技术人才"获奖者。2006年11月，被中央军委记二等功。已出版著作《竞争——生存与毁灭的抉择》《狂飙歌：前所未闻的较量》《军人生来为战胜》《国家安全论》《苦难辉煌》《浴血荣光》《心胜》《胜者思维》等。作品曾获"五个一工程"奖、中国出版政府奖、军队科技进步奖等。

《苦难辉煌》以两万五千里长征为主线，审视了人民军队在历史重大关头慨然承担救国使命，突出重围，杀出血路，最终夺取胜利的历史轨迹。全书视野开阔、思路新颖、文笔生动，运用了许多鲜为人知的资料，进行了前所未有的全景式揭示，在许多重大事件上做了深入剖析，加深了人们对中国革命艰巨性、复杂性的认识。

作品通过事实说明实事求是是从苦难走向辉煌的思想根基。书中写道："十月革命……没有送来武装割据，没有送来农村包围城市，没有送来枪杆子里面出政权。"那么，"武装割据"从哪里来？"农村包围城市"从哪里来？

"枪杆子里面出政权"从哪里来？不言自明，都是从中国共产党人实事求是的理论勇气和创新实践中来！书中这样评价毛泽东："毛泽东不是先知先觉，却以最大的历史自觉来到转折点。没有句句是真理，只有步步实事求是。"作品揭示了中国革命道路处处荆棘密布、时时暗流涌动的严峻，指出辉煌需要革命者脚踏实地一步一个脚印去探索、去追求、去创造。

作品通过事实说明人民群众是从苦难走向辉煌的力量源泉。是什么力量支撑着那支在崇山峻岭、江河草地中长征的疲弱不堪却斗志昂扬的队伍，背负起这个世界上最大国家和民族复兴的全部希望？"最需要热血"的长征史诗告诉读者：是沿途群众不断的兵源补充，使战斗的火种能够传续二万五千里；是一路人民不断的供给保障，使革命的洪流能够纵贯神州。有了群众的帮助，国民党反动派即便有飞机大炮也是徒劳；有了人民的支持，国民党反动派纵然有千军万马也是枉然。中国共产党的胜利绝不是偶然。与其说，这是历史选择的结果，毋宁说，这是人民选择的结果。

作品通过事实说明理想信念是从苦难走向辉煌的精神动力。作者写《苦难辉煌》，写那个时代的最终目的就是记录那代人的真正信仰。正如书中所说，"你可以忘记工农红军纵横十一省区，征程两万五千里，一路硝烟，一路战火……但有一点你将永难忘怀：那就是长征所展现的足以照射千秋万代的不死精神和非凡气概。"作品选择了党和军队历史上最艰难、最曲折、最彷徨的一段作为书写对象，力图从最深重的苦难和最耀眼的辉煌中汲取精神养分，为现在、未来那些希望成为民族脊梁的人们树立起崇高的信仰标杆。

作品正是通过对万里长征这一中国共产党人的炼狱的剖析，通过展示严酷的围堵、不尽的跋涉、惊人的牺牲、大量的叛卖形成的地狱之火，揭示了中国革命从苦难走向辉煌的必然性，展现了中国共产党领导人民进行革命战争的正义、艰辛和伟大。

《解密上甘岭》

张嵩山

（原文略）

张嵩山（1953— ），祖籍江苏淮安，生于福州。南京军区空军政治部一级作家。著有小说《壮志凌云》《垂直打击》和报告文学《中国第二大专案》《南线战争》《摊牌——争夺上甘岭纪实》《解密上甘岭》等。电视剧剧本《壮志凌云》获"五个一工程"奖、解放军文艺奖等多个奖项，《摊牌》获全军文艺新作品奖一等奖。

《解密上甘岭》是一部以最新解密资料重写上甘岭之战的力作。直面战争，正是作者所持的历史观，作者正是从"直面"中获得最真实、最准确的表述效果。

展现了上甘岭战役的全过程，具有宏大的叙事规模。作者扼要描述第五次战役后对峙双方的战况。从彭德怀将五圣山托付给秦基伟开始，五圣山的大防御即展现在作者笔下。当秦基伟摁住范弗里特脉搏的时候，他那句"十五军打光了也在所不惜"的喊声，预示了战争向惨烈转化的必然。四十五师的英雄群像，黄继光生命的壮丽定格，韩军荣誉军团的沉浮，11月3日敌方的"超级火力"等，作者将战场上的千变万化，收于笔底，不吝笔墨地演化成文字，展现那场战争的绝世惨烈。作者"直面"的历史观使上甘岭战役我军的胜利，坠上了沉重的分量。直面历史的真实面貌，才能给我们万千思考——这正是作者写作的高度。

细部求真求准，提升了内容的准确性和可信度。本书文笔精妙畅达，各方资料融会贯通，且极富人文真情，有力讴歌了志愿军的伟大献身精神。同时，纠正了以往军史上的某些记载以及同类纪实作品的不实之处。为了做到细部追求真实与准确，作者从两方面入手：一、多渠道援引资料和多方位见证事件。如美军在10月14日发起上甘岭战役的时间，原有五六种说法，作者一一推论排除，采取了美军凌晨5:44的记录。二、在占有大量真实资料的基础上，考证和检验史料中一些细部的正误，并修正其中的误差。比如：作者从美军的资料，统计其参战部队各团的记录，准确地计算出上甘岭战役第一天，美军打向我阵地的炮弹为"20万发"的数字。细部求真的例证彰显了作者严肃审慎的写作态度。

理性而科学的战争评论，引导了读者的阅读思考。历史的回望，绝不仅仅是对这一惨烈战事的简单还原，而是融入了作者对战争、对生命，乃至对人类命运的深深思考。作者将自己的思考慎重而执着地嵌于书中，简洁而有力度。他严肃批判那种"稀释"战争残酷性的现象，主张正视和直面战争。作者以理性之笔，饱蘸情感，赞扬和评价了我军的革命英雄主义。他认为我军官兵将死亡诠释得简洁透彻，并盛赞"每一个战死者都折射出价值和理性之美"，提升了人类对生命认识的终极标高。作者援引彭德怀对五次战役的反思，进而论述由此而来的我军战略战术思想的大调整。作者引用崔建功师长对浩大坑道工程的复杂评价，归纳出"对一个国家一个民族，对落后的痛苦体会最深的莫过于自己的军队"的观点。这些思考，既宏观，又深刻。

《英雄万岁——东北老航校暨人民空军创建史诗》

郭晓晔

（原文略）

郭晓晔（1955—　），江苏南京人。1972年入伍，现为空军政治部文艺创作室一级作家。著有诗集《隔河之吻》《七种表情》《白日灯》等，长篇纪实文学《东方大审判》《英雄悲歌》《日本幽灵》《广州起义纪实》《百战将星成钩》《英雄万岁》《孤独的天空》等。《东方大审判》获首届鲁迅文学奖，《七种表情》获第三届中国人民解放军文艺奖，另有作品获"五个一工程"奖、空军蓝天文艺金翼奖等。

《英雄万岁》用史诗般的语言叙述了东北老航校暨人民空军艰难的孕育历程，用纪实文学的手法抒写了共和国飞行英雄与大时代共同谱写的命运交响,全景披露了人民空军惊天地泣鬼神的飞行之路。

作品通过一系列典型的事例展示了东北老航校的传奇历史。东北老航校在几乎不可能的情况下创建,并为人民空军准备了人才和技术。这些传奇故事包括用废铜烂铁打造航校的物质平台,变魔术似的寻找航校教员,没有高教机却能一步登天,没有汽油也能驾机腾空,在敌机翅膀下练习飞行,创造出马拉飞机和人推火车等新名词。作品精心谋篇,如实展示了航校这段波澜壮阔的光荣历史,也包括创建时期的问题、矛盾和解决的过程,比如,中日人员之间昨日仇敌、今天同志的尴尬,革命军人与国民党、汪伪起义人员之间错综交织的矛盾等。因为建立在对王海、刘玉堤、林虎、吕黎平等空军老前辈大量深入采访和回忆文章阅读的基础上,所以,作品有较高的准确性和可信度。

作品再现了人民空军早期一大批个性鲜明的建设者形象。传奇故事当然是传奇的人的故事。一群黑脚杆放牛娃奇迹般地实现腾飞梦想的历险,是整个故事的主线和寓言。老航校人每天都面临新的事物、新的刺激、新的可能和机会。手摇发动机疯狂的节奏,洗刷零件的油池里刺鼻的气味,滚油桶扎耳的声音,飞舞着小刀子的严寒和失事飞机燃烧的灼烫,都如同第一次感觉飞行,浪漫的预期因充斥着艰险、疼痛和死亡的威胁而更具张力。他们没有因"白努力"而丧气、暴露"死穴"而胆怯、遇到"老爷岭"而退缩、不懂"鸟语"而苟且、怀疑"百衲衣"而迟疑、陷入"硬牢"而屈服。最终,腰扎草绳、腿绑闹钟的他们成了驰风抱雷的天兵,开辟了共和国伟大的通天之路。

作品揭示了这批航校创建者成为英雄的深层原因,引导读者进入到他们的精神世界。作品分析了航校创建者的精神品质和人格魅力:他们点燃智慧和生命,恨不能向生命赊账,向明天透支,打开所有的光亮顽强前行。终于,他们化蒺藜为手杖,变艰险为云梯,像沸腾的铁水倾入现代航空技术的铸模,并以强大的热能融合了铸模,创造出属于自己的历史。作者认为,渴望自由和获得自由的幸福冲动,使每个老航校人都变成了高压油井,喷发出积郁的巨大能量,汇入了滚滚的革命洪流。创建者用浪漫的精神和旺健的生命力，创造了"团结奋斗、艰苦创业、勇于献身、开拓前进"的老航校精神。这就是人民空军的精神家园。它以其灿烂的光芒支撑和推动着人民空军的成长进步。

可以说，饱蘸思辨的文笔、悬念迭起的故事、意涵隽永的细节和诗人般释放的激情，使本书成为集思想性、艺术性与可读性为一体的佳作。

二、推介篇目

1. 姚锡光《东方兵事纪略》

姚锡光（1854—1930），江苏丹徒人。历任陆军部左丞、殖边学堂监督、陆军部右侍郎。代表作有《东方兵事纪略》《东瀛学校举概》《筹藏刍议》《筹蒙刍议》《姚锡光日记》等。这些著作对军事、教育、民族等问题都有不俗的见解。

《东方兵事纪略》1897年刊于武昌，共6卷12篇，8万多字。该书采用互见法，对史事取舍得当，叙述言简意赅、平实生动，写出了甲午战争的阶段特点，是全面记载甲午战争最及时的历史纪实之一。作品分析了战争失败的原因，热情讴歌了丁汝昌、邓世昌等民族英雄，鞭挞了叶志超、宋庆、方伯谦等贪生怕死、消极避战、望风而逃的民族败类。书中洋溢的爱国主义思想推动了甲午战后的民族觉醒。

2. 周立波《战场三记》

周立波（1908—1979），湖南益阳人。作品主要有报告文学《战场三记》（《晋察冀边区印象记》《战地日记》《南下纪》）。另有作品《苏联札记》、《文学浅论》、《暴风骤雨》(1951年获斯大林文学奖)、《铁水奔流》、《山乡巨变》等。

《战场三记》成功地运用了中国古代小说中白描的艺术表现手法，善于运用面面观、多角度的描写艺术来刻画人物，并善于摹绘不同地域的风情画页，显示了作者深厚的地域风情情结。作品真实记录了日寇犯下的不可饶恕的罪行。其纪实文学创作题材的革命性、时代性和创作方法方面对民族文艺传统的继承与创新，都给后来纪实文学作家以深刻的思想启示和艺术影响。

3. 刘白羽《沸腾了的北平城》

刘白羽(1916—2005),北京通县人。纪实文学代表作有《光明照耀着沈阳》《沸腾了的北平城》等。长篇小说《第二个太阳》荣获第三届茅盾文学奖,长篇传记文学《心灵的历程》获首届中国优秀传记文学作品奖。

《沸腾了的北平城》运用生动洗练的笔墨,通过粗线条的概括描述与典型事例的镜头化截取相结合,激情洋溢地描述了1949年人民解放军的北平入城式,由面到点、点面结合,真实再现了北京城欢庆沸腾的场面,传达出北京人民喜迎子弟兵、喜迎新生活的欢快之情。作品以时序谋篇布局,体现出事态发展的延续性与连贯性,便于读者阅读并加深印象。文中穿插的简短评论和抒情,对深化主题起到画龙点睛的效果。

4. 张正隆《雪白血红》

张正隆(1947—),辽宁本溪人。主要作品有《雪白血红》《血情》《解放》《枪杆子:1949》《雪冷血热》等。《血情》曾获解放军文艺奖。《雪白血红》在军内外产生强烈反响,其姊妹篇《雪冷血热》,真实生动地还原了东北抗日战场的历史细节。

《雪白血红》通过使用大量历史史料和人物访谈资料,记叙了波澜壮阔的东北解放战争及可歌可泣的英雄事迹和敌我双方的斗智斗勇,既记录了我军发展壮大的过程,又描写了解放战争的残酷。其最大的特点是写实。如作者所说"我写的是纪实文学,人物、时间、地点,故事情节包括细节都是准确真实的,都是要有出处的,这个出处是比较可靠的。"它一反歌功颂德、为尊者讳的风气,大胆再现事件的真实,使人们从中看到了真实的历史。

5. 李鸣生《澳星风险发射》

李鸣生(1956—),四川简阳人。代表作为多部航天系列报告文学。其中《飞向太空港》《澳星风险发射》均获全国优秀报告文学奖。《走出地球村》获第一届鲁迅文学奖,《中国863》获第二届鲁迅文学奖,《风雨"长征号"》入围第三届鲁迅文学奖。《天路迢迢》获"五个一工程"奖。作品集《飞天梦》入选"中国当代著名军中作家精品大系"。

《澳星风险发射》真实生动地讲述了 1992 年 8 月 14 日第二次发射澳星的来龙去脉。作品用史笔风格记写重大事件，具有史诗的品质；同时，作品表达了对史实的认识，呈现出浓郁的理性之美。作品采用多种文学创作手段，增强了可读性。能够在真实的严格限制下巧妙调度、利用材料，把内容写得生动、精彩，既说明作者很好地把握了史诗性纪实文学亦文亦史的特点，又体现了作者深厚的文学修养和高超的写作功力。

第三节　外国军旅纪实文学鉴赏

外国军旅纪实文学早在古希腊时期就已经有重要作品问世。比如，《伯罗奔尼撒战争史》《长征记》等。但是直到恺撒的出现，西方军旅纪实文学才为后世留下了堪为经典的作品。20 世纪爆发的两次世界大战是人类文明史上两段十分黑暗的时期，但是，对军旅纪实文学而言，却因为提供了丰富的创作资源而成就了一个创作的黄金时代。本节鉴赏的侧重点也放在近代以来的作品。通过阅读这些作品，我们不仅可以看到战争的残酷，也能够看到人类对正义的永恒追求。本节选择了 10 部作品重点赏析，节后附有 6 部推介作品，可用于扩展阅读。

一、赏析篇目

《高卢战记》

[意大利]盖乌斯·尤利乌斯·恺撒

（原文略）

盖乌斯·尤利乌斯·恺撒（前 102—前 44），古罗马著名政治家、军事家、文学家。他的战争回忆录《高卢战记》《内战记》，文笔简洁流畅，有拉丁文典范之称，至今仍被西方学校教育作为拉丁语教材。

《高卢战记》记述了恺撒在高卢作战的经过，叙事重点突出、详略适当，文笔平实简朴、清晰流畅，不用任何修辞手法，在平易之中引人入胜，历来受到爱好罗马历史、拉丁文学和军事史等领域研究者的推崇。

作品真实记述了恺撒率军浴血奋战的紧张精彩的战争故事。作品介绍了日耳曼人对高卢的进攻、恺撒对日耳曼人的反击、恺撒同高卢诸部族的冲突和战争、恺撒对不列颠的两次远征、恺撒平定高卢人的大规模骚乱。其中，以恺撒与日耳曼人部落的战斗最为精彩。恺撒用兵神速，在日耳曼人丝毫没想到会发生什么事情之前，就赶到敌人营寨。失去首领的敌人连武器都来不及拿起来就被恺撒击败。那些活命的日耳曼人抛掉武器，丢下旗帜，开始四散奔逃。罗马人没损失一个，甚至连受伤的都极少。这是一场成功的战斗，因为敌人人数众多，在力量不均衡的条件下，恺撒以其果断英明取得了胜利。

作品从侧面展示了恺撒高超娴熟的谋略智慧，服务于当时罗马的权力斗争。恺撒镇压维钦及托列克斯领导的联合大起义后，高卢基本恢复平静，但他在罗马的地位开始恶化。恺撒的写作初衷就是为自己辩护。他通篇用第三人称称呼自己，用平静、简洁的笔调叙说战事经过，既不抱怨他的政敌，也不吹捧自己，即或在一两处地方提到自己的宽容和仁慈，也都只是转述别人的看法。对自己在每一次艰苦卓绝的战争转折点所起的重要作用，看似轻轻一笔带过，实际包含无限深意。恺撒想要在朴素的文风后面曲折含蓄地表明，尽管政敌在背后飞短流长，百般中伤他，他却是罗马北部真正的屏障，正是因为有他像长城般矗立在北方，才有罗马的繁荣和安宁。书中还有许多叙述看似漫不经心，实则有为而发。只有同时参看当时的罗马历史，才能看出字里行间隐藏的东西。

作品打开了追寻欧洲文明源头的另一扇大门。恺撒是罗马共和国时代第一个亲身深入到外高卢西部和北部、到过不列颠和莱茵河以东的日耳曼地区的罗马高官。在征战过程中，他目睹了当地的自然状况，亲身体验了当地的风土人情，给人们留下的是当时的第一手资料。因此，本书成为记述这些地区社会状况最古老的历史文献。它对高卢和日耳曼各地区从氏族公社逐渐解体、到萌芽状态国家出现这段时间里的政治、社会、风俗和宗教等的记述，成为人们研究原始社会和民族学的重要依据。恩格斯的著作《家庭、私有制和国家的起源》就曾大量引用过它。

《法兰西内战》

[德国] 卡尔·马克思

（原文略）

卡尔·马克思（1818—1883）是科学社会主义的奠基人，主要著作有《共产党宣言》《资本论》等。1871年巴黎公社革命期间，受第一国际总委员会委托，写作《法兰西内战》系统总结巴黎公社革命的经验教训。

《法兰西内战》叙述准确、描述生动、语言锋利、气势雄伟，将雄辩的政论、热情的陈述、悲壮的颂歌、辛辣的嘲讽譬喻十分协调地融为一体，开创了报告体和政论体结合的纪实写作风格。作品是非鲜明、动人心魄，具有强烈的文学感染力和逻辑说服力。

作品将宏大的场景和特写场面交错组接，展示出巴黎公社起义的宏伟气概和悲壮斗争。马克思高屋建瓴地写道："1871年3月18日清晨，巴黎被'公社万岁'的雷鸣般呼声惊醒了。公社，这个使资产阶级的头脑怎么也捉摸不透的怪物，究竟是什么呢？"在叙述公社的变革措施之后，他写道："公社简直是奇迹般地改变了巴黎的面貌。第二帝国的那个荒淫无度的巴黎已经消失得无影无踪了。"在报道性描述中，夹有不少生动鲜明的特写场面。比如："梯也尔夫人和法夫尔夫人则由她们尊贵的女侍簇拥着，站在阳台上面拍手喝彩，欣赏凡尔赛暴徒的卑鄙行为。被俘的常备团士兵都被冷酷地一律枪毙。我们英勇的朋友、铸工杜瓦尔将军没有经过任何审讯就被枪杀了。"这些镜头，展示了资产阶级的残暴行为，也使人感到革命维艰的悲壮气氛。

作品通过对敌人毫不掩饰地怒斥和对革命者热情澎湃的赞颂，形成爱的丰碑和憎的大纛的强烈对照。作者对镇压巴黎公社的头号刽子手梯也尔的形象进行了入木三分、神态毕肖的刻画：有罪恶事实的具体揭露，有奸狡媚态的形象勾勒；有切肤剔骨的心理剖析，有鞭辟入里的无情嘲讽；有出尔反尔的言论对照，有盖棺论定的深刻概括。梯也尔是一个谋划政治小骗局的专家，一个背信弃义和卖身变节的老手，一个在议会党派斗争中施展细小权术阴谋诡计和卑鄙伎俩的巨匠；在野时毫不迟疑地鼓吹革命，掌权时毫不迟疑地把革命投入血泊。"马克思把梯也尔的伪装撕得一干二净，让这个反动政客、伪君子的丑陋外貌和卑劣灵魂合理自然地统一起来。同时，作品赞美了公社革命妇女们和革命巴黎的美德："真正的巴黎妇女出现在前列，她们和古典时代的妇女一样英勇、高尚和奋不顾身。努力劳动、用心思索、艰苦奋斗、流血牺牲而又精神奋发地意识到自己的历史创造使命的巴黎，几乎忘记了站在它城墙外面的食人者。满腔热忱地一心致力于新社会的建设。"

作品总结巴黎公社的基本经验，提出著名的巴黎公社原则。马克思在《法兰西内战》中阐明的巴黎公社原则就是"工人阶级不能简单地掌握现成的国家机器，并运用它来达到自己的目的。"马克思认为，这是对科学社会主义的新发展："无产阶级专政的首要条件就是无产阶级的军队。工人阶级必须在战场上争得自身解放的权利。"当保卫巴黎公社的战斗还在进行时，马克思就说："即使公社被搞垮了，斗争也只是延期而已，公社的原则是永存的，是消灭不了的；在工人阶级得到解放以前，这些原则将一再表现出来。"

《震撼世界的十天》

[美国] 约翰·里德

（原文略）

约翰·里德(1887—1920)，美国新闻记者、政论家。曾主编《纽约共产主义者》，担任《革命世纪》《共产党人》《劳动之声报》编辑。1917年8月赴俄国采访，目睹了十月革命。1918年撰写《震撼世界的十天》。

《震撼世界的十天》将新闻采访和文学手段相结合，报道迅速而篇幅宏大。由于作者卓越的文化素质和写作能力，使得本书被评为"20世纪美国伟大的百部著作"之一。

作品生动形象地描绘事件现场，追求新闻直观性的最佳效果。该书的魅力就是作者以目击者的身份在观察十月革命进程的每一个重要场面，并把它真切地传达出来。比如，他对革命指挥中心的描写："在斯莫尔尼学院，大门口和里门上都站着严密的岗哨，要求每一个人出示通行证。那些委员会的办公室里整天整夜都在发出嗡嗡的嘈杂声，成百成千的士兵和工人只要能找到空地方，随时躺在地板上睡觉。楼上那间宏伟的大厅里挤满着上千的人，在参加那喧声震天的彼得格勒苏维埃大会。"里德以新闻记者的敏锐观察力和文学家的形象感受力，生动地描绘出现场的紧张气氛和热烈情绪。他的报道栩栩如生，充满丰富多彩的形象，使读者如身历其境似的看到那里正在发生的事情。

作品善于刻画真实人物的个性，使历史事件和人物活动紧密结合起来。当时各个阶级和各种政治势力的代表人物都通过里德的笔，活生生地站在我们面前。尤其是以列宁为代表的布尔什维克的形象使人难忘。在里德笔下，列宁以自在的、朴素的形象出现："他身材不高，但很茁壮，头大，前额凸出，已经秃顶了。他的眼睛细眯眯的，鼻梁端正，口形宽厚有力，下颌厚重。"里德目睹一群商人、政府官员和两名大学生围攻革命士兵。一位口齿拙笨的士兵毫不动摇地说，"我没有受过多少教育"，但是"只有两个阶级。无论什么人，不是站在这一边，就是站在那一边"。这位有个性的士兵是当时工农革命群众的缩影。

作品通过非连续的情节、多角度的描绘，形成了完整的艺术结构。作品用多层次、立体化的结构展现十月革命，以紧张、跳跃的节奏反映革命进程，描述了内部和外部的斗争，革命战略家和普通战士的紧张思索、判断，以及他们如何排除各种未曾预料的困难。由于革命的急速发展和追踪采访的流动性，全书不可能有连续性的人物和完整情节的持续描写。里德努力从事件的内层、外层和各侧面来反映十月革命的面貌，略去了大量与总进程无关的叙述和描写。尽管场景迅速变换，人物来去匆匆，穿插的故事有头无尾，但因为它们总是依革命总进程而流动，所以丝毫不显得凌乱。

《西行漫记》

[美国]埃德加·斯诺

（原文略）

埃德加·斯诺(1905—1972)，出生于美国密苏里州堪萨斯城。主要著作有《西行漫记》《远东前线》《被烧焦的大地》《为亚洲而战》《中国在抵抗》《复始之旅》《今日的红色中国：大河彼岸》《漫长的革命》等。

《西行漫记》的风行世界与它在纪实文学创作上的开创性成就分不开。它将现场观察和采访事实巧妙地结合起来，通过高度概括和艺术化的语言表达，在形式和风格上独树一帜。

善于运用简洁、明快的新闻艺术笔法表现人物，展现场景，增强了现场感和真实感。作品传达出了采访瞬间人物和场景的主要特点。比如，描写周恩来"尽管胡子又长又黑，外表上仍不脱孩子气，又大又深的眼睛富于热情。他确乎有一种吸引力，似乎是羞怯、个人的魅力和领袖的自信的奇怪的混合产物"。虽是对周恩来的第一印象，却极为传神。为了避免叙述的单调，作者夹带着描写谈话人的神情、场景。如说毛泽东"有着中国农民的质朴纯真的性格，颇有幽默感，喜欢憨笑"。在看到毛泽东和贺子珍一起去捉一只扑向蜡烛的翅膀上有橘黄和玫瑰色彩斑纹的飞蛾时，作者幽默地写道："这样的人会是真的在认真地考虑战争吗？"这些生动的现场描绘使读者产生身历其境的感觉，颇有文学作品的吸引力。

善于捕捉生活细节，撷取特写镜头，运用生动的抒情式叙述，具有独特的艺术感染力。作者笔下的陕北是充满泥土气息和生活情趣的。他在一位农村小脚老太太家吃饭，那位老太太虽然很穷，却坚持要把仅有的六只鸡杀一只招待他，而且老太太悄悄地对向导说："咱们可不能让一个洋鬼子告诉外面的人说咱们红军不懂规矩。"作者的叙述不仅有声有色而且倾向鲜明，感情溢于言表。如他对"安顺场和泸定桥的英雄"发出由衷的感叹、惊讶和崇敬之情："对他们那样年轻感到惊讶，因为他们的年纪都不到二十五岁。"平静的叙述中蕴涵着深沉的情感色彩，是作者新闻文学语言的特色。

运用中国古典小说的章回体写作手法，使采访纪实具有小说的生动性。《西行漫记》在过渡到下一个中心人物或事件时，常常在上一篇结尾处提出一个问题或悬念，使故事环环相扣。如写红军长征中为摆脱国民党军主力追击，佯攻云南府，巧袭皎平渡，这样结尾："总司令（蒋介石）一怒之下飞到四川，在红军的进军途上，部署新的部队，希望在另一个战略要冲——大渡河——切断他们。"在这里留下悬念，紧接着就写下一节《大渡河英雄》。这种写法已成为全书的有机结构形式。

此外，作品还善于运用对比手法和电影蒙太奇艺术手段，善于运用感性印象和理性分析相结合的手法等。这使得《西行漫记》成为一部跨越时代的纪实文学经典。

《伟大的道路》

[美国]艾格尼斯·史沫特莱

（原文略）

艾格尼斯·史沫特莱(1892—1950)，美国密苏里州人。卓越的新闻记者和国际主义战士，1928年来华，1937年到达延安。创作了《中国红军在前进》《中国的战歌》《中国人民的命运》《中国的反攻》等作品。

史沫特莱在运用新闻笔法写作人物传记方面有着十分可贵的经验。她的《伟大的道路——朱德的生平和时代》依靠严谨、翔实的采访，借助质朴无华的笔墨，丰富多彩的表现，深厚的革命激情，征服了世界许多读者。

作品采用历史全景与具体场景相交织的表现方法，全景气势磅礴，场景简练传神。作者善于使用全景式描述把人们带进历史深处去理解人物。这种全景描述方法造成历史的连贯性，使作品具有史诗的特征。作品将许多战斗场景写得形象鲜明、简洁传神。如长汀之战，敌军司令郭凤鸣坐着四人大轿来打红军。"红军前哨便稀稀落落地开了几枪，装作仓惶失措、大叫大嚷地跑上山去"，"敌军果然立刻向上赶……红军最后终于从隐蔽地点一拥而出，敌军吓得心惊肉跳，掉头便跑下山去，红军则如泰山压顶，直扑下来。"简洁的语言将红军的战术和胜利交代得清清楚楚。

作者力求通过多角度、多层次表现人物的丰富性，使人物纪实既有权威的可证性，又有亲切的立体感。作者从多角度对朱德的个性和风采进行鲜明有力的表现。当她见到朱德时，吃惊地发现他不过像一个普通的"农民老大爷"："他的腰板稍稍前倾，脚步像打气筒一样向前移动，他就是用这样的步伐踏破了中国几千万英里的大道和小路。"她评论朱德的性格说，"在他刚强的外表里，蕴藏着极度的谦恭"。作者引述卡尔逊的话："（朱德）献身于解放以及保护穷人和被压迫者的人——他并不自私自利，抓钱抓权，他力行的是兄弟之爱。"通过多角度、多层次的描绘，展示了一个活生生的为人类解放奋斗的战士，一个有血肉和高尚灵魂的人。

作品的语言具有质朴、优雅、简洁、准确的风格。通观全书，作者的语言是爽朗、质朴、风趣、幽默、冷峻、悲壮等多种风格的奇妙结合。这种结合显得无比协调，因此很难用一种风格形容它。史沫特莱善于吸收另一民族语言的特色，包括它的谚语和方言土语的魅力。比如，经过长征的艰苦旅程之后，作者笔下的红军战士仍然互相取笑，竟是那样的幽默乐观。一位战士喊道："谁偷了我的针？"另一位答道："也许你为了显阔气，送给哪个村子的姑娘了！"另一个战士又说："过了大草地，什么都没有吃的，结果把一个村子的老鼠都吃光了，真有点对不起猫狗。"作品成功地描绘出一支充满乐观精神的军队。

《我是女兵，我是女人》

[白俄罗斯]斯·亚·阿列克谢耶维奇

(原文略)

斯维特兰娜·亚历山德罗夫娜·阿列克谢耶维奇(1948—)，生于乌克兰，父亲是白俄罗斯人，母亲是乌克兰人。以战争和灾难题材的纪实写作著称，先后创作了《我是女兵，我是女人》《我还是想你，妈妈》《锌皮娃娃兵》《被死亡迷惑的人们》和《切尔诺贝利的悲鸣》。成名作《战争中没有女性》由12篇短文组成，发表于苏联《十月》杂志1984年2月号。1984年11月，她因此荣获了苏联最高苏维埃主席团颁发的荣誉勋章。2015年获得诺贝尔文学奖。

《我是女兵，我是女人》既没有表现战争的宏大场面，也没有将战争作为考验人忠诚与否的试金石，更没有刻意塑造英雄形象和歌颂英雄主义，而是着力于女性对战争本身意义的思考，对生命价值和人性尊严的拷问。

通过全景写出了卫国战争中苏联妇女的整体形象。作品可以看作一部全景性纪实文学。作品巧妙地剪辑和汇合了数十个战时妇女的故事，构成了一幅波澜壮阔的战争中妇女群像的长卷巨画。故事的讲述真切感人，于平淡中见起伏。作品记录了主人公们成为狙击手、坦克手、飞行员、电话接线员、通信兵、医生、护士等的过程。她们不得不习惯军队纪律，学会识别军衔、射击目标、匍匐前进、缠包脚布、戴防毒面具、挖战壕……女孩子身上习见的娇柔、温存、端庄、懦弱等在战火中发生了改变。这说明了战争的严峻和残酷，更说明了卫国战争的正义性和全民性。

采用实录的方法真实反映了女性在战争中的作用。战争中应该没有女性，可事实上，战争不能没有女性。当时，几乎全苏联的妇女都在以独特的方式投入战争。她们为战争胜利付出了惨重代价：有的将鲜血洒在反法西斯战场上，有的落下了终身残疾，有的才20多岁就白发苍苍，有的甚至不会穿姑娘的衣裙……游击队员切尔诺娃虽怀有身孕，还是不顾一切地把地雷夹在腰里，靠着胎儿噗噗跳动的心脏。正如薇拉·达维多娃所言："我们全都迫使自己适应战争，迫使自己在战争中发挥作用，可是却要付出十倍于男人的艰辛。"作品反映了卫国战争中苏联妇女的牺牲和贡献。

真实记录了女性对于战争的感受，凸显了主题、深化了思想。作品主要通过个性各不相同的女性对于战争的感受，从感情上反映和描绘战争，从而更深刻地揭示了那场战争的本质。作品是战地女兵的心灵剖白，往往在细微之处，展示了女性的爱和恨。作品努力表现的是战争对人生命的摧残和对军人在战争中角色的反思。作家对打仗杀敌本身并不感兴趣，所以作品中人性化的东西更多一些。为了尊重战争见证者的回忆，客观地描述战争带给人类的灾难，作者让主人公们轮流出现，倾诉各自的行为与动机。这样做就是为了让主人公所有的情感历程、情绪体验能更直接、更准确地传染给读者。诺贝尔奖组委会在颁奖词中这样评价：她的复调写作，成为我们时代里苦难与勇气的一座纪念碑。

"二战三部曲"

[美国]科尼利厄斯·瑞恩

（原文略）

科尼利厄斯·瑞恩（1920—1974），出生于爱尔兰，晚年加入美国国籍。著有"二战三部曲"《最长的一天》（1959）、《最后一役》（1965）和《遥远的桥》（1974）。因为二战题材的非虚构文学的成就，1962年获意大利班加雷拉文学奖。1973年被法国政府授予"荣誉军团"骑士称号。《最长的一天》《遥远的桥》先后被拍成同名电影。《最后一役》更是被译成20种以上的文字出版。

"二战三部曲"按照所反映历史的时间顺序，分别记述了霸王行动、市场花园行动和攻克柏林。这三部作品被认为是二战纪实文学的经典作品。

作品因为大量真实资料的支撑，具有了史书的性质。瑞恩的创作严格基于史实。为了写作，他搜集研究了大量资料，细致地进行了实地考察，访问了大量幸存者。以《最后一役》为例，作者采用了2000多人提供的信息，对700多人进行了采访。既采访了艾森豪威尔、蒙哥马利、科涅夫、崔可夫等盟军将领，又采访了数量众多的德国将领和平民。作者特别提到他对德军名将戈特哈德·海因里齐进行的无数次采访。如果没有海因里齐，作者对苏、德两军的战斗就无法写得那么细腻逼真。

他以历史资料、目击者的叙述、个人的回忆为线索，编织成丰富多彩的画面，展现出了战役的广阔场景。因为瑞恩在二战中亲身参加过战斗，所以笔下的作战场景，读来令人感到身临其境。这三部作品以完全的纪实风格和再现战争细节的成就，成为非虚构文学的里程碑。

作品在记录战争的同时，展示了作者对历史的看法和对战争的理解。作者在《最后一役》中把柏林比作第二个迦太基，别有深意。这是作者历史观的体现。1945年，德国面临着不得议和，只能投降，而且不能单方面投降，只能无条件投降的处境。柏林作为纳粹第三帝国的首都，即将在柏林战役这场最后攻势中被摧毁。就连某些德国人也深感迦太基被夷为平地的梦魇要在柏林成为现实。德国通过彻底的失败得到了救赎。现在德国仍然在反思自己前辈的罪行。这与当年的彻底失败有密切关系。反观日本，因为没有"迦太基"式的毁灭，从而失去了重生的机会，直到现在仍然无法正视过去，成为国际舞台上罔顾历史不负责任的典型。

作者在对战役进行扣人心弦的报道的同时，又关注普通军人和平民的故事。他深入到军事和政治层面，探讨了个体生存这个更为直接的问题。希特勒的侵略政策已经给德意志民族带来了灭顶之灾。柏林被围之时，德国民众的生存状况极其恶劣。在这种情况下，德国人哪里还有体面尊严可言？如作者所说，此时"吃饭比爱更重要，躲藏比战斗更有尊严，忍受比赢得胜利在军事上更正确"。这就是战争的残酷在人身上的体现。

《血战太平洋之决战冲绳岛》

[美国]尤金·邦·斯莱奇

（原文略）

尤金·邦杜兰特·斯莱奇（1923—2001），出生在美国亚拉巴马州莫比尔。曾出版《驻华海军陆战队》，记载日本战败后，随队派驻中国的经历。1981年，整理出版了回忆录《美国海军陆战队：老兵故事》（中文译名为《血战太平洋之决战冲绳岛》）。

《血战太平洋之决战冲绳岛》被认为是描写太平洋战争的最好的文学著作，也成为公认的20世纪最好的战争回忆录之一。

作品通过平实的叙述和生动的描写，记录了一段惨烈的战争。作者用一个老兵的亲身经历说明了战争的惨烈。书中记录了渡海登岛战场上日军的顽强抵抗和防御武器的巨大破坏力。残酷的争夺使得双方都付出了惨重的代价。作者描述了一个被美军炮弹撕裂的日军卫生员："这个卫生员仰卧着，肠腔裸露。我惊恐地盯着，震惊地看着反光的夹杂着珊瑚灰的内脏。我痛苦地思忖，这不可能是个人。它看上去就像我小时候在狩猎时洗净的无数兔子和松鼠的内脏。"作者认为，战争"带来了最新和最精密的杀人技术。它显得那么疯狂，我意识到战争就像某种折磨人类的疾病"。作者冷静的描述和谨慎的分析反而凸显了战争的暴虐、可怕。

作品对战争中日军令人发指的暴行的记录具有深远的人性警示意味。作者提醒读者，日军的野蛮行径已经超出人类的正常行为。"我不敢相信自己的眼睛，日本人已经割下了他（海军陆战队员）的阳物，把它塞进了他的嘴里"，所以"在我认识的所有海军陆战队员的心中燃烧着一种对日本人的刻骨仇恨。"作者对周遭的邪恶不时感到绝望。但是愤怒、绝望没有冲毁理性。当他看到一名海军陆战队员猛拽一名受了致命伤但还活着的日本士兵的金牙时，他忍不住发怒了，因为"这是不文明的"。作者明确承认自己所感受到的是同样的仇恨，却每天和野蛮作战，还要避免和其他人那样变得和日军同样的凶残。作者天才般的回忆谴责了战争的疯狂，悲悯战场上非人性的暴行。这样的准确陈述震撼人心。

作品对战争中军人职责和战友之情的记录与思考，或许是最吸引人的地方。作者有着清醒的写作自觉。战争给那些被迫忍受它的人留下了难咽的痛苦。唯一值得称道的是战友难以置信的勇敢和奉献精神。作者笔下的英雄正是身边那些彼此忠诚、彼此相爱的能够分担重任的战友。比如，琼斯少尉、霍尔丹上尉和因为缄默、沉思和人道精神而卓尔不群的哈尼中士。作者对他们怀有深深的爱。作者对军人职责有自己的理解。作品结尾写道："除非太平盛世降临，国与国之间不再试图奴役对方，否则就有必要承担起自己的责任并为祖国做出牺牲——就像我的同伴们那样……如果生活在这个国家很美好，那么为其而战斗也是美好的，权利往往伴随着责任。"我们应该记住这段洋溢着爱国热情的总结性话语。

《保卫斯大林格勒》

[俄罗斯] 亚历山大·萨姆索诺夫

（原文略）

亚历山大·萨姆索诺夫，俄罗斯著名历史学家，俄罗斯科学院院士。主要从事卫国战争史的研究，著有《第二次世界大战(1939—1945)》《保卫斯大林格勒》《伟大的莫斯科战役》《法西斯德国军队在莫斯科的溃败》《逝去的记忆》《从伏尔加河到波罗的海》等20多部作品。作品《保卫斯大林格勒》以俄国中央档案馆和伏尔加格勒档案馆的文献资料为主要依据，以俄国国内外的大量战争回忆录和历史著作为参考资料，详尽地描述了斯大林格勒会战的进程。

《保卫斯大林格勒》再现了二战中伤亡惨重且具有转折意义的斯大林格勒战役，并被公认是对这场战役最权威、最可靠的叙述。为什么苏联经受住巨大的考验,赢得了会战的胜利?法西斯德国在会战中惨败的原因是什么?作品试图对战役结果进行理性分析,并做出比较科学的判断。

作品认为这是苏联军民团结一致、顽强战斗的结果。作品分析了苏联军民在前方和后方所取得的卓越功勋。千百万苏联人民在严峻的考验面前更加紧密地团结在苏联共产党的周围,成为红军部队可靠的后方。当时,苏共在后方动员了一切人力和物力资源,为彻底改变二战进程准备了物质条件。1942年下半年,武器和弹药生产剧增,已经可以保证作战部队的一切需要,并在后方组建了一批又一批新的兵团。红军数量同1941年年底相比增加了一倍多。另外,红军战士的爱国主义和集体英雄主义是斯大林格勒会战取得胜利的重要源泉。

作品认为,希特勒德国错误地估计了苏联武装力量的强大优势。被荒诞的幻想搅昏了头脑的希特勒及其军事领导者一再错误地低估了红军的真正实力。只是到会战第二阶段,苏军在防御中表现出的顽强善战,在进攻中表现出实施机动的巧妙性、实施突击的坚决性和高度的进攻热情;红军将领在会战中表现出熟练的军队指挥技巧,完成任务的勇敢和智慧;苏联最高统帅部和方面军首长成熟的战略和战役领导等,让希特勒及其将领们终于认识到,苏德战场上的事态发展不是取决于"不可战胜"的法西斯德国军队,而是取决于红军和苏联人民。

作品认为,苏联军事学术的进步对战役胜利具有重要作用。作者指出,斯大林格勒会战是苏联军事学术的一个重要发展阶段。在整个斯大林格勒会战期间,在不同方向上作战的各个方面军有统一的战略目标,在战略和战役上实现了非常准确的协同作战,并显示出较高的军事技能。苏军尽管在宽大战线上和深远纵深内实施战斗行动,但他们灵活、神速地完成了任务。各兵种——步兵、炮兵、机械化兵团和坦克兵团、航空兵和其他部队的密切协同动作,对战斗的胜利起到很大作用。作品的分析让我们认识到,苏军的战争经验某种程度上代表了那个时代的最高水平。

《南京暴行》

[美国] 张纯如

（原文略）

张纯如（1968—2004），生于美国新泽西州普林斯顿，原籍江苏淮安，美国著名华裔女作家、历史学家。主要作品有《中国飞弹之父——钱学森之谜》（又名《蚕丝》）、《南京暴行：被遗忘的大屠杀》和《在美国的华人：一部叙述史》。

的确存在南京大屠杀，但是为什么有人否认它，而且在所有的英文非小说类书籍里，居然没有一本提及这段本不应该被遗忘的历史？几乎所有西方人都知道希特勒的罪行，却无人知晓日本人在中国进行的大屠杀。这是一个奇特的谜。张纯如决定用《南京暴行》揭开这个谜。

作品的发表具有重要的历史意义。《南京暴行》一经问世，就震惊了西方世界。美国《新闻周刊》对这本书的评论是："对二战中最令人发指的一幕做了果敢的回顾，改变了所有英语国家都没有南京大屠杀这一历史事件详细记载的状况。"张纯如用自己无可挑剔的努力和勇气告诉世人："人类同胞相残的历史是漫长而凄惨的，而没有哪几次劫难能与二战期间的南京大屠杀相比。"哈佛大学历史系主任威廉·柯比在该书《序言》中写道："南京的暴行在西方已几乎被人们遗忘，所以，本书的问世尤显重要。"该书的出版促使美国国会在1998年通过了一项谴责案，要求日本认真反省历史。

作品依靠事实说话，具有很强的说服力。作品对待历史的态度非常严谨，使用了大量真实可信的中文、日文、德文和英文资料，以及从未出版的日记、笔记、信函、政府报告的原始材料。作者踏访当年的有关场地，采访幸存者，查阅东京战犯审判记录稿，通过书信联系到日本的二战老兵。现已译成中文出版的《拉贝日记》《魏特琳日记》就是她在耶鲁大学资料馆中查找史料时发现的。书中引用的历史资料都有详尽的出处，注释条项达350多条,并请章开沅等专家做了仔细的审阅。因此,在日本驻美大使藤邦彦攻击《南京暴行》是"歪曲历史的书"时,作者可以自信地说:如果说,这本书歪曲历史,那么,它歪曲的只是一些日本人心目中的"历史",而不是南京大屠杀的真相。

作品反映了作者的社会责任感和使命感。因为接触到大量血淋淋的史实,张纯如"气得发抖、失眠噩梦、体重减轻、头发掉落"。写作使得作者对人性有了新的认识,那就是人什么事都做得出,既有做出最伟大事业的潜能,也有犯下最邪恶罪行的潜能——人性中扭曲的东西会使最令人难以言说的罪恶在瞬间变成平常琐事。张纯如用饱满、锐利的笔触发掘历史暗尘背后的悲剧,揭开尽显人性恶劣、残忍、血腥的历史真相,表达着人道与正义的呼声。该书用鲜明的观点表达了对日军暴行的批判,并提醒人们"不仅应当记住南京的暴行中的死亡人数,还应该记住他们被杀害的残忍手段"。评论家威尔在看完此书后说:"由于张的这本书,她终结了对南京的第二次强暴。"

二、推介篇目

《纵有千人倒下》

[瑞士]汉斯·哈贝

(原文略)

汉斯·哈贝(1911—1977),犹太人,出生于匈牙利。1937年出版的《三个越境者》被翻译成18种语言,产生了广泛影响。自传体纪实文学《纵有千人倒下》一经出版便好评如潮,被拍成电影。二战后更被翻译成多种文字,印行四百多万册。作品采用第一人称叙述的方式,记录了法国外籍军团第二十一步兵团在反对法西斯德国入侵的战争中,从开赴前线到全军覆灭的过程。战争的惨烈与恐怖,反法西斯战士们昂扬的斗志和自我牺牲的精神等,都在书中得到了淋漓尽致的表现。作者将宏大的战争场面与人在战争中的细腻感受、战争的残酷悲壮与人类的理想与追求有机地融为一体，体现了高超的写作技巧。

《第二次世界大战回忆录》

[英国]温斯顿·丘吉尔

（原文略）

温斯顿·丘吉尔(1874—1965)，曾两度出任英国首相，是著作等身的作家、辩才无碍的演说家、经邦治国的政治家和战争中的传奇英雄。他一生著有 26 部作品，比较著名的是《第一次世界大战回忆录》和《第二次世界大战回忆录》。

《第二次世界大战回忆录》大量引用了一般人难以接触到的广泛、全面而具有权威性的政府文件、会议记录、来往通电，以及丘吉尔个人保存的档案材料。作品分析展现了战争的起因和各国之间的利害关系、错综复杂的矛盾，以及战争进程的各个阶段，牵涉到各国、各民族的政治、军事、外交、经济、文化和意识形态等众多方面，所以该书具有重要的军事、史学和文学价值。丘吉尔也因为这部著作获得 1953 年度的诺贝尔文学奖。

《朱可夫元帅战争回忆录》

[俄罗斯]格奥尔吉·康斯坦丁诺维奇·朱可夫

（原文略）

朱可夫(1896—1974)，军事家，生于莫斯科西南卡卢加省一鞋匠家庭。曾担任苏联武装力量部副部长兼陆军总司令、国防部第一副部长、国防部部长。著有《回忆与思考》《在保卫首都的战斗中》《库尔斯克突出部》《在柏林方向上》等著作。1974 年逝世后，葬于红场克里姆林宫墙下。

《朱可夫元帅战争回忆录》（原名《回忆与思考》）面世后立即引起轰动，并翻译成 17 种文字，在 26 个国家出版。作者思路清晰、逻辑严谨、语言简洁。作品重点回忆了卫国战争中协助斯大林制定最高统帅部诸多战略计划和一系列重大战役计划的经过,回忆了在苏德战场上参与指挥的一系列重大战役。对苏联卫国战争前武装力量的建设进程及战争准备等情况、斯大林在卫国战争中的作用及许多事件都做了比较客观公正的评价。

《战争的平安夜》

[德国]米夏埃尔·于尔格斯

(原文略)

米夏埃尔·于尔格斯(1945—   ),出生于德国埃尔万根。曾供职于《慕尼黑晚报》,后担任《明星》周刊和《速度》杂志主编。主要作品有《罗密·施奈德的衰落》、《受托人——英雄和骗子如何出卖民主德国》、《公民格拉斯——一个德国文学家的生平》等。

《战争中的平安夜》是一本提倡人道主义和反对战争的报告文学。作品以丰富完整的真实资料为基础,以生动感人的细节,再现了1914年一战欧洲战场各交战国的士兵们,自发协议停战,暂时放下武器,在歌声中走出战壕,互致祝福,一起度过平安夜的真实故事。作品揭露了好战分子的丑恶嘴脸,记录了阵地战的残酷和严峻苦难的战场生活。根据这个真实故事制作的经典巨片《今夜无战事》(又名《圣诞快乐》)2005年入选戛纳,2006年角逐奥斯卡,2008年成为中国第十一届上海国际电影节闭幕影片,放映结束时现场一片感动。

《抗战中的红色根据地》

[英国]林迈可

(原文略)

林迈可(1909—1994),生于英国一个世代书香家庭,毕业于牛津大学。1937年受聘担任北平燕京大学经济学导师,其间,曾担任重庆英国大使馆新闻参赞。七七事变后即开始秘密支持八路军的抗日活动。珍珠港事件后,进入八路军领导的晋察冀边区,参加抗日工作。作为无线电专家,林迈可在晋察冀和延安工作直到抗战胜利，为中国的抗日战争做出了自己的重要贡献。1945年日本投降后回国。

《抗战中的红色根据地》就是对这段不平凡经历的记述。因为作者观察细致准确，始终与抗日军民共患难、同甘苦，目睹了中国共产党及其领导的军队在非常困难的物质条件下与强大的侵略者进行斗争的情景，所以作品叙述客观真实。作者说："我从我的工作接触中体验到，中共的领导者们在任何场合下，他们的实践和作风都是一流的。"因为文笔简洁，语言流畅，文风朴实，加上作者大量实拍的、反映抗战生活的珍贵照片，所以作品图文并茂，非常引人入胜。他的作品从多个侧面反映了中国共产党领导的这场艰苦卓绝的抗日战争。这是林迈可留给中国人民的一笔宝贵财富。

《漫长的战斗》

[美国] 约翰·托兰

（原文略）

约翰·托兰（1912—2004），出生于美国威斯康星州。1954年，因写作《天空中的船只》一举成名。主要作品有《日本帝国的衰亡》《从乞丐到元首：希特勒一生》《丑闻：珍珠港事件及其后果》《漫长的战斗——美国人眼中的朝鲜战争》等。《日本帝国的衰亡》曾获1971年度美国非虚构作品的最高奖"普利策奖"。

《漫长的战斗》以准确、生动而幽默的笔调，对朝鲜三八线的冲突、汉城失守、大田兵败、釜山外围战、仁川登陆、越过三八线、坠入毛泽东的陷阱、长津湖溃败、血腥大撤退，以及中国人民志愿军的第三次战役、三八线附近的防守与进攻等战争的具体过程，进行了刻画和描述。同时，对围绕着战争而展开的和平谈判、战俘营里的战斗、麦克阿瑟被革职、李奇微的对策及李承晚造反等内幕活动，做了大量披露与分析。作品透过普通的美国士兵及记者的眼光审视、观察朝鲜战争，反映他们的切身感受：恐惧、痛苦、苦闷、迷惑、彷徨，以及对和平的渴望、对战争的厌恶。作品在使用材料和分析判断时有较强的主观性，影响了作品的历史价值。

思考题：

1. 怎样理解军旅纪实文学的概念？
2. 军旅纪实文学主要有哪些种类？
3. 相对于虚构文学，军旅纪实文学具有怎样的审美特征？
4. 军旅纪实文学的鉴赏过程要重点关注哪几个环节？
5. 军旅纪实文学的鉴赏方法主要有哪些？各自有怎样的特点？
6. 请结合我党我军发展历程，谈谈阅读《苦难辉煌》后的具体感受。
7. 为什么说《西行漫记》是一部跨越时代的军旅纪实文学经典？

第六章

军旅歌曲鉴赏

学习提示：本章主要介绍了军旅歌曲的发展历程、审美特征和欣赏方法，并重点赏析了一些中外经典的军事题材歌曲。通过学习，学员应了解军旅歌曲的产生、源流及分类，掌握军旅歌曲的审美特征及欣赏方法。

军旅歌曲作为大众音乐文化的一个特殊品种，以其特有的品质和影响力，在特定的文化历史阶段中，发挥着其他艺术形式难以替代的作用。在中国近现代历史中，产生了难以计数的军旅歌曲。这些歌曲旋律简单流畅且易于上口，歌词通俗易懂且易学，形成了广泛的群众性基础，为中国革命发展，为取得革命战争的最后胜利，为活跃军营文化生活等，发挥了应有的积极作用。

第一节 军旅歌曲基本知识

我军90多年史诗性的壮丽历史进程中的每一步，无不伴随着令人难忘的歌声。进入21世纪以来，军旅歌曲的创作队伍依然列队严整，雄姿英发，军旅歌曲园地也同样硕果丰盈，秋意正浓。但同时，由于时代发展步履的迅疾，促使社会经济环境与人文环境在时刻发生着变化，必然会给军旅歌曲不断带来新的甚至是空前严峻的挑战。也正由于此，才让我们更有理由对军旅歌曲创作的明天充满热切的期待。

一、军旅歌曲的源流

真正意义上的现代军歌的诞生是在中国共产党领导的革命军队中。回顾军旅歌曲的发展历程,从红军时期歌曲、抗战时期歌曲、解放战争时期歌曲、社会主义和平建设时期歌曲、改革开放以后的歌曲,军旅歌曲紧紧伴随着我军的战斗和成长,这几个阶段在交叉中发展前行,每个阶段都有各自的特点和反映的内容,都涌现出一批能够贴切、及时反映当时战斗、生活和思想情境的优秀作品。

红军时期,由于缺乏专门人才,军歌也多借助古曲、民歌、旧军歌、外国歌曲,歌曲也比较粗糙,因此没有形成真正的军歌。红军时期的军旅歌曲有《八月桂花遍地开》《五指山歌》《三大纪律八项注意》《毛委员和我们在一起》《秋收起义歌》《两大主力会合歌》等作品,加上后来创作的《长征组歌》,较为全面地反映了当时红军初成立的喜悦心情、部队政策和一个个具有决定意义的历史时刻。这一阶段的歌曲整体上看,是从喜悦到艰苦卓绝的一种重大的落差,这种走向成为这一时期歌曲的特点。

抗日战争时期,由于音乐及文学专门人才的加入,加上这一时期新文学的成熟,革命军队的军歌出现了一个崭新的气象。这期间创作的歌曲有《大刀进行曲》《到敌人后方去》《八路军军歌》《新四军军歌》《在太行山上》《游击队歌》《打个胜仗哈哈哈》等。团结一心、同仇敌忾、众志成城,是抗战时期军旅歌曲最明显的特点。

解放战争时期,由于这一时期历时较短,留下来的歌曲不是很多。这期间涌现的歌曲,主要表现出高昂的士气,胜利进军的振奋心情,有《战斗进行曲》《说打就打》《我为人民扛起枪》《解放区的天》等。

社会主义和平建设时期,乐观向上、纯真、火热的激情成为表现的主流,有《我是一个兵》《中国人民志愿军战歌》《学习雷锋好榜样》《打靶归来》《我爱祖国的蓝天》等作品,抒情歌曲也逐渐丰富,《真是乐死人》就是非常有代表性的一首，还有描写军民情感的《看见你们格外亲》等作品。

改革开放以来，我军的军旅歌曲呈现出多元化的特点，歌曲表达的内容更多地开始体现心理层面的变化，多种情绪交织，出现了一批非常优秀、得以广泛传唱的作品。如《桃花盛开的地方》《十五的月亮》《军港之夜》《说句心里话》《小白杨》《血染的风采》《长城长》《当你的秀发拂过我的钢枪》《当过兵的战友干一杯》《我的老班长》等。另外，还有《军人道德组歌》《战斗精神组歌》《革命军人核心价值观组歌》等弘扬主旋律的队列歌曲。

二、军旅歌曲的种类

军旅歌曲的种类有很多，按照旋律风格、演唱方法、歌曲内容等方面，可以做如下分类：

（一）从旋律风格上分

旋律激昂的进行曲类军歌，如《中国人民解放军军歌》《战士就该上战场》，等等。这类歌曲旋律慷慨激昂、铿锵有力，歌词则令人奋进、鼓舞士气，特别适合在训练时、战时及正式场合进行演唱，可以充分展现官兵们的士气、战斗力及凝聚力。

旋律婉转、柔美，小调性质的抒情军歌，如《想家的时候》《军人本色》《为了谁》，等等。这类歌曲旋律悠扬，婉转动听，歌词充满深情，令人回味，能够抒发出军人的铁骨柔情，也特别能够扣动欣赏者的心弦，引发共鸣。

旋律朴实的军营民谣、通俗军歌，如《我的老班长》《军中女孩》《老兵你要走》，等等。这类军歌旋律流畅，充满了时尚感，歌词朴实无华，却生动感人，特别是有的歌曲还适合用吉他来伴奏进行弹唱，所以深受许多青年官兵的喜爱。

（二）从演唱方法上分

美声唱法演唱的军歌，如《英雄儿女》《为祖国干杯》等。

民族唱法演唱的军歌，如《兵哥哥》《小白杨》《绿色背影》，等等。这类的歌曲占有一定的比重，而用民歌演唱的军旅演唱家也有很多，像宋祖英、阎维文、刘和刚，等等。

通俗唱法演唱的军歌，如《军营绿花》《相逢像首歌》《爱国奉献歌》等等。

（三）从歌曲表现的内容上分

描述革命战争的军歌。这类歌曲大多围绕某次大的战役来创作，有一定的纪念意义。如《淮海战役组歌》《千里跃进大别山》等。

回顾光辉历程的军歌。如《长征组歌》《延安颂》，等等。

体现我军建军宗旨和宣传军队纪律、条令的军歌。如《三大纪律八项注意》《军人道德组歌》，等等。

展现军人风采、表现战士生活和情感的军歌。如《我是一个兵》《想家的时候》《一二三四歌》，等等。

促进官兵团结、军民团结的军歌。如《官兵友爱歌》《军民团结一家亲》《十送红军》，等等。

歌颂党、祖国、军队及领袖人物，颂扬时代精神的颂歌。如《党啊，亲爱的妈妈》《祖国万岁》《学习雷锋好榜样》，等等。

强化国防意识，宣传我军"积极防御"战略的军歌。如《走向国防现代化》《当那一天真的来临》，等等。

三、军旅歌曲的审美特征

军队是执行战斗任务的武装集团，它肩负着保卫祖国的神圣使命。它所倡导的是爱国主义、集体主义和革命英雄主义，它所要求的是高昂的士气和严格的纪律。正是军人独特的使命决定了军人独特的生活，而军人独特的生活则产生了军人独特的感情。军旅歌曲的特点，必然表现为以爱国主义、集体主义和革命英雄主义为主调；以高尚的思想感情和道德情操为内涵；以是否有利于提高战斗力为标准。

（一）鼓舞士气的战斗号角

在我们党领导的革命战争年代，歌曲成为革命军人的精神食粮和冲锋战斗的号角。比如，革命根据地许多红军歌曲和革命民歌，如《上前线歌》《十送红军歌》就曾激励着工农红军爬雪山、过草地，历经千难万险，进行了二万五千里长征。又如，产生于抗日战争时期的《义勇军进行曲》《八路军军歌》《新四军军歌》《游击队员之歌》《在太行山上》等等，以昂扬振奋的旋律、威武雄壮的气势，鼓舞着抗日将士奔赴硝烟弥漫的抗日战场，浴血奋战，甚至献出宝贵的生命。解放战争时期，在《中国人民解放军进行曲》的豪迈歌声鼓舞下，我军指战员一鼓作气，解放了全中国。而抗美援朝时，英雄的中华儿女"雄赳赳、气昂昂"，高唱《中国人民志愿军战歌》，和朝鲜人民一道，打败了美国侵略者。还有《黄河大合唱》《抗日军政大学校歌》《三大纪律八项注意歌》……这些歌都具有鲜明的时代特色，都充满着强烈的爱国主义、集体主义和革命英雄主义精神，从井冈山、从延安一直唱到北京城，成为中华民族宝贵的精神财富，几十年来哺育了一代又一代中国军人。

（二）勇往直前的时代旋律

回顾中国人民解放军90多年历程，一首首军歌如同历史天空上熠熠闪光的星星。"历览古今中外的军乐军歌，中国人民解放军的音乐文化独树一帜。它与祖国命运、民族情感、时代步履紧紧相依。"（李双江语）

近年军旅歌曲更是高扬时代主旋律，从题材立意到形式风格，都紧贴人民生活，紧贴军队生活。在举国上下加强道德建设的热潮中，军队组织创作的《军人道德组歌》，唱出了军人的基本道德规范，汇成当代军人肩负"打得赢""不变质"的使命，落实"五句话"总要求，开展"四个教育"，造就"四有"军人的时代乐章。其他军旅歌曲，从前些年呼唤对军人的理解，升华为近年歌唱军人无怨无悔的精神境界，反映了今天朝气蓬勃的军队风采。

（三）崇高悲壮的精神气质

军队歌曲不仅在艰苦的战争时期，是时代的最强音，即便是在改革开放的今天，在乐坛上东西南北风风起云涌的时候，军旅歌曲依然在乐坛上占据着重要而独特的地位。从当今知名的歌唱家大部分都是军旅歌手这一点上，就可以看得出来。

那么，是什么使军队歌曲如此地打动人心呢？电影《英雄儿女》中的插曲《英雄赞歌》家喻户晓、广为流传。"为什么战旗美如画，英雄的鲜血染红了它。为什么大地春常在，英雄的生命开鲜花。"从这激越的歌声中，我们所感受到的，不是感伤，不是悲痛，而是大无畏的革命英雄主义精神和它释放出来的壮美情感。军歌浓缩了一个国家的历史和文化、苦难和风流；军歌积聚着一个民族的情感和精神、悲壮和惨烈。

军歌还是军队宗旨的载体，军人品格的倾泻。军人并不只会唱高昂的调子，他们也有深情，也有柔情，也有衷情。军人是有血有肉的热血男儿，他们也有父母，也为人父母。然而军人这一切的人之常情，在军旅歌曲中却是如此的动人心魄，与众不同！

可以说，正是军人崇高的精神品质，赋予军队歌曲动人的风采。军旅歌曲浸润着军人高尚的思想情操与高度的使命感，军旅歌曲的动情之处正在于军人的个人感情始终联系着奉献，联系着祖国，联系着军人的职责，联系着强烈的自我牺牲精神。一句话，联结着崇高……正是这一切，构成了军人独特而崇高的感情世界，因而，也就形成了军队歌曲独特而动人的艺术魅力。

四、军旅歌曲的欣赏方法

军旅歌曲欣赏能力的提高涉及多方面的知识，要深入地理解、欣赏一首作品，还需要掌握一定的方法。这些方法主要包括这样一些内容。

（一）围绕作品积累相关知识

为了提高自己的欣赏能力，加深对作品的理解，围绕作品搜集积累相关知识是一个实用的方法。例如，当你在听一首通俗歌曲时，可以通过多种媒体形式了解一下什么是通俗歌曲、什么是通俗唱法。听一首艺术歌曲时，可以了解什么是艺术歌曲,什么是民族或美声唱法,等等。当你听一部大合唱时,可以了解什么是大合唱、合唱队中的声部有哪些划分、合唱指挥的作用如何,等等。这些知识包括:对乐器、乐队的了解,对曲式与体裁的了解,对风格流派的了解,对作者创作背景、意图的了解,等等。这些都有助于对歌曲情感内涵的理解体验。

(二)品味旋律解读音乐内涵

歌曲的旋律、节奏、节拍、速度等等,都属于音乐语言,要想读懂歌曲音乐的语意,就应该掌握音乐中一些规律性的东西。如音乐的体裁,在生活中,有各种各样特定的生活现象。比如,跳舞、队列行进、晃动摇篮哄婴儿睡觉,等等。音乐在长期的发展中,逐渐形成对某种生活现象以及伴随这种生活现象所特有的生活情感的典型概括。像军队中经常演唱的进行曲,就是为了部队行军进行创作的一种曲裁,所以进行曲的节奏都是比较欢快的,而且坚强有力,曲调也都高昂振奋,通常让人联想起英雄和力量。而音乐也和人的语言表达一样,常用欢快的节奏和高昂的旋律表现激动或者紧张的情绪,而用缓慢的节奏和低沉的音调来表现忧伤或难过的心情。所以,音乐虽不能像文字那样具有准确的含义,也不能像美术那样具有具体可感的形象,但是音调的高低、长短、强弱、快慢等特点,却把音乐中的感情生动地表达出来。如果能够深入品味音乐的旋律,对于理解音乐的内涵应该大有裨益。

(三)熟悉主题把握歌曲脉络

歌曲的概括性极强,这种概括性是以主题的形式表现出来的。歌曲内容、情感的发展主要是通过对主题的发展变化来实现的。因此,熟悉主题对欣赏军旅歌曲来说,不失为一个重要而有效的方法。如:《游击队歌》第一段"我们都是神枪手,每一颗子弹消灭一个敌人"的旋律出现之后立刻又用了一次(第二次稍有变化),这个节奏活跃的形象就是第一主题;《游击队歌》的第二段"没有吃,没有穿,自有那敌人送上前"的旋律也被用了两次(第二次变化更多一些),听起来是更坚定、乐观的形象,这就是第二主题。第三段的形象与第一段相同，说明这首歌只有两个主题。我们认识了这个主题，就是把握了歌曲的基本音乐形象。当我们找到了《游击队歌》的两个主题之后，又感受到了这两个主题的变化、发展和第一主题的再现，就对这首歌表现游击队员机动灵活、自信乐观的印象有了总体的认识，这首歌曲也就被我们听懂了，或者说，是被我们把握住了。如果我们再联系歌词的内容，总体的形象把握就更具体了。

（四）博闻广听扩大欣赏层面

任何欣赏歌曲的知识都是为了更好地听，最终都要落实在听上。俗话说熟能生巧，只有通过反复地聆听，不断加深对歌曲的熟悉和了解，才能不断有所感悟，才能逐渐提高欣赏能力，才能真正获得欣赏的所有益处。因此，多听是欣赏军旅歌曲的关键。

第二节　中国军旅歌曲鉴赏

一、经典赏析

《三大纪律八项注意》
红军歌曲，程坦编词
革命军人个个要牢记
三大纪律八项注意
第一一切行动听指挥
步调一致才能得胜利
第二不拿群众一针线
群众对我拥护又喜欢
第三一切缴获要归公
努力减轻人民的负担
三大纪律我们要做到

八项注意切莫忘记了
第一说话态度要和好
尊重群众不要耍骄傲
第二买卖价钱要公平
公买公卖不许逞霸道
第三借人东西用过了
当面归还切莫遗失掉
第四若把东西损坏了
照价赔偿不差半分毫
第五不许打人和骂人
军阀作风坚决克服掉
第六爱护群众的庄稼
行军作战处处注意到
第七不许调戏妇女们
流氓习气坚决要除掉
第八不许虐待俘虏兵
不许打骂不许搜腰包
遵守纪律人人要自觉
互相监督切莫违反了
革命纪律条条要记清
人民战士处处爱人民
保卫祖国永远向前进
全国人民拥护又欢迎

"三大纪律八项纪律"是中国人民解放军的优良传统和行动准则，体现了人民军队的本质和宗旨。

1927年9月9日，毛泽东在江西安源发动了秋收起义。起义受挫后，带领部队到达了井冈山。在行军途中，毛泽东针对部队在行军途中有一些战士目无纪律损害群众利益的现象，宣布了三项纪律："第一，行动听指挥；第二，打土豪筹款子要归公；第三，不拿农民一个红薯。"1928年3月，部队到达桂东沙田镇时，却家家店门紧闭，镇上空无一人。原来，以前到该镇的反动军队都烧杀抢掠，无恶不作，再加上反动派大肆宣传，污蔑工农红军烧、杀、抢。所以，群众听信了谣言，闻风都逃进了深山。毛泽东了解到这些情况后，和红军战士一起进山喊回老百姓。写下了著名的《三大纪律六项注意》，并正式向全体官兵颁布。三大纪律是：行动听指挥，不拿工人农民一点东西，打土豪要归公。六项注意是：上门板，捆铺草，说话和气，买卖公平，借东西要还，损坏东西要赔。从而奠定了中国工农红军统一纪律的基础。

1929年部队进军赣南和闽西中，又在六项注意中增加了"洗澡避女人""不搜俘虏腰包"，这便成了八项注意。根据形势的发展和部队的实践经验，又将"行动听指挥"改为"一切行动听指挥"，"不拿工人农民一点东西"改为"不拿群众一针一线"，"打土豪要归公"改为"筹款要归公"，后又改为"一切缴获要归公"。在《三大纪律八项注意》的组织纪律要求下，红军在井冈山打土豪分田地，得到了广大人民群众的极大支持，并且在井冈山建立了中国第一个农村革命根据地。并于1930年至1931年年底，先后粉碎了国民党反动派对井冈山革命根据地发动的第一次、第二次和第三次"围剿"的巨大胜利，红色革命在井冈山革命根据地的周边地区迅速发展壮大起来了。

1935年10月19日，中央红军到达了陕北吴起镇后，在庆祝第一、第十五两军团胜利会师的大会上，红十五军团的官兵高声唱起了《三大纪律八项注意》歌曲，立即引起了全场红军战士的注意。随后，这首革命的歌曲就在广大的中国红军队伍中迅速传开了。伴随着这首革命的歌曲，中国的革命力量又重新迅速发展壮大起来了，中国革命又重新出现了新的高潮。抗日战争爆发后，中国共产党领导的八路军和新四军，以及人民游击队纷纷活跃在抗日的各个阵地上，并且彻底打败了日本帝国主义，取得了中国人民抗日战争的伟大胜利。

1947年10月10日，毛泽东起草《中国人民解放军总部关于重新颁布三大纪律八项注意的训令》，对其内容做了统一规定。这就是我军现在执行的并谱成歌曲传唱的《三大纪律八项注意》。三大纪律：一切行动听指挥；不拿群众一针一线；一切缴获要归公。八项注意：说话和气；买卖公平；借东西要还；损坏东西要赔；不打人骂人；不损坏庄稼；不调戏妇女；不虐待俘虏。从此，《三大纪律八项注意》的歌声响彻整个中国大地。

《八月桂花遍地开》

民歌

八月桂花遍地开，

鲜红的旗帜竖啊竖起来，

张灯又结彩呀，

张灯又结彩呀，

光辉灿烂闪出新世界。

红军队伍真威风，

百战百胜最英勇，

活捉张辉瓒哪啊，

打垮罗卓英哪啊，

粉碎了蒋军的大围捕。

一杆红旗飘在空中，

红军队伍要扩充，

保卫工农新政权，

带领群众闹革命，

>　　红色战士最光荣。
>
>　　亲爱的农工们哪,
>
>　　亲爱的农工们哪,
>
>　　拿起刀枪都来当红军,
>
>　　拿起刀枪都来当红军。

　　这是一首庆祝苏维埃成立的民歌,原名就叫《庆祝成立工农民主政府》。流传于安徽、河南、湖北等省的大别山地区。歌曲歌颂了土地革命胜利和苏维埃政权建立,鼓舞了工农革命斗志。既有时代精神,又有浓郁的乡土气息。该曲1959年由希扬编词,李焕之改编为合唱。合唱曲歌颂了红军根据地的革命政权和军民鱼水情。

　　我军在初创时期,没有确定哪一首歌为军旅歌曲。那时候,在军队中流传的歌曲,大多是利用现成的曲调,如驻地的民歌、苏联的歌曲,旧时代的军歌和国内流传的学堂乐歌,等等。新编民歌大部分采用现成曲调填词而成,以本地、本民族流行的曲调为多,也有用外来革命歌曲音乐填词者。《八月桂花遍地开》便是其中之一。这是一首流传很广、影响很大的革命历史歌曲。它是以民间小调《八段锦》的曲调填词和加工而成的,并且采用了歌词中的第一句"八月桂花遍地开"为其歌名。

　　据有关史料记载,这首著名的革命历史民歌的词作者是罗银青,罗银青是安徽省金寨县沙堰乡漆家店人。当时,他任佛堂坳小学校校长,共产党员。1929年8月,商城县工农革命委员会成立,县委指示要他为庆祝大会召开编创一首歌。于是他就采用当地流行的民歌《八段锦》的曲调填词并在庆祝大会上演唱,反响非常强烈,随后此歌不胫而走。在第二次国内革命战争高潮中,各地相继成立了苏维埃革命政权,这首革命歌曲不但在鄂、豫、皖普遍流行,还流传到江西苏区及川北等革命根据地,并在红军中广泛传唱,被称为红军歌曲。它鼓舞振奋了士气和民心,起到了巨大的宣传教育作用。

《黄河大合唱》

词：光未然　曲：冼星海

（歌词略）

《黄河大合唱》创作于 1939 年 3 月，并于 1941 年在苏联重新整理加工。这是一部史诗性大型声乐套曲，共分八个乐章。分别是《序曲》(乐队)、《黄河船夫曲》(混声合唱)、《黄河颂》(男声独唱)、《黄河之水天上来》(配乐诗朗诵)、《黄水谣》(女声合唱)、《河边对口曲》(对唱、轮唱)、《黄河怨》(女声独唱)、《保卫黄河》(齐唱、轮唱)和《怒吼吧！黄河》(混声合唱)。

《黄河大合唱》也是冼星海最重要、影响最大的一部作品，是一部反映中华民族解放运动的英雄史诗，是近代中国音乐史上里程碑式的作品。作品表现了在抗日战争年代里，中国人民的苦难与顽强斗争，也表现了我们民族的伟大精神和不可战胜的力量。它以我们民族的发源地黄河为背景，展示了黄河岸边曾经发生过的事情，以启迪人民来保卫黄河、保卫华北、保卫全中国。作品气势宏伟磅礴，音调清新、朴实优美，具有鲜明的民族风格，强烈反映了时代精神。

光未然(1913—2002)，原名张光年，湖北光化县人，现代著名诗人，文学评论家。冼星海(1905—1945)，原籍广东番禺，创作歌曲数百首，大合唱四部，以及歌剧、交响乐等一系列体裁多样的抗日音乐，他坚持走与人民群众相结合的创作道路，通过广泛的题材和体裁，创造出许多鲜明生动的艺术形象，反映了二十世纪三四十年代中国人民为拯救民族危亡所进行的抗日战争历史现实。

《黄河大合唱》为我国现代大型声乐创作提供了光辉的典范。六十年代后期，还被改编为钢琴协奏曲。作品气势磅礴，具有鲜明的民族风格，全曲包括序曲和 8 个乐章，并由配乐诗朗诵和乐队演奏将各乐章连成一个整体。各个乐章从内容到音乐形象又具有相对的独立性，乐章之间形成鲜明的对比。作品以抗日和爱国两个主题为中心。从深厚的情感和感人的艺术形象上一步步展开,直至宏伟的终曲,激荡的感情浪潮发展到了最高点。

《黄河大合唱》在抗战烽火的洗礼下,迅速成长为中华儿女爱国救亡的号角;与此同时,以其所负载的精神力量和民族个性,在海外华人及世界反法西斯战线中得到了广泛的认同。而到了和平年代,它犹如一位战功累累的元勋,继续驰骋在国内外乐坛,成为中华民族傲人的艺术财富。

《在太行山上》

词:桂涛声　　曲:冼星海

红日照遍了东方(照遍了东方),
自由之神在纵情歌唱(纵情歌唱)!
看吧!千山万壑,铜壁铁墙,
抗日的烽火燃烧在太行山上(太行山上)。
气焰千万丈(千万丈),
听吧!母亲叫儿打东洋,
妻子送郎上战场(上战场)。
我们在太行山上,
我们在太行山上,山高林又密,
兵强马又壮,敌人从哪里进攻,
我们就要他在哪里灭亡,
敌人从哪里进攻,
我们就要他在哪里灭亡。

《在太行山上》作于1938年7月,由冼星海作曲、桂涛声作词,特为在山西境内浴血奋战、抗击日本侵略者的抗日军民而创作。

桂涛声(1901—1982),回族,云南省沾益县菱角乡人。1937年,"七七"卢沟桥事变后,他跟随爱国民主人士李公朴赴山西进行抗日救亡宣传,9月上旬到太原,见到周恩来时得知正组建"战动总会",桂涛声便以战动总会工作人员的名义去了陵川县牺盟会民众干部训练班。桂涛声来到陵川，既为太行山的壮观景色所惊叹，更为抗日军民的救亡热情而感动。当时，国共两党第二次合作刚刚开始，八路军整编后出征取得了平型关大捷，威信倍增，迎来了联合抗战的高潮。尤其在山西一带，国共两党部队共同抗日，建立了广泛的统一战线。桂涛声到达陵川时，八路军的三个师（一一五、一二〇、一二九师）正深入太行、吕梁、五台诸山脉建立敌后抗日根据地。而太行山位于晋冀豫三省边界，军事战略意义极为重要。桂涛声忙着参加牺盟会的各种活动，到街头演说，宣传群众，讲解抗日救亡的道理，宣传"游击战争""统一战线"，一时间，陵川到处是义愤填膺的人群控诉日本侵略者，到处是热血青年争相参加八路军。实行全民抗战，打败日本成为时代的最强音。陵川自卫队由300多人迅速扩编为1000多人，出现了不少"母送儿，妻送郎"参军的感人场面。

　　1938年4月初，日军企图摧毁太行山根据地。八路军贯彻毛泽东的游击战思想，粉碎了敌人9路围攻，歼敌4000余人，收复县城18座，进一步奠定了以太行山为中心的晋冀豫抗日根据地的基础。在随游击队转战陵川的过程中，桂涛声目睹了太行王莽岭的"千山万壑"后，又亲身感受到了抗日军民才是真正的"铜壁铁墙"，触景生情，写下了《在太行山上》。5月，桂涛声离开太行山，6月返回武汉，带着歌词去见冼星海。

　　《在太行山上》也是冼星海在武汉时期创作的重要作品，其巨大影响在他的歌曲中也是数一数二的。该曲为复二部曲式，由两部分组成。第一部分由两个乐段构成，前段抒情宽广，属小调色彩。乐曲开头部分"红日照遍了东方"是一个强有力的旋律上行，恰似红日东升，配以回响式的二声部，仿佛歌声在山谷中回荡，营造出此起彼伏、一呼百应的气氛。后段转入平行大调，豪迈的气势中又融入深情温柔的诉说，表现了军民鱼水之情。第二部分为进行曲风格，节奏铿锵有力且具有弹性，生动地刻画了出没在高山密林的机智勇敢的游击队员形象。此部分的第二乐段高音区的切分节奏果敢有力，

"敌人从哪里进攻，我们就要它在哪里灭亡"的歌声随着音调逐步向上推进，形成高潮，最后结束在小调上，前后呼应、完整统一。不但适用于演唱，而且适用于做队列歌曲。

在这首歌曲中，冼星海将充满朝气的抒情性旋律同坚定有力的进行曲旋律有机地结合在一起，使歌曲既充满战斗性、现实性，又具有革命浪漫主义的瑰丽色彩。描绘了太行山里的游击健儿的战斗生活和勇敢顽强、乐观开朗的性格。

《中国人民解放军军歌》

词：公木　曲：郑律成

向前！向前！向前！
我们的队伍向太阳，
脚踏着祖国的大地，
背负着民族的希望，
我们是一支不可战胜的力量。
我们是工农的子弟，
我们是人民的武装，
从无畏惧，
绝不屈服，
英勇战斗，
直到把反动派消灭干净，
毛泽东的旗帜高高飘扬。
听！风在呼啸军号响，
听！革命歌声多嘹亮！
同志们整齐步伐奔向解放的战场，
同志们整齐步伐奔赴祖国的边疆，

> 向前！向前！
>
> 我们的队伍向太阳，
>
> 向最后的胜利，
>
> 向全国的解放！

中国人民解放军军歌，名为《中国人民解放军进行曲》，由公木作词，郑律成作曲，创作于 1939 年。原名《八路军进行曲》，是组歌《八路军大合唱》中的一首。1988 年 7 月 25 日，定为中国人民解放军军歌。

1939 年冬，由郑律成指挥，在延安中央大礼堂举行首场演出。1940 年夏，《八路军进行曲》在《八路军军政杂志》刊载后，便在各抗日根据地军民中传唱。1941 年 8 月，该歌曲获延安"五四青年节"奖金委员会音乐类甲等奖。全国解放战争时期，更名为《人民解放军进行曲》，歌词略有改动。1951 年 2 月 1 日，中央人民政府人民革命军事委员会总参谋部颁发试行的《中国人民解放军内务条令（草案）》，将《人民解放军进行曲》改名为《人民解放军军歌》。1953 年 5 月 1 日，重新颁布的《中国人民解放军内务条令（草案）》，又将其改为《人民解放军进行曲》。1965 年更名为《中国人民解放军进行曲》。1988 年 7 月 25 日，中央军委主席邓小平签署命令："经党中央批准，中央军委决定将《中国人民解放军进行曲》定为中国人民解放军军歌。"从此，这首歌曲正式成为中国人民解放军的重要标识之一。

曲作者郑律成是一位名副其实的国际主义战士。他 1914 年生于朝鲜南部（今韩国）。当时的朝鲜已沦为日本殖民地，日本帝国主义对朝鲜人民的奴役使郑律成从小就在心里埋下仇恨的种子。1933 年，19 岁的郑律成来到中国，进入南京的朝鲜革命军政治干部学校，同时，他坚持学习音乐。1937 年秋，他像许多中国进步青年一样，在党组织安排下奔赴延安。

郑律成先后在陕北公学、鲁迅艺术学院、抗日军政大学等单位学习、工作，并作有《延安颂》《八路军大合唱》等一系列成功的音乐作品。1945 年，中国抗日战争胜利，朝鲜半岛也得以光复。郑律成和在延安工作的其他朝鲜同胞一道返回朝鲜。由于朝鲜南北割据，郑律成未能回到家乡光州，而参与创建朝鲜人民军协奏团，出任团长，并创作了《朝鲜人民军进行曲》——朝鲜人民军军歌。1950年，他又回到中国并取得中国国籍。直至1976年在北京病逝。郑律成是一位成功为两国谱写军歌的作曲家。

词作者公木，原名张永年、张松甫，现名张松如，河北束鹿人。曾是一名文武双全的抗日战士。公木1938年8月从抗战前线去延安，在延安抗大学习。学习期间，他利用业余时间写歌词、诗歌。学习结束后，组织上留他在抗大政治部宣传科当时事政策教育干事。

此时，郑律成在抗大政治部宣传科任音乐指导，给抗大学员教唱歌。在一起工作中，到了1939年四五月间，郑律成提出搞个"八路军大合唱"，约他写词。郑律成还说，什么叫大合唱，就是多搞几首歌嘛。此时，冼星海与光未然也提出搞"黄河大合唱"。"大合唱"这名称，就是这样来的。虽然公木住在山洞里，心胸和视野还是很开阔的。他首先写了《八路军军歌》和《八路军进行曲》，接着还写了《骑兵歌》《炮兵歌》。8月，"八路军大合唱"的歌词全部写完。延安的条件是很艰苦的。当时抗大连风琴也没有，郑律成就哼着作曲，他唱，公木听。10月，郑律成作曲完毕，"八路军大合唱"的全部歌曲印成油印小册子，传遍全延安，传遍全军，掀起了唱歌高潮，前方后方都唱。

《我是一个兵》

词：陆原、岳仑　　曲：岳仑

我是一个兵

来自老百姓

打败了日本侵略者

消灭了蒋匪军

我是一个兵

> 爱国爱人民
> 革命战争考验了我
> 立场更坚定
> 嘿嘿枪杆握得紧
> 眼睛看得清
> 谁敢发动战争
> 坚决打他不留情

《我是一个兵》是抗美援朝同期优秀军旅歌曲之一。

词作家陆原，原名陆占春，1922年生于河北。抗日战争后期，到抗大山东一分校学习，抗战胜利后曾在冀东军区、中南军区、沈阳军区等艺术院团任创作员和创作组长。代表作有《我是一个兵》《边防军之歌》等。

作曲家岳仑，原名蒋耀昆，1930年生于河北玉田。1945年起从事部队文艺工作，后任吉林省歌剧院院长。歌曲代表作有《我是一个兵》《唱雷锋》等。

1950年6月，部队驻扎在位于湘江岸边的湖南省祁阳县城，为活跃部队生活，各连队开展起"写自己忆过去"业余创作活动，顺口溜、枪杆诗如雨后春笋一般出现。当时，陆原从中发现一首稍为完整的叙事快板，开头两句为"俺本是个老百姓，扔下锄头来当兵"，不禁想起一首抗日歌曲中的"老百姓、老百姓，扛起枪杆就是兵"，两下加在一起交流产生了几句"兵"歌之词："我是中华一个兵，来自苦难老百姓，打败了万恶日本鬼儿，消灭了反动蒋匪军。"过了几天，他与岳仑两人互相启发，一起推敲歌词。岳仑吸收民歌乐汇和鼓点节奏，一鼓作气谱出了《我是一个兵》的曲调。原稿多是七字句，每段四句。岳仑在谱曲过程中，激情勃发，才思奔涌，水到渠成地改变了句式，有的缩短，有的拉长，很快写出了第一段："我是一个兵，来自老百姓。打败了日本狗强盗，消灭了蒋匪军!"第二段的"我是一个兵，爱国爱人民，革命战争考验了我，立场更坚定!"也是一气呵成的。特别是最后几句："嘿! 嘿! 枪杆握得紧，眼睛看得清，美帝国主义来侵犯，坚决打它不留情!"(当时朝鲜战争已经爆发),岳仑谱曲时几乎是冲口而出。这样一首传世之作,不到一个小时便创作出来了。后来,在领导和同志们的建议下,将原词中的"美帝国主义来侵犯"改成"谁敢发动战争",不但概括性强了,而且句子凝练,唱起来顺畅、有力。

歌曲写出后,最初发表在《解放军画报》总号第三期上。同年夏天,中南军区第四野战军文艺汇演,获优秀节目奖,1952年获全军文艺比赛一等奖,1954年获全国群众歌曲创作一等奖。从此在军内外广泛传唱起来。1959年新中国成立10周年时,由海陆空三军230名上将、中将、少将组成的"将军合唱团"在人民大会堂为17000人演唱。国际友人赞叹:"从这首歌看到了当代中国军人的风貌!"1964年,在全军第二届文艺汇演的闭幕式上,周恩来总理当场提议并亲自指挥三军文艺代表队,高唱《我是一个兵》。

《说打就打》

词:谢明 曲:庄映

说打就打,说干就干。
练一练手中枪刺刀手榴弹,
瞄得准来投也投得远,
上起了刺刀叫人心胆寒。
抓紧时间加油练,练好本领准备战。
不打垮反动派不是好汉,
打倒那洋儿叫他看一看。
说干就干,说打就打。
人民的子弟兵什么也不怕,
精苦练兵解放打天下,
老百姓后方反恶霸。前方后方是一家,
打天下来反恶霸,建立好我们革命的家。

再去那乌龟壳里抓王八，去抓王八！

说打就打，说干就干。

练一练手中枪刺刀手榴弹，

瞄得准来投也投得远，

上起了刺刀叫人心胆寒。

抓紧时间加油练，练好本领准备战。

不打垮反动派不是好汉，

打倒那洋儿叫他看一看，看一看！

《说打就打》创作于1946年的东北战场。1946年6月，国民党统治集团在完成发动内战的各项准备后，撕毁停战协定和政协决议，以围攻中原解放区为起点，凭借美式武器，对解放区发起全面进攻。我军遵照中共中央、中央军委的指示，一方面，坚决反对内战，和国民党反动派做坚决的斗争；另一方面，则奋起自卫，保卫解放区。我军采用运动战，不计较一城一池之得失，集中优势兵力，粉碎了国民党军的全面进攻。

但国民党统治集团并不甘心，又集中兵力对山东解放区和陕甘宁解放区实行重点进攻。在山东战场，华东野战军择机发起孟良崮战役，粉碎了国民党军的"鲁中会战"计划，迫使其暂时停止对山东解放区的进攻。在陕北战场，我军则采取暂时放弃延安、转战陕北的战略，发起青化砭、羊马河、蟠龙镇及陇东、三边战役，稳定了陕北战局。在华东野战军、西北野战军粉碎国民党军重点进攻的同时，晋冀鲁豫、晋察冀、东北战场，我军也相继发起局部战略反攻。

创作于这一时期的歌曲《说打就打》，作为一首着眼于练兵的歌曲，两段歌词都使人联想到一个热火朝天的部队训练场面，反映了东北民主联军在解放战争初期加紧练兵、准备应战的情景。歌曲表现出我军官兵豪放、爽朗的性格和敢打必胜的信心。歌词中的"说打就打""说干就干"，正是我军招之能来、来之能战、战之能胜、雷厉风行的军事作风的写照。歌曲的旋律也可圈可点，用切分节奏正好突出"打"字，进而表现出"打"的力度和决心。《说打就打》作为一首充满战斗精神的歌曲，是解放战争时期最优秀的军旅歌曲之一，也是我军一首保留的队列歌曲。

《说打就打》歌词简单通俗，曲调简洁明快，突出反映了我军不怕困难、勇往直前、敢打必胜的战斗精神和革命信念。反映了我军官兵坚定豪迈、阳刚自信、藐视敌人的英雄气概和胜利信心，以及年轻官兵热情乐观、质朴纯真的鲜明个性和精神风貌。

《中国人民志愿军战歌》

词：麻扶摇　曲：周巍峙

雄赳赳，气昂昂，跨过鸭绿江。

保和平，为祖国，就是保家乡。

中国好儿女，齐心团结紧。

抗美援朝打败美帝野心狼！

《中国人民志愿军战歌》，又名《打败美帝野心狼》。创作于 1950 年。歌词原是时任炮兵部队连政治指导员麻扶摇写的出征诗，最初载于新华社《记中国人民志愿部队几位战士的谈话》的电讯稿。作曲家周巍峙为这首诗谱了曲，首刊在《时事手册》上，歌名为《打败美帝野心狼》。后来，作曲者又将歌名改为《中国人民志愿军战歌》。这首歌，采用进行曲式，气势雄壮，节奏铿锵。1954 年 3 月，在文化部、中国文学艺术界联合会举办的"三年来全国群众歌曲评奖"中获得一等奖。

词作者麻扶摇，1927 年 2 月生于黑龙江绥化市。曾任军委炮兵政治部组织科长、第二炮兵基地政治部主任等职。1960 年晋升为少校军衔。

曲作者周巍峙，1916 年生于江苏东台。原名周良骥、何立山。他谱写的歌曲主要有：《上起刺刀来》《前线进行曲》《起来，铁的兄弟》《子弟兵进行曲》，《中国人民志愿军战歌》《十里长街送总理》等。

1950年夏秋，新中国建立伊始，美帝国主义立即发动了侵略朝鲜的战争，并且把战火烧到了我国东北部的边境线上。毛泽东和党中央做出"抗美援朝、保家卫国"的战略决策，组织中国人民志愿军赴朝参战。1950年10月，中国人民志愿军正式组建后，各部队进行了思想动员，教育广大指战员充分认识"抗美援朝、保家卫国"的伟大意义，明确支援朝鲜就是保家卫国的正义行动，从而树立敢打必胜的信心。

连队指导员麻扶摇记下了战士们发言中的"雄赳赳，气昂昂，横渡鸭绿江"等句子。后几经修改补充，写成了一份诗歌形式的决心书，第二天，麻扶摇把这首诗作为出征誓词的导言，写在黑板上，并向全连同志做了宣讲。在全团动员誓师大会上，麻扶摇代表五连登台宣读了出征誓词。大会之后，团政治处编印的《群力报》和师政治部办的《骨干报》都在显著位置刊登了这首诗。当时，连队一位粗通简谱的文化教员为它谱了曲，并在全连教唱。

1950年，新华社随军记者陈伯坚到麻扶摇所在炮兵部队采访时，偶然看到那首在战士中广为传诵的诗，觉得诗写得好，充满战斗气氛，就抄录了下来。在一次战役结束后，陈伯坚在撰写《记中国人民志愿军部队几个战士的谈话》战地通讯中就引用了这首诗作为开头，但同时也将其中"横渡鸭绿江"改为"跨过鸭绿江"，以表示英雄气概；把"中华的好儿郎"改为"中国好儿女"，以增强读音脆度。1950年11月26日，《人民日报》一版刊登了这篇战地通讯，这首诗醒目地排在标题下面。

作曲家周巍峙看到这篇通讯中提到的这首诗后，激发起他的创作热情，便在半小时内为其谱了曲。他还接受了中国音乐家协会主席吕骥的建议，把"抗美援朝鲜"改为"抗美援朝"，把"打败美帝野心狼"改为"打败美国野心狼！"并以诗中最后一句"打败美国野心狼"为题，署名"志愿军战士词"、周巍峙曲。1950年11月30日《人民日报》和12月初《时事手册》半月刊先后发表了这首歌。不久又定名为《中国人民志愿军战歌》。

这首歌曲简短有力，气宇轩昂。开始的两乐句，一字一音，铿锵有力，使人联想到中国人民志愿军"跨过鸭绿江"的坚定步伐。接着的两个乐句,节奏变得稍微舒展,抒发了中国人民志愿军从容不迫、无所畏惧的革命精神;末句"抗美援朝,打败美国野心狼"更精彩:"抗美援朝"四字用了四个"持续音",强调了中国人民志愿军入朝参战的光荣使命;"打败美国野心狼"的"打"字用了全曲的最高音、最强音,将这个象征战斗精神的字眼凸显出来,顿时给人一种威风八面、正义凛然的艺术效果,表达出中国人民志愿军"抗美援朝,保家卫国"的坚定信心和英雄气概。抗美援朝时期,这首《中国人民志愿军战歌》鼓舞了人民志愿军的斗志,也激发了中国人民保卫和建设新中国的热情。它既是中国人民志愿军的"标识",又是那个时代中国人民最坚定、最有力的声音。

《中国空军进行曲》

词:集体　曲:苏任千、羊鸣

飞翔!飞翔!

乘着长风飞翔

中国空军在烽火中成长

碧空里呼啸着威武的机群

大地上密布着警惕的火网

红星闪闪

辉映长空百战的历史

军旗飘飘

召唤我们献身国防

为中华振兴

为民族富强

炼铁翼神箭

铸蓝天长城

保卫领空

抵御侵略

迎着新世纪的曙光

飞翔！飞翔！飞翔！

《中国空军进行曲》是由张士燮、阎肃、王剑兵、石顺义等集体作词，著名作曲家苏任千、羊鸣作曲的。该曲体现了人民空军的性质、任务、战斗特点与作风，概括地反映了人民空军的传统精神和时代气质。1989年8月23日经空军党委审订后由空军政治部正式颁布，作为中国人民解放军空军军歌。作为中国空军"标识性"的歌曲，《中国空军进行曲》是继《中国人民解放军军歌》确立之后确立的第一首军兵种歌曲。

《长征组歌》

词：萧华　曲：晨耕、生茂、唐诃、遇秋

《告别》

红旗飘，军号响。子弟兵，别故乡。

王明路线滔天罪，五次"围剿"敌猖狂。

红军主力上征途，战略转移去远方。

男女老少来相送，热泪沾衣叙情长。

紧紧握住红军的手，亲人何时返故乡？

乌云遮天难持久，红日永远放光芒。

革命一定要胜利，敌人终将被埋葬。

《突破封锁线》

路迢迢，秋风凉。敌重重，军情忙。

红军夜渡于都河，跨过五岭抢湘江。

三十昼夜飞行军，突破四道封锁墙。

不怕流血不怕苦，前仆后继杀虎狼。

全军想念毛主席，迷雾途中盼太阳。

《遵义会议放光辉》

苗岭秀，旭日升。百鸟啼，报新春。
遵义会议放光辉，全党全军齐欢庆。
万众欢呼毛主席，马列路线指航程。
雄师刀坝告大捷，工农踊跃当红军。
英明领袖来掌舵，革命磅礴向前进。

《四渡赤水出奇兵》

横断山，路难行。天如火来水似银。
亲人送水来解渴，军民鱼水一家人。
横断山，路难行。敌重兵，压黔境。
战士双脚走天下，四渡赤水出奇兵。
乌江天险重飞渡，兵临贵阳逼昆明。
敌人弃甲丢烟枪，我军乘胜赶路程。
调虎离山袭金沙，毛主席用兵真如神。

《飞越大渡河》

水湍急，山峭耸，雄关险，豺狼凶。
健儿巧渡金沙江，兄弟民族夹道迎。
安顺场边孤舟勇，踩波踏浪歼敌兵。
昼夜兼程二百四，猛打穷追夺泸定。
铁索桥上显威风，勇士万代留英名。

《过雪山草地》

雪皑皑，野茫茫，高原寒，炊断粮。
红军都是钢铁汉，千锤百炼不怕难。
雪山低头迎远客，草毯泥毡扎营盘。
风雨侵衣骨更硬，野菜充饥志越坚。

官兵一致同甘苦，革命理想高于天。

《到吴起镇》

锣鼓响，秧歌起。黄河唱，长城喜。
腊子口上降神兵，百丈悬崖当云梯。
六盘山上红旗展，势如破竹扫敌骑。
陕甘军民传喜讯，征师胜利到吴起。
南北兄弟手携手，扩大前进根据地。

《祝捷》

大雪飞，洗征尘。敌进犯，送礼品。
长途跋涉足未稳，敌人围攻形势紧。
毛主席战场来指挥，全军振奋杀敌人。
直罗满山炮声急，万余敌兵一网擒。
活捉了敌酋牛师长，军民凯歌高入云。
胜利完成奠基礼，军民凯歌高入云。

《报喜》

手足情，同志心。飞捷报，传佳音。
英勇的二、四方面军，转战数省久闻名。
历尽千辛万般苦，胜利会聚甘孜城。
踏破岷山千里雪，高歌北上并肩行。
边区军民喜若狂，红旗招展迎亲人。

《大会师》

红旗飘，军号响。战马吼，歌声亮。
铁流两万五千里，红军威名天下扬。
各路劲旅大会师，日寇胆破蒋魂丧。
军也乐来民也乐，万水千山齐歌唱。
歌唱领袖毛主席，歌唱伟大的共产党。

1934年8月至1936年10月中国工农红军进行了史无前例的伟大长征。红军以超乎寻常的毅力,战胜了几十万国民党反动军队的围追堵截,越过了人迹罕至的雪山、草地,经历十个省、二万五千里的征途,终于到达目的地陕西省北部。1965年,为纪念红军长征胜利30周年,曾参加过长征的萧华将军回顾他在长征中的真实经历,历时半年,完成了12首形象鲜明、感情真挚的史诗。随后,晨耕、生茂、唐诃、遇秋等作曲家选择其中的10首谱成了组歌,分别描绘了10个环环相扣的战斗生活场面,并巧妙地把各地区的民间曲调与红军传统歌曲的曲调融合在一起,最终汇成了一部主题鲜明,内容丰富、形式新颖、风格独特的大型声乐套曲——《长征组歌》。整个组歌共分为《告别》(混声合唱)、《突破封锁线》(二部合唱与轮唱)、《遵义会议放光芒》(女声二重唱、女声伴唱与混声合唱)、《四渡赤水出奇兵》(领唱与齐唱)、《飞越大渡河》(混声合唱)、《过雪山草地》(男高音领唱与合唱)、《到吴起镇》(齐唱与二部合唱)、《祝捷》(领唱与合唱)、《报喜》(领唱与合唱)和《大会师》(混声合唱)10个部分。

曲作者晨耕,1923年生于河北完县,满族。曾任北京军区战友歌舞团团长。其代表歌曲有《两个小伙一般高》《我和班长》、器乐曲《骑兵进行曲等》。

曲作者唐诃,1922年生。原名张化愚。河北易县人。代表作有《众手浇开幸福花》《我们的生活充满阳光》等。

曲作者遇秋,1929年生,河北深泽人。歌曲代表作有《八一军旗高高飘扬》等。

《长征组歌》在创作、排练、演出过程中,得到了周恩来、邓小平、贺龙、罗瑞卿等老一辈无产阶级革命家和北京军区领导同志的亲切关怀与指导,是倾注了领导、专家、群众心血的优秀艺术作品。它以深刻凝练的词汇,清新动人的优美曲调,浓郁的民族风格和为群众喜闻乐见的表演艺术形式,讴歌了中国工农红军在党中央、毛主席的领导和指挥下,历尽艰险,不屈不挠,英勇作战,无私无畏的革命精神,颂扬了中国革命史中具有传奇性的壮丽史诗，气势磅礴，感人肺腑。当年在京、津、沪、宁等地演出后，获得了巨大的社会反响，一些歌曲在广大群众中迅速传唱，被誉为我国合唱史上具有里程碑意义的重要作品。

《学习雷锋好榜样》

词：洪源　曲：生茂

学习雷锋好榜样

忠于革命忠于党

爱憎分明不忘本

立场坚定斗志强

立场坚定斗志强！

学习雷锋好榜样

艰苦朴素永不忘

愿做革命的螺丝钉

集体主义思想放光芒

集体主义思想放光芒！

学习雷锋好榜样

毛主席的教导记心上

全心全意为人民

共产主义品德多高尚

共产主义品德多高尚！

学习雷锋好榜样

毛泽东思想来武装

保卫祖国握紧枪

继续革命当闯将

继续革命当闯将！

学习雷锋好榜样

忠于革命忠于党

爱憎分明不忘本

立场坚定斗志强

立场坚定斗志强！

学习雷锋好榜样

艰苦朴素永不忘

愿做革命的螺丝钉

集体主义思想放光芒

集体主义思想放光芒！

学习雷锋好榜样

毛主席的教导记心上

全心全意为人民

共产主义品德多高尚

共产主义品德多高尚！

学习雷锋好榜样

毛泽东思想来武装

保卫祖国握紧枪

继续革命当闯将

继续革命当闯将！

学习雷锋好榜样

毛泽东思想来武装

保卫祖国握紧枪

永远革命当闯将

永远革命当闯将！

《学习雷锋好榜样》是由生茂作曲、洪源作词，20世纪60年代初影响较大的一首歌曲。歌曲是为歌颂雷锋，弘扬雷锋精神而创作的，曲子简洁明快、铿锵有力，以特有的旋律和激情，感染和激励着一代又一代人。

曲作者生茂，1928年生于河北晋县，原名娄盛茂。中国音乐家协会理事，原北京军区政治部战友文工团艺术指导。作品包括《学习雷锋好榜样》《马儿啊，你慢些走》《真是乐死人》《祖国一片新面貌》《林中小路》等歌曲。其中，《走上练兵场》《远方书信乘风来》被评为1980年优秀歌曲。他还参与创作了《老房东查铺》、大型声乐套曲《长征组歌》等作品。

词作者洪源，1930年生，北京人。先后在战友歌舞团、《解放军歌曲》编辑部任职。代表作有《北京颂歌》《美好的赞歌》，《学习雷锋好榜样》获1989年五洲杯40年广播金曲奖。

1963年3月5日，是毛主席题词向雷锋同志学习的日子，《人民日报》发表了这一题词和相关社论。洪源和生茂接到任务，要求创作几首群众歌曲以便宣传，于是就有了这首歌。歌曲用简练的语言，把学习雷锋的意义、目的概括得一目了然，旋律也朗朗上口，很容易学唱，当时就唱遍了全国。

《学习雷锋好榜样》这首歌已经传唱了50多个春秋，十几亿中国人几乎都唱过或听过，甚至有的外国人也在唱，可见一首经典之作的生命力之强、影响力之大。歌曲的魅力没有随时间的推移而泯灭，唱雷锋、学雷锋、做雷锋，是作者矢志不移的追求。

《我爱祖国的蓝天》

词：阎肃　曲：羊鸣

我爱祖国的蓝天，晴空万里阳光灿烂
白云为我铺大道，东风送我飞向前。
金色的朝霞在我身边飞舞，脚下是一片锦绣河山。
啊！啊！水兵爱大海，骑兵爱草原
要问飞行员爱什么？

我爱祖国的蓝天。

我爱祖国的蓝天,云海茫茫一望无边

春雷为我敲战鼓,红日照我把敌歼。

美丽的长虹搭起彩门,迎接着战鹰凯旋。

啊!啊!水兵爱大海,骑兵爱草原

要问飞行员爱什么?

我爱祖国的蓝天。

美丽的长虹搭起彩门,迎接着雄鹰凯旋。

水兵爱大海,骑兵爱草原

要问飞行员爱什么?

我爱祖国的蓝天。

词作者阎肃:原名阎志扬。河北保定人。著名剧作家、词作家。中国作家协会会员,中国剧协副主席,中国音协委员。历任西南军区文工团分队长,空军歌剧团编导组组长,空军歌舞剧团创作员,中国剧协第三、四届理事。创作的歌词《我爱祖国的蓝天》《下四川》1964年获第三届中国人民解放军文艺会演创作优秀奖。歌剧《江姐》1977年获第四届中国人民解放军文艺会演创作奖。与人合作的歌剧《忆娘》、京剧《红灯照》1979年获中华人民共和国建国三十周年献礼演出创作一等奖。1986年加入中国作家协会。

作曲家羊鸣:1934年出生,山东蓬莱人。先后在安东军区文工团、沈阳空军文工团、空政文工团工作。其间,曾去沈阳音专(即沈阳音乐学院前身)学习作曲。写有大、小型歌剧十部、歌曲数百首。其中,歌剧《江姐》(与姜春阳、金砂合作)、《忆娘》(与朱正合作)均属成功之作。特别是《江姐》中的唱段《红梅赞》《绣红旗》及歌曲《我爱祖国的蓝天》等深受群众欢迎。

《我爱祖国的蓝天》创作于二十世纪六十年代,这首歌表现了英雄的空军战士热爱祖国,誓死保卫祖国蓝天的壮志豪情。词曲作家在创作这首歌曲的时候,正在广州空军某战斗部队以"当兵""代职"的方式体验生活,前后时间近一年之久。蓝天不仅是飞行员的训练场,更是保卫祖国的大战场,热爱祖国的蓝天,是每一个空军战士的共同情感;保卫祖国的蓝天,更是每一个空军战士神圣的使命。词曲作家在那段不平凡的日子里,深深被飞行员们热爱祖国的博大胸怀和保卫祖国蓝天的英雄气概所感动,于是,一拍即合,情真意切地共同创作了这首歌曲。在这首歌里,为了增强飞行员的形象,同时又想多一点抒情色彩,作曲家大胆使用了圆舞曲的 3/4 拍,感情细致地抒发了那个年代空军指战员的蓝天般博大的情怀,激情中呈现着宽广与舒展。这首歌刚一写成,就由当时的空政歌舞团独唱演员秦万坛在北京、上海等地进行演唱,又经中央人民广播电台录音播放后,迅速在全国流传开来。从 1964 年起,这首歌先后获得空军文艺一等奖、总政治部颁发的优秀作品奖,并飞出国门,在日本、韩国等国家传唱。

《当你的秀发拂过我的钢枪》

词:王磊　曲:印青

当你的秀发拂过我的钢枪,

别怪我保持着冷峻的脸庞,

其实我有铁骨,

也有柔肠。

只是那青春之火需要暂时冷藏。

当兵的日子短暂又漫长,

别说我不懂情只重阳刚,

这世界虽有战火,

也有花香,

我的明天也会浪漫得和你一样。

当你的纤手离开我的肩膀,

我不会低下头泪流两行,

也许我们走的路，不是一个方向，

我衷心祝福你呀亲爱的姑娘。

如果有一天，脱下这身军装，

不怨你没多等我些时光，

虽然那时你我天各一方，

你会看到我的爱，

在旗帜上飞扬。

如果有一天，脱下这身军装，

不怨你没多等我些时光，

虽然那时你我天各一方，

你会看到我的爱，

在旗帜上飞扬。

你会看到我的爱，

在旗帜上飞扬！

这是词作者王磊于1997年9月之初创作的歌词。当年他是一个二十岁出头的年轻少尉，刚刚进入上海空军政治学院。在入学后的第二个周末下午，作者到学院门口的军人服务社买东西，这些女生早换上了漂亮的便装，三三两两地往出走。在作者有些羡慕地看着她们时，上海的风使其看到了至今仍难以忘记的一幕：一位美丽女生在路过门口的哨兵时，长发瞬间被风吹起，哨兵手握钢枪，目不斜视，然而那美丽的秀发早已在他心中掀起了涟漪。

这一幕在作者眼里顿时化成了一句诗：当你的秀发拂过我的钢枪……把这瞬间的美感在心中酝酿了两天之久，然后在星期一上午的课堂上宣泄而出，创作出了这首《当你的秀发拂过我的钢枪》。值得一提的是，这首歌是王磊创作的第一首军歌。这首歌曲有两个版本，最早的版本是由一名叫秦天的战士学员和肖鹰完成的曲创作，创作完成后不到一个礼拜的时间，秦天便去中唱广州公司完成了军营民谣四《陆海空》专辑的录制，《当你的秀发拂过我的钢枪》作为B面第一首的主打歌被收入专辑。1997年年底,《陆海空》专辑正式出版。1999年10月,武警音像出版社连同解放军音像出版社共同出版了有十张歌碟的《兵歌壮行五十年》,《当你的秀发拂过我的钢枪》被收录其中,并由武警文工团作曲家刘琦进行了重新编配,解放军艺术学院学员胡平录唱。

现在我们听到的版本是2005年年初,在总政战斗精神队列歌曲的征集时,总政歌舞团副团长印青对这首歌进行了重新创作编配,参加总政向全军推荐试唱的优秀队列歌曲评选。这首歌顺利地通过了投票,以高票率入选总政向全军推荐试唱的25首优秀队列歌曲。

《当你的秀发拂过我的钢枪》这一歌曲,写得十分美丽动人。歌曲从描写军人感情生活的层面,抒发了军人的铁骨柔肠,尤其是歌词"也许我们走的路,不是一个方向,我衷心祝福你啊亲爱的姑娘。"更是表现了军人情感的执着和真挚,让我们看到军人的爱是崇高的爱,是在旗帜上飞扬的爱,这是战士们真实情怀的表达,何尝不也是军旅歌曲的创作宣言。军旅歌曲重在阳刚之美,同时也有似水柔情,鸟语花香。二者互为表里,相得益彰。因此,能在当今歌坛奠定其应当具有的作用和地位。

《为了谁》

词:邹友开　曲:孟庆云

泥巴裹满裤腿,

汗水湿透衣背。

我不知道你是谁,

我却知道你为了谁。

为了谁,为了秋的收获,

为了春回大雁归。

满腔热血唱出青春无悔,

望穿天涯不知战友何时回?

> 你是谁，为了谁，
>
> 我的战友你何时回？
>
> 你是谁，为了谁，
>
> 我的兄弟姐妹不流泪！
>
> 谁最美，谁最累，
>
> 我的乡亲，我的战友，我的兄弟姐妹。

《为了谁》，邹友开作词，孟庆云作曲，由祖海原唱。写于 1998 年，是为了纪念和歌颂在 1998 年特大洪水中奋不顾身的英雄们而写的，是送给所有用自己的身躯挡着洪水的抗洪勇士们的。赞扬了军人不怕苦，不怕累，不怕牺牲的伟大精神。

词作家邹友开：1939 年 7 月出生，福建闽侯人。先后在中央电视台担任副组长、组长、副主任、文艺部主任编辑等职。

曲作家孟庆云：20 世纪 90 年代知名度极高的军旅作曲家。作为一个部队作曲家，他的大量作品是反映部队生活、歌颂军人情怀的。如《长城长》《为了谁》《什么也不说》《想家的时候》《当兵干什么》《兵之歌》《我就是天空》等。

1998 年夏天，神州大地阴雨连绵。百年罕见的特大洪水如出林巨蟒，从四面八方涌入长江，演绎成 8 次大洪峰。在东北松花江、嫩江，惊涛拍岸，浊浪滔天，出现了超历史纪录的特大洪水。

"养兵千日，用兵一时"。洪灾发生后，党中央、中央军委一声令下，全军上下闻令而动。广州、南京、济南、沈阳、北京军区和空军、海军、第二炮兵、武警部队及四总部直属单位，先后投入 30 余万兵力，在南、北两大战场与自然灾害打了一场特殊的战争，构筑了一道道冲不垮的坚固大堤。整个抗洪作战中，将士们冒死赴难，临危不惧，为了国家和人民群众的生命财产安全，不惜牺牲自己。其间，涌现出许多可歌可泣的感人故事和抗洪英雄。高建成、李向群等英雄人物为此献出了自己宝贵的生命。他们用忠诚、奉献和血肉之躯筑成的巍峨大堤，永远屹立在全国人民的心中。

在全军将士全力以赴投入到抗洪第一线的时候，部队的广大文艺工作者们也纷纷加入抗洪抢险的行列里，身临其境，与抗洪将士同甘共苦，并创作出了一首首反映抗洪精神的优秀作品。在众多反映抗洪抢险将士英雄事迹的歌曲中，这首《为了谁》，应该是最为成功，也是深受广大官兵喜欢并广泛传唱的一首。

全曲精炼凝重、饱含深情，旋律低起高唱，荡气回肠。歌曲一开始就用真挚、质朴的音调打动人的心灵，接着"我不知道你是谁，我却知道你为了谁"的歌词，是对默默无闻的抗洪官兵"严防死守"长江大堤的牺牲奉献精神极大的褒奖。最后通过"你是谁""为了谁"的提问，塑造出了抗洪官兵的英雄形象，对和平年代我军所树立的"抗洪精神"进行热情的赞颂。这首歌感动了无数华夏儿女，感人肺腑的旋律让人们体会到人民子弟兵一心想着人民，英勇顽强、奋不顾身的崇高品质，激发起人民热爱解放军、热爱祖国的情感。

《东西南北兵》

词：刘世红　曲：藏云飞

东西南北中

我们来当兵

五湖四海到一起呀

咱们都是亲弟兄

东西南北中

我们来当兵

五湖四海到一起呀

咱们都是亲弟兄

心贴着心啊

情暖着情啊

南腔北调一支歌
咿呀呀荷嘿
官兵友爱
官兵友爱阳光照军营
嘿啦啦啦啦
东西南北
东西南北中
嘿
我们来当兵
嘿嘿
五湖四海到一起呀
咱们都是亲弟兄
心贴着心啊
情暖着情啊
南腔北调一支歌
咿呀呀荷嘿
官兵友爱
官兵友爱阳光照军营
嘿嘿嘿
东西南北中
我们来当兵
五湖四海到一起呀
咱们都是亲弟兄
心贴着心啊
情暖着情啊
南腔北调一支歌

咿呀呀荷嘿

官兵友爱

官兵友爱阳光照军营

嘿嘿嘿

词作家刘世新：1954年1月出生于河北衡水县。历任北京军区政治部战友文工团创作室主任、武警部队政治部文工团副团长兼创作室主任等职，并担任中国音乐家协会文学学会理事。我国著名词作家之一。《东西南北兵》《想起老妈妈》《国土》《什么也不说》等大家耳熟能详的音乐作品，都是他的代表作。

曲作家藏云飞：北京军区政治部战友歌舞团一级作曲，中国音协理事。代表作有《祖国万岁》《当兵的人》《珠穆朗玛》《光荣的士兵》《驻香港部队之歌》《驻澳门部队之歌》等。

这首歌是由著名歌唱家宋祖英演唱的军旅作品，是宋祖英早期代表作之一。该歌曲曲风大气、坚毅，歌词朴实，表达了军营里来自五湖四海的士兵间的战友情谊，歌曲里既展现了军队一贯简单硬朗的风格，又充满了深厚而细腻的情感，将军队情、战友情表达得恰如其分。

《说句心里话》

词：石顺义　曲：士心

说句心里话

我也想家

家中的老妈妈已是满头白发

说句实在话我也有爱

常思念梦中的她

来来来来既然来当兵

来来来就知责任大

你不扛枪我不扛枪

谁保卫咱妈妈谁来保卫她

谁来保卫她

说句心里话

我也不傻

我懂得从军的路上风吹雨打

说句实在话我也有情

人间的烟火把我养大

来来来来话虽这样说

来来来有国才有家

你不站岗我不站岗

谁保卫咱祖国谁来保卫家

谁来保卫家

词作家石顺义：河北沙河人。空军政治部歌舞团创作室专业作家，一级编剧。1997年加入中国作家协会。著有歌词集《太阳的手》《石顺义歌词选》等及歌词1000余首，小说、散文、歌剧剧本30余篇。

曲作家士心：1955年11月26日生于天津，国家一级作曲，中国音乐家协会会员，中国音乐文学学会会员，总政歌舞团创作室创作员。代表作《说句心里话》《你会爱上它》《小白杨》《我们是黄河泰山》《没有强大的祖国哪有幸福的家》《峨嵋酒家》《在中国的大地上》等。

这首《说句心里话》是词曲作家于1989年深入部队生活时创作的。词作原题为《士兵的自白》，抒发了战士想家时的一种真实心情，情真意切，健康向上。曲调新颖而流畅。作曲家士心提议改成现在的歌名，并融会胶东、江南一带的民歌音调。这首歌以质朴的风格，贴切地唱出了士兵的心声，受到广大指战员的欢迎。经军旅歌唱家阎维文首唱后，便传遍了军营。

歌曲通过描写一个具有普通人的各种情感的解放军战士的心声，表达了新时期解放军战士热爱祖国和人民，保卫祖国和人民的坚定感情立场。

歌曲旋律优美深情，真实地表达了部队官兵的心里话。他们也想家、想念家中的亲人，他们也知道从军的路上有风吹雨打，但为了祖国，为了人民这个大家，需要热血男儿牺牲个人感情，甚至用生命和鲜血去保家卫国。阎维文的演绎为我们展现出了军人的追求和情怀，他的歌声温暖着部队官兵的心，感动着无数歌迷。

歌曲写出了军营生活的酸甜苦辣，写出了军人生活中那纯真、质朴的爱。只为了祖国一声召唤，只为了人民一份期盼。无数的共和国的卫士把自己的青春献给了国家。让人听过之后，心潮澎湃，久久不能忘怀。这是一首人人都能唱上两句的军歌，一首常常令人落泪的军歌，更是一首解放军战士的青春赞歌。

《强军战歌》

词：王晓岭　曲：印青

听吧 新征程号角吹响

强军目标召唤在前方

国要强 我们就要担当

战旗上写满铁血荣光

将士们听党指挥

能打胜仗作风优良

不惧强敌敢较量

为祖国决胜疆场

听吧 新征程号角吹响

强军目标召唤在前方

国要强 我们就要担当

战旗上写满铁血荣光

> 将士们听党指挥
> 能打胜仗作风优良
> 不惧强敌敢较量
> 为祖国决胜疆场
> 将士们听党指挥
> 能打胜仗作风优良
> 不惧强敌敢较量
> 为祖国决胜疆场
> 决胜疆场

《强军战歌》是王晓岭作词，印青作曲。2014年，经由解放军总政治部申报，该曲荣获第十三届精神文明建设"五个一工程"奖。

2013年3月，习主席提出新时期的强军目标：要建设一支"听党指挥、能打胜仗、作风优良"的人民军队。词作者王晓岭为表现强军主题，创作了《强军战歌》的歌词。

《强军战歌》的结构是一首再现二段式歌曲，C大调，4/4拍，进行曲式风格作品。歌曲在前奏部分直接采用了第一段的主旋律，以此来直入主题，烘托情绪。

第一段采用平行二句体的结构写作而成，通过平行结构的旋律重复，强调歌曲的主题以及"强军"的坚强决心。旋律开始运用了弱起的节奏模式，弱起节奏由弱到强地进行，更能体现进行曲铿锵豪迈、意气风发的军队气质；之后采用同音反复及重音强调的写作技法，并且辅之以舒缓的节奏，好像是吹响了练兵强军的号角，第二句变化重复第一句的旋律，以同头异尾的方式形成旋律上的正格完全终止，号召战士们要以强军强国为己任，勇于担当，为国争光。

第二段结构采用更加自由的对比二句体写作，节奏改为强起，重音强调继续加强，第一句旋律的级进下行，好像是以诉说的方式告诫战士们该怎样做才能打胜仗，形成优良作风。第二句的旋律起伏跳跃比较大，特别是上行的跳进，体现出战士们为了保卫祖国敢于同强敌坚决较量的决心和信心。

《强军战歌》整首歌曲旋律起伏婉转，重复强调，和而不同，既有一般进行曲的慷慨激昂，又有反映新时代新目标的新旋律特点。

人民空军忠于党

词：阎肃　曲：李昕

战斗的烽火 淬炼了我们钢铁的翅膀

英雄的旗帜 飞扬着我们忠诚的信仰

人民哺育我成长 大地给我力量

我们接过先辈的光荣

勇敢地踏上战场 我们飞向前方

心中一轮红太阳 我们飞向前方

人民空军永远忠于党

战斗的烽火 淬炼了我们钢铁的翅膀

英雄的旗帜 飞扬着我们忠诚的信仰

人民哺育我成长 大地给我力量

我们接过先辈的光荣

勇敢地踏上战场 我们飞向前方

撑起空天万里长 我们飞向前方

人民空军永远忠于党

《人民空军忠于党》是男高音歌唱家，国家一级演员，原空政文工团刘和刚演唱的一首单曲，发表于2013年12月。

全曲进行曲式风格，大量运用附点八分节奏，形成前长后短，前重后轻的特点，律动感强，朗朗上口。70年来，人民空军沐浴着党的阳光，在战斗中诞生，在战斗中成长。当年那一股"空中拼刺刀"的血性豪情，打出了令对手胆战心惊的"谜一样的东方精神"！今天，我们飞过岛链、飞越大洋，战巡在祖国辽阔海疆。

二、推介曲目

1. 《八一起义》

    江西民歌，双江、支之改编

2. 《七律·长征》

    词：毛泽东，曲：彦克、吕远

3. 《游击队之歌》

    词、曲：贺绿汀

4. 《十送红军》

    江西民歌，张士燮、朱正本创作

5. 《战斗进行曲》

    词：韩塞，曲：佩之

6. 《七律·人民解放军占领南京》

    词：毛泽东，曲：沈亚威

7. 《人民空军进行曲》

    词：张士燮，曲：孟庆云

8. 《再见吧妈妈》

    词：陈克正，曲：张乃诚

9. 《血染的风采》

    词：陈哲，曲：苏越

10. 《男子汉去飞行》

    词：韩静霆，曲：姚明

11. 《淮海战役组歌》

    中国人民解放军第三野战军政治部文艺工作团集体创作

12. 《军人道德组歌》

　　词：石祥、石顺义、王晓岭，曲：臧云飞、羊鸣、张卓娅、张千一、孟庆、印青

13. 《当代革命军人核心价值观组歌》

　　词：唐生瑜、云剑、黄金钢、刘国建，曲：桑楠、黄金钢、楚兴元

14. 《战斗精神组歌》

15. 《十五的月亮》

　　词：石祥，曲：铁源、徐锡宜

16. 《我的老班长》

　　词：小曾，曲：颂今

17. 《红星照我去战斗》

　　词：集体，曲：傅庚辰

18. 《人民军队忠于党》

　　词：张永枚，曲：肖民

19. 《一二三四歌》

　　词：石顺义，曲：臧云飞

20. 《在那桃花盛开的地方》

　　词：邬大为、魏宝贵，曲：铁源

21. 《当那一天来临》

　　词：王晓岭，曲：王陆明

22. 《军营男子汉》

　　词：阎肃，曲：江春阳

23. 《小白杨》

　　词：梁上泉，曲：士心

24. 《军港之夜》

　　词：马金星，曲：刘诗召

第三节　外国军旅歌曲鉴赏

一、经典赏析

苏联歌曲《神圣的战争》

词：列别捷夫-库马契　　曲：亚历山大·瓦西里耶维奇·亚历山大罗夫（俄罗斯亚历山大红旗歌舞团首任团长）

起来，巨大的国家，做决死斗争，
消灭法西斯恶势力，消灭万恶匪群！
敌我是两个极端，一切背道而驰，
我们要光明和自由，他们要黑暗统治！
全国人民轰轰烈烈，回击那刽子手，
回击暴虐的掠夺者和吃人的野兽！
不让邪恶的翅膀飞进我们的国境，
祖国宽广的田野，不让敌人踩蹋！
腐朽的法西斯妖孽，当心你的脑袋，
为人类不肖子孙，准备下棺材！
贡献出一切力量和全部精神，
保卫亲爱的祖国，伟大的联盟！
让高贵的愤怒，像波浪翻滚，
进行人民的战争，神圣的战争！

1941年6月22日，纳粹军队攻入苏联。炸弹摧毁了千百座城市，成千上万的居民死在炮火中。诗人瓦·列别杰夫-库马契怀着痛苦和愤怒的心情写下了著名的诗篇："起来，巨大的国家……。"战争的第三天，这首诗登在了消息报和红星报上(后来获得斯大林文艺奖)。

当天，一名红军指挥官拿着报纸去找红旗歌舞团的团长亚历山大罗夫。

这首诗道出了所有苏联人的心声，也深深打动了亚历山大罗夫，他在下班回家的路上一遍又一遍地念着这首诗，连夜把这首诗谱成了歌。

第二天早上，他把歌抄在排练厅的黑板上，来不及油印，也来不及抄写合唱分谱，大家就在自己的笔记本上抄下了词和曲。6月27号早上，红旗歌舞团在莫斯科的白俄罗斯车站首次演唱了这首歌。据亚历山大罗夫的儿子博利斯·亚历山大罗夫回忆当时的情景："我记得那些坐在简陋的军用木箱上抽着烟的士兵们听完了《神圣的战争》的第一段唱词后，一下子站了起来，掐灭了烟卷，静静地听我们唱完，然后要我们再唱一遍又唱一遍……"

音乐史家们说："《神圣的战争》是响应伟大的卫国战争的第一首歌曲，在苏联歌曲编年史上有极其重要的地位，被誉为'苏联卫国战争的音乐纪念碑'。"只有苏联有这样的气魄和感觉，能把一场残酷的牺牲变成美的洗礼，能把极为雄壮的进军变成抒情的眼泪。《神圣的战争》就是这样的圣歌。它综合了一切俄罗斯歌曲的美丽、辽远、勇敢和浪漫等因素，把这个民族的勇气和悲壮完整表现出来。俄罗斯的反法西斯战歌有千百首，如果找一首来做代表，那毫无悬念地当属《神圣的战争》。

德国歌曲《莉莉·玛莲》

词：汉斯·莱普　曲：诺尔伯特·舒尔茨

军营大门外路灯伫立

我们来到灯下，相约在一起

我曾说永远会爱着你

不要分离，一如往昔

一起，莉莉·玛莲

如昔，莉莉·玛莲

我们亲密无间身影相连

我们深情永远，苍天可鉴

路人都凝望，都流连

爱意无限，缠绵不变

永远，莉莉·玛莲

不变，莉莉·玛莲

号角已吹响我就要归营

一去匆匆数日，此情有时尽

让我再与你片刻停留

抑或带我，随你远走

与你，莉莉·玛莲

相随，莉莉·玛莲

灯火燃烧着每一个夜晚

照亮你的脚步，指引你去路

我却被遗忘，或受伤

谁来与你，依偎身旁

与你，莉莉·玛莲

相伴，莉莉·玛莲

尘世的无奈，寂寥的存在

唯有你的亲吻，带我入梦来

当夜雾迷茫，是那灯光

带我回家，到你身旁

回来，莉莉·玛莲

从前，莉莉·玛莲

这是一首从军队广播中流行起来的反战歌曲，也是世界流行音乐史上的经典。1915年第一次世界大战中，德国士兵汉斯·莱普（Hans Leip）在俄国战场上写下了这首诗，1938年诺尔伯特·舒尔茨（Norbert Schultze）为其作曲。情歌大多哀伤缠绵，在血肉横飞的战场听情歌却多了份对昔日美好回忆的眷恋。这是《莉莉·玛莲》之所以走红的最重要的原因：战争吞噬的不仅是爱情，战争带走了太多美好的东西……

这首歌最初录制的版本并不走红。到了1941年，德国占领地贝尔格莱德一家德国电台开始向所有德军士兵广播 Lale Anderson 唱的《莉莉·玛莲》。这首歌的内容却唤起了士兵们的厌战情绪，唤起了战争带走的一切美好回忆。很快，这首德语歌曲冲破了同盟国和协约国的界限，传遍了整个二战战场。从突尼斯的沙漠到阿登的森林，每到晚上9点55分，战壕中的双方士兵，都会把收音机调到贝尔格莱德电台，倾听这首哀伤缠绵的《莉莉·玛莲》。不久，盖世太保以扰乱军心及间谍嫌疑为由取缔了电台，女歌手及相关人员也被赶进了集中营。但是，《莉莉·玛莲》并没有就此消失，反而越唱越响，纳粹德国走向了命中注定的灭亡。这首歌曲也成了控诉战争、控诉法西斯最有力的武器。

美国歌曲《海军陆战队赞歌》

词：不详　曲：雅克·奥芬巴赫

从蒙提祖马的大厅，
到的黎波里海岸；
我们为国家而战，
在空中、陆地和大海上；
首先为正义和自由而战，
并保持我们干净的名誉；
我们为自己的称号自豪，
美国海军陆战队。

我们的旗帜在风中飞扬

从日出到日落；

我们在所有的地方战斗过，

只要我们拿起武器；

从寒冷的北方岛，

到阳光明媚的热带风景，

你会发现我们时刻准备着，

美国海军陆战队员。

为你和我们部队的健康干杯

我们荣誉的服务对象；

在无数的战斗中我们为活下去而战

但从来没为此发狂；

如果陆军和海军兄弟，

看到过天堂的景象；

他们会发现天堂的街道上，

守卫着陆战队士兵。

《海军陆战队赞歌》（Marines' Hymn）为美国海军陆战队标准军歌，也是美国五大军种军歌中最古老的一首。

该歌曲歌词创作于19世纪，但作者不详，也无人拥有版权，音乐则来自法国德裔犹太作曲家雅克·奥芬巴赫（Jacques·Offenbach，1819—1880）的古典轻歌剧《布拉邦特的吉纳维弗德》（Geneviève de Brabant）中的一首《两名军人之歌》。美国《全国警察报》于1917年6月16日首次刊载该歌曲歌词。美国海军陆战队于1918年8月1日全文印发了该歌曲词曲，并在1919年8月19日取得该歌曲版权，该歌曲如今已属于大众。

歌词第一句"从蒙特祖马的大厅到的黎波里海岸"分别表现美墨战争中的查普特提战役（Battle of Chapultepec）和第一次伯伯里战争（First Barbary

War)。蒙特祖马（Montezuma 或 Moctezuma）又被称为蒙特苏马，即蒙特祖马二世（Montesuma II，约 1475—1520），为古代墨西哥阿兹特克人的皇帝，曾一度称霸中美洲，1519 年被西班牙征服者荷南·科尔蒂斯（Hernán Cortés，1485—1547）收服，阿兹特克文明也因此灭亡。

这是一首充满豪情和正气的美国军歌，演唱此歌曲时，一般处于立正姿势以表示尊敬。

苏联歌曲《喀秋莎》

词：米哈依尔·瓦西里耶维奇·伊萨科夫斯基　曲：马特维·勃兰切尔

正当梨花开遍了天涯

河上飘着柔曼的轻纱

喀秋莎站在那峻峭的岸上

歌声好像明媚的春光

喀秋莎站在那峻峭的岸上

歌声好像明媚的春光

姑娘唱着美妙的歌曲

她在歌唱草原的雄鹰

她在歌唱心爱的人儿

她还藏着爱人的书信

她在歌唱心爱的人儿

她还藏着爱人的书信

啊这歌声姑娘的歌声

跟着光明的太阳飞去吧

去向远方边疆的战士

把喀秋莎的问候传达

去向远方边疆的战士

把喀秋莎的问候传达

驻守边疆年轻的战士

心中怀念遥远的姑娘

勇敢战斗保卫祖国

喀秋莎爱情永远属于他

勇敢战斗保卫祖国

喀秋莎爱情永远属于他

  《喀秋莎》的歌词是苏联诗人伊萨科夫斯基写的,1938年春他写了头8行,就觉得才思枯竭。他的好友,作曲家勃兰切尔看了后说:"这也许能出首好歌,你把它写完吧。"果然,这首小诗成为旷世杰作,于1943年获得了斯大林奖金。但是,这首歌曲当时并没有流行,是两年后发生的苏联卫国战争使这首歌曲脱颖而出,并伴着隆隆的炮火流传了开来。如此说来,恰恰是战争使《喀秋莎》这首歌曲体现出了它那不同寻常的价值,而经过战火的洗礼,这首歌曲更是获得了新的甚至是永恒的生命。

  这首歌曲,描绘的是俄罗斯春回大地时的美丽景色和一个名叫喀秋莎的姑娘对离开故乡去保卫边疆的情人的思念。这虽然是一首爱情歌曲,却没有一般情歌的委婉、缠绵,而是节奏明快、简捷,旋律朴实、流畅,因而多年来被广泛传唱,深受欢迎。在苏联卫国战争时期,这首歌对于那场战争,曾起到过非同寻常的作用。按通常的规律,战争中最需要的是《马赛曲》《大刀进行曲》《义勇军进行曲》那样鼓舞士气的铿锵有力的歌曲。而这首爱情歌曲竟在战争中得以流传,其原因就在于,这歌声使美好的音乐和正义的战争相融合,这歌声把姑娘的情爱和士兵们的英勇报国联系在了一起。这饱含着少女纯情的歌声,使得抱着冰冷的武器、卧在寒冷的战壕里的战士们,在难熬的硝烟与寂寞中,心灵得到了情与爱的温存和慰藉。

意大利歌曲《啊，朋友再见》

意大利民歌

那一天早晨，从梦中醒来，
啊朋友再见吧、再见吧、再见吧！
一天早晨，从梦中醒来，
侵略者闯进我的家；

啊游击队呀，快带我走吧，
啊朋友再见吧、再见吧、再见吧！
游击队呀，快带我走吧，
我实在不能再忍受；

啊如果我在，战斗中牺牲，
啊朋友再见吧、再见吧、再见吧！
如果我在，战斗中牺牲，
你一定把我来埋葬；

请把我埋在，高高的山岗，
啊朋友再见吧、再见吧、再见吧！
把我埋在，高高的山岗，
再插上一朵美丽的花；

啊每当人们，从这里走过，
啊朋友再见吧、再见吧、再见吧！
每当人们从这里走过，
都说啊多么美丽的花；

> 啊她才是那，最美丽的花，
>
> 啊朋友再见吧、再见吧、再见吧！
>
> 她才是那，最美丽的花，
>
> 献身自由而美丽的花！

《啊，朋友再见》外文曲名为《Bella ciao》。

此歌曲是意大利民间歌曲，是电影《桥》的主题曲。这部电影最早在中国放映于七十年代，那是一个极度缺乏精神食粮的年代。所以生于七十年代的人对这部电影留下了永难磨灭的印象，他们津津乐道于剧情和台词，学吹口哨和口琴并高唱这首著名的插曲——《啊，朋友再见》。这首歌曲赞颂了革命游击队的大无畏的英雄气概，生动形象地表现了革命游击队视死如归的精神和优秀品质。歌曲声音委婉连绵、曲折优美、步步高昂，是一首豪放、壮阔的歌曲。

奥地利歌曲《雪绒花》

词：奥斯卡·哈默斯坦第二　　曲：理查德·罗杰斯

> 雪绒花，雪绒花，
>
> 每天清晨迎接我。
>
> 小而白，纯又美，
>
> 总很高兴遇见我。
>
> 雪似的花朵深情开放，
>
> 愿永远鲜艳芬芳。
>
> 雪绒花，雪绒花，
>
> 为我祖国祝福吧！

歌曲《雪绒花》是音乐剧《音乐之声》（1965年年初搬上银幕）的插曲之一。故事发生在二战前的奥地利。生性活泼、不安心当修女的姑娘玛丽亚到海军上校特拉普家里当家庭教师。上校几年前妻子去世了，为教育七个孩子而疲惫不堪。玛丽亚以爱心和童心，让孩子们在大自然美景中陶冶性情，赢得了孩子们的喜爱，后来上校也爱上了她并与她结婚。这时，德国吞并奥地利。上校拒绝为纳粹服兵役，在一次音乐节上带领全家越过阿尔卑斯山，逃脱纳粹的魔掌，影片获得第三十八届奥斯卡最佳导演、最佳影片等五项大奖。

《雪绒花》是一首抒情的男声吉他弹唱曲，通过对"花"的赞美象征人民渴望幸福安宁的生活。这首歌曲在影片中出现了两次。第一次，是特拉普上校借助歌曲表达了对玛丽亚的赞许和接纳；第二次，则是他们全家在萨尔茨堡音乐节上。这时，上校一家已暗中筹划好逃亡，他借歌声向家乡、向祖国告别，唱了一半便哽咽不能成声，玛丽亚上前接唱了下来。听众怀着对祖国必胜的信心，也一起高唱了起来，歌声使在场的德国占领军胆战心惊。如今《雪绒花》已经在全世界传唱，并已成为奥地利的非正式国歌。

法国歌曲《马赛曲》

词、曲：克洛德·约瑟夫·鲁日·德·李尔

祖国的子民醒来吧！

光荣的日子到来了！

与我们为敌的暴君

升起了血腥旗帜！

你可曾听见战场上

战士们奋战的嘶喊声？

他们要闯到我们中间

刺穿我们妻儿的喉咙！

武装起来吧，人民！

组成属于你们的军队！

前进！前进！

让不纯的血

浸满我们的战沟!

这一帮卖国贼和君主,

他们都怀着什么鬼胎?

试问这些该死的镣铐,

究竟要给谁戴上?

法兰西同胞们,是给我们的!这是奇耻大辱!

是可忍孰不可忍,

他们谋划着要把我们,

推回奴隶时代!

什么!异国的大军,

要在我们的家乡颁行苛法!

什么!这些雇佣的部队们,

将横扫我们的战士亲儿!

天神啊!手被链锁,

我们的额头被沉枷压得无法挺起,

无耻的暴君将变成

命运的主人!

颤抖吧!暴君与独裁者!

你们这些所有善良人们的耻辱!

颤抖吧!你们杀害我们父母的阴谋,

将会得到应有的报应!

每个人都是与你们战斗的战士。

如果我们年轻的英雄倒下了,

法兰西将涌现更多新的战士,
随时准备好与你们战斗!

法国人民,在这场崇高的战争中,
珍惜保存好你们的身躯,
避免无谓的牺牲。
他们将后悔与我们战斗!
但这些嗜血的独裁者,
但这些布耶的帮凶,
所有这些毫无怜悯之心的恶虎,
正撕扯他们母亲的胸脯!

为祖国奉上崇高的献祭,
指引、坚定复仇的手,
自由,噢,可贵的自由!
战斗吧,拿着你的盾牌!
胜利在我们的旌旗下,
鼓起你的男子气概吧!
来吧,看你的敌人倒下,
见证你的凯旋和光荣!

我们也要参战,
当父兄都牺牲了以后,
我们要找他们的骨骸,
并为他们竖立墓碑,
我们也不能苟且偷生,
更应和他们共进同一棺材,

背负崇高的骄傲,

复仇并跟随他们!

《马赛曲》(La Marseillaise),法国国歌,原名《莱茵军团战歌》(Chant de guerre de l'Armée du Rhin),词、曲皆由克洛德·约瑟夫·鲁日·德·李尔(Claude-Joseph Rouget de L'Isle,1760年—1836年)在1792年4月25日晚,作于当时斯特拉斯堡市长德特里希家中。同年8月10日,马赛志愿军前赴巴黎支援杜乐丽起义时高唱这首歌,因得现名,并因此风行全法国。1795年7月14日法国督政府宣布定此曲为国歌。

《马赛曲》在其后的波旁王室复辟和法兰西第二帝国时期被禁。延至1830年7月革命过后,再次为人们传唱,并由著名音乐家柏辽兹(Hector Berlioz,1803年—1869年)进行管弦乐编曲,后来成为官方指定的管弦乐版本。1879年、1946年以及1958年通过的三部共和国宪法,皆定明《马赛曲》为共和国国歌。在一般情况下,《马赛曲》只会唱第一节的国歌(偶尔会连同第五节和第六节一起唱)。

歌曲先是吹响进军的号角,军鼓奏鸣,高昂的女声领唱,声音坚定,激荡着人的心魄,紧接着男声合唱,雄浑有力,与女声此起彼伏地,波澜壮阔地混响着。一支支洪流般的队伍浩浩荡荡地走来,在正义的旗帜指引下,迈着整齐的步伐,勇往直前!向着自由!向着光明!

二、推介曲目

《伞绳上的鲜血》

美国歌曲

(原文略)

《伞绳上的鲜血》是美国陆军第一〇一空降师军歌。词、曲作者不详,歌词具有独特的美国式幽默。

《如果战争在明天》

苏联歌曲

(原文略)

这首歌曲 1938 年由瓦西里·列别捷夫作词,波科拉斯作曲。当时正值苏芬战争期间,苏联军方为了鼓舞人心而创作了这首歌曲。

《美国空军》

美国歌曲

(原文略)

《美国空军》(The U. S. Air Force)是美国空军的标准军歌,简称《空军歌》,有时也称为《让我们上》《让我们飞向蓝色远方》或者《蓝色远方》。这首歌曲原来是《陆军航空队歌》,词、曲都是美国陆军上尉罗伯特·克劳福德 1939 年创作的。

《春天来到了我们的战场》

苏联歌曲

(原文略)

《春天来到了我们的战场》,又名《夜莺》,阿·法梯扬诺夫作词,瓦·索洛维约夫·谢多伊作曲。法梯扬诺夫曾作为一名普通的士兵走过漫长的战争道路。他回忆道:"战斗刚一停息,士兵们躺在绿色的小树林里,拍去身上的灰尘。突然听到:远处敌机的轰鸣声消失之后,夜莺大声唱了起来。这一情景我后来写进了歌词里。"

《军舰进行曲》

日本歌曲

(原文略)

《军舰进行曲》又名《舰船进行曲》,是濑户口藤吉作曲的进行曲。《军舰进行曲》，在明治 30 年（1897 年）创作。本曲为日本具有代表性的进行曲，也是旧日本海军及现在的日本海上自卫队的官方进行曲，会在舰艇下水典礼等的各种活动中演奏。

《朝鲜人民军军歌》

朝鲜歌曲

（原文略）

《朝鲜人民军军歌》是由朝鲜作曲家罗菊和词作家李范洙于 20 世纪 60 年代期间创作的。

思考题：

  1. 我军的军旅歌曲诞生在什么时期？经过了哪几个发展阶段？军旅歌曲具有怎样的特征？

  2. 怎样才能从军旅歌曲中获得更多、更高的审美享受？

  3. 为什么说军旅歌曲是鼓舞士气的战斗号角？

  4. 军旅歌曲的作用有哪些？

  5. 哪些军旅歌曲对你影响最深？为什么？

第七章

军旅戏剧鉴赏

学习提示：本章主要介绍了军旅戏剧的诞生、发展状况及其在审美方面的特征，在此基础上介绍军旅戏剧的鉴赏方法。通过学习，学员应了解军旅戏剧的发展脉络，掌握其基本的鉴赏方法。

戏剧是一门既有表演活动，又有表演文本的艺术，也是一种文学体裁，更是人类最富有趣味性的精神创造之一。它历史悠久，品类繁多，受众广泛，跨越东西方文化，是人类重要的文化财富。军旅戏剧是中国戏剧大家庭中重要而独特的一员，随着边塞与征战的出现，随着人民军队的建设与发展，它形成了自己的发展脉络与风格特点。因此，我们在鉴赏军旅戏剧的时候，要综合各类艺术鉴赏的特点、方法，全方位、多视角地欣赏军旅戏剧。

第一节 军旅戏剧基本知识

中国戏剧源远流长，品类众多，特色鲜明，按照发展阶段可以分为古代戏剧和现代戏剧。古代戏剧因以"戏"和"曲"为主要因素，所以又称作"戏曲"。戏曲是中华民族文化的一个重要组成部分，它与古希腊悲喜剧、印度梵剧并称为世界三大古剧，在世界剧坛上占有重要的地位。现代戏剧主要指20世纪以来从西方传入的话剧、歌剧、舞剧、歌舞剧等戏剧种类。其中，话剧是现代戏剧的主体，我们平时所说的外国戏剧一般专指话剧。在中国，现当代军旅戏剧的主体类型正是话剧。据不完全统计，仅在民主革命时期创作的话剧就有约 890 多部(个)。

一、军旅戏剧概说

军旅戏剧是戏剧文学的重要组成，也是军旅战训宣传教育的重要利器。军旅与戏剧有其各自产生、发展的历史，随着人民军队的诞生与成长，二者的结合日渐紧密，一跃成为活跃军营生活、展现军营特色、表达军人情怀的重要的艺术形式。军旅戏剧密切配合军队建设发展、积极呼应时代兵心需求，在戏剧史上有重要的地位，在我军文化工作和文化活动的不同时期产生了重要影响。

军旅戏剧的类型包括了话剧、歌剧、歌舞剧、秧歌剧、快板剧、活报剧、音乐剧、小品、京剧及各种地方剧种等不同的形式种类；题材内容涉及革命历史、领袖英雄、战争战役、军队建设、改革历程、军营生活、军人婚恋、兵心思想等方面。这些形式多样、种类齐全、内容丰富、主题鲜明的军旅戏剧，在不同时期为我军的宣传、教育、文化建设和思想政治工作做出了自己的贡献，至今依然在军队建设的各个方面发挥着重要作用。

可以说，军旅戏剧是在中国戏剧发展的基础上，在中国人民解放军的诞生与建设发展中诞生并逐渐走向繁荣的。

二、军旅戏剧的发展

中国现当代军旅戏剧的发展，大致经历了以下几个阶段。

1. 烽火中诞生

中国的军旅戏剧几乎与中国人民军队的建军同步诞生于战火纷飞的年代。它先后经历了人民军队初建、抗日战争、解放战争三个时期，从 1927 年 8 月 1 日南昌起义至 1949 年 7 月新中国成立前，创作时间跨度长达二十多年，先后涌现出一大批创作骨干和名家，建立了一众各有特点的剧团，成立了培养戏剧人才的专业学校，产生了一系列主题鲜明、意义重大、生动鲜活、影响深远的优秀作品，形成了军旅戏剧的一个个里程碑。

1927年8月南昌起义后，军队中就开始出现了零星的话剧表演。小话剧《老祖母念金刚经》是有记载的我军第一部形式完整的话剧。20世纪30年代，正当上海等地左翼戏剧蓬勃发展之时，革命根据地的"红色戏剧运动"也如火如荼地展开了。所谓"红色戏剧运动"是指红军时期在艰苦的斗争环境中，为紧密配合时政与部队建设而创作的戏剧。这种早期的戏剧以话剧为主要载体，以街头宣传、化装表演为主要表现形式，活动范围由最初的红军部队逐渐扩展到整个苏区，传播力强，影响力大。当时出现了一批表现红军和苏区斗争生活、群众喜闻乐见的小剧目，如《打土豪》《毛委员的空山记》《收谷》《二羊大败七溪岭》《明天》《我——红军》《为谁牺牲》《战斗的夏天》《二七惨案》《两个面孔》《武装起来》《庐山之雪》《南昌暴动》等。

1929年，代表我党和我军建党、建军及革命文化建设的纲领性文献——《中国共产党红军第四军第九次代表大会决议案》获得通过，《决议》强调"化装宣传是一种最具体有效的宣传方法"，要求部队广泛开展演剧活动。正是在"古田会议决议"精神的指导下，红军戏剧才出现了建设发展与创演的高潮。李伯钊、胡底、钱壮飞、危拱之、瞿秋白、石联星等人，正是在此期成长起来的优秀戏剧创作骨干。这一时期，在不同区域和部队，先后成立了战士剧社、八一剧团、工农剧社、中央剧团、战号剧团、红旗剧团、火星剧团、战斗剧社、工农剧社、列宁剧社、人民剧社等三十个左右的剧团。这些剧团大规模组织创演活动，戏剧建设发展迎来了第一个繁荣局面。随着戏剧活动如火如荼地开展，戏剧人才的培养被提上议事日程。1934年4月，高尔基戏剧学校在瑞金成立了。这是苏区第一所专门培养戏剧人才的专业学校。"红色戏剧"正是在这样的背景和条件下才得以蓬勃发展的。

抗日战争期间，为唤醒民众爱国意识、宣传抗战救国思想、团结一切抗战力量、抵制日本文化侵略，八路军、新四军及各敌后抗日根据地都陆续成立了剧社、演剧队，利用战争的间隙创作排演戏剧，到农村、部队演出，用文艺的手段服务抗战，为积蓄抗战力量、宣传抗战思想发挥了巨大作用。这一时期，我军的戏剧建设全面启动，有剧团建设，有人才培养，有创演活动，有会演评比……此期，主要的戏剧社团有西北战地服务团、抗大总校文工团、烽火剧团、太行山剧团、前线剧团、战斗剧社、抗敌剧社、火线剧社、先锋剧团、战友剧社、山西新军戏剧团体、战士剧社、国防剧团、新四军战地服务团、抗敌剧团、拂晓剧团、东流剧团、铁流剧团等；成立的艺术教育院校有延安鲁迅艺术学院、山东纵队鲁迅艺术学校、鲁迅艺术学院晋东南分院、鲁迅艺术学院华中分院、部队艺术学校等；涌现出的剧作者有王震之、陈荒煤、洛汀、刘肖芜、刘佳、何迟、丁里、王林、崔嵬、凌子风、成荫、严寄洲、裴光、吴强、刘保罗、许晴、沈西蒙、阿英、叶华、夏征农、吴天石等；创作的各类戏剧作品有1000多部，其中比较有影响的有《同志，你走错了路》《粮食》《我们的乡村》《李殿冰》《到山那边去》《李国瑞》《子弟兵和老百姓》《十六条枪》《齐会之战》《跟着聂司令前进》等；剧种类型也日渐丰富，除了作为戏剧主体的话剧外，还有歌剧（如《农村曲》《在这土地上》）、秧歌剧（如《牛永贵挂彩》《大家好》等）、活报剧（如《保卫边区》《跟着聂司令员前进》）、京剧（如《老英雄》《傻小子打游击》《徐大将军粉碎日寇扫荡》）、郿鄠（眉户）剧（如《开荒一日》）、秦腔、豫剧、晋剧、评剧等各类剧种。

解放战争时期，戏剧创作为适应人民解放军的战略调整，戏剧剧团从组织形式到人员、活动都做出了相应的调整。此期的戏剧团体有华东野战军政治部文工团、华东野战军第八纵队政治部文工团、淮海新十旅文工团队、两广纵队文工团、东北民主联军总政治部宣传队、东北军政大学文工团、辽西文工团、辽东军区文工团、联政宣传队、西北野战军政治部宣传队、晋冀鲁豫军区文工团、前线剧社、胜利剧社、炮兵文工团、冀晋军区政治部冀晋剧社、前卫剧社、华北军政大学文工团、战声剧社、"解放军官"宣传队等。创办的一系列艺术院校有冀南艺术学校、东北部艺、冀东鲁迅艺术学校、中南部队艺术学校、西北艺术学校等。戏剧作品比较集中地表现了人们普遍关心的问题，如停止内战、国家前途、军队建设、农民土地问题等。优秀的代表作品有话剧《保卫我们的好光景》《喜相逢》《九股山的英雄》《气壮山河》《打通思想》《团结立功》《炮弹是怎样造成的》等；有歌剧《刘胡兰》《军民一家》《两种作风》《王克勤班》《英雄刘四虎》《解放》《三班长》《不要杀他》；有秧歌剧《好军属》《一把钥匙》《四十一号桥》《买卖公平》等；有广场歌舞剧《好同志有错改错》《一步错步步错》《军民互助》《钢筋铁骨》《张德宝归队》等；有活报剧《奇袭南头》《蒋军必败》《活捉王耀武》等；有快板歌剧《钟家骏》；有快板剧《拜年》；还有地方戏剧秦腔《穷人恨》、琼剧《一个士兵的遭遇》等。

2. 风雨中搏击

中国军旅戏剧在 1949 年 10 月中华人民共和国成立后，也逐渐向正规化、专业化、现代化的方向发展，进入到一个新的发展阶段。先后经历了新中国成立之初肃清残敌、抗美援朝、曲折发展和"文革"时期的抗争，可以说，这二十多年的军旅戏剧建设发展是在风雨中搏击前行的。

1949 年 7 月、1953 年 9 月，先后召开的中华全国文学艺术工作者第一、第二次代表大会，以及 1952 年中央军委总政治部向全军发出的《艺术工作的指示》成为军队戏剧组织建设、人才建设、专业建设的思想、理论和行动指导与依据。

根据《对文化艺术工作的指示》明确提出的"面向连队，为兵服务"，"全面开展战斗性群众性文化艺术工作"的方针，艺术家们继承战争年代戏剧的革命传统，结合新的形势，创作出了一批反映新形势、新任务、新时代、新人物的新剧目。这些剧目中，反映新中国成立初期边海防对敌斗争的有《东海最前线》《海滨激战》《海岸线》《海防万里》等；反映我军和少数民族紧密团结、建设边疆、保卫边疆的有《枪》《水》《边疆的路》《高原展示》；反映抗美援朝战争的有《警卫线上》《引路过江》《唇亡齿寒》《为国为家》《血肉相连》《打击侵略者》《永远的战友》《杨根思》《保卫和平》《战线南移》等。其中，反映革命战争历史的作品有《战线》《战斗里成长》《英雄的阵地》《冲破黎明前的黑暗》《万水千山》《一个志愿军的未婚妻》《海防前哨》《董存瑞》等，所占比例最大。这些作品无论是题材内容，还是审美追求，都保持着人民军队戏剧创演的革命激情和战斗风格，在坚守中有传承，在传承中有创新。

此期，戏剧团体也在不断地整合中成长起来，军队大单位的变动调整，直接影响着戏剧团体的建设与重组。随着总部、各军兵种、各大军区机关的调整，沈阳、北京、济南、南京、广州、成都、兰州七大军区组建完成，与之相应出现的大型戏剧文艺团体有：总政话剧团、歌剧团，空军政治部话剧团、歌剧团，海军政治部文工团，北京军区政治部战友话剧团，沈阳军区政治部前进话剧团，济南军区政治部前卫话剧团，南京军区政治部前线话剧团，广州军区战士话剧团，成都军区政治部战旗话剧团，兰州军区政治部战斗话剧团等几十个不同军兵种、军区的文艺团体。这些戏剧团体创作和排演了大量优秀的军旅剧目。

1956 年，文化部举办了第一届全国话剧观摩演出会演，军旅戏剧有 5 部作品获一等奖。这 5 部作品都是反映革命战争历史的。其中，《冲破黎明前的黑暗》与《万水千山》在当时产生了很大的影响，后来多次被重排，成了军旅话剧的经典之作。这些成就不仅反映和证明着军旅戏剧创演的实力，也展示着在思想政策指导下戏剧建设的进步。

1957 年，毛泽东发表了《关于正确处理人民内部矛盾的问题》，提出了"百花齐放，百家争鸣"的方针，是促进艺术发展和科学进步的方针，是促进我国社会主义文化繁荣的方针。在"双百"方针的指引下，军队文艺团体活动进入到一种蓬勃发展的状态。1959 年，第二届全军文艺会演以及后来的一些戏剧会演、调演和评奖活动，极大地刺激了军旅戏剧的发展。到"文革"开始前，军旅戏剧已经在全国戏剧舞台上占有了重要的位置。

1960 年 4 月 22 日，经国家有关部门批准，全军唯一一所高等艺术学府——解放军艺术学院成立。学院设立戏剧系，到 1966 年暑期，全院共招收五期学员，培养了 175 名专门的艺术人才，为军旅戏剧事业的建设输送有生力量。

1956年到1966年的这十年，军旅戏剧的题材较以往有了很大的拓展。除了《三八线上》《地下长城》《友谊》等外，还有很多新的题材内容。有表现人民军队现代化建设的，如《将军当兵》《我是一个兵》《雷锋》《霓虹灯下的哨兵》等；有表现农村土地改革、边海防斗争、反特、剿匪等内容的剧目，如《槐树庄》《南海战歌》《海防线上》等；表现革命战争历史的作品也在尝试新的角度和内容，如《东进序曲》表现新四军与国民党顽固派的斗争，《年轻的鹰》首次表现了人民空军在抗美援朝战场上的英雄业绩，《英雄万岁》书写了上甘岭战役中志愿军不畏强敌、不怕困难与敌战斗的英雄赞歌，《兵临城下》表现我军开展政治攻势，瓦解敌军的特殊斗争。更为可喜的是，这一时期还出现了几部描写古代战争与外国战争的剧目，如《甲午海战》《赤道战鼓》《南方来信》《安第斯山风暴》等。

　　总起来看，这一时期的军旅戏剧题材开拓更广更深，紧紧把握住了时代与社会的热点，塑造出新的艺术形象。艺术表现上也有了很大的提高，无论是人物形象的塑造，还是戏剧冲突和矛盾设置，还有舞台呈现，都达到了相当高的水准。这一时期也是军旅戏剧队伍最完整、演出剧目最多的时期。

　　"文革"十年，全国文艺创作呈现整体停滞的状态，军旅戏剧创演受到了很大影响，直到文革后期情况才有所改变。1972年10月至1973年1月，全军分片文艺会演中有60多部剧目，其中话剧41部、歌剧14部、京剧8部，其他5部。这其中的精品有话剧《再战孟良崮》《苹果树下》《前进在革命大路上》《淮海大战》《考核》等，有歌剧《南华一支枪》《雪山红松》等，有京剧《铁流战士》《地道战》等。这些作品虽然水平不一，但都能坚持现实主义的创作手法，体现戏剧的艺术特征，展示为军服务的意识，在文艺创作匮乏的年代，为军民提供了一份满足文化欣赏需要的精神食粮。

　　3. 阳光下奋进

　　新时期的军旅戏剧在拨乱反正、改革开放和真理标准问题讨论的浪潮中，迎来了复兴的春天。

1977年,"文革"十年浩劫刚刚结束,总政就举办了第四届全军文艺会演,紧接着是1979年的建国30周年庆典。在这一系列的重大文艺活动中,军旅戏剧积极响应,迅速推出了一批优秀作品。这其中有如《陈毅出山》《曙光》《滚滚的黄河》《平津决战》《彭大将军》《怒吼吧,黄河》《祖国屏峰》《东进!东进!》等,在话剧舞台上刮起了一股绿色旋风。这些作品以新鲜的选题,生动的故事,真实的情感得到了观众的认可。

20世纪80年代是中国艺术创新奋进的年代,军旅戏剧也加入到创新大潮之中,出现了一批思想与艺术均有所突破的新作品。比如,反映革命领袖及我军高级将领的斗争经历,在过去一直是艺术创作的禁区,这时得以突破,毛泽东、周恩来、朱德、陈毅、贺龙、彭德怀等。与此同时,一批老一辈革命家的形象因此走上话剧舞台。一些反映重大革命战争历史的剧目也涌现出来,如《秋收霹雳》《平津决战》《决战淮海》《四渡赤水》《转战陕北》《中国·1949》等。这些作品填补了军旅话剧创作的空白。

20世纪80年代中期到90年代末,全军举办了三次文艺会演,以此为契机,军旅戏剧奉献给观众一大批优秀作品,并且迎来了军旅戏剧的第三次高潮。比较优秀的作品有《秋收霹雳》《曙光》《今夜星光灿烂》《虎踞钟山》《凯旋在子夜》《桃花谣》《血染的风采》《天堂来的士兵》《凯旋在子夜》《高山下的花环》《向前向前》《原子与爱情》《这里通向云端》《生者与死者》《天边有一簇圣火》《老兵》《炮震》《兵妹子》《洗礼》《女兵连来了个男家属》《甘巴拉》《男人兵阵》《"厄尔尼诺"报告》《绿荫里的红塑料桶》,音乐剧《芦花红·木棉白》等。

2000年以来,挤满了纪念的日子——2001年,中国共产党建党80周年;2005年,抗日战争胜利60周年;2006年,红军长征胜利70周年;2007年,建军80周年;2009年新中国成立60周年;2011年,建党90周年;2019年,建国70周年;2021年,建党100周年,等等。在这些纪念的名义下,军旅戏剧创造出不俗的成绩,出现了《零号防空洞》《老兵骆驼》《回家》《兵心依旧》《爱尔纳·突击》《结伴同行》《桃花谣》等作品。2007年,为纪念中国话剧百年而举办的第五届全国话剧优秀剧目展演活动中,《黄土谣》《我在天堂等你》《天籁》《马蹄声碎》等四部军旅戏剧获得一等奖。这是对军旅戏剧的极大肯定,也是对 21 世纪军旅戏剧的一次检阅。2008 年,北京军区战友文工团创演的京剧《红沙河》在第五届中国京剧艺术节上获得现代戏一等奖。这是改革开放以来,京剧舞台上第一部反映军队现实生活的作品。它表现的是我军数字化部队建设与发展中的一次"红蓝军对抗"——磨刀石行动。2009 年,空军政治部电视艺术中心创作演出的话剧《雷霆玫瑰》,巧妙地选取了第八批女飞行员从进入飞行学院到毕业,特别是参加新中国成立以来首批歼击机女飞行员的选拔检验,最终壮志凌云的生活经历,来展示新时代空军军人的精神风貌。

军旅戏剧具有光荣的历史。然而,随着军队体制、机制的变革,随着强军兴军的深入,随着电影电视等新媒体的冲击以及物质社会的诱惑,未来军旅戏剧的创演将面临更多的机遇和更严峻的考验,军旅戏剧要想再创辉煌,必须加倍努力。

三、军旅戏剧的审美特征

戏剧理论家廖奔说:"无论怎样衡量,军旅话剧都是当代军旅创作中的一支劲旅。"军旅戏剧作为中国话剧的重要组成部分,其血脉基因,其精神价值指向,始终坚守现实主义传统,始终把服务中国人民的革命斗争、表现重大社会历史事件、塑造我军英雄形象,作为军旅戏剧家的历史使命。这些优秀作品以现实主义的创作方法,塑造了一批表现时代和军人精神风貌的鲜明生动的人物形象,具有较高的审美价值。

1. 塑造展示军人精神风貌的鲜活人物形象

人物形象塑造问题,是戏剧创作的中心问题。中国军旅戏剧塑造了一系列类型各异的人物形象,特别是众多富有时代光彩的中国军人形象,给我国戏剧文学的人物画廊增添了异彩。这些人物形象无论是从多样性上,还是从真实性和典型性上，无论是从艺术的创新性上，还是从反映生活的广度和高度上，都展示了我国现当代戏剧史的新突破，表现出新时期我国戏剧文学发展的新水平。

话剧《虎踞钟山》的人物形象塑造和艺术表现就非常值得称赞。该剧不仅第一次在话剧舞台上塑造了刘伯承元帅的形象，同时，也是第一次从戏剧文艺的角度，正面反映了我军的院校生活。编导演既注意刻画刘伯承作为军事家的一面，又注重塑造他作为一位杰出的无产阶级革命家、军事教育家的风采，作品表现了他胸怀坦荡、无私无畏的高尚品格。

话剧客观地表现了我军第一次创办军事学院，所面临的种种困难和考验。在师资匮乏，没有教员的情况下，刘伯承冒着可能被指为右倾的政治风险，大胆起用了国民党的高级将领和旧军人。他们在学校教员队伍中所占比例高达70%。编剧以浓重笔墨刻画了刘伯承邀请国民党中将司令官、坦克战专家吴觉非出任兵种课教员的景象。他三顾茅庐的诚意相邀让吴觉非深受感动、幡然醒悟，接受了刘伯承的邀请，接过了人民解放军的军装。如果说，戏剧在使用旧军人上表现了刘伯承的雄才大略，那么，与我军学员队伍中存在的种种错误认识和不良行为的斗争，则体现了刘伯承的严厉和爱心。面对一些不守纪律的高级指挥员，刘伯承循循善诱，但又不盛气凌人，言行让人心服口服。编导抓住刘伯承文武兼备的将帅风采，设置了大闹课堂、宿舍谈心、送别战友、战役演习、告别军旗等几场戏，通过对人物心灵世界的展示和经典言辞的表述，塑造了刘伯承元帅鲜活生动的艺术形象。

《虎踞钟山》在努力塑造好刘伯承形象的同时，还成功地塑造了我军一批高级指挥员的形象，戏剧集中、突出地表现了他们的理想和追求、学习和爱情，人物形象生动精彩，各具特色，给观众留下了深刻印象。

2. 观照军队历史的独特戏剧视角

站在时代的高度关注历史素材，找到其与现实生活的共鸣，让历史成为激励我们前进的精神财富是军旅戏剧的使命。

《天籁》是一部反映长征题材的戏剧。作为革命历史题材，举世闻名的长征是一个挖掘不尽的富矿。以往的戏剧、影视、舞蹈、歌曲等艺术形式，分别从不同角度都创作出过不少作品。但这部作品依然凭借它独特的魅力在众多长征题材的文艺作品中脱颖而出。该作品尽管在舞台设计上没有什么大场面、大战斗，但它却以独特的视角深刻挖掘人物性格、人物命运，并以此折射出长征的伟大意义，给人以强烈的艺术震撼。

《天籁》演绎的是长征队伍中红一军团战士剧社的文艺战士们的故事。他们之中有从苏联学习回来的朱卉琪，有童养媳出身的宣传队员周月儿，有一心上前方打仗、不愿留在剧社的营长田福贵，还有战士李槐树等一帮朝气蓬勃的年轻人。1934 年 10 月，他们剧社跟随中央红军从湘江边转移，参与了四渡赤水作战、穿过杳无人烟的草地，经历了腊子口大捷，一直长征到陕北，见证了红军大会师。他们同大部队一样行军打仗，一样面临死亡与危险，朱卉琪的丈夫刘社长就牺牲在湘江战役中；李槐树被敌人的子弹打瞎了双眼；周月儿为了抢救留声机献出了宝贵的生命……但是，他们背着锣鼓，拿着快板，还有朱卉琪夫妇从莫斯科带回来的那个能播放《国际歌》和贝多芬的《田园交响乐》的留声机，一边打仗一边鼓动，一路行军，一路宣传。他们就这样在艰难险阻、生死考验中，将革命必胜的信念、将团结抗日的道理，播撒到广大战士、老乡的心中，用青春的光华谱写出动人心魄的天籁之声。当他们全然不顾头顶上呼啸着的炮火，站在山崖上打着快板为战士们鼓劲时，观众的心灵怎么能不被震撼！这是燃烧的生命之火，这是高尔基笔下的海燕！《天籁》是中国军事文艺史上第一部将部队戏剧工作的历史推上舞台的作品，它具有鲜明的纪实性。

四、军旅戏剧的鉴赏方法

军旅戏剧注重强化军旅特色，多从把握大的时代精神上来进行创作，使作品始终昂扬向上，饱含催人奋进的艺术力量。同时，也十分注重作品的艺术效果，努力引起审美主体的共鸣，使审美主体从欣赏中获得极大的满足感与愉悦感。

（一）感受跌宕起伏的戏剧冲突

戏剧冲突是构成戏剧的重要因素，"没有冲突就没有戏剧"。一出好戏要是有了好的戏剧冲突，就有了精彩的剧情。设计精妙的戏剧冲突必然会成就独特的人物形象。因此，鉴赏戏剧首先要了解戏剧冲突。所谓戏剧冲突，是指最能充分展示人物性格、人物关系，反映社会生活本质特征、高度典型化了的矛盾冲突。通俗地说，戏剧冲突主要指人物与人物之间的冲突、同一人物内心欲望和性格的冲突，以及人物与环境之间的矛盾冲突等。戏剧冲突丰富尖锐、多姿多彩，形成了扣人心弦的艺术张力，戏剧在矛盾冲突中展示着人物个性，推动着故事情节不断向前发展。在鉴赏戏剧时，观众或读者只有把握住剧中的矛盾冲突，才能厘清情节发展的线索，从而全面准确地分析戏剧人物的典型性格，不知不觉地融入进了戏剧情境，从而自然而然地感受戏剧所创造的震撼人心的艺术效果。

话剧《炮震》讲述了一个摩步化团队在更换了现代化武器装备后，官兵的观念如何适应现代化的需要成为制约部队建设的关键。神炮连连长刘大海的转业离队与《虎踞钟山》中甘有根的退学一样，成为剧中最撼人心魄的一笔。刘大海深知，尽管像他这样从摸爬滚打的士兵成长起来的基层军官对部队怀有深厚感情，但文化素质偏低的现实使他们无法仅凭着感情去担当起时代赋予军人的重任。"如果说，我刘大海还能给部队做出贡献的话，那就是痛痛快快地离开部队。"刘大海告别连队时悲怆的表白，在揭示一代军人悲剧性命运的同时，也展现着军旅生涯赋予他大海一样宽阔的胸怀。

（二）探究引人入胜的戏剧结构

戏剧结构是作者对戏剧情节的安排，是戏剧的布局。结构计划的形成是编剧艺术构思中最重要的一个环节，戏的好坏正系于此。可以说，戏剧结构的好坏，直接影响着整部戏剧的优劣。为纪念红军长征胜利70周年，兰州军区战斗文工团创排了大型音乐话剧《太阳河》。该剧从选材到舞台呈现,独具特色,震撼人心,催人泪下,是军旅话剧舞台上的新成果。

《太阳河》的结构,在继承中创新,应了"结构第一"是戏剧创作的不二法门之说。统摄全剧的是"长征整体"及"长征精神"。这个内容则是通过一个特殊"小分队"的境遇展现出来的,二者融合,显隐交织,不留斧凿痕迹。

黑暗笼罩着天穹,狂风肆虐着草地,一条逶迤的血红色的光带中,红军队伍衣衫褴褛,依偎搀扶,在红旗的导引下,艰难而又坚定地向前走动、向前走动……观众一看就明白,这就是"长征"。接着,一一走向观众、走近观众的是红军总部收容队卫生队长廖崇光、川北红鹰团特务连一排老排长、巴山猛虎团通讯连战士苏九斤、红军剧社宣传员小不点、被俘国民党军团长韩枫、红军独立师副师长李林,还有襁褓中的红军婴儿。剧作突破了以英雄人物为支点组织戏剧冲突的习惯结构,而是以红军婴儿和被俘团长作为两个相互对立但又相互联系的中心点,创造出两条贯穿全剧的鲜明的情感之流,一条是对国民党军无比的恨,一条是对红军婴儿无比的爱。如此,生死交加,爱恨相随,荡气回肠的情感汇聚成尼玛曲,溢满了太阳河。

(三)品味生动独特的戏剧语言

语言是展现人物思想和体现作品内涵的一个要素。戏剧语言包括人物语言和舞台说明。人物语言也叫台词,包括对白、独白、旁白等,是人物心理、动作的外现。在军旅戏剧中,要塑造好戏中的人物,独特、精美、富有意蕴的语言是必不可少的。任何一部成功的军旅戏剧都有其非常突出的语言风格。

戏剧《黄土谣》讲述了复转军人宋建军替父还债,带领乡亲们脱贫致富的故事。凤凰岭的老支书宋老秋带领穷困山区凤凰岭的乡亲们脱贫致富失败,赔了18.2万元,死不瞑目。在部队当副团长的长子宋建军,做出了人生中的重要决定,不仅用转业费替父亲还上了债,而且辞掉了组织给自己安排的到城里的工作,转而回乡,继承父亲未竟的事业,带领乡亲们脱贫致富。作者着力于人物心灵的揭示与开掘。18.2万元的欠债就像一团无情的烈火,整个凤凰岭村的人,特别是宋家三兄弟的灵魂在它面前扑跌翻滚,引人深思,令人印象深刻。戏剧演出使用的是西北方言,台词写得十分生动,观众在阵阵笑声中品尝着生活的苦涩。为了强化冲突的震撼力,作者甚至在深厚的现实主义的语汇中糅进了荒诞主义的色彩和残酷戏剧的成分。剧中有这样的对话:"'还债'这事过不去,不是乡亲们过不去,是你心里过不去,是我的心里过不去,是共产党心里过不去。"宋老秋的死不咽气和建军掷地有声的"18.2万元我一个人还!"的庄严承诺,展现出的实质就是一种责任、一种信念、一种使命、一种敢于承担的精神!父债子还是故事表层的内容,再往深处看,我们能感受到的是这些普通的共产党员身上那种质朴忠厚的品格和对美好生活的向往。闪烁着光芒的党员身上所担当的"精神",正是共产党员崇高的信念!这恐怕才是"父债子还"的深刻内涵。《黄土谣》的演出像奔腾呼啸的黄河水,荡涤着观众的心灵,呼唤着这种"精神"的回归!

第二节 中国军旅戏剧鉴赏

军旅戏剧是军队文艺创作的重要内容,它始终以其宏大的主题和悲壮崇高的美学特征,在中国戏剧史上占据重要地位。

一、赏析篇目

《单刀会》

关汉卿

(原文略)

《单刀会》全名《关大王单刀会》《关大王独赴单刀会》,是元代戏曲家关汉卿的杂剧作品。全剧共四折。剧本写的是三国时蜀汉关羽凭借智勇单刀往赴鲁肃所设宴会,机智交锋,最终安全返回的故事。

关汉卿(1225—1300),字汉卿,号已斋叟,中国古代伟大戏剧家,后人将其列为元曲四大家之首。

《单刀会》演绎了三国时期，东吴与蜀汉就讨还荆州与保留荆州一事而发生的动人心魄的英雄故事。东吴的鲁肃为了索还荆州请关羽赴宴，却又暗中设下埋伏，并请关羽故人司马徽前来陪宴劝酒。司马徽拒绝了鲁肃的请托，并告诫鲁肃不可鲁莽行事。关羽接到邀请书后明知是计，仍旧带周仓一人单刀赴会。与此同时，关平、关兴带大军在江边接应。宴席间，关、鲁二人言辞交锋，鲁肃未能取胜。关羽智勇双全，震慑鲁肃，令他不敢动用埋伏的军士。最后，关羽安然返回。

《单刀会》充分显示出关汉卿的美学追求和艺术匠心。关汉卿围绕题旨进行了巧妙的布局谋篇。前两折的反复陈述，起到铺垫和蓄势的作用，渲染烘托出关羽的英雄气概和盖世威风，为关羽正式出场营造了逼人的气势。第三折关羽出场亮相，戏剧正面描写关羽其人，使前两折的渲染烘托落到了实处；但这一折仍不写关羽与鲁肃的直接冲突，只是从关羽个人角度着笔，所以，这一折连同第四折的开头，对于直接冲突的高潮来说，仍然是铺垫和蓄势。第四折开头，从时间上看，只写了渡江赴会的短暂时刻；从内容上说，只写了关羽的引吭高歌，动作性并不明显。剧作家却有意延宕剧情，忙里偷闲，着意揭示主人公的内心世界，因为这样的时刻最能表现人物思想性格和精神风貌，所以剧作家才于此浓施笔墨，尽情挥洒。这样安排，对题材的思想内涵，起到进一步深入开掘的作用；对剧情的进展则起到进一步蓄势的作用，使后面高潮的直接冲突显得水到渠成，自然而有力度。

《万水千山》

陈其通

（原文略）

《万水千山》是由陈其通编写的一部六幕七场的话剧，该剧1954年由总政话剧团首演，1955年发表于《人民文学》。

陈其通（1916—2001）笔名陈然，祖籍湖北麻城，出生于四川巴中县。1935年随军长征，任宣传队长，写过一些小戏和活报剧。1938年起，他先后创作了《艰苦路程两万里》《二万五千里长征记》和《铁流两万五千里》三部作品，《万水千山》正是在这三部剧的基础上完成的。该剧实现了作家在舞台上再现伟大长征的愿望。

《万水千山》展示的戏剧背景广阔，场面宏大，时间跨度大，人物事件错综复杂。戏剧通过红军长征中的几个片段，不仅概括了长征的战斗历程，更塑造了一系列红军指战员的典型形象，表现了红军的战斗精神。剧作从红军第二次攻打娄山关开场，从正面、侧面等不同角度展示红一方面军一个营真实而生动的生活战斗画面，热情歌颂了中央红军所创造的一个个震惊世人的壮举，从而更彰显了红军的革命英雄主义和革命乐观主义精神。在人物塑造上，作者抓住了人物形象塑造和人物命运演进这一关键，使主要人物各有重场，其中，营教导员李有国、连长赵志方（后提升为营长、营教导员）和副营长罗顺成这三个贯穿全剧的人物塑造得生动感人。

李有国是红军中千百个政工干部的缩影，也是一个成功的艺术形象。正如剧作者在《万水千山·后记》中所说的那样：他"不是每天都板着面孔去批评这样，批评那样的人"，而是以自己的实际行动和真诚的交流，把思想政治工作做到实处，做到人们心坎上的人。对思想不通的老战友罗顺成，他循循善诱，推心置腹，把他心中的疙瘩一一解开；在强渡大渡河的时候，他不仅帮助营长赵志方出主意，想办法，还主动出马做通了老船夫的思想工作，解决了渡船这个关键性问题；过草地前他负了伤，又得了重病，但他仍坚持步行与部队一齐出发，用自己的行动鼓舞全体指战员克服困难，争取胜利；当他听说团长要派八个同志抬着他走时，他拒绝了。因为他认为"多一个人走出草地，就多一颗革命的种子，多一份胜利"。他带着化脓的伤口，拖着发烧的身子，有说有笑，装作若无其事。第五幕过草地是刻画李有国这一形象的重场戏，也是全剧的高潮。这时，藏族老乡送给李有国的马死了，而他的伤口却越来越严重了，脓血外流，肚子胀，不时地晕过去，但仍坚持和大家一起行军，坚持做思想政治工作。为了鼓舞大家前进，他不断地和战士们竞赛，并把照顾他的二虎、小周派到前面去照顾罗顺成。他安慰二虎与小周，引导连长王德强高瞻远瞩，鼓舞赵志方继往开来，关心妹妹李凤莲的成长和婚事。他是那样坚强乐观又善解人意，像一把火在过草地那种艰难险恶的环境中照亮了人们的心，也像一座山稳定着人们的情绪。但是，当师首长派李凤莲给他送来马肉、炒面和药品的时候，特别是当他听说这是总部首长把马杀了的时候，显出了从未有过的痛苦，并掉下了热泪！就是在这种情况下，李有国在他生命的最后时刻，还像一位健康的指挥员一样，指挥了出击敌人骑兵队的战斗。当他听说到死马时说："马肉分给全军。"当他听说可能追到几匹活马时说："活马送给党中央。""让革命骑着马前进！""让革命骑着马前进"是李有国的最后一句话，也是概括他思想型人格的一句话。它不仅是体现全剧主题的警句，同时，也展示了一个共产党员的高风亮节和对革命事业的赤诚之心，这些品格精神具体又生动。

《霓虹灯下的哨兵》

沈西蒙、漠雁、吕兴臣 等

（原文略）

《霓虹灯下的哨兵》是由沈西蒙执笔，由沈西蒙、漠雁、吕兴臣集体创作的一部话剧。该剧1962年9月由前线话剧团首演，1963年发表于《剧本》第二期。它不仅有话剧版、电影版、电视剧版和越剧版，还有同名图书。

沈西蒙（1919—2012），笔名沈西门，上海人，中共党员，曾任前南京军区文化部部长、总政文化部副部长、上海警备区副政委、中国剧协副主席。著有歌剧剧本《买卖公平》，话剧剧本《重庆交响乐》《甲申记》（合作）《杨根思》，电影文学剧本《霓虹灯下的哨兵》（合作）《南征北战》（合作）等。

戏剧在选材上跳出了军旅戏剧描写战场、操场、训练场的窠臼，抛开了既有的军旅戏剧展现革命战争的恢宏历史、表现英雄行为与塑造英雄形象的常规思路，选取了部队进城这样一个特殊的事件，来展示人民军队在新的形势下、新的环境中军队内部思想的分歧和英雄人物思想情感的动荡，以及人民军队最终保持住革命本色的故事。上海解放之初，国民党反动势力的残余力量不甘心失败的命运，包藏着各种祸心，化身为香风毒气，飘荡在繁华的南京路上。在以南京路为主要社会场景的戏剧中，一场倒下去、还是站起来的全新斗争，摆在我军某部八连指战员的面前。

通过在南京路上站岗的解放军战士与活动于南京路上的各色人等的关系，戏剧揭示了军队在新的历史条件下如何坚守自己的理想与信念的问题。话剧在各种矛盾的冲突与交织中塑造了一系列性格鲜明的艺术形象，有陈喜、春妮、鲁大成、童阿男等，而着力塑造的主要人物正是战斗英雄陈喜。这个在战场上面对真子弹没有倒下的英雄，却差一点倒在了南京路上的糖衣炮弹之下。戏剧通过一系列细节表现陈喜在香风熏拂下的思想变化，比如甩袜子、扯线等。该剧最大的特点就是军人不是符号化形象，而是会动摇、会犯错、优缺点都有的活生生的人，生活感与分寸感是陈喜这个人物能够立得住的根本。作为一部早期的军旅话剧，其所表现的主题不仅在当时，即使在今天也有一定的现实意义。同时，在结构上，沈西蒙为了表现更广阔的社会生活，采取了多场次、多时空的结构方式，并运用了电影的闪回、镜头切换、画外音等艺术手段，这些艺术手法增加了话剧的艺术表现力。可以说，无论是题材思想还是艺术创造，沈西蒙的努力在当时都是积极而先进的。

《江姐》（歌剧）

阎 肃

（原文略）

歌剧《江姐》取材于长篇小说《红岩》，由著名词作家阎肃编剧，著名作曲家羊鸣、姜春阳、金砂作曲，自1964年于北京首演后，便盛演不衰。这部由军旅音乐家集体创作的作品，以优美的旋律、鲜明的人物形象、强烈的艺术感染力，征服了一代又一代观众。1965年该剧获总政优秀歌剧创作、演出奖。它不仅是空军政治部文工团的一个代表性作品，同时也是我国、我军歌剧界的一个巅峰之作。

1948年春，我解放大军在全国范围内展开战略反攻，国民党反动派对山城重庆的统治虽已摇摇欲坠，却仍做垂死挣扎。

这时，江姐带着省委重要指示离别山城奔赴川北，途中惊悉丈夫老彭牺牲的噩耗，江姐强忍内心的巨大悲痛，与双枪老太婆、蓝胡子等同志见面，并率领游击队给敌人以沉重的打击。

由于叛徒甫志高的出卖，江姐不幸被捕。面对军统特务头子沈养斋的威逼利诱和渣滓洞的各种酷刑，江姐大义凛然、视死如归。重庆解放前夕，江姐慷慨就义，用共产党人的崇高理想和坚贞气节谱写了一曲为民族解放甘洒热血的英雄赞歌。

《江姐》的音乐创作者基于对江姐这一人物的理解，将重点放在了刻画江姐那"一片丹心向阳开"的革命热情、临危不惧、视死如归的革命精神，以及从容不迫、外柔内刚的个性特点上，但又不把她偶像化。全剧一共42个唱段，而《绣红旗》《我为共产主义把青春贡献》《红梅赞》等为人们所熟知，也是《江姐》广为传唱的一些曲目。其中，《红梅赞》代表了《江姐》的主题。它以红梅为喻，生动而准确地表达了江姐为革命甘洒热血的一片丹心。

《空港故事》

王焰珍

（原文略）

《空港故事》是由王焰珍编剧，雷羽导演的话剧。该剧由战旗话剧团1994年首演，先后获第四届中国戏剧节演出奖、编剧奖、导演奖和全军优秀新剧目二等奖。

王焰珍是成都军区战旗文工团一级编剧，著有话剧《空港故事》《阿夏拉雄的雪》《我在天堂等你》（成都军区版）、戏剧小品《太阳鸟》《男班长和女兵》《一二一》《风雪高原情》等，作品曾荣获中宣部"五个一工程"奖、中国戏剧节优秀剧目奖、优秀编剧奖等多项大奖。

《空港故事》讲述了发生在成都一个军用机场即空港的故事。这是一段出行前的邂逅，这也是一场飞行被按了暂停键后的倾诉。先后赶到机场的有家属，有军人，有孕妇，有孩子，有个人，也有团队，他们有不同的出行理由，却有共同的出行目的地。然而，飞机却因气象原因两次推迟起飞，他们就不得不在机场、在招待所等待飞机起飞。这个漫长的等待过程中，想到西藏去看望父母的驻藏某部干部子女——一个男孩和一个女孩、西藏某钢铁运输连连长钟来、由夏欣然带领到西藏执行演出任务的女子军乐队、要赶往西藏去的某部副团长张卫明、常顺怀孕的妻子杏儿，以及被单位照顾让她同钟连长一起去西藏的钟连长的对象刘小等人，他们之间的交谈和行动展示了各自生活中的困难和追求，心灵中的苦闷和希望。这出话剧最大的特点就是没有设立正、反对立的人物，没有以往军旅戏剧中的巨大的矛盾冲突和英雄壮举，剧中人物都是平凡的军人与军属，所说的话也都是一些家长里短，生活中的繁杂小事，夹带着爱情追寻和实际困难的排解，通过在场人物的表现和不在场人物的虚拟，把军人职责和现实生活中必然遇到的矛盾冲突结合在一起，使剧中人物的内心世界得到了充分的体现和发挥，并让人从中受到某种思想启迪和生活感悟。情绪健康，背景别致，人物性格反差大，故事编排有序，全剧在飞机正式起飞的轰鸣声中结束。

《都市军号》

王树增

（原文略）

该剧是由王树增编剧，王向明导演的话剧。话剧在 1995 年由战士话剧团首演，获全军"新剧目奖"一等奖。

王树增，（1952— ），国家一级作家，全军艺术委员会委员、中国作家协会全国委员会委员。代表作有长篇纪实文学《远东朝鲜战争》《解放战争》《长征》《抗日战争》《抗美援朝》等。作品曾获中宣部"五个一工程"奖、共青团"五个一工程"奖、中国人民解放军文艺大奖、第二届"鲁迅文学奖"、曹禺戏剧文学奖等。

话剧以广阔的社会生活为背景，以新鲜的军营处境为出发点，讴歌了爱祖国、爱人民、无私奉献，勇于牺牲的当代军人美的胸怀和他们在军营建功立业的人生风采，特别是在五光十色的外部世界和单调枯燥的军营生活的强烈对比和反差中，塑造了男主角——连长程成这一既有铁石肝胆，也有作为儿子和丈夫的绵肠温情的新型军人形象。

程成是一个内心情感丰富，性格较为复杂的当代军人。他羡慕作为普通老百姓的自由，更崇尚军人这一职业的威严；他眷恋过去在大山、猫儿洞里的军人生活，也向往现代都市的绚丽风景；他对传统一往情深，也能在与现实的痛苦冲撞中发生观念上的裂变……就在这种既矛盾，也统一，又矛盾，又统一的错综复杂的性格、思想、情感的交织中，他不断地思考着，前进着，成熟着。程成这一形象无疑是一个较难把握的、富有新意的新的人物形象，同时又是生活在芸芸众生中的现实的、活生生的人物形象。在舞台表现上，既要把他塑造得有血有肉，又要把握好分寸；既要敢于展开矛盾冲突，又要处理好正反两面的"度"。编、导、演在错综复杂的矛盾纠葛中，紧紧抓住这一人物形象心灵深处最本质的东西，即爱祖国、爱人民、无私奉献、勇于牺牲这些军人的现代美。在程成身上着力表现这些军人美，从大处着眼、细处雕刻，这一人物塑造得既可敬、可亲，又可爱可信，得到了观众、专家、领导的一致认同和赞赏。该剧为当代话剧舞台增添了一个新鲜而有生命力的人物形象。

《男人兵阵》

燕 燕

（原文略）

该剧是由燕燕编剧，郑振环、乔琛导演的话剧，1996年由总政话剧团首演，获第三届"全军文艺新作品奖"二等奖等。

燕燕(1955—)，山东泰安人，中共党员。原总政话剧团创作室主任，中国戏剧文学会第三届副会长、理事，国家一级编剧，中国作家协会会员，著有话剧《女兵连来了个男家属》《男人兵阵》《零号防空洞》，长篇纪实《血对西藏说》（合作），散文集《灵性的芬芳》，长篇小说《去日留痕》《姨妈的后现代生活》《光荣岁月》《空巢》等。作品曾获曹禺戏剧文学奖、"五个一工程"奖、文化编剧奖、解放军文艺奖、华人戏剧节奖、首届中国戏剧文学金奖、中国话剧金狮编剧奖等。

故事以一位女参谋到一个名声在外的连队考察训练情况为契机，展开故事情节，表现了我军基层官兵的精神风貌和生存状态。女参谋张扬是一个军事知识丰富、军事技术娴熟的硕士，而往日以军事训练过硬而名声在外的某集团军九连，却因为这个女参谋的到来，发生了一系列"尴尬事件"。张扬在训练场上目光犀利、严上加严的"挑毛病"，给一心想争第一的连长战龙造成了心理上的不平衡，引发出战龙和女参谋之间一系列的戏剧冲突，这对恋人之间复杂的感情波澜也因此而展开。

作者在努力融入关于军事题材的"英雄情结"，思考变革时期军营生存状态和心理状态变化的时候，让观众与军人走得近些再近些。在急剧变化的时代，审视这一代军人，他们有着与同龄人截然不同的经历与选择。同龄人追求住房讲宽敞、用品讲时尚、生活讲高档的时候，他们有着依然坚守理想的可爱，同时也有背后的躁动与困惑。

吃苦受罪、爬冰卧雪对他们来说倒是其次的。他们知道自己不是普通的公民，他们知道在他们的肩上，承担着历史、民族、人民的幸福与安宁，因此他们不能把自我摆在前头。民族有了这样的男人兵阵，人民就会有尊严感；

国家有了这样的男人兵阵，老百姓心里就会踏实；女人有了这样的男人兵阵，心里就有了依靠和幸福感。这就是《男人兵阵》所要告诉观众的真正的东西。

《炮震》

王承友

（原文略）

《炮震》是由王承友编剧，庞泽云执笔完成的话剧。1996 年该剧由沈阳军区前进话剧首演，获第三届"全军文艺新作品奖"一等奖。

戏剧从一个摩托化步兵团更新装备给人们带来的冲击和震动，展开对于部队如何面对和适应现代化要求的描写。故事新鲜，情节感人，不仅对观众情感具有强大冲击力，同时给官兵心灵带来了一种巨大震撼力。随着某新式火炮的到来，旧式火炮被拉走，部队官兵在感到新鲜、兴奋之余，心中生出了莫名的惋惜和压力。刘大海是某炮团排头连连长，想当年，他在军区大比武中曾扛回一面红旗、三个奖杯，被人称为"大炮能手"，但面对新装备，他心中没底了。为了使大家尽快掌握新火炮，团里从北京请来专家，但因不少人文化基础太差，专家觉得自己无法完成任务。被挽留后，专家组织进行骨干培训班摸底考试，结果，连队所有战士几乎都交了白卷。刘大海愧恨交加，决心从头学起，但始终无法进入状态，只得主动要求转业。就这样，剧作通过对神炮连连长刘大海，从弄潮者到使用新装备的落伍者的刻画，表明只有那些具有一定文化根底，勇于更新自我，自觉提高自身素质的人，才能适应时代要求，才担当得起历史赋予的重任，否则，就有可能被淘汰出局。

该剧的创作和演出，不仅揭示了军队现代化建设进程所面临的实际状况，同时在更深层次或更大范围内引发了人们的深入思考给人们带来了心灵震撼。时代发展和装备更新给我军带来的冲击和震动是外在的，关键的问题是，它告诉我们，一定要认清形势，未雨绸缪，转变观念，主动迎接更新的冲击和挑战。其艺术指向和带给人们的思考，不仅指向军队，对国家和社会而言也是十分重要的。

《天边有一簇圣火》

郑振环

（原文略）

该剧是郑振环根据李镜的小说《冷的边关热的血》改编的大型话剧，1989年由解放军艺术学院首演。1989年该剧获庆祝建国四十周年演出创作一等奖，1988—1989年中国剧协剧本奖，1991年获首届文华大奖、文华编剧奖、文华表演奖等奖项。

该剧讲述了我国西北边疆一个叫铁舰山的哨所和在这个哨所戍边的几名官兵的生活与斗争、人生与理想、奋斗与追求、情感与精神，真诚地歌颂了我军官兵默默奉献的爱国情怀和人格完美追求的坚韧精神。剧中的老排长蓝禾儿在这个哨所一干就是十几年，忠心耿耿坚守着自己的岗位。这位农村出身、家境窘迫的部队基层干部，把这黄沙漫漫、人迹罕见的戈壁滩，作为自己实现安居乐业的理想之地。他最大的心愿就是努力工作。一方面，辛勤工作，使他领导的哨所屡获先进称号，一方面他也指望着早日提升为连级干部，好把他那患难与共、华发早生的妻子巧巧接到身边共同生活。然而，他的忠实的心却一再被生活所辜负：他先是被一个有后门的人顶了提升名额，后又失去了上军校的机会。在部队干部实行"知识化、现代化、年轻化"的大势下，蓝禾儿被确定转业。当哨所上下都为他鸣不平时，他不跟着抱怨，也没有豪言壮语，只是说："奉献本身就应该是不言不语的，蔫不唧儿地干。"在他怀着无限的眷恋之情，即将离开他本来打算终生为家的战斗岗位的时候，他仍没有放松对自己的要求。离队前发生的一系列事情，使他认识到自己的思想水平、知识水平与新时期军队工作要求的差距，并做出了真诚的自省。最后，他谢绝了战友托人为他转业到较好的工作单位所做的努力和好意，决心回到那穷困的家乡去务农。离队时的一场戏，把剧情推向高潮，台上台下为之动容：他庄严地单腿跪地，掏出一块手绢，铺在地上，捧上几捧戈壁滩的沙土，用手绢包起来，揣进怀里，说："我的好兄弟们，别哭，别再嫌这地界儿荒凉，再荒凉，它也是咱们中国的地盘不是！我走了，你们要看好它，连一块石头，一把沙子，也不要丢啊……"至此，我们看到他所珍惜并保持的正是他作为一名军人人格的完美和心胸的纯正。形式上，他摘下了军徽，脱下了军装，但在思想、心灵上，却完成了作为一名合格军人的最终铸造。

该剧既能在镜框式大舞台上演出，也能在小剧场让演员走到观众面前表演，还通过营长的出场，杨小娥、雪雁、巧巧等人的来队和行动，把哨所与上级，哨所与社会紧紧地联系在一起，再加罗长贵等新兵的补入、蓝禾儿转业之前的一系列行动、刘清涧到哨所及其表现，使整个作品处在一种不断的流动之中，莫不让人感到这"圣火"不仅燃烧在铁舰山下，燃烧在蓝禾儿、刘清涧心中，而且燃烧在整个神州大地，也必将燃烧在每个炎黄子孙的心中。这也可以说是《天边有一簇圣火》给予我们的重要感受。在艺术手段上，它还使用了电影中的画外音等，从而进一步增强了这一剧作的感染力和吸引力。八一电影制片厂把它改编为同名电影在全国放映。

《我在天堂等你》

黄定山

（原文略）

话剧《我在天堂等你》由军旅女作家裘山山的同名小说改编而成，由黄定山编导，由中国人民解放军艺术学院编排演出。原小说拥有广泛而忠实的读者群，先后荣获第九届解放军文艺奖、第八届全国"五个一"工程奖、中共中央宣传部和文化部等六家单位推荐的"建党80周年献礼作品"等多项殊荣。改编后的该剧分别获得全国第九届"五个一"工程奖、优秀作品奖、第八届戏剧节曹禺戏剧奖、优秀剧目奖第一名、第五届中国话剧金狮奖、第十六届中国曹禺戏剧奖、中国第二届舞台美术展览会作品奖、第七届中国艺术节优秀舞美作品奖、第十五届上海白玉兰戏剧表演艺术奖、2002年全军新剧目展奖；而由战旗话剧团改编的同名话剧，也获全军新剧目展演一等奖。

黄定山（1959—），总政歌剧团团长、中国戏剧家协会理事、中国话剧协会理事、中国文学艺术界联合会第十届全委会委员。作品有话剧《我在天堂等你》《张之洞》《裂变·1911》《小平小道》等。曾获"五个一"工程优秀作品奖，国家文华奖编剧奖、导演奖，中国戏剧金狮奖编剧奖、导演奖，中国曹禺戏剧奖优秀剧本奖，中国人民解放军文艺大奖等。

该剧讲述了共和国两代驻藏军人无私奉献和牺牲的故事，离休将军欧战军得知三女儿有外遇闹离婚，小儿子经营的超市被查封的消息后，召开了一次家庭会议。会议不欢而散，欧战军突发脑溢血，不治身亡。欧家陷入混乱。沉默寡言的母亲白雪梅终于开口，剧作借白雪梅的意识流动，讲述了五十年前那群进藏女兵的真实故事，解开了萦绕在六个子女心中的身世之谜。

意识流是该剧的一大特点，意识流中的意识流形成了戏中戏的艺术效果。戏剧没有设立高大全的人物形象，也没有刻意提升故事的高度，而是通过日常视角来塑造人性化的英雄。白雪梅在所爱之人辛明和组织介绍的对象欧战军中做出了艰难的选择。她的艰难纠结正是一个人作为人的状态，在革命和爱情面前，她选择了事业、理想的化身——欧战军，她把忠诚献给了欧战军，却把爱留给了辛明。剧作在凸显理想信念的高尚与超越性价值的同时，也展示着人类情感的丰富性、多向性。

二、推介篇目

《虎踞钟山》

邵钧林，嵇道青等

（原文略）

《虎踞钟山》的原著是江深，编剧是邵钧林、嵇道青，导演是潘西平。话剧《虎踞钟山》通过对建国初期我军一批将领在南京军事学院学习生活的描写，表现了刘伯承同志高瞻远瞩，提出和创办军事学院，用科技文化提高干部水平的真实历程，艺术地体现了这一举措对我军建设发展的历史价值和现实意义。该剧曾获中国"曹禺戏剧文学奖"、全国戏剧文学金奖、中国人民解放军文艺奖等多项大奖。

《洪湖赤卫队》（歌剧）

朱本和等

（原文略）

歌剧《洪湖赤卫队》，由朱本和、张敬安、欧阳谦叔、杨会召、梅少山编剧，张敬兵、欧阳谦叔作曲，1959 由湖北实验剧团首演于武汉。歌剧描写的是，第二次国内革命战争时期，以韩英、刘闯为代表的洪湖人民在中国共产党领导下积极开展武装斗争，不屈服于白色恐怖，前赴后继、英勇奋斗，终于战胜了以彭霸天为代表的反动势力，保卫了红色根据地的故事。

《天边有群男子汉》

周振天

（原文略）

话剧《天边有群男子汉》反映的是我海军边防斗争生活。作品以驻守火岛的一支巡逻队的生活为背景，热情歌颂了他们为了祖国的安宁，在炎热干旱的孤岛历经艰难困苦，仍然保持着乐观的精神风貌。编导者对巡逻队长韩朝阳寄托了深厚情感，重点展示了他英勇顽强、无私无畏、心胸开阔、感情深沉的性格与品质。作为军人，他始终把国家和人民的安危摆在首位，主动放弃了温暖的家庭生活，进驻海岛，勤勤恳恳，忠于职守，对下级体贴爱护，对同志宽容谅解，对于不正之风，哪怕是出现在自己的岳父身上也不留情，并予以揭露。既使妻子不理解选择与他离婚，也未能动摇他的初心与选择。这使这一人物成了一个性格坚毅，内心世界丰富，纯正的现代军人形象。剧中的北京知青叶嫂也塑造得鲜活而感人。她热情大方，坦率纯真，快人快语，常在危急关头向守岛战士伸出援助之手，直至最后献出了自己年轻的生命。

剧作通过一系列生动感人的情节对守岛战士的理想追求，婚姻恋爱，家庭矛盾，顽强斗争，英勇牺牲做了尽情展示，同时，以犀利的目光、典型的情节，对原基地司令员杜秉奎的丑恶面貌进行了无情鞭挞。他一身的官僚作派，不仅不关心部队，而且以权谋私。为了把自己的女儿调回基地，竟不顾六名战士守卫的孤岛的安危，以扣发红外夜视仪的重要部件为交换条件，结果敌人夜袭未能及时发现，造成了重大伤亡的事件。《天边有群男子汉》歌颂了八十年代海防战士对祖国的忠诚。这不仅因为战士们心中燃烧着爱国主义和英雄主义的火焰，还因为他们作为普通士兵对军队建设的责任感和正义感。

《宋指导员的日记》

漠雁、肖玉泽

（原文略）

烈士子弟宋春阳步校毕业后，回到原来的三连任指导员。这时，上级要三连选派一人去参谋集训队学习。多数人选正派能干的一班长马小宝。一位副军长的夫人，利用丈夫的职权或影响，通过私人关系，要求挤掉别人，安排品行不好的儿子王天明去参谋集训队学习，以便将来可以升官晋级；团副政委姜本正，为讨好副军长，不惜利用职权，改变连队支委会的决议，对指导员施加压力，并对一班长马小宝进行第四遍突击审查。指导员宋春阳正是这位副政委的老部下，尽管宋春阳的年岁也大了，再不提升就得复员回乡，但他不顾情面、不考虑个人得失，和战友们一道同这种歪风邪气做斗争。副连长为了迎合上级，千方百计庇护、怂恿王副军长的儿子，及至听说王副军长要调整到省军区，与自己没有直接的利害关系时，又一反常态，主张对犯错误的王天明严厉惩罚。剧情层层深入，矛盾冲突越来越尖锐、激化，甚至发展到动枪、打架的紧张地步。

剧作者在表现这一切的时候，始终正确地把握和处理了歌颂和暴露的辩证关系，通过对这种军队内部自上而下的不正之风的揭露，热情歌颂了敢于抵制不正之风的以连指导员宋春阳为代表的部队广大官兵。该剧使人从抵制不正之风的斗争中，看到希望，获得力量。因此，剧作虽然写了一场抵制不正之风的激烈斗争，但不让人感到泄气，甚而让人觉得我军的机体是那样充满了生机与活力，其正气始终占据优势。剧作最大的不足是当大家为宋春阳送行时，王副军长赶来，通知说上级不同意宋春阳转业，反而提拔其到团政治处当主任。这种超理想化的结局，虽满足了人们心理上的平衡，也折射出正确的东西总是要战胜歪风邪气的光芒，但从艺术创造的角度来看，则未免让人感到有斧凿的痕迹。

<h2 style="text-align:center">《老兵》</h2>

殷习华

（原文略）

《老兵》由殷习华编剧，胡宗琪导演，以三个极易被人遗忘的修理舰船的老志愿兵30多年生活中的酸甜苦辣和他们默默奉献精神为主线，为观众展示了一幅独特的军人生活画面。编导们努力走进这些普通人物的内心世界，细致入微地剖析他们在变革岁月中受到的生活磨难和灵魂的考验。该剧一方面，在整体把握上惜墨如金，另一方面，却舍得给这些"小人物"提供展示大段内心独白的机会。所以，当王丙成等老兵们对人生发出感慨，并重温起当年的入党誓词时，便有了对比或反差带来的令人荡气回肠的力量。剧作在关注这些普通人的时候，重视了艺术分寸的把握。他们没有刻意拔高这些普通人的心灵境界，同时也没有以居高临下的方式审视，而是以平视的目光，观照这些普通人的工作、生活及内心世界，因而不仅使观众觉得可信，同时也让军人老兵备感亲切，无不由衷地认为他们是真正的无名英雄。该剧成功地征服人心，实现了其艺术追求。该剧由前卫话剧团1997年首演。先后获第三届全军文艺"新作品奖"一等奖、第八届"文华新剧目奖"、曹禺戏剧文学奖。

《女兵连来了个男家属》

燕 燕

（原文略）

该剧是由燕燕编剧，总政话剧团 1994 年首演的话剧。该剧获 1995 年全军"新剧目奖"、第七届"文华奖编剧奖"、曹禺文学奖、1996 年"解放军文艺奖"，还入选了"五个一工程"奖。

作品讲述了西藏某女兵连迎来连队历史上第一个来队与连长结婚的男家属的事，围绕着这一事件展开了一连串戏剧矛盾。剧作表现了男女主人公由于观念、身份差异而导致的冲突，以及最终在共同理想中达成的互相理解。剧作真实反映了基层部队的生活，塑造了勇敢吃苦、甘愿奉献、乐观向上的女兵形象。该剧表现军营生活无论从创作视角、艺术开掘上，还是人物形象塑造上，都别具一格。其喜剧基调和浪漫抒情风格，无疑是对军队话剧应兼具思想性、艺术性和观赏性的认知所进行的有益探索。这一尝试受到专家和官兵的好评。

第三节 外国军旅戏剧鉴赏

一、赏析篇目

《前线》

[前苏联]考涅楚克

（原文略）

前苏联剧作家考涅楚克 1942 年 9 月发表的三幕五场话剧《前线》，在苏联反法西斯战争中产生过重要影响。在中国，这部话剧经毛泽东推荐和介绍后，曾成为党的领导干部的形象教材，在促进发扬奋发进取、实事求是的时代风尚中发挥了重要作用。《前线》给人印象最深的是剧中的两个人物。一个是前线总指挥戈尔洛夫将军，作为老资格的布尔什维克，他有功劳，对党忠诚，打仗勇敢，但故步自封，骄傲自大。当年轻的欧格涅夫军长提出，"今天没有真正的无线电联络，就不能指挥作战，这不是内战"时，戈尔洛夫讲了一段经典台词："胡说，他懂得什么国内战争？我们打败十四个国家的时候，他还在桌子底下爬哩。战胜任何敌人，不是靠无线电通信联络，而是凭英勇、果敢。'不能指挥作战？'好吧，我们来教训教训他。"

《前线》中另一个人物是脱离实际，靠捕风捉影甚至编造事实来写报道的记者客里空。他听说戈尔洛夫的儿子在前线牺牲了，没有采访便在报道中写道："老将军知道他的爱子阵亡了，垂下头来，久坐不动。然后抬起头来，他眼睛里没有眼泪。没有，我没有看见！他的眼泪被神圣的复仇的火焰烧干了。他坚决地说：'我的孩子，安眠吧，放心吧。我会报仇的。我用老军人的荣誉发誓。'"在把报道发往莫斯科的时候，客里空才提出要"在电话里和总指挥商量商量"。有人质疑："在电话里你怎么能看得见总指挥的眼睛呢？你却描写得那样逼真。"客里空辩解说："我的天呀，假如我只写我所看见的，那我就不能每天写文章了。我就一辈子也休想这样出名了。"

这里是战火纷飞的前线，也是思想交锋的前线。总指挥戈尔洛夫既没有精准的情报来源，又缺乏现代战争意识，只凭经验下判断，不断下达错误命令，导致苏军夺取柯洛柯尔车站的计划迟迟未能实现。苏德双方在柯洛柯尔车站的拉锯战已经持续两个多月了。戏开场时，戈尔洛夫刚刚获得第四枚勋章。前线总指挥部里喜气洋洋，记者采访、部下庆功；而战场上，战士们正忍饥受冻，疑团难解。此前，年轻的近卫军军长欧格涅夫，率领部队夺回过城市、打跑过敌人，他之所以能取得这样的战绩，一个重要原因就是他在作战中敢于违反总指挥的命令。现在，作为要塞、堡垒和进攻跳板的柯洛柯尔车站的胶着战况，进一步激化了戈尔洛夫和欧格涅夫在作战观念上的矛盾。

在一老一少、一新一旧的对比中，《前线》传达了进步的军事观念：只有与时俱进，才能跟得上现代战争的步伐。指挥员只有不断学习、不断进步，才不会落后、不会被淘汰。

除了表达"胜战之思"这一深刻主题，话剧《前线》的艺术张力也是这部作品成功的法门。整体看，这部作品是激烈的，无论新旧作战观念的碰撞，还是战场上的正面冲突，都赋予了这部作品硬碰硬的刚性。戈尔洛夫的论战对手主要有三个：欧格涅夫、米朗和盖达尔。如果说，欧格涅夫和米朗反对戈尔洛夫的观念是直接、干脆的，那盖达尔则委婉温和得多。但无论哪种态度，都以箭在弦上之势增加了剧情的紧张度，展现出作品的理性风格与魅力。同时，在持续的观念冲突中，作品没有忘记穿插一些动情片段。譬如前线战士共享一封家书、欧格涅夫在父亲遇难后表达的痛与恨、戈尔洛夫爱子阵亡后克制的悲伤等。这些片段舒缓了绷直的情节，在情感深处实现了剧情的张弛。

讽刺艺术在《前线》中也运用得非常巧妙。不消说戈尔洛夫是作者讽刺的重点，对他的讽刺隐含在对这个形象的塑造中。作者仿佛运用了中国画的多种"染"法，让戈尔洛夫言谈举止中无意识的自得与自信，既底色鲜明又浓淡有度，自然而然地实现了作者的讽刺意图。作者虽然意在批评戈尔洛夫落后守旧而又盲目自信，但因为对这个人物还怀有深厚的感情而不忍丑化，对记者客里空、情报处长乌季维基内伊上校、通信联络处主任赫利朋等人则加大了讽刺力度。客里空以小说笔法写战地实录，还振振有词："假如我只写我所看见的，那我就不能每天写文章了，我就一辈子也休想这样出名了。"他甚至不经过采访就虚构臆造，尽显名利之徒的本色。靠猜想提供情报的乌季维基内伊，以"可能""我想""也许""大概"为情报依据，简直令人难以置信。善于阿谀奉承、见风使舵的赫利朋，显然就是米朗痛恨的"糊涂虫、拍马屁的、会钻营的、卑鄙的家伙"。正是这些占据重要岗位的形形色色的人，跟戈尔洛夫一起影响了前线作战的胜利进程。剧中更有怪现象——在战士们的议论中，据说加里宁每天要发二百来个、甚至三百个人的勋章，所有的人因为高兴，用力地和他握手，他就这样累病、握病了。这个匪夷所思的传闻令人啼笑皆非，瞬间消解了开场时戈尔洛夫所获勋章的神圣性。虽然讽刺艺术贯穿《前线》始终，但因为面对的毕竟是人民内部矛盾，讽刺的目的在于警醒，因此，作者的态度总体上并不辛辣，而是温和客气地点到即止。

《纪念碑》

[加拿大]考琳·魏格纳

（原文略）

话剧《纪念碑》由考琳·魏格纳创作于 1993 年，1995 年在加拿大首演，随后风靡于欧美各国，在观众中引起了强烈反响，并于 1996 年被授予加拿大总督文学奖。剧作以一位饱受战争之苦的母亲梅加为寻找包括自己女儿在内的 23 名被奸杀的少女尸体，与一个法西斯士兵斯科特进行了一场心灵的较量与人性的反思。梅加将斯科特用铁链锁起，对他的邪恶罪行进行审判。然而在这期间，梅加同时也看到了斯科特作为一个同样被战争利用的小人物的悲哀与荒诞，从中体会到人性光芒被泯灭的痛苦。最后，斯科特承认了自己的罪行，将梅加女儿以及其他被他强奸并杀死的少女的尸体挖了出来，并且向梅加赎罪，请求原谅。梅加最终宽恕了这个同样被战争毁掉的人。

二、推介篇目

《变形》

[德国]托勒尔

（原文略）

《变形》是德国剧作家托勒尔所著，发表于 1919 年。它是德国表现主义戏剧。剧本主人公弗利德里希本想成为雕塑家，现在却到处闲逛，母亲要他找个工作，他却看透了社会的一切，包括他的父亲。这时，殖民地战争爆发，弗利德里希感到战争能使大家变成一个人，于是，当兵上了前线，却受了伤躺在医院里。弗利德里希回到家里以后，精心雕塑了一尊巨大的人体塑像——祖国胜利，但他这时对什么是胜利、谁是敌人感到茫然。最后，在群众集会后的第二天，市政厅前广场上，弗利德里希不顾周围一些人的漠然和嘲讽，向群众发表演说，号召"穿过我们自由的土地，革命！革命！"剧作摆脱了传统戏剧那种发展、高潮、结局的刻板形式，用"场景剧"的形式，来表现弗里德里希的成长过程。现实和梦幻场面交织在一起，在梦幻场面中采用诗的语言，以此与现实场面中的散文语言形成对照。梦幻场面中的人物动作常常是怪诞的，甚或是超现实的，以此与现实场面中的人物相区别。在梦境中，主人公以不同的人物形象出现，这暗示弗里德里希一生的不同阶段，以及他逐渐转变为新人的发展过程。

《群众与个人》

[德国]托勒尔

（原文略）

《群众与个人》是由德国剧作家托勒尔所著，创作于1921年。它是表现主义戏剧。1918年的德国曾发生"十一月革命"，作者在这场革命运动中担任了慕尼黑苏维埃共和国的行政及军事的最高职务。剧本是他个人对"十一月革命"的反省和总结。全剧共有七景，正如剧名副标题所示，是"20世纪社会革命的一个片段"。剧中人物均无具体名姓，是不同思想和原则的象征，如"女人"是资产阶级人道主义的象征，主张无产阶级通过和平方式解放自身，实际上，她是作者本人的化身。"无名氏"则是坚持效法俄国十月革命的斯巴达克派的代表，也是群众的代言人。此剧着力表现人性与暴力、个人与群众之间的对立，并通过三个形象化的梦境来加以渲染。人物语言采用散文诗体，简短精悍。

思考题：

1. 中国戏剧的发展概况大致可以分为几个阶段？
2. 军旅戏剧发展各个阶段中都有哪些比较有影响的作品？
3. 军旅戏剧的审美特征是什么？
4. 军旅戏剧的鉴赏方法有哪些？
5. 军旅影视的审美特征是什么？

第八章

军旅影视鉴赏

检视中国军旅影视作品创作史,我们可以看到,从摄制于 1949 年的影片《中华女儿》,到迎接人民军队建军 90 周年而拍摄的电影《建军大业》,以及正在热播的《跨过鸭绿江》,军旅题材影视剧犹如一条红线,贯穿于我国影视艺术创作的各个历史时期,构成了当代中国主旋律作品创作的最强音。如果把军旅影视看作是一部交响曲的话,随着各种类型军旅题材影视剧的上映,我们惊喜地发现,这部交响曲的旋律更加丰富多彩且更为有力了。

第一节　军旅影视概述

影视是电影和电视剧的合称。自 19 世纪末第一部电影产生到今天,影视行业的发展仅仅有一百多年的历史。中国军旅影视则是在抗日战争的炮火下催生的。

一、军旅影视的形成和发展

关于军旅影视的形成和发展,我们分别从中国军旅电影和中国军旅电视两个方面来详细介绍。

(一) 中国军旅电影的形成和发展

1. 新中国成立前军旅影视的发展

1937 年,"卢沟桥事变"以后,抗日战争全面爆发。蒋介石迫于军事上的压力，不得不接受中国共产党的主张：建立抗日民族统一战线。在中国现代史上，形成了第二次国共合作的局面。11月上海沦陷，大批电影工作者离开上海，中国电影的发展，开始了一个新的阶段。12月南京失守，国民政府迁往重庆，而当时的抗日中心却在周恩来同志领导下的武汉。许多爱国的电影工作者，先后群集武汉，投身到抗日救亡的历史洪流，阳翰笙任主任委员的中国电影制片厂（简称"中制"）拍摄了突出抗日战争的故事片《保卫我们的土地》《热血忠魂》《八百壮士》以及五十部左右的新闻纪录片。

1938年9月，"延安电影团"成立，揭开了中国电影新的一页，奠定了人民电影发展的坚实基础，具有深远的历史意义。这一时期的影片主要有三种类型。第一种是新闻时事片；第二种是依照某一特定主题摄制的长纪录片，其中最值得注意的是《延安与八路军》和《生产与战斗结合起来》。第三种是一些比较零散的素材，包括记录毛主席等领导人的生活、工作情况的影片。解放区的第一个故事片是由延安电影制品厂摄制的《边区劳动英雄》。但是，因为物质与战争形势的原因，这部影片只拍摄了三个月就停拍了。

1938年10月，武汉失守，"中制"迁往重庆，中央电影摄影场（简称"中电"）也由南京经芜湖迁往重庆，阎锡山的西北电影公司由太原经西安迁往成都。此后，"中制"出品的故事片《保卫家乡》《好丈夫》《东亚之光》《胜利进行曲》《火的洗礼》《青年中国》《塞上风云》《日本间谍》等；"中电"出品的故事片《中华儿女》《万里长空》等；西北影业公司出品的故事片《风雪太行山》等，使得中国军旅电影在抗日战争初期取得了很大成绩。

1946年10月1日东北电影制片厂成立直至1949年全国解放，东影先后拍摄了大型新闻纪录片《民主东北》，美术片《皇帝梦》《瓮中捉鳖》，故事片《留下他打老蒋》，还完成了苏联故事片《普通一兵》的译制工作。

2. 新中国成立后军旅影视的发展

从1949年到1966年的十七年，是新中国电影发展的重要时期。这一时期，北京电影制片厂、上海电影制片厂，以及以拍摄军事电影为主的八一电影制片厂先后成立。尽管受到政治气候的严重干扰，经历了几起几落的波折，走了一条曲折的道路；但是，电影工作者经过不懈努力，在 17 年里共摄制了 600 多部题材相当丰富的故事片，在数量与质量上较新中国成立前的影片都有一些突破，取得了令人瞩目的艺术成就。其中不少影片在国际电影节获奖，赢得很高的评价。这些影片以英雄与劳动者的形象为主体，展现出中国影坛此前鲜见的"崇高壮美"的风格，激情和雄健昂扬的审美趣味影响了全中国的电影观众。这时期的电影主要有《新儿女英雄传》《上饶集中营》《中华儿女》《赵一曼》《钢铁战士》《南征北战》《智取华山》《上甘岭》《战斗里成长》《渡江侦察记》《董存瑞》《小兵张嘎》《红色娘子军》《狼牙山五壮士》《永不消逝的电波》《野火春风斗古城》《英雄儿女》《地雷战》《雷锋》《霓虹灯下的哨兵》《甲午风云》《冰山上的来客》等。这些影片培养了几代中国电影观众，直到今天仍然有着强大的生命力。

"文化大革命"十年动乱是中国电影史上的一次大灾难。此前十七年所拍摄的影片除极少数几部外，都被视为政治上的"大毒草"，打入冷宫。各个故事制片厂从 1966 年至 1973 年间全面停产，整整六年没有拍摄过一部故事片。影坛仅有《新闻简报》与《地道战》《地雷战》等片得以成年累月地放映。从 1970 年起，以"文艺革命旗手"自居的江青指令把《智取威虎山》《白毛女》《红灯记》《沙家浜》《红色娘子军》《奇袭白虎团》《海港》《龙江颂》等八个京剧样板戏移植到银幕上。这时期中国电影出现了前所未有的大倒退。

1973 年，针对电影生产停滞，"八亿人民八个戏"的局面，故事片开始恢复。在极其艰难的情况下，军旅题材的影片有以下几部：《侦察兵》《烽火少年》《海霞》《车轮滚滚》《第二个春天》《难忘的战斗》《闪闪的红星》《激战无名川》《雷雨之前》《南海风云》《南海长城》等。

3. 新时期军旅影视的发展

"文革"结束后，中国历史上出现了崭新的局面，随之而来的是包括电影在内的文化艺术创作上的一次复苏。通常我们将"文化大革命"以后至1989年这一段时间称为中国电影的"新时期"。

这一时期的军旅电影主要有《自豪吧，母亲》《铁甲008》《年轻的朋友》《高山下的花环》《雷场相思树》《陆军见习官》《女兵圆舞曲》《闪电行动》《延河战火》《两个小八路》《我们是八路军》《归心似箭》《喋血黑谷》《马蹄声碎》《道是无情胜有情》《天边有一簇圣火》《索伦河谷的枪声》《大阅兵》《甜蜜的编队》等。

自20世纪90年代以来，军队的现代化建设进程进一步加快，涌现了大量的新人新事。同时，社会上的"军事热"不断升温，这些无疑为军旅电影的创作提供了良好的机会。这时期的影片主要有《烈火金刚》《大决战》《弹道无痕》《四渡赤水》《开国大典》《血战台儿庄》《彭大将军》《百色起义》《大转折》《大进军》《七·七事变》《南京大屠杀》《敌后武工队》《红樱桃》《北纬38度线》《集结号》《建国大业》《南京！南京！》《沂蒙六姐妹》《拉贝日记》《我的长征》《李天佑血战四平》等。

（二）中国军旅电视的形成和发展

当代军旅现实题材电视剧自1983年的《高山下的花环》起步至今，已经走过了近三十年的发展历程，一路奔波前行，一路探索开拓。如今已经成为中国电视剧大花园中一支璀璨的花朵，用著名文艺评论家仲呈祥先生的话说，是中国电视屏幕上一道亮丽的风景线。

1990年以来，伴随影视产业化的迅猛发展，军旅影视作品创作开始新的叙事策略调整与美学探索，美学观念与人文价值判断也在发生相应变化。《和平年代》《红十字方队》等知名军事影视作品，在与传统革命历史题材电影一脉相承、血肉相连的同时，普遍以平民化的视角来重新诠释战争语境下的英雄与和平年代的热血军魂，前所未有地表现了和平时期军人的生活与情感世界。同时，在英雄形象塑造、描写战争中的真实人性，以及克服恐惧所展现的英雄气概与捍卫军人荣誉方面，也取得了重大突破。1994年，电视剧

《潮起潮落》拍摄完成，其巨大的观众反响奠定了军事题材长篇电视连续剧的地位。该剧以一个海军军官一生的坎坷命运及家庭成员的成长变化，打动了亿万观众，也同时开创了军旅题材亲情戏的先河。

2000年以来，随着电影对大众影响力与吸引力的逐渐下降，以及好莱坞影片的市场冲击，电视剧成为普通观众最为喜闻乐见的娱乐形式之一。军旅题材电视剧在这样一个受众心理变化的时代背景下迎来自己辉煌的飞跃。2000年春节，央视首播《突出重围》，打响了军旅题材电视剧"反攻"的第一枪，播出后所引起的巨大反响让制作者始料未及。随后涌现出如《激情燃烧的岁月》《亮剑》《DA师》《长征》《炊事班的故事》等一大批优秀军旅影视作品，虽然这些电视剧采用了不同叙事角度、不同影像风格、不同表现方式，但是产生的反响却是相同的。2007年，一部《士兵突击》成为军旅题材电视剧至今为止的巅峰作品。该剧不仅在编剧层面上规避了传统军事影视作品中的剧情套路，而且成功塑造了许三多、成才、高城、袁朗等现代军人群像，刻画了和平年代普通士兵顽强勇毅的精神气质，使官兵之间"不抛弃、不放弃"的精神情怀与追求成为社会道德建设的风向标，塑造了一批深受广大官兵喜爱的平凡英雄，堪称军旅影视作品的里程碑式作品。

20世纪80年代中期以来，中国的文艺处在一个大发展时期，军旅电视艺术也从最初的蹒跚学步进入发展、收获时期。主要剧目有《重返沂蒙山》《蓝色国门》《英雄狂想曲》《刘伯承血战丰都》《雪神》《女兵连的第一个男家属》《凯旋在子夜》《飞行梦幻曲》《青年毛泽东》《乌龙山剿匪记》《少帅传奇》《忻口战役》《一个姑娘三个兵》《大漠深处》《喋血四平》《天路》《大漠丰碑》《和平年代》《壮志凌云》《士兵突击》《激情燃烧的岁月》《历史的天空》《亮剑》《突出重围》《DA师》《垂直打击》《炊事班的故事》《卫生队的故事》等。

中国军旅电视剧与主流政治意识形态一直保持着高度的同步性。许多主旋律电视剧都与当时的"时代性"中心话题，甚至中心题材息息相关，通过大的历史或政治背景来表现人物，用戏剧化的方式来解决个体与历史整体之间的疏离关系，完成对生活图景的意识形态塑造。

（三）新时期军旅影视的基本特征

1. 作品创作重新遵循艺术规律

改革开放初期，中国军旅影视创作首先从回归影视艺术创作规律和传统开始。这一时期的创作主题主要取自中国革命战争史，恢复了"文革"前战争电影现实主义的优良传统，诞生了一批优秀作品。如《归心似箭》《今夜星光灿烂》等。它们的思想倾向和艺术品位与重建传统的主流吻合，并且在悲剧与情感的主题中实现了创作突破。《祁连山的回声》讲述了因为错误抉择导致红军妇女独立团在孤军奋战中全军覆没的悲剧故事，表现了女军人顽强的抗争精神与不屈的牺牲精神。谢铁骊导演的《今夜星光灿烂》在诗一般的意境中描写了5个18岁的年轻战士在胜利前的牺牲，表现了战争的残酷与真实，打破了以往美好圆满的理想化格局。李俊导演的《归心似箭》打破思想禁锢，以开放大胆的笔触描写了一名抗联战士的爱情故事，令人印象深刻，受到广大官兵欢迎。

2. 军旅影视作品类型意识逐步确立

20世纪90年代初期，影视创作进入娱乐化和多元化时期。军事影视创作陷入尴尬境地，遭到冷遇，也曾一度走入低谷。1994年，随着好莱坞电影的引入，作为类型片的军事题材电影，让人们燃起了振兴中国军事影视的希望。2000年，《冲出亚马逊》表现了中国特种兵参与国际军事活动的事件，较为成功地将类型片模式运用到中国军事影视创作中，于娱乐中包含了深厚的爱国主义与英雄主义情怀，在官兵中得到追捧。21世纪以来，《太行山上》《集结号》《惊涛骇浪》《惊心动魄》等影片愈发明显地突出了类型片创作模式，借助战争和灾难片类型，用新的视角和方式继续弘扬军队优良传统，对官兵进行潜移默化的教育。以《大决战》为代表的一批革命战争历史题材作品昭示着军旅影视创作从题材到类型的承前启后，在战争片的创作样式上实现了突破，开创了一种高投资、大规模、宏大叙事、高视点的大片模式。现实主义题材作品不断涌现。和平环境下的军队地位发生变化，军人逐渐从社会中心走向边缘。此时，一批探讨新时期军人价值、军人生活情感、军队地位等问题的影视作品出现。《天山行》通过一名女青年到天山探亲的经历，表现了驻边军人无私奉献的精神品质，同时折射出边塞军人生活与城市生活的巨大反差。电视剧《高山下的花环》以对越自卫反击战为背景，表现了连长梁三喜在家庭责任和部队义务之间的两难，母亲用其牺牲的抚恤金还债的现实让人唏嘘，现实社会军人生活的窘迫给人带来了极大的震撼。和平环境下，军人的命运、前途、生存以及和平年代军人的牺牲，军队的职责、地位等问题引发了社会广泛关注。

3. 创作内容和人物塑造趋于人性化与通俗化

在继续作为主流意识形态和价值观念载体的同时，军旅影视作品的表现内容更加趋于人性化与通俗化。弘扬英雄主义与爱国主义等优秀传统仍然是新时期军事影视作品的不变主题。但是，以人性化视角平视，尊重军人和军队现实，通过描写普通军人情感和命运来教育和鼓舞官兵，已经成为九十年代后期直至今日军事影视作品创作的主要潮流。一方面，在伟人形象的人性化描写上取得重要突破。进入21世纪，为庆祝中国共产党建党80周年而拍摄的《长征》，在人物塑造及历史细节的准确还原上取得了重大突破。在决策层人物的处理上把领袖从神塑造成人，让领袖走下了神坛。对于基层人物的处理，用小人物来烘托领袖；对于场面的处理，多用以展示自然情景和人物内心感觉。中国观众第一次在银幕上看到了一个"人性化"的伟人形象。作为人的毛泽东，丈夫、兄长、父亲、朋友，一个普通人的多种社会属性被完整地还原到了毛泽东身上，让原本高高在上的"伟人"形象具备了普通观众所认同的"平凡"特质。另一方面，现代军人形象的人性化塑造有较大突破。原本冷酷加刻板的传统军官形象，转变成为有血有肉、有情有义的现代军官形象。新时期军旅影视作品力图将主人公刻画成为普通、平易近人的人物形象，更为重要的是，在新时期——我军大发展、大变革时期，当代军人如何在时代的大潮中完成自身角色转变，成为作品中主人公所面临的终极问题。在具体的人物设置中，他们往往面临生活与事业上的双重压力，但不逃脱、不避让，通过事业、情感等一系列的变化过程，最后彰显出人物坚韧不拔、一往无前、勇于创新却又重情重义、富有生活情趣的典型人物性格。人物描写不断趋于人性化与通俗化，是这一时期军事影视作品人物创作的显著趋向。

4. 传奇英雄契合时代特征

英雄主义是永恒的文艺主题，更是军旅影视弘扬的主旋律。如何在作品中塑造有血有肉的英雄人物，始终是摆在创作者面前的一个课题。传统军事影视剧中的英雄形象，人物高大完美但是缺乏生活气息，众多雷同的、缺乏鲜明艺术个性的英雄人物，很难得到广大官兵的认同。2002 年，《激情燃烧的岁月》塑造了传奇英雄——石光荣。这个在以往荧屏上罕见的人物形象，几乎是瞬间就赢得了观众的欣赏和追捧。之后，塑造新式传奇英雄的人物创作方式，成为军旅影视传奇类型电视剧人物创作的潮流。新式传奇英雄的出现，恰好契合了当下社会的审美主题与时代特征。因此，并不是董存瑞、王成的形象不是真正的英雄，而是他们被打上了时代的烙印。21 世纪的今天，在当代人眼中，英雄是人性化、平民化和个性化的，血肉丰满，朴实无华但又锋芒毕露、幽默智慧。以《亮剑》为代表的一批优秀作品于无形中消解了英雄与普通人的距离与隔膜，同时又契合了新时期官兵的个性化追求，新式英雄的事迹和精神，使他们感到真实可信，乐于接受。

《激情燃烧的岁月》中的石光荣，《亮剑》中的李云龙，《历史的天空》中的姜大牙，这些形象都不是传统意义上的"完美"英雄形象，甚至在某些程度上具有相当多的缺点。石光荣的暴躁、不近人情、刻板，姜大牙身上的绿林气、江湖气甚至是匪气，李云龙身上的粗鲁、毛躁、狡黠，等等——这些都与解放初期军事影视作品中高大全的英雄形象大相径庭。但是，这些新式传奇英雄却已经深入人心，在广大官兵中成为受到追捧的新"偶像"。究其原因，主要是因为：这些形象具有极强的个人魅力。如石光荣身上不加修饰的豪情，姜大牙身上百折不挠的勇气和对爱情信念的执着，李云龙身上时刻喷薄而出的"亮剑"精神，这些都是吸引广大官兵的制胜"武器"。诚然，这些形象存在性格上的缺点和不足，但是对于理想、信仰和信念却永远保持坚定和执着。他们与传统主旋律影视剧中的英雄有所区别，他们用自己朴实的行动，脚步坚实地实践着对于党、对于人民、对于理想的忠诚。

另外，21世纪以来，以关注部队青年官兵成长为主题的励志佳作层出不穷。《女子特警队》《枪手》《霓虹灯下的新哨兵》《绝密押运》《我是特种兵》等作品，突破了军事影视作品厚重深沉的严肃风格，对"80后和90后"官兵性格和心理特点进行了生动而鲜活的描写，更加贴近官兵现实生活，突破了以往同类题材作品的陈规范式，受到广大青年官兵的喜爱。《霓虹灯下的新哨兵》一片，通过塑造三个不同家庭背景和性格的武警战士形象，讲述了新时期身处大都市的年青一代军人以自己的热血青春创造新辉煌的故事。影片探讨了个人理想、个性发展与部队集体意识、集体主义精神之间的矛盾对立，以更加宽容和人性的姿态描写当代军人的情感与困惑，赤诚与忠义，是当代军事影视作品的一次全新尝试和突破。

二、军旅影视的审美特征

影视艺术完美地融合了文学、音乐、戏剧、舞蹈、美术、摄影等艺术元素。因此，它给观众提供了大量的审美信息，结合军事影视所展示的是军人这个特殊的行业和职业状态，更多的是描绘着一种关乎国家、民族的尊严和荣誉、光荣与传统、梦想与未来的神圣使命。所以，军事影视具有以下一些审美特征。

（一）内容上再现历史的厚重、展现现代军营生活的风貌

俄国现实主义批评家车尔尼雪夫斯基曾说过："艺术的第一个作用，一

切艺术作品毫无例外的一个作用就是再现自然和生活。"艺术作品的目的和作用也是这样,它并不修正现实,并不粉饰现实而是再现它,充作它的代替物。

军事影视要表现的内容,从大的方面来概括就是:战火纷飞的年代和和平建设的年代。在战争年代,无数的革命先烈冒着枪林弹雨,为了民族的解放,为了新中国的诞生,出生入死,浴血奋战。因此,这方面的军事影视真切地再现了军人不畏艰苦,舍生忘死的大无畏精神。像电影《万水千山》,在影片中红军战士在爬雪山、过草地、吃树皮、嚼草根的艰苦环境下,还始终高扬着"革命理想高于天"的士气;在《南征北战》中,师政委在硝烟弥漫的战场上,还在给官兵们描绘建设社会主义新中国的美好前景;电影《董存瑞》中,董存瑞手托炸药包,高喊着"为了新中国,前进!"拉响了导火索,等等。更有像《大决战》这样的全景式的影视剧。在一定意义上讲,它已经不是单纯的艺术作品,而是包含着党和国家对重要历史事件与人物关系的纪念和评价。因此,影片的创作者没有单纯站在胜利者的角度来回味已经取得的胜利,而是从一个更高的视点来思考战争的意义:共产党为什么能取得胜利?国民党又为什么丢掉了政权?影片以国共两个统帅部的斗智斗勇为主线,真实再现了70年前这场震惊中外的三大战役的历史画面,同时透过战争,充分展示了一幅丰富多彩的中国社会政治经济军事图画。

军事影视作品将历史的画面艺术而又真实地再现给人们,让一代代的青年人通过影视铭记历史、缅怀英雄、珍惜生活,这是任何一种历史教育方法都无法达到的教育效果。

(二)思想上渲染崇高悲壮的英雄主义和战斗精神

英雄主义,这是一个永不过时的话题;战斗精神,这是军人的魂魄。无论是在烽烟滚滚的战争年代,还是在建设中国特色社会主义的新时期,以表现和弘扬英雄主义和战斗精神为主要内容的军旅文艺作品,始终伴随着人民军队的前进步伐,鼓舞着广大官兵去迎接挑战、夺取胜利。人民军队的现代化建设，不仅需要高技术装备做支撑，更需要用英雄主义和战斗精神来武装广大官兵，这是我军无往不胜的坚实基础。即使在人们的欣赏趣味更趋于抒情化和通俗化的今天，人民军队也时刻不可忽略战斗精神的培育。以表现英雄主义精神为主旨，任何时候都是军队文艺工作者的不二选择。这样的作品往往从内容到表现手法上，都显示出一种大气磅礴的阳刚之美。人物形象更是以其崇高、悲壮的审美特征，影响、鼓舞并且征服观众。影片《新四军》中有一个场面：一个面容可爱的小战士，从远处的炸点中奔跑而来，中弹倒在战壕里牺牲了，怀里抱着送来的一捆手榴弹，问起他的姓名，无人知晓。政委含泪说，一定要在他的墓碑上刻上他的名字：新四军。这些细节让观众过目不忘、哽咽不已。影片不仅成功地表现了抗日的悲壮，更重要的是，表现了人物的英雄主义色彩和顽强的战斗精神。

（三）艺术上运用丰富的表现手段体现影视艺术的美感

影视艺术是人类历史上最年轻、最富有创造性的艺术。虽然它诞生至今不过100余年，电视诞生才60多年，但它们带给人类的多重艺术享受却超过了逾越千年的古老艺术。影视艺术借助声光电以及电脑特技的魔力，把逼真的影像和声音再现于银幕和荧屏上，带给观赏者强烈的艺术美享受。

电影《紫日》有着壮丽的自然景观，东北大兴安岭的原始森林、广袤的草原、碧绿的天空。这些景观既满足了剧本的需要，又体现了审美情趣和民族精神。同时影片又以红黄暖色调，使人性温和的一面在阴暗战争中得到了更好的展示。从而使画面、人物、冲突浑然一体，营造出一首贬斥战争、歌颂和平、展示美丽人性的赞歌。电视剧《壮志凌云》在实地拍摄中调用了不同时代，不同机型的飞机一千多架次，同时还辅之以大量的电脑动画特技，在荧屏上展现出激烈的空战场景，不仅增强了作品的观赏性，而且展现出，威武之师搏击长空的豪迈气概。影片《冲出亚马逊》的创作者，也力争使影片的视听觉冲击更现代感。影片动用了一切可以制造强烈视觉效果的手段，光、色、造型、声音，力求最大限度刺激观众的视听器官，打造出一部中国现代军事动作片。

三、军旅影视的鉴赏方法

军队是个特殊的群体，军人是个特殊的职业，军旅是个特殊的领域，现实军旅题材的影视剧，同样有十分丰富的内涵。观众对反映和平时期的军事斗争准备、军队建设和士兵生活的影视剧一直有着浓厚的兴趣。

我们在鉴赏的时候，应该从以下两个方面入手去细细品评。

（一）感知丰富的艺术手法

影视艺术是以影视技术为手段，以画面和声音为媒介，在银幕（荧屏）上运动的时间和空间里创造形象，再现和反映生活的综合艺术。与其他艺术相比，影视艺术的优势在于，它可以直接运用现实生活本身独特的形态作为创作语言，因而它就成为最讲究技巧、手段和技巧、手段最浩瀚的艺术。这又使得它具有两方面的突出特点：一是从创作角度看，它需要影视创作者按照影视艺术的特性、运用影视艺术的思维和语言创造出感人的银幕（荧屏）形象，给观众以真正的影视美感。二是从鉴赏角度看，只有了解了影视艺术的特性，明白了它的语言方式和思维特点，我们才能通过对视听信息之间的联系、影视的种种形式规范乃至象征和隐喻的读解去破译更多的东西，以获得更丰富、更深刻的内涵。比如，在电影《开国大典》中有一个片段：当开国大典即将举行时，毛泽东和他的战友们、朋友们一起，准备登上天安门城楼，银幕上出现了天安门城楼的阶梯，毛泽东带领着一班人向上走去……在一般观众看来，这里的阶梯只是通向天安门的必经阶梯，这种观感仅仅限于其所看到的东西。而在有影视艺术修养的观众那里，阶梯充满整个画面，一眼看不到尽头，显得又长又高，并且整个场景采用逆光拍摄，使阶梯具有下暗上明的光效，毛泽东带领一班人由下而上、从暗到明登上阶梯，这长长的阶梯就成为中国革命道路的象征符号，它象征着中国人民将面临更加漫长、更加艰辛也更加光明的路。

（二）重塑鲜明的人物形象

在没有昔日的战场，没有战争大场面，没有火光熊熊的情况下，军事片靠什么吸引观众？很重要的是靠人物，靠性格鲜明的军人形象。每一个时代都有每一个时代的军人形象，每一个时代都有每一个时代的英雄。这些军事题材影视作品，既体现了英雄主义、爱国主义、集体主义的主旋律，又表达了民众富国强军和民族认同的共同愿望，同时还塑造了具有鲜明时代感和造型感的军人形象，特别是具有开阔视野、现代意识、职业素养、民族气节的有血有肉的现代军人英雄形象。使军人形象再度成为青年人敬重羡慕的对象，有些甚至形成了偶像效应。《突出重围》中的朱海鹏是一个清醒的思想者，他的军事教官身份，使其能更多地接触到来自世界范围内新的军事思想和信息，并进行综合分析。同时，因为他站在"局外"，也比直接在一线拼杀的黄新安、范英明们更加理性、更加冷静，这使得他对军队现状产生了深深的忧虑，渴望着能"突出重围"。但是，新的思想一旦想要付诸实践，必然会受到来自传统的顽强抵抗，朱海鹏不得不以冒险违规的方式引起领导的注意，以达到警世的目的。

2005年以来，以《士兵突击》为代表的一批军旅影视新作，通过对军营生活的描写，刻画出鲜活生动的青年官兵形象，展示了当代普通军人的思想情感与精神气质，深刻影响和陶冶着广大官兵的精神世界。《士兵突击》中，整部作品由连长、班长和普通士兵进行讲述和演绎，主人公中军衔最高是中校，故事大都发生在如许三多、成才这样的普通士兵或者是高城这样的基层指挥员身上。围绕他们的故事也不再是重大危机或是特殊情境，而是与时代相似的普通、质朴的军人生活。创作者在平凡中，寻找亮点；在生活的累积中，寻找当代军人的自我定位和精神世界的突破。《士兵突击》在人物塑造方面带给创作者们最大的启示是：鲜活、真实、平凡、具有生活质感，且同时又感性、率真、情感丰富的人物，是最受官兵喜爱的人物形象。成功的人物塑造和广大官兵对剧中所倡导精神的认同,对于真善美的渴望,说明善良、正直、利他、诚实,依旧是我们这个时代审美的终极取向。

(三)体悟深刻的情感意蕴

军人戏要体现出军人的情感意蕴。在刻画军人气度、风范和阳刚之气的同时,更要鲜明地表现军人深刻的情感意蕴。不管这种刻画是采取外在的还是内在的形式,理想、荣誉、尊严和义务,这种为国为民的情感当是融会在军人血液中的职业元素。电视连续剧《鹰击长空》将我们带到了空军歼击航空兵某师一八三团。这支从粤北山区调往特区驻防的应急作战部队在"打得赢"和"不变质"这两个考验面前,及时更新部队建设观念,保持部队政治思想的纯洁性,排除重重困难,高质量地完成了改装新机,空中加油,陆海空联合演习等军事任务。这一题材是新颖的,但其中更吸引人的恐怕在于,这些蓝天勇士们徜徉于天地之间的那份庄严和那份与日常生活难以完全剥离开来的欢乐与烦恼。这一切都来自他们对于理想的坚定信念,以及对于使命的坚决承担。热播一时的电视剧《激情燃烧的岁月》,时间跨度从1948年东北解放,一直到改革开放后的1984年。近40年的岁月里,石光荣与褚琴从相遇、相识到组织安排的结婚,婚后家庭、子女间的冲突摩擦到最后情感、人格的认同和升华,全剧从人性的、情感的角度展现了一个军人及其家庭与国家发展的关系和对于祖国的神圣职责。导演康洪雷说,他要通过这个剧在现代人冷漠、旁观、实际的价值观中重塑单纯、忠诚、信仰的军人之魂。从石光荣身上完美表现出来的就是基于极其强烈的情感基础上的军人职业精神。这种职业精神就是军人之魂。

第二节 军旅影视的功能

军旅影视在具备影视艺术普遍的教育与塑造功能的基础上,因其特殊的军事性、政治性与时代性特征,还具备鼓舞官兵士气、激发部队战斗力的独特功能。新时期军旅影视通过描写军营生活、关注军人情感命运和塑造传奇英雄等创作手法，兵在欣赏影视作品的过程中，思想政治、心理情感、精神气质、道德情操方面得到潜移默化的教育和启示。

一、军旅影视的基本功能

军旅影视是部队文化宣传工作的重要内容和形式之一，军旅影视工作同时配合部队中心工作，促进部队凝聚力和战斗力生成。军旅影视，不仅承担着抵制腐朽思想文化侵蚀官兵，坚定官兵理想信念，鼓舞部队士气、激发斗志的作战功能，还承担着培育官兵爱国精神、战斗精神、牺牲精神，陶冶官兵情操，塑造官兵心灵的教育功能。

（一）融国防教育和军事教育于一体

军旅影视是最形象、最直观的，对全社会进行国防教育的重要形式。军旅影视的启迪引导功能、潜移默化功能、激励导向功能，是其他任何手段都无法替代的。军事影视作品不仅帮助官兵认识战争与战争中的人，也带动官兵学习军事知识，通过观赏作品，实现了对官兵形象化的军事教育。它不仅是促进部队思想政治教育的重要手段，也是当前全军大力开展革命军人核心价值观培育的重要抓手。新时期以来，经过军内外影视艺术工作者的勤奋努力，创作出了一大批知识领域宽广、内容层次丰富的优秀军事影视作品。在这些作品中，军事活动不仅充当故事的框架、人物的背景，更在潜移默化的过程当中，对部队官兵进行着国防和军事领域多层次、多时空的拓展性教育。

（二）融舒缓疲劳和陶冶情操于一体

积极向上、娱乐身心的军事影视作品，对陶冶官兵情操，丰富精神生活，改造其世界观、人生观，增强明辨是非的能力具有不可估量的作用。许多政工干部反映："让官兵看一场好电影，有时胜过上一堂政治教育课。"基层部队是以青年人相对集中为特征的群体，广大官兵在和平时期担负紧张的执勤、训练、处置突发事件等任务的同时，文化娱乐活动显得不可或缺。通过开展丰富多彩的军旅影视教育活动，可以舒缓官兵疲劳的身心，净化官兵尘封的心灵，提高官兵的人生觉悟。[①] 军旅影视教育功能虽然有限，但只要利用军旅影视形式去影响官兵，教育官兵，在部队思想政治工作中形成一种积极向上的精神氛围，通过与其他文化因子的交织与融汇，就能形成一个立体的文化环境，从各方面渗透，潜移默化地影响广大官兵的行为规范，塑造他们的精神气质。

（三）融群体效应和自我启发于一体

军旅影视具备产生群体效应和使官兵自我启发的独特教育功能。部队官兵欣赏军事影视作品，统一组织、集体观看并集中组织讨论的形式，对军旅影视在广大官兵中产生群体认知效应和自我启发功能提供了极其有利的条件。官兵在对影视作品所传递的信息与思想进行消化吸收的过程中，又充分体现了自我教育、自我启迪的功能。由此，广大官兵在现实生活中努力践行着军旅影视作品中英雄人物所展现的崇高品质与宝贵精神，特别是在艰苦的执勤、训练和面临生死考验的抢险救灾中，一往无前，圆满完成了各项急难险重任务。同时，广大官兵还在改造自身人生观、苦乐观、金钱观、生死观的过程中，实现着精神世界的升华。影视作品中英雄人物的言行和品质，一旦在官兵心中扎根，便化作强大的精神力量，时时处处体现着军旅影视非凡的群体效应与自我启发的功能。

二、军旅影视的教育功能

军旅影视作品创作始终高扬爱国主义、理想主义、英雄主义旗帜。同时又加入忧患意识、责任感、使命感等精神因素，使军人对军队、对国家的眷恋与热爱之情获得了更加坚实、沉稳与深情的表达。[②] 另外，军旅影视作品

[①] 高贵德：《大力加强部队影视宣传工作》，《现代电影技术》2006 年第 7 期，第 38 页。
[②] 吕益都：《家国军旅一身事 缱绻执着两情深——对中国军旅现实题材电视连续剧创作的梳理与反思》，《解放军艺术学院学报》2003 年第 1 期，第 20 页。

自身的特性——题材厚重、时代感强烈、人物形象生动感人，特别是军旅生活的崇高感、悲壮感与阳刚之气，对广大官兵开展思想政治教育与精神气质培育具有极其重要的现实意义。

（一）崇尚国家意识与使命意识教育

军队是担负特殊政治任务的武装集团，其成员从政治条件、思想条件、身体条件、文化条件等方面，都不同于社会一般成员。军人以服从命令为天职，也是担负着特定整体利益的武装集团一员。世界上没有哪一种团体比军队更强调组织纪律性。国家和军队最高利益的实现是军人价值的终极体现。军旅影视作品在演绎着战争与军人主题的同时，在客观上对官兵进行着国家意识形态、军人价值观与信仰的灌输，使官兵体验着被影视叙事制造出来的与自身环境相吻合的自豪与欢乐强化，强化官兵主体对军队的认同感与归属感，使命感与责任感，并最终有效地发挥维护国家利益和巩固国家政权的功能与作用，成为国家意识形态传播的一种集体仪式。此类军事影视作品代表有《开国大典》、《大决战》系列、《建国大业》、《天安门》等。

同时，新时期军事影视作品，大都针对部队官兵当前思想实际中存在的问题和困惑，从不同角度对部队官兵进行引导和教育，努力通过作品强化对官兵的职责使命教育。《沙场点兵》《热带风暴》等影视作品针对少数官兵想当和平官、和平兵，使命意识淡化、危机感模糊等现实问题而创作，通过新时期军人气质的全新塑造，使官兵充分认清了在 21 世纪新阶段革命军人究竟扮演什么角色、承担什么任务、应以怎样的态度履行自己的职责和使命；《张思德》《霓虹灯下新哨兵》等作品，针对少数官兵不安心本职，认为自己岗位平凡，与履行好使命、任务关系不大等错误认识，通过具体人物事迹，使官兵深深懂得使命与军人职责息息相关，平凡的岗位也能干出宏伟业绩的道理；《钢铁战士》《归途如虹》等作品，引导官兵自觉与丑恶社会现象做斗争，始终把国家荣辱、民族利益牢记心中、扛于肩上；《冲出亚马逊》《炮兵少校》《弹道无痕》等作品，通过新时代英雄人物的示范作用，使官兵以饱满的热情投身于军事训练，不断提高自己的军事素质和技能，以适应履行新的历史使命的需要。

（二）崇尚爱国主义与英雄主义教育

体现和讴歌爱国主义和革命英雄主义精神，是我国思想文化阵地的主旋律。这在军旅影视作品中表现得尤为突出。它源于军队的性质及其所担负的使命，军队肩负着保卫国家安全和人民幸福的崇高使命。要完成好这一使命，就要心系祖国，牢记党和人民重托，刻苦训练，无私奉献，甚至牺牲生命。[①] 军旅影视作品中所塑造的英雄人物及其所代表的正义和正面力量，洋溢着堂堂的浩然之气，显示出巍巍的雄伟人格。这些精神因素极大地激发着广大官兵的爱国主义与英雄主义情感。[②] 官兵在观赏英雄、了解英雄的同时，开始效仿英雄，将对祖国的眷恋和热爱化为实际行动，不断锤炼自身过硬的军事本领，使爱国主义和英雄主义精神在实践中得到升华。

爱国主义与英雄主义是部队官兵最基本的政治素质体现。它是新时期部队打得赢、不变质的精神动力。爱国，所以愿为祖国抛颅洒血，将胸中的热爱之情化为勇毅之行，所以才有英雄。英雄是爱国主义的产物，广大官兵心中普遍存在崇拜英雄心理，现实生活中的英雄模范人物，特别是战斗英雄，成为最受官兵们爱戴的人物。军旅影视作品通过对伟岸英雄的刻画雕琢，激发起官兵心中强烈的责任感与使命感，最大限度地激起他们投身军事训练的热情与动力，使官兵通过自身价值的实现过程体会爱国主义与革命英雄主义的深刻内涵，将爱国主义与英雄主义的精神内涵内化为实际行动，确保部队思想政治教育的有效性，为战斗力生成提供重要精神支撑。此类军旅影视早期代表作，如《钢铁战士》《中华女儿》《赵一曼》《黄继光》《董存瑞》等，这些作品所塑造的英雄形象被广为传颂。新时期军旅影视作品，通过热情讴歌人民军队所走过的光辉历程，书写人民军队听党指挥、服务人民、英勇善战的

---

① 李来根：《试论军事题材影视作品的特点》，《武警工程学院学报》2004年第1期，第66页。
② 何静、秦宗仓，《军队文化导论》，北京：蓝天出版社2008年版，第242页。

优良传统，彰显广大官兵在 21 世纪新阶段履行我军新使命、实现国防现代化方面取得的新成就，艺术地展示了当代军人的时代风采。一批为广大人民群众喜闻乐见的富有时代精神的人物形象的成功塑造，在一定程度上影响着部队官兵的精神世界，再次对他们进行着精神气质与道德品格的重新塑造。社会评论界认为：观看军事题材影视剧，是对全社会进行爱国主义和革命英雄主义教育的最好形式，也是最形象、最直观的国防教育。

《亮剑》主人公李云龙所演绎的不畏艰难、不怕牺牲，英勇无畏、奋发进取的"亮剑"精神，已经辐射到部队训练生活的方方面面，成为一种时代精神的代名词，也成为当下艺术进入生活的时尚用语。"亮剑"精神在最短时间内迅速深入到各行各业，唤醒了人们心中沉睡已久的英雄主义情结。《亮剑》剧中，爱国精神与英雄主义、铁血丹心与人世常情、斗智与斗勇、友情与爱情交相辉映。它证明了一部优秀的军事影视作品与部队官兵群体所产生的精神互动，对广大部队官兵起着潜移默化的教育作用。全剧给官兵带来感动和震撼的还有那些无名英雄：奋勇杀敌的骑兵连、宁死不屈的王喜奎、自我牺牲的小分队，几度让人落泪。这是《亮剑》的魅力，它的魅力在于壮烈，在于军人的胆识和骨气，在于充盈其中的"亮剑"精神。这些血肉丰实的形象和可歌可泣的人物事迹对于塑造官兵心中的英雄形象和培育官兵不畏牺牲的英雄主义精神，具有重要现实意义。

在革命历史题材作品中涌现的石光荣（《激情燃烧的岁月》）、姜大牙（《历史的天空》）、李云龙（《亮剑》）这些不符合常规的人性化十足的英雄，打破了人们记忆中严肃古板的英雄模式，他们具有常人的诸多弱点和毛病，但他们是货真价实的传奇英雄。他们有常人的烦恼和痛苦，但却始终以坚定、执着、单纯的信仰面对一切。这样的英雄形象唤起了官兵内心深处渴望成为传奇英雄的梦想，通过观看英雄的"出格"言行，满足了官兵心中的英雄情结，并借以提升自身能力素质，全身心投入火热的军事训练，打造过硬军事本领。同时，新时期以来，龙凯峰（《DA 师》）、江昊（《导弹旅长》）这些知识精英型英雄的出现，特别是他们在剧中的核心位置，显示了"知识改变命运"、"科技强国强军"的时代主调，对高学历、高素质人才的呼唤是全社会和全军追求更高、更快、更强的艺术化体现，寄托着新时代对人才的现实理解与审美理想；他们身上既有传统奉献型的精神品质，大度无私，有领导才干和人格魅力；同时，又充满了新质特征，掌握最新的前沿科学技术与知识，充满建功立业的渴望与干劲，不拘泥于传统观念的束缚，具有挑战权威的胆气。[①] 影视作品中所包含的这些精神因素符合新时期广大青年官兵的心理特征和知识结构，对培育新型军事人才具有更现实的宣传教育意义。

（三）崇尚战斗精神与奉献精神培育

军旅影视作品自诞生以来，就承担起培育部队官兵奉献精神与牺牲精神的功能和使命。创作者从军队的日常生活入手，将军人的价值选择自觉地融入现实生活，反映军人的无私奉献和自我牺牲精神。通过一批无名英雄的形象塑造，对广大官兵扎根军营、报效祖国的崇高意愿产生强烈的感召力，在强化官兵对军人身份自我认同的同时，使其使命感与责任感油然而生，尤其对广大边远和艰苦地区官兵安心戍边、以营为家，具有重要的思想情感教育作用。

军人也是我们亿万普通人中的一员，他们也同样需要面对各种复杂的社会问题，也有普通人的喜怒哀乐。在和平环境下，社会经济迅速发展，社会思潮日趋多元，军人的价值观念与现实生活中的各种思潮难免发生冲突。在这种形势下，军人需要面对自己崇高的职业与世俗的社会生活之间的矛盾。这种矛盾使得每个军人都必须做出一个明确的价值选择。很多创作者从这种矛盾出发，创作出许多反映新形势下军人坚持价值选择的作品。这些军旅影视作品，通过塑造典型的无名英雄形象，以奉献光荣的英雄情怀与儿女情长的人本视角，边远和艰苦地区官兵感受到祖国和人民对他们的凝视与注目，关心与爱护，于无声之间获得了道德与人格的重塑。军旅影视作品最终成为

[①] 戴清：《英雄模式的新变——近年军旅题材电视剧英雄形象的审美文化研究》，《当代电影》，2008年第4期，第99页。

激发官兵无私奉献与牺牲精神的有力手段和重要途径。

《和平年代》以八十年代国家经济建设为大背景，通过秦子雄等军人形象的成功塑造，将当代军人对军人职业深沉的爱、对理想近乎固执的追求以及对物欲的鄙视，做出近乎极致的表达，将我军军人以苦为乐、以苦为荣，甘愿牺牲的情怀抒发得荡气回肠，为我军军魂一个恒久不变的本质——无私奉献，立起了一根引人注目的标杆。"和平是对军人最大的奖赏"这一主旨的深化表达，亦使这种传统的军营奉献主题有了某种划时代的参照意义，对深化官兵奉献精神培育具有极其重要的作用。

《昆仑女神》以被中央军委授予"喀喇昆仑模范医疗站"称号的新疆军区某医疗站模范事迹为题材创作，描写了五位平凡女兵催人泪下的故事。喀喇昆仑山虽然荒凉遥远，寒冷缺氧，我们的女兵却和许多边防官兵一样在险恶的自然环境中驻守，将最美的心灵和最好的年华奉献给部队与祖国。广大官兵从"生命禁区"守卫国门的战士与女兵的描写中，看到医疗站与整个边防线和边防军人相依相恋的亲情。故事的结局是军区决定以直升机组成航空流动医疗队，新的使命又在等待着她们。人民军队永远需要那些默默奉献的无名英雄，却也永远不会忘记这些为共和国无私奉献与牺牲的每名军人。

（四）崇尚顽强作风与坚强意志培育

军旅影视作品在对部队官兵开展思想情感教育的同时，在一定程度上，还承担着从精神层面对官兵顽强作风与坚强意志品质进行催生的任务，起到鼓舞士气，催生战斗力的积极作用。广大官兵被军事影视作品中所塑造的火热军营生活场面与主人公奋发向上、顽强拼搏的精神气质所感染、激励，不断强化磨砺过硬素质与锻造钢铁意志的主动性，由个体官兵的精神气质与意志品质升华，最终完成部队整体战斗力与精神意志的飞跃。

《士兵突击》中，信念坚定的许三多，没有顾及任何的"潜规则"，没有因为别人的排挤而放弃自己的看法，没有因身边环境的利弊而"随大流"；尽管连队只剩下他一个兵，他照样一丝不苟地坚持出早操，坚持在饭前唱出响彻云霄的歌声；在别人都放弃他的时候，他咬着牙坚持做腹部绕杠；在所有人都往上走的时候，他在几乎被人遗忘的地方，自己修成了一条几代老兵都没能修成的路。这就是许三多，"做有意义的事，就是好好活。好好活，就是做有意义的事。"他一边作为一个事事都不灵巧的傻子被人嘲笑，一边以所独具的坚忍、纯朴的美德使身边的精英们为之动容。最后，所有的积累，使他成为一名最优秀的战士。"步兵就是一步一步走出来的兵！"许三多的坚持让我们感动。很多人在资质上都能优于许三多，但却不具备他身上所具有的一个英雄或者说一个坚毅的士兵所应该具有的"不抛弃、不放弃"的铁骨。[1] 这种精神正是广大青年官兵所或缺与急需的，顽强与坚毅是《士兵突击》传递给广大官兵最重要的精神因子，成为广大官兵提升自身的精神动因。

《弹道无痕》将镜头焦点集中在军营内部和训练场上，以使这种竞争更为表象化，更具有力度感。比武场上的较量——不懈的体力与智力的拼搏；训练场上的较量——无数次挥洒汗水的瞄准、操炮、装弹；射击场上的较量——近似实战的真枪真炮的运动打靶，等等。这些属于军人的辉煌驱散了个人命运的酸楚，使广大官兵为剧中人物历经坎坷又百折不挠的精神意志所感动，内心受到极大的鼓舞和鞭策。

三、军旅影视的启示功能

军事影视作品将军人的生活——钢铁的撞击、生命的搏斗、血与火的洗礼，在综合性的视听艺术下，展现得逼真、广阔、复杂、惊险、残酷。同时，也完成了对广大官兵符合其军人特殊身份和地位的思想情感教育与精神升华。但是，一部成功的军事影视作品，除了在完成上述功能作用之外，还要以视听语言为载体，融入更加厚重的人文情怀与深沉的社会历史思索，带给广大官兵更宽广层面的丰富而深刻的启示教育。

---

[1] 高明：《浅析新世纪军旅电视剧中的人物形象》，《解放军艺术学院学报》2008 年第 3 期，第 41 页。

（一）军人自豪感与归属感的激发

日益繁荣的军事题材影视作品创作，已成为我军在和平发展时期建设军队文化的新举措和新经验。正是借助这种形象直观的传媒手段，人民军队文明之师、威武之师、英雄之师的形象，走进了亿万观众的心里。21世纪以来，党的十七大提出富国与强军相统一的国防建设目标，部队建设发展日新月异，官兵福利待遇和生活条件不断提升，广大官兵归属感、使命感与荣誉感不断增强，献身国防事业的理想信念进一步巩固。由此，在21世纪的军旅影视创作中，涌现出《枪手》《霓虹灯下新哨兵》《绝密押运》《士兵突击》等一批充满新时代军人蓬勃朝气的青春励志军旅题材作品，受到广大青年官兵的由衷欢迎。这些作品的观赏对于激发新时期官兵的自豪感与归属感，具有积极意义。

连续剧《我们的连队》十分讲究摄影艺术。每当出现各种训练、演习场面时，就采用大广角俯拍镜头，烘托军营群体的气势；军人俱乐部里，大广角近推远拉拍摄的新兵授枪仪式庄严肃穆，表明人生的一种转换和新生活的开始。剧情配合着韵味悠长的音乐，调制出醇厚、浓郁的兵味、兵情，把传统的军营成长主题表现得十分动人，对青年官兵产生强大的感召力，加深了他们对部队大家庭的自豪与热爱。

长篇连续剧《壮志凌云》，饱含三代空军将士奋斗不息的壮怀人生，铺叙式地演绎了人民空军自创建以来五十年成长壮大的沧桑历史进程，让空军官兵为人民空军今天的辉煌而自豪。在对人民空军史诗般的描述中，在时代氛围、历史文化氛围和科技氛围的胶合中，在新老空军人交替过程中的变迁、观念撞击以及在取长补短中的进步中，观众看到空军人就是在发扬具有永恒性优势的传统革命精神，在打得赢和不变质两方面经受考验，将奉献精神与战争意识一同融入科技强军的历史征程。该剧在部队播映后，极大增强了空军部队官兵的自豪感与归属感，强化了他们立志空天、报效国家的神圣信念。

《士兵突击》中强烈的集体主义归属感唤起了与中年观众青春记忆相连的

关于集体主义生活的回忆。这也恰恰是《士兵突击》让无数青年官兵感动的原因之一。在社会转型过程中，每个人面对纷繁复杂的现实问题，往往陷入孤立无援无可依傍的境况，尤其对于初入军营和刚步入社会的年轻士兵来说，这种渴望团体温暖、追求他人认同的感觉就更为迫切。《士兵突击》让人看到了一个充满友情、行动一致、集体荣誉感高于一切的团队，这种理想化的环境使得原本不那么出色甚至有些缺陷的个体，也能在其中成长为一名优秀的士兵，这给在普通军营生活中寻求归属感的官兵们带来了希望和启示。

（二）军人人性与情感的崇高赞美

军旅影视作品通过展示军人的悲壮美表现了军事活动中的悲剧意蕴和雄壮之美。它源于军事活动的暴力性和对抗性特征。军事活动以暴力作为工具和手段，使对方屈从于自己的意志，在战场上通过敌我双方的生死对抗表现出来。如果说，每个人的生命都是一首诗，那么，军人的生命则是人类生命中最壮丽的诗篇。因为，为正义、真理、和平而存在的军人，以一种最悲壮的生命意象和精神意象而存在，映照并推动人类跨过悲剧与苦难的历史进程。生，对他们是一往无前的豪迈；死，对他们是一种最悲壮、最完美的生命塑造，军人用生命为人们筑起了一座不朽的精神丰碑。《高山下的花环》中的梁三喜，热爱连队，忠于职守，他惦念年迈体弱的母亲，深情眷恋即将分娩的妻子。然而，祖国和人民的重托，战争的呼唤，使他又义无反顾地投入了战斗，为了掩护战友慷慨地献出自己的生命，显示出生死线上的悲壮。《集结号》中对九连这一寻常连队的成功刻画，使每一名主人公都体现出鲜明的性格特征，充溢着人性的光辉。连长谷子地除了作战的勇猛顽强，对待战友更是生死相托。他坚信用自己的血泪可以滋养战友的英灵，使他们的英勇得到证明，让他们的牺牲成为不朽。全片充满了军人之间朴实感人的战友情谊，让人肃然起敬。

《士兵突击》中的纯真情感深深感染官兵。兄弟情、战友情是质朴而真挚的，剧中最令人刻骨铭心的一幕让人动容：许三多死死拽住史今的行李做着绝望的挽留。看着两个男子汉一把鼻涕一把泪地诉说着彼此的不舍与挂念，带给官兵内心的震撼不亚于看到恋人之间的生离死别。许三多的重情重义，又满足了官兵的情感需求。面对史今班长的庇护和鼓励，许三多为了让班长留下，玩命地训练争夺荣誉，甚至把史今的行李牢牢压在身下，泪如泉涌。这改变了以往军中男儿流血不流泪的铁则，流泪不是软弱，而是一名士兵情感的纯真和坦白。[1] 当伍六一受了腿伤无法奔向目的地时，许三多宁可放弃成功的机会，也要背着他一步步走向目的地。在许三多的认知里，成功也许是重要的，但更不能割舍的是战友。他的情感执着而深沉，使无数官兵为之洒泪。许三多普通而纯美的人生情怀值得所有官兵尊敬和思索。

（三）崇高理想与执着信念的蕴藉

理想和精神是人生的两大支柱。没有崇高的理想，人会变得卑俗；没有不竭的精神，人会变得萎靡。以《军歌嘹亮》《和平年代》为代表的一批优秀军事影视作品，极力挖掘军人的精神和内心世界，不断强化他们的理想色彩。他们的喜怒哀乐，在一种真实而朴素的生活状态中不失精神和信仰的光辉。性格决定命运，理想主宰人生。理想在苦难的锻造和战火的淬炼中愈发纯粹。在主人公们身上张扬的近乎纯粹的理想主义，锻造了他们的人格魅力，构建了他们的精神家园，而这种魅力和精神是值得广大官兵尊敬和效仿的。这批作品试图通过那代军人的特殊生活轨迹和命运走向，阐释一种理想的灿烂和精神的巨大。21世纪的军人，在和平时期，将曾经璀璨夺目的军人理想和精神继续发扬光大，显得尤为重要。

《军歌嘹亮》所张扬的高大山们的理想信念、忠诚的爱国情怀、纯洁的职业操守和无私的奉献精神，对身处军事变革中的广大官兵，在完成机械化和信息化双重历史任务面前的精神重塑与形象再造，提供了不竭的营养和动力。这是一部对军人精神与理想再度判读和重新审视的作品。浓缩了一代军

---

[1] 高明：《浅析新世纪军旅电视剧中的人物形象》，《解放军艺术学院学报》2008年第3期，第41页。

人关于时代的印记，彰显着他们的理想追求和精神魅力。高大山那代军人纵横驰骋的年代已经远去，他们的战争观念也已被时代更新。但是，不灭的是他们心中永远不落的理想风帆，一种对信仰执着坚守的精神升腾。

《和平年代》中的秦子雄，是生活在和平时期的军人。也许命中注定他不可能成为驰骋疆场、战功显赫的战将。但是他们依然奋斗，默默奉献，他们的精神具有同等的价值。秦子雄正是一代献身国防的职业军人之典范。他的名言："只要世界上还有一个军人，就是我秦子雄。"虽有几分孤寂，但也有几分狂傲。他有着"天将降大任于斯人"的远大抱负，其最可贵的品质是对理想的执着和对事业的投入与献身。他清楚自己的追求不切实际，但他无怨无悔，表现出无私奉献的豪迈与军人的铮铮铁骨。这个人物浑身上下都流露出一种凛然正气和理想主义。他的所思所想、所言所行皆出于一名军人的使命感。秦子雄对军队建设的倾心，对军旅生涯的挚爱，对国防事业的高度责任感，让所有观者产生极大的敬意。这样的人物精神，会对官兵理想信念的蕴藉，起到潜移默化的积极导向作用。

第三节 军旅影视鉴赏

下面选取一些在中外影视史上比较有影响的影视剧供读者品鉴。

一、中国军旅影视鉴赏

（一）电影鉴赏

《大决战》

《大决战》，彩色宽银幕电影。八一电影制片厂 1991 年出品。史超、李平分、王军编剧，李俊总导演；杨光远、蔡继渭、韦廉、景慕逵、翟俊杰等导演。

影片分为《辽沈战役》《淮海战役》《平津战役》三部，以史诗般宏伟的气魄，艺术再现了解放战争中国共两大军事集团三次决定性的战役。剧作在双方统帅部门的战略方针、作战计划、战役指挥上完全忠实于历史史实；在细节描写上、战争场面上，以及人物形象的塑造上进行适度的渲染、铺衬，使银幕形象在巨大的、真实的历史背景上显得更加丰满、生动，具有较强的艺术感染力。影片既描述了双方统帅及高级将领的思想、感情、性格，也表现了下级军官、士兵和群众的思想、感情、性格，而且在描述中避免了脸谱化、模式化的倾向。在此基础上，影片最大的成功之处在于，它表明决战的胜负并非单纯由军事指挥决定，而是一种历史的必然趋势。

影片上映后，以它历史的真实、人物性格的鲜明和场面的宏大而获得高度评价，同时受到观众的热烈欢迎，获得第十五届《大众电影》百花奖最佳故事片奖、第十二届金鸡奖最佳故事片奖、最佳导演奖、最佳美术奖、最佳剪辑奖、最佳道具奖和最佳烟火奖。

《英雄儿女》

《英雄儿女》是1964年由长春电影制片厂出品的一部黑白故事片。导演武兆堤，编剧毛烽、武兆堤。影片讲述抗美援朝时期，志愿军某团在坚守无名高地的战斗中勇敢作战。刚从医院回部队的战士王成要求参战，并拿出父亲鼓励他杀敌立功的来信给张团长和王文清政委看，王文清始知王成就是自己的老战友王复标的儿子。在战斗中，王成英勇奋战，壮烈牺牲。在全军开展向王成学习的运动中，王文清认出该军文工团员、王成的妹妹王芳就是自己的亲生女儿。原来十八年前，王文清在上海做地下工作时，妻子被敌人杀害，不久他也被捕，老工人王复标收养了他的女儿王芳，此后双方失去了联系。王文清没有立即与王芳相认，而是帮助她完成歌颂王成的创作任务，并鼓励她以实际行动向哥哥学习。后来，当王芳在阵地上为炊事员演出时，敌机突然来袭，她为掩护炊事员而负伤，被送回祖国医治。一个月后，王复标参加慰问团赴朝慰问，王芳也伤愈归队，三人在前线团圆。王复标将真情告诉王芳，两位父亲都勉励王芳向哥哥学习，当好革命接班人。

《高山下的花环》

《高山下的花环》是由谢晋执导，吕晓禾、唐国强、盖克、何伟、王玉梅、童超、斯琴高娃、倪大红联袂出演的一部影片。影片根据李存葆的同名小说改编，塑造了梁三喜、赵蒙生、靳开来等一批个性鲜明的人物，反映了对越自卫反击战中战士们在血与火的洗礼中经受的考验，以及他们一心为国，以保卫国家和人民安全为己任的高尚品质。该影片引起巨大轰动，曾获百花奖最佳故事片奖，以及金鸡奖最佳编剧奖等共计八项大奖。影片讲述了解放军某部宣传处干事、高干子弟赵蒙生，因为一心想调回城市；在对越自卫反击战前夕，他凭借母亲吴爽的关系，怀着曲线调动的目的，临时下放到某部九连任副指导员。九连连长梁三喜已获准回家探亲，他的妻子玉秀即将分娩；赵蒙生不安于位，整日为调动之事奔波；梁三喜放心不下连里的工作，一再推迟归期；排长靳开来对此愤愤不平，替连长买好车票，催他起程；可是，九连接到开赴前线的命令，在激烈的战斗中，一个个战友为国捐躯，战斗临近结束之时，梁三喜为掩护赵蒙生而牺牲……赵蒙生在血与火的洗礼中，经受了考验；战后，在清理战友的遗物时，梁三喜留下的一张要家属归还620元的欠账单，使赵蒙生震惊不已。烈士的家属纷纷来到驻地，梁三喜的母亲和玉秀用抚恤金及卖猪换来的钱，还清了三喜因家里困难向战友借的债。这一高尚的行动震撼了包括吴爽、雷军长、赵蒙生以及战士的心灵；临别之际，赵蒙生和战友们含着热泪，列队向烈士的家属，举手致以最崇高的敬礼。

《建军大业》

《建军大业》是"建国三部曲"系列的第三部，献礼建军90周年的历史片。由刘伟强执导，韩三平担任总策划及艺术总监，黄建新监制，刘烨、朱亚文、黄志忠、王景春、欧豪、刘昊然、马天宇等主演。该片讲述了1927年第一次国内革命战争失败后，中国共产党挽救革命，于当年8月1日在江西南昌举行武装起义,从而创建中国共产党领导的人民军队的故事。2018年9月,《建军大业》获第十四届中国长春电影节"金鹿奖"最佳音乐奖。2018年11月10日,《建军大业》获第三十四届大众电影百花奖优秀故事片。1927年,北伐战争刚取得重大成果之际,国民党"右派"为夺权叛变革命,发动了疯狂的"清共"行动,近31万进步同胞遭到残酷杀害,全国震惊,刚刚看到希望的中国即将再次陷入军阀混战和独裁专制的深渊。由于没有自己的武装力量,中国共产党在国民党"右派"的疯狂进攻下,遭遇几乎毁灭性的打击。血的教训使毛泽东、周恩来等党内进步分子认识到了"枪杆子里出政权"的硬道理。生死存亡之际,他们临危受命,冒着生命危险分赴湖南和南昌等地,联合朱德、贺龙、叶挺、刘伯承等爱国将领发动起义,誓要组建一支真正属于人民的军队。铁血铸军魂,舍己保家国。

《古田军号》

《古田军号》是由八一电影制片厂、福建电影制片厂等共同出品的革命历史题材影片,由陈力执导,王仁君、王志飞、刘智扬、胡兵、张一山主演,孙维民、李幼斌特别出演。该片讲述了青年革命领袖毛泽东带领红四军面对重重磨难,坚守信仰,坚持不懈探索革命真理与出路的非凡历程。该片2019年8月荣获"五个一工程"奖"特别奖"。该片讲述了1929年6月至12月,红军从井冈山突围到闽西期间,毛泽东在失去红四军前委书记职务后,带着重病在闽西苏区继续实践着自己的建党和建军思想的故事。1929年召开的古田会议在中国共产党和人民军队建设史上具有重要意义,会议确立的思想建党、政治建军原则一直是中国共产党宝贵的精神财富。《古田军号》是庆祝中华人民共和国成立70周年献礼影片。影片用真诚的艺术表达和创新的手法,以一个红军小号手的视角,讲述了红军从井冈山突围到闽西期间,年轻的革命领袖带领年轻的红军,在绝境中探索真理的故事,开辟了中国革命成功道路的非凡历程。

《集结号》

《集结号》是由冯小刚执导，刘恒编剧，张涵予、邓超、袁文康、汤嬿、廖凡、王宝强等主演，胡军、任泉特别出演的战争片。该片于2007年12月20日在中国大陆上映。1948年的淮海战役，中国人民解放军与国民党军队的战斗空前惨烈。该片讲述了九连连长谷子地接受了一项阻击战的任务，他与团长约定以集结号作为撤退的号令，如果集结号不吹响，全连必须坚持到最后一刻。一座废弃的旧窑场里，47名战士奋勇厮杀，终究火力悬殊，寡不敌众而全体牺牲，谷子地亲眼看着战友们一个个死去却无能为力。排长焦大鹏是谷子地的左右手，他在临死之前说自己听到了集结号响，让谷子地带着仅剩的几个弟兄撤退。战士中有人附和，有人反对，大家对此产生了分歧。谷子地此时发现友邻部队早已撤退，他怀疑是自己忽略了号声，导致战友们枉送性命。强烈的震惊和内疚之下，他携带炸药包奔出窑场只身前往敌军战壕。其余战士最终全部阵亡。

《金刚川》

《金刚川》是由中国电影集团公司、七印象影视传媒（海口）有限公司等出品的抗美援朝题材电影，由管虎、郭帆、路阳联合执导，张译、吴京、李九霄、魏晨领衔主演，邓超特别出演。该片为纪念中国人民志愿军抗美援朝七十周年而拍摄，讲述志愿军战士们在敌我力量悬殊的情况下，以血肉之躯顽强作战的英勇事迹。1953年，抗美援朝战争进入第五次战役阶段，志愿军要在第一时间赶往金城参加最后一场大型战役。志愿军要通过一条名为金刚川的河流，才能继续赶往金城。志愿军工兵连修建了一座木桥，可供战士们通过。但是，美军也知道只要阻止志愿军通过金刚川，自己就能在金城大战中有更大的优势，于是配备着榴弹炮、延时炸弹、燃烧弹，以及多发子弹的轰炸机、战斗机不断轰炸木桥与志愿军战士们。而让美军惊讶的是，每次把桥炸烂，志愿军战士们都能在短短几个小时内重新修复木桥。

《百团大战》

《百团大战》是由八一电影制片厂、中国电影股份有限公司出品的抗战影片，由宁海强执导，董哲编剧，陶泽如、刘之冰、印小天、吴越、唐国强、王伍福等领衔出演。该片是为纪念中国人民抗日战争暨世界反法西斯战争胜利70周年，再现抗战时期重点战役而拍摄的。1940年，世界反法西斯战场进入最艰难时期。欧洲战场，纳粹军队闪击波兰后，连下荷兰、比利时和卢森堡、挪威。在中国，正面战场上的国民党军队节节败退。为了抵抗日军的进攻，枣宜会战中，张自忠中将以身殉国，江汉平原以至华中大部又落入日军之手；延安也在日军轰炸机频繁的轰炸下。毛泽东、朱德等中共领导人为中国的前途、命运忧心忡忡。他们决定在这个时候，共产党和所领导的八路军、新四军要挺身而出，打破亡国和投降的论调，为世界反法西斯战场注入希望，要向侵犯中国的日军打下当头一棒。而远在山西敌后的八路军总部，副司令员彭德怀和副参谋长左权也在为如何执行中央的精神，打破日军的囚笼政策，而周密、细致、紧张地筹划、准备着。这一战便是著名的百团大战。

（二）电视剧鉴赏

《士兵突击》

这是2006年上映的一部由康洪雷导演，兰晓龙编剧的30集电视连续剧。

剧作讲述的是一个有着性格缺点的普通农村孩子许三多，他单纯而执着，在军人的世界里跌打滚爬。因为他的笨，让全连队受累；因为他的认真，让全连队为之感动；因为他的执着，让全连队为之骄傲。虽然他家的祖屋在爆炸声中变成一堆瓦砾，却无法阻止他坚毅的军人步伐；善良的怜悯，并未使他忘记军人的职责，追捕毒犯……他在种种困境和磨难中百炼成钢。

故事以"不抛弃，不放弃"贯穿整体。人们看到的首先就是军人钢铁般的意志和顽强不放弃的精神。紧接着就看出了成功背后的艰辛，有点类似于《钢铁是怎样炼成的》。贯穿作品的感情线也是不得不提的，当你处在生死关头，面对同生入死的战友，是离去，还是留下生死与共。《士兵突击》始终强调"不抛弃，不放弃"的主线，在一个个生死关头书写下悲壮、感人的篇章。

《突出重围》

《突出重围》根据长篇小说《突出重围》改编拍摄。是由中央电视台影视部，成都军区政治部电视艺术中心、重庆电视台联合摄制的一部22集电视连续剧。

全剧通过对几场军事对抗演习的生动描写，用艺术的形式全面反映江主席的治军思想和中央军委新战略方针。热情讴歌了江主席任中央军委主席以来，我军官兵为落实"五句话"总要求，为打赢高技术条件下的局部战争，勇于探索、锐意进取，坚定不移地走科技强军，质量建设之路的感人事迹。用艺术形象向世界展示，我们这支具有光荣传统和赫赫战功的军队，在以江主席为核心的党中央和中央军委的领导下，能够完成祖国和人民赋予的一切神圣使命。

《炊事班的故事》

该剧是由中央电视台影视部和空政电视艺术中心联合制作的30集军旅生活喜剧。空军政治部电视艺术中心编导尚敬担任总编剧和导演。该剧着重展现了空军部队落实江主席"五句话"总要求和部队官兵爱军习武的精神风貌。它以一个普通连队的炊事班作为切入点，通过发生在几个炊事员身上的日常小事，折射出新时期部队生活的全貌。

在创作手法上，这部电视剧采用了室内喜剧的风格，从而成为第一部军旅生活系列喜剧。该剧以轻松诙谐的娱乐格调，兵味十足的部队气息，明快紧凑的剧情节奏，健康活泼的青春色彩，在军旅电视剧创作中独树一帜。全剧均以士兵们在日常生活中遇到的欢乐和烦恼结构剧情。30个故事涵盖了部队政治学习、军事训练、专业考评、学习电脑、杀猪种菜、家属来队、改善伙食、做病号饭、探家归队、过年过节、文娱活动、学生军训、学习条令、义务献血、追求时尚、借钱赊账、心理咨询、比赛评比、扶贫助学、学法普法、岗位练兵、下岗就业、一专多能等方方面面。每集剧情均笑料十足，妙趣横生，令人耳目一新、忍俊不禁。

《鹰隼大队》

进入二十一世纪以来，中国空军的战役战略由"国土防空型"向"攻防兼备型"转化，国家安全的观念开始由本土向外延伸。为了适应这一趋势，空军决定成立一个由多机型组成的部队——鹰隼分队，肩负独立打赢一场局部战争，应对突发事件及反恐等多种情况。分队由歼-10战斗机、苏-30轰炸机、J-8电子战机、空警机、电子干扰机、侦察机、运输机、空中加油机等多种先进的机型组成，在全军挑选一流飞行员，并由中航集团的服务队负责全程随队保障，力求在短时间内形成战斗力，为国家安全执行任务。

《鹰隼大队》是中国第一部全面展示歼-10战机部队的电视剧。该剧讲述了试飞员出身的马赫，目睹战友肖邦在飞机失控时为保护地面村庄英勇献身的过程后，被调入了鹰隼大队。虽然他技术超群，但在一次次演习中，却不断出现肖邦牺牲前一刹那的幻觉。经过一系列挫折，马赫终于在保卫祖国岛礁的战斗中，在中外联合军事演习中，成为一名坚强的飞行员。

《三八线》

《三八线》是由梦继执导，张国强、王挺、曹曦文领衔主演的20世纪50年代战争剧。该剧讲述的是1950年鸭绿江上的渔民遭美军战斗机轰炸后，村里两个小伙子参加志愿军奔赴朝鲜、保家卫国的故事。

1950年，鸭绿江上的渔民遭美军战斗机轰炸后，村子里的年轻人参加志愿军奔赴朝鲜，投入保家卫国的战役。在朝鲜战场上，志愿军与敌人展开了殊死较量，历经数次浴血战役后，渔村青年完成了从冲动的年轻人到智慧果敢的爱国战士的转变。与此同时，经过几轮战略战术调整，中国人民志愿军在战场上逐渐掌握主动，取得国际舆论支持和关注，在最后的上甘岭战役中，中国人民志愿军战士以巨大的生命代价赢得了最后的胜利以及停战协议后的和平。《北京青年报》评论道：《三八线》从亲情、爱情、战友情三路出击，戳中人类心底最柔软的泪点。从小我的蜕变到大我的升华，从微观书写了宏伟历史。镜头中的角色只是千千万万抗美援朝将士的代表，《三八线》正是借助这种亲情、战友情的刻画而向为国捐躯、奉献青春的志愿军将士致敬。

《和平年代》

这是一部正面描写改革开放条件下部队建设以及军队与地方关系的电视剧，也是目前中国容量最大的一部军事题材的电视长剧。故事在 1978 年年底党的十一届三中全会决定党的工作中心转移的大背景下展开，着力表现了军队如何由战争准备走向和平时期的艰难历程。全剧以一支特种作战部队的组建、成长、壮大、最后发展成为进驻香港特区的象征主权的部队为主要线索，通过一批背着战火硝烟走进和平年代，来到经济特区，面对全新情况的军人的变化，全景式地再现了中国改革开放十五年来军队的建设和发展，展现了新形势下的新型军民关系，揭示了当代军人在特殊年代的心路历程。通过边境轮训、百万大裁军、走精兵之路、特区发展、准备进驻香港等几件世界注目的大事件，流畅而生动地构筑了一个气势宏大的艺术框架，细腻准确地描绘刻画了一群鲜活的艺术形象，并通过评价军人们对事业、生活、爱情的追求，大胆深刻地对他们的内心世界进行了深入而全面的开掘。该剧在对中国改革开放十五年来军队建设乃至整个国家文明进程进行回顾的同时，不仅正面展现了人民军队在这一时期的风采，也揭示了人民军队在中国现代化建设进程中所付出的沉重但又必要的牺牲，讴歌了当代军人甘于寂寞、忍受清贫、无私奉献的高尚情怀。思想性强，具有强烈的生活气息，更有引人入胜的故事，情节生动、跌宕起伏、催人泪下。

《跨过鸭绿江》

《跨过鸭绿江》是由董亚春执导，余飞、辛志海等编剧，唐国强、丁勇岱领衔主演，孙维民、王志飞、刘之冰、姚刚、王挺、王同辉、刘涛等主演的抗美援朝战争剧。该剧讲述了以毛泽东、刘少奇、周恩来、朱德、邓小平、彭德怀，以及邓华、洪学智、韩先楚等为代表的无产阶级革命家，以派往朝鲜作战的黄继光、邱少云、杨根思为代表的志愿军指战员不畏强敌、英勇斗争的故事。

1950年6月25日，朝鲜战争正式爆发。第七舰队驶入台湾海峡，美军别有用心地派飞机"误炸"安东市区，造成无辜百姓伤亡。形势所迫，愤怒的新中国领导人下了亮剑的决心。10月25日，志愿军指挥部成立。彭德怀和邓华等人根据毛泽东的战略构想，提出了打突然、打穿插、打分割包围的计策。由于麦克阿瑟的轻敌，虽然战事艰难，但志愿军将士勇锐顽强，势如破竹，打过了三八线占领了汉城。李奇微临危受命，志愿军面前出现了一个更狡猾，能力更强大的对手。新的战争态势下，双方开始漫长的谈判。经历了无数个惨烈的坑道争夺战后，1953年7月27日，正式停战。毛泽东主席的英明决策令中国打出了民族尊严，打出了新中国数十年的和平，更打出了一个世界的新格局。

【推介篇目】

《地道战》

《地道战》是由八一电影制片厂早期创作电影的经典之作。导演任旭东，编剧任旭东、徐国腾、王俊益、潘云山。剧情简介：日军侵华时，1942年的中国冀中平原上，高家庄英勇的男女民兵，从四面八方齐集村口，准备战斗。为了与日军展开斗争，冀中根据地人民开展了群众性挖地道的热潮，民兵队长高传宝被这巧妙的洞口深深吸引。各村民兵利用野外地道围困敌人，打死民兵败类汤丙会，活捉日寇山田，胜利的钟声响遍冀中平原。

《董存瑞》

长春电影制片厂1955年出品。1945年，抗日战争到了最后阶段。董存瑞和他的伙伴郅振标请求参军，因年龄太小被拒绝。日寇疯狂进攻根据地，董存瑞和郅振标在区委书记王平的率领下跟随乡亲们转入山地，打退了进山"扫荡"的敌人。反"扫荡"胜利后，董存瑞和郅振标如愿参军。经过战斗洗礼，董存瑞渐渐懂得了革命道理。日寇投降后，人们欢庆胜利，但蒋介石又发动了内战。在一次阻击战中，董存瑞带领战友主动出击支援兄弟连队，保证了战斗的胜利，获得嘉奖并光荣入党。1948年5月，我军转入全面反攻。在解放隆化战斗中，董存瑞被选为突击爆破队长，执行炸毁敌人碉堡的任务，为总攻扫清道路。战斗打响后，我军在进攻过程中被一座桥头暗堡的猛烈火力阻挡。董存瑞带着炸药包冲到桥下，却找不到安放炸药的地方。正在这时，总攻的号角吹响了，看到冲上去的战友一批批倒下，董存瑞心急如焚。为了争取时间，减少战友伤亡，保证战斗胜利，董存瑞用手托起炸药包，高喊："为了新中国，前进！"毅然拉开了导火线，舍身炸掉了碉堡。

《红十字方队》

导演王文杰，主演罗刚、颜丙燕、刘微微、田鹏、杨圣文。这是一部14集的充满活力的校园青春片，也是国内第一部全景式反映军医大学生活的长篇电视连续剧，剧作情节曲折，悬念迭出，故事新颖，语言幽默，既讴歌了新一代青年军人的人生观、价值观、爱情观，又展示了丰富多彩的军校生活，将军营的直线加方块和校园的青春浪漫有机地融为一体，剧情主要通过讲述军医大学中的一个班的同学从入学到毕业的所有精彩经历，引导观众一步步推开军医大学这扇神秘而陌生的大门，让观众朋友从中了解我们现实的中国军医大学的真实生活，也让观众们更加真切地感受到现代大学生的风采、现代军人的风采。

《忠诚》

由军事科学院、八一电影制片厂、中国第二次世界大战史研究会等联合摄制的18集大型文献电视纪录片。首次以影视表现形式系统反映了党对军队绝对领导的历史经验和伟大历程，是军队纪念中国共产党成立90周年的重点影视作品。《忠诚》以中国共产党建立九十年来，创建、领导人民军队的辉煌历史为主线，依据党史、军史最新研究成果和相关军事题材影片的珍贵画面，以访谈和情景再现的艺术手法，运用形象生动的电视语言，史论结合，对人民军队建设发展史做了大跨越、全方位的反映，阐述中国共产党如何缔造、培育和领导人民军队，人民军队如何在党的绝对领导下不断发展壮大的光辉历程，热情讴歌了党的三代领导核心和胡主席领导人民军队从胜利走向胜利的丰功伟绩，大力宣传了人民军队取得的辉煌历史成就和开展政治工作的成功经验。

《激情燃烧的岁月》

2001年，导演康洪雷携手孙海英、吕丽萍等演员，根据石钟山小说《激情燃烧的岁月》改编拍摄了同名电视剧。

新中国成立前夕，在部队进城的欢迎仪式上，充满青春活力的褚琴强烈地吸引住身经百战的石光荣，他凭借军人的天性立即发起进攻，在褚琴父母和组织上的支持下，与心爱的人举行了热烈单纯的军人婚礼。这使对褚琴一往情深的谢枫丧失了理智，他要开枪打死石光荣。石光荣以一个军人的方式面对谢枫，使谢枫感到自愧不如。此后，谢枫在抗美援朝战争中英勇牺牲。褚琴却误解为是自己和石光荣害死了谢枫，扩大了与石光荣性格、生长环境和感情理解的差异。在部队，石光荣呼风唤雨，如鱼得水；在家里，他显得很孤单，很力不从心。孩子们长大了，个个性格倔强，成长环境的差距使得他们与石光荣之间的代沟尤为明显。

时间是一个伟大的教师，长期的共同生活让石光荣和褚琴学会了忍让和理解，他们在冲突和摩擦中不断地贴近对方。褚琴清楚地感受到石光荣的激情依旧在燃烧，而且越发炽热。在石光荣生命垂危的时候，褚琴和孩子们才真正认识到他们和他的感情有多么深，在这个英勇的军人身人蕴藏着多么可贵的品格，他是那样的称职，在他无数的行动中，他使他的生命与他们的生命融合得如此完美。

《亮剑》

《亮剑》是由海润影视制作有限公司出品，陈健、张前执导，都梁、江奇涛编剧，李幼斌、何政军、张光北、张桐、童蕾、王全有、由力等联袂主演的战争题材剧。该剧讲述了革命军人李云龙历经抗日战争、解放战争、抗美援朝等历史时期，军人本色始终不改的故事。新浪网评论道：该剧是一部战争艺术和传奇色彩融会贯通的主旋律作品。剧中，爱国精神与英雄主义、铁血丹心与人世常情、斗智与斗勇、友情与爱情交相辉映。该剧的最大突破在于：把社会潜藏着的传统审美心理变成了现实，把战争题材领域呼唤了几十年的期盼变成了现实——拍出了中国式的"巴顿将军"。

《长征》

是由唐国强、金韬、陆涛、舒崇福导演的一部24集电视连续剧。20世纪30年代，乌云笼罩着中华大地。骗取孙中山信任的蒋介石，夺取了国民党最高实力派权力。蒋介石不顾日本帝国主义侵占我国东三省、进犯华北，为彻底消灭中国工农红军，亲自部署、指挥第五次"围剿"，企图把新生的红色政权消灭在摇篮中。此时中央主要负责人博古和共产国际派来的军事顾问李德，抛弃"诱敌深入、在运动中消灭敌人"的积极防御战略，与敌人拼消耗，使红军遭受惨重损失。1934年10月，红军开始长征。《长征》气势恢宏，情节跌宕，险象环生，首次披露三十年代鲜为人知的党内斗争史料，充分揭示了旷世绝伦的长征全过程，集中展现了中国共产党人早期政治舞台上与天斗，与地斗，与人斗的无畏英雄气概，是一部集史、诗于一体的优秀革命历史题材影视剧。

《垂直打击》

这是一部描写当代空降兵真实生活的现代军事大片。中国人民解放军空军电视艺术中心等单位联合拍摄的20集大型军事题材连续剧，第一次将镜头对准了充满神秘色彩的中国空降兵部队。该剧荣获"五个一工程"优秀作品奖、浙江卫视评选的"最受观众喜爱的电视剧"等。实力演员王新军在剧中扮演了特战队大队长"杨亿"，他率领的空军特种兵们借助出色地表演充分展示了现代军人的英姿。

《垂直打击》突出表现了我军官兵为打赢现代化战争殚精竭虑，真练真打的火热生活。用扣人心弦的紧张冲突和连环悬念，最大限度地营造出逼真的战场气氛，塑造了一种勇武过人、智慧超人、性格迷人的特种兵形象。

二、外国军旅影视鉴赏

（一）电影鉴赏

《莫斯科保卫战》

《莫斯科保卫战》是苏联为纪念二战中苏联人民反法西斯斗争伟大胜利所拍摄的一部史诗性多集宽银幕巨片。全片分为《侵略》、《台风战役》两部，每部上、下集共四集。

1941年6月，法西斯德国集中了一百九十个师，约200万的兵力，14000多门大炮，1700辆坦克和1400架飞机，向苏联首都莫斯科发动代号为"台风"的闪电战，妄图在冬季到来之前攻占莫斯科。以此向全世界显示其"闪击战"的威力和德国武装力量的"不可战胜"。苏联因准备不足，在战争初期节节败退，德军直趋莫斯科城下。第二次世界大战开始的头几年，德军一直认为消灭苏军，占领莫斯科，关系到战争的前途和命运。攻占这座城市，标志着德国在政治上和军事上的决定性胜利。

在巨大的危机面前，苏联军民在莫斯科近郊同德军浴血鏖战。莫斯科的工人和居民组织了几十个工人营和民兵师，数百个打坦克班。全市出动50万人参与修筑防御工事，其中四分之三是妇女。莫斯科人民于11月6日，在地下铁道马雅可夫斯基车站举行纪念伟大的十月社会主义革命24周年庆祝大会。第二天，在敌军距莫斯科仅70公里的最艰苦的时刻，在红场举行传统的意义非凡的盛大阅兵式，斯大林发表了鼓舞人心的演说，随即直接开赴前线。在这生死存亡的危急关头，在战火硝烟中举行纪念十月革命的庆祝活动，在国内、国际产生了重大影响，它鼓舞了苏联人民和全世界人民，使一切正义的人们坚信：法西斯一定会失败！

《兵临城下》

《兵临城下》是由让·雅克·阿诺导演执导，裘德·洛、艾德·哈里斯主演的电影，2001 年在中国大陆上映。影片改编自作家威廉·克雷格 1973 年创作的同名纪实小说。该片讲述第二次世界大战时，苏联红军传奇狙击手瓦西里·柴瑟夫与德军顶尖的神枪手康尼少校，在斯大林格勒战役中的一场生死之战。斯大林格勒战役中，瓦西里（裘德·洛饰）是一个威震部队的神枪手。他的好枪法百发百中，令敌人闻风丧胆。为了激励士气，树立榜样，瓦西里的战友——苏军文宣部军官丹尼洛夫（约瑟夫·费因斯 饰）在报纸上大量刊登瓦西里的英雄事迹，令瓦西里的形象更为高大。另一方面，德军派出了他们的狙击手康尼（艾德·哈里斯 饰），让同是神枪手的他抗衡瓦西里。在硝烟弥漫的战场上，瓦西里和康尼开始了斗智斗勇的决斗。

《虎口脱险》

《虎口脱险》在宣传上打出"一部艺术实验电影"旗号，影片拍摄精益求精。

二战期间，英国轰炸机中队的一支特遣队在执行一次名为"鸳鸯茶"的轰炸任务中，一架轰炸机被德军防空炮击中，机上人员被迫跳伞逃生，并约好在土耳其浴室见面。但他们分别降落在德军占领的法国首都巴黎市内不同地点。德军展开了全市大搜捕，其中三位飞行员分别被油漆匠、动物管理员和乐队指挥所救。迫于形势，油漆匠和指挥家只得替代各自所救的飞行员去和中队长大胡子在浴室碰头。在几次误会后，他们终于接上了头。

在热情的法国人的掩护下，飞行员们与德军展开了一场场惊险紧张而又幽默滑稽可笑的生死游戏。最终，油漆匠、乐队指挥和飞行员们一起飞向了中立国瑞士。这部影片拍摄于 60 年代，当年曾创下法国历史上最高的票房纪录，成为法国电影史上里程碑式的作品。法国喜剧大师路易·德菲奈与演技派明星布尔维尔配合杰拉尔·奥利天才的编导手法，使影片成为世界公认的喜剧经典之作。

《细细的红线》

《细细的红线》是根据美国作家詹姆斯·琼斯的同名小说改编，由泰伦斯·马力克执导，西恩·潘、伊莱亚斯·科泰斯、詹姆斯·卡维泽、本·卓别林、尼克·诺特、艾德里安·布洛迪等主演的战争电影。该片讲述在1942年到1943年，瓜达尔卡纳尔岛战役期间一个名为"查理斯火炮连"的战争故事，于1999年1月15日在美国上映。1942年，位于南太平洋上的瓜达尔卡纳尔群岛风光如画。美军士兵在岛上登陆，希望能从日本侵略军手中将它收回。美军和日军在这个小岛上展开了大规模的战役，抢夺被日军控制的210阵地的艰巨任务落在了"查理步兵连"的头上。为此，上尉斯塔罗和下达命令的中校塔尔发生了争执。塔尔认为，诸位战士应该奋勇向前，将平时训练的技能都展现出来，而斯塔罗则认为，在塔尔的勃勃野心驱使下，全连的士兵将走上一条不归之路。

腾讯网评论道：《细细的红线》透过一场胜得艰苦的战役，对"战争"与"死亡"发出天问式的疑惑。全片节奏缓慢，头十分钟甚至安详得有如南太平洋的风光片，在摄影与配乐均十分精致的气氛下展开一场攻坚行动，这一个多小时的战役是全片令人看得最兴奋的精华。导演在此展现出他驾驭镜头的功力，利用漫山遍野的长草和鬼魅般出现的日军，将战争中的荒谬恐怖感表现得很贴切。

《拯救大兵瑞恩》

《拯救大兵瑞恩》是梦工厂1998年出品的战争片，由史蒂文·斯皮尔伯格执导，汤姆·汉克斯、汤姆·塞兹摩尔和马特·达蒙等联袂出演。影片于1998年7月24日在美国上映。该片描述了第二次世界大战后期，德军东部战场正打得不可开交，英美联军则于1944年6月6日在法国的诺曼底大区开始进行大军团的全面登陆，试图从西部直取德军总部柏林。而在地面部队的登陆作战之前，部分分队已经空降到了远离诺曼底的法国内陆地区，试图在破坏骚扰德军的部署能力之后再与登陆的部队集结，以便于进一步进行大规模的组织进攻。瑞恩家4名于前线参战的儿子中，除了隶属一〇一空降师的小儿子二等兵詹姆斯·瑞恩仍下落不明外，其他3个儿子皆已于两周内陆续在各地战死。美国陆军参谋长马歇尔上将得知此事后出于人道考量，特令前线组织一支8人小队，在人海茫茫、枪林弹雨中找出生死未卜的二等兵詹姆斯·瑞恩，并将其平安送回后方。

《血战钢锯岭》

《血战钢锯岭》是熙颐影业、麒麟影业出品的战争历史片，由梅尔·吉布森执导，安德鲁·加菲尔德、萨姆·沃辛顿、卢克·布雷西、泰莉莎·帕尔墨、雨果·维文、瑞切尔·格里菲斯、文斯·沃恩主演。影片改编自二战上等兵军医戴斯蒙德·道斯的真实经历，讲述他拒绝携带武器上战场，并在冲绳战役中赤手空拳救下75位战友的传奇故事。在1942年的太平洋战场，军医戴斯蒙德·道斯(安德鲁·加菲尔德饰)不愿意在前线举枪射杀任何一个人，他因自己的和平理想遭受着其他战士们的排挤。尽管如此，他仍坚守信仰及原则，孤身上阵，无惧枪林弹雨和凶残日军，誓死拯救即使一息尚存的战友。数以百计的同胞在敌人的土地上伤亡惨重，他一人冲入枪林弹雨，不停地祈祷，乞求以自己的绵薄之力再救一人，75名受伤战友最终被奇迹般地运送至安全之地，得以生还。

媒体评论道：《血战钢锯岭》故事节奏有张有弛，既极度写实更饱含诗化的美学风格，在惨烈中努力营造出一份崇高之美。同时，全片成功塑造了有血有肉的人物形象，全片浑然一体地展现出极为震撼人心的艺术效果。影片虽然大篇幅渲染了极为惨烈血腥的战斗场面，但同时也以细腻动人的镜头语言着重刻画人物的心灵世界，展现出一个凶残杀戮和至善拯救并存的现实图景。该片按照叙事风格大概分割成两个部分，双重风格交相辉映，共同营造出一份震撼人心的视觉冲击和灵魂涤荡。

《西线无战事》

《西线无战事》是 1930 年刘易斯·迈尔斯通执导的反战题材剧情片，由刘·艾尔斯、路易斯·沃海姆主演，1930 年 4 月 21 日在美国上映。《西线无战事》改编自德国作家雷马克的同名小说，讲述的是马恩河战役前后，一群德国少年兵对战争态度由兴奋、憧憬到反感的过程。该片获得第三届奥斯卡金像奖最佳影片、最佳导演两个奖项。

第一次世界大战期间，德国政府以漂亮的口号呼吁年轻热情的学生志愿者投身战场保家卫国。保尔及其同学们在老师的沙文主义思想的煽动下，怀着英雄理想投身到一战之中。这些青年原来把人生、战争都理想化了。经过训练后，这些涉世未深的"娃娃兵"被派往西线参战。然而天真的梦幻破灭了，他们不久便发现自己卷入了一场持久的、残酷的战争折磨之中。地球变得阴森恐怖，许多人号哭着，挣扎着，呼唤着，想从死亡的威胁里解脱出来，却只能无力地倒下。主人公保尔开始怀疑过去的理想，战争的残酷性和毁灭性使他的英雄主义彻底破灭，他的内心发生了变化，开始对战争怀疑、厌恶甚至憎恨。终于有一天，保尔爬出战壕去捕捉蝴蝶，结果被冷枪打中死去。然而，同战争相比，个人的生命是微不足道的。在那一天，前线司令部的报告中写道：西线无战事。

（二）电视剧鉴赏

《兄弟连》

《兄弟连》是一部反映美国空降兵部队参加第二次世界大战欧洲战役和太平洋战役的微型电视系列剧，剧名曾译为《诺曼底大空降》，2001 年出品，由汤姆·汉克斯和斯蒂文·斯皮尔伯格联合执行制片、戴维·弗兰克尔、汤姆·汉克斯等多人导演，演员阵容强大。该剧在美国电视上曾火爆一时，获多个奖项。

央视版的《兄弟连》共14集，为更好地展示该剧所取得的成就和影响，会在第一集和最后一集，播放2002年"金球奖"和"艾美奖"颁奖盛典中《兄弟连》获奖的盛大场面，观众也可以从中领略斯蒂文·斯皮尔伯格和汤姆·汉克斯的明星风采。《兄弟连》最出色之处就是，它自始至终都用悲天悯人的情怀与审视的目光描述战争，集中到一点就是剧中一排长哈里所说：战争就像炼狱。

《血战太平洋》

《太平洋战争》是由HBO公司出品，史蒂芬·斯皮尔伯格、汤姆·汉克斯制作的二战题材电视剧。剧集是从莱基（詹姆斯·贝吉·戴尔饰）、斯莱治（约瑟夫·梅泽罗饰）和巴斯隆（乔恩·塞达饰）三个海军陆战队士兵的视角展现整个太平洋战场。电视剧剧情中表现的战争情节，涵盖了美军在太平洋战争中的重要战役。1942年，瓜达尔卡纳尔岛，美军陆战第一师占领了该岛上的日军机场，由此拉开了太平洋战争上的对日战略大反攻。三个美军海军陆战队士兵莱基、斯莱治和巴斯隆在太平洋战场上经历了二战时期最为惨烈的太平洋战争。在太平洋上，日本陆军骄横狂妄，对美军发起了猛烈的攻势。其间不乏使用自杀式的袭击。从惨烈的瓜达尔卡纳尔岛战役、格洛斯特角登陆战，及热带丛林战役，贝里琉岛争夺战，到硫磺岛战役直至冲绳岛战役。莱基、斯莱治和巴斯隆见证了日军的负隅顽抗直至最后的溃败，也亲眼看到战友不断地在这场惨烈的战急中牺牲。

《太平洋战争》依然是延续了《兄弟连》中，从士兵角度看战争的模式。这部剧集中不会将大人物放在首要位置，罗斯福、希特勒这些人物只是挂在人们嘴边而已。一线士兵才是剧集聚焦的人物，如果说，《兄弟连》是对《拯救大兵瑞恩》的一种剧集延续，那么，《太平洋战争》则是对《硫磺岛的来信》和《父辈的旗帜》的又一种剧集延续，虽然《硫》和《父》是克林德·伊斯特伍德的导演作品，但这两部电影都是斯皮尔伯格监制的，并且两部电影的内容都是太平洋战争的一部分。

【推介篇目】

《美丽人生》

《美丽人生》以德国法西斯捕杀犹太人为背景，讲述一位犹太人与一位美丽的意大利姑娘传奇般地相识并很快结婚生下一名男孩的故事。男主人公惨淡经营一家书店，女主人公有一份教师的工作，生活平静而美好。然而不久，法西斯占领了他们所在的城市，将所有居民抓进集中营做苦役。年幼的孩子并不知道自己处于这样的环境之中，慈爱的父亲为了不让孩子幼小的心灵存有战争的阴影，便谎称他们是在做一个能赢取积分获得真正坦克作为奖励的游戏。最终他为了保护孩子而牺牲了生命。这场面不算壮烈，也没有太多血腥，只用几声枪响带过，然而浓浓的父爱蕴含其中。盟军的到来使居民们重获自由，孩子乘坐在盟军的坦克上寻找人群中的母亲，重新投入母亲的怀抱。

在本片中，身兼编、导、演三职的罗伯托·贝尼尼是意大利影坛著名的喜剧演员。他在本片发挥了高度创意，用异想天开的方式将一种几乎已经拍烂的题材——纳粹迫害犹太人点石成金，效果令人绝倒。

《巴顿将军》

《巴顿将军》是美国导演福兰克林·沙夫纳1970年导演的军事传记片，根据迪斯拉斯·法拉戈所著的《巴顿：磨难与胜利》和奥马尔·N·布莱德雷所著的《一个士兵的故事》两书内容所创作。此片是美国所拍摄的以第二次世界大战为背景的重要影片之一，获第四十三届奥斯卡最佳影片、最佳剧本、最佳导演等7项奖。是八十年代曾在内地轰动一时的好莱坞经典巨片。

影片描写战争史实，但镜头几乎一直对准主角，巧妙地让人们从巴顿的威力中感受德军的力量。《巴顿将军》在摄影运用高级宽银幕技术，使影片的画面显得相当漂亮，许多巨大场面拍摄得清晰而集中。其中，沙漠里的战斗和巴顿将军在隆冬越过法国的场面，格外令人赞叹。影片的战争场面宏伟壮观：北非沙漠里，遍地沙砾，怪石嶙峋；银装素裹的草原，硝烟弥漫，大自然的优美景致和战争的氛围交织成一幅幅具有强烈视觉冲击力的画面。导演还借助于综合的移动镜头，完成了由点到面的空间展示，先用整体环境中的一个局部造成突出的效果——战争的残酷性，然后再让观众带着这个由局部造成的强烈的印象，去领会战争的规模。

《英国病人》

《英国病人》改编自侨居加拿大多伦多的著名作家迈克尔·翁达杰的获奖同名小说。这是一个以战争和沙漠为背景的跨越时空的爱情悲剧。

故事是以战争为背景的，但这里并没有英雄或圣人：为了爱情铤而走险的欧洲贵族，擅离组织的英军护士，内心充满矛盾的锡克工兵，被砍掉手指的双重间谍……受到战争重创的人们都有一种超越的渴望。所有影片中的人们都是这场战争的受害者。片中的动人之处在于，对人类心灵和细微感情的描述：从奥马殊和嘉芙莲对爱的热情追求，到哈娜和基普因怕受到伤害而对爱的回避，其间，充满了人性美的瞬间。影片结尾奥马殊抱着情人的尸体痛哭的场面令人震撼，它似乎表达了一个人对整个世界的抗衡。影片的重要价值在于，它对人性道德冲突的深思。这种冲突不单单是爱与道德的冲突，而是人与观念——即民族主义、主流道德标准、政治思想等等意识形态的冲突。影片在这一点上是立场分明的，即它突出了"人"的重要性。在人性面前，在爱面前，一切地图上的疆界都显得多么渺小。

《虎、虎、虎》

本片由美国与日本电影界合拍，日方原想请大师黑泽明负责掌舵，后来日军部分的戏由深作欣二、增田俊雄执导。本片从日、美双方出发，真实客观地再现了珍珠港事件的历史真相，以近似个案检讨的方式，交代日军偷袭珍珠港之所以会成功的来龙去脉，故不像其他大型战争片那么富有戏剧性和冲击性，但严谨的制作可让观众了解历史，日机轰炸珍珠港的场面亦拍得逼真可观。本片是一部可与纪实片媲美的经典战争电影。曾获奥斯卡最佳特别效果奖。

《我们曾是战士》

《我们曾经是战士》是派拉蒙影业公司发行的战争片，由兰道尔·华莱士自编自导，梅尔·吉布森主演，于2002年3月1日在美国上映。该片改编自哈尔·摩尔与约瑟芬·盖洛威合著的回忆录《一个美国大兵亲历的越南战争》，讲述了1965年越南战争初期，美军入侵越南中部高地德浪河谷时所发生的真实故事，即德浪河谷战役。

《我们曾经是战士》虽然讲述的故事是美军在越南战场的一次惨败，但贯穿全片的精神却是英雄主义。片中描述的美军没有从一开始就占据压倒性的优势。相反，他们备尝失败的苦楚，这与以前好莱坞影片的基调是很不同的。影片所反映的这场战役，对美方来说，它不是一次失败：因为摩尔和他的队伍勇敢顽强地奋战，承受了惨痛损失，但也杀敌甚多。然而，它也不是一次胜利：因为受过更专业训练、武器装备更精良的美军在这里遭到重挫，最终灰溜溜地离开了这片土地。也许可以说，这是在历史迷思之中一次接近真实的描述，是在情结缠绕之际一句斩截的断言。该片的情节线索清晰，战争场面虽多，但导演强有力的手腕能让整个局面在控制之下。值得一提的是，该片对越南官兵的刻画不像以往好莱坞影片那样一味丑化或敌视，影片里的越方指挥官是一个聪敏睿智的军事人才。这种赋予战争片以人性的处理手法，颇值得效法和称赞。

《桂河大桥》

《桂河大桥》是哥伦比亚电影公司出品的战争片，由大卫·利恩执导，威廉·霍尔登、亚利克·基尼斯等主演。

该片讲述了二战时期，英国军官被迫为日军建造桂河大桥，之后全力阻止大桥被英国特遣队炸毁的故事。1957年10月2日，该片在英国上映。

1958年，该片获得第三十届奥斯卡奖最佳影片、第十五届金球奖剧情类最佳影片等奖项。《桂河大桥》取材于一个真实的历史事件：1942年6月至1943年10月，占领泰缅两国的日军强迫6万多盟军战俘和30多万亚洲劳工修建连接曼谷和仰光的泰缅铁路。其间共有1.6万名战俘和9万名劳工丧生，而由日军修建的"泰缅铁路"也被称为"死亡铁路"。由于桂河大桥是"死亡铁路"的咽喉，因此它成了盟军重点攻击的一个战略目标。盟军与日军展开过一场桂河大桥争夺战，大量的官兵战死在大桥两端。

《桂河大桥》是电影史上的经典之作。导演以独特的手法展现出在大时代环境下每个人物的悲欢，更表现出他们在各自民族文化的思维影响下，对于战争的思考。在影片中，三个军人的故事构成了整部影片的架构，从而凸显出每个人身上鲜明的民族烙印。与此同时，影片也不忘刻画出每一个人物的独特个性。该片的剧情设计得非常巧妙。从结构上来说，整个故事的剧情由两条线索构成，尼克尔森上校等人在战俘营的线索和美国大兵希尔斯的逃亡线索交织进行，两条线索一同将故事推向高潮。

思考题：

1. 军旅影视艺术的发展概况大致可以分为几个阶段？
2. 军旅影视艺术发展各个阶段中都有哪些比较有影响的作品？
3. 军旅影视艺术的审美特征是什么？
4. 军旅影视艺术的鉴定方法有哪些？

第九章

军旅网络文学鉴赏

    自有文学以来，学界便生出了文学题材说。文学题材的划分依据虽然各有不同，但是无论是哪朝哪代哪国的文学创作，都避不开"军旅"这个文学永恒的主题。放眼21世纪，上古口口相传的文学背影已渐行渐远，曾经独步天下的纸媒传播也日渐式微，一个新兴的文学纪元跃然而至，这就是网络文学的勃兴时代。网络文学不是通常意义上的文学，但通常意义上的文学特质它皆齐备。作为传统文学的重要书写者和书写对象，毫无疑问，军旅文学这块富饶的文学沃土也分享到了无所不在的网络文学的浸润。那么，在千年文学创作与鉴赏轨迹上跳脱出的网络文学究竟起自何处？有什么内涵特征？我们应该怎样鉴赏它呢？让我们从军旅网络文学的发展说起。

第一节 军旅网络文学概说

    伴随着科学技术的突飞猛进，人类社会文化发展的展板上增添了许多新面孔，生发出许多新气象，网络文学就是这新兴的面孔之一。所谓网络文学是以现代信息技术、数字文化和互联网络为技术支点，以新兴的网络媒体为载体，以文学抒写为内容的新型当代文学样式。简单地说，网络文学是指网民借助计算机创作，依托数字化技术"超文本"链接，结合音频、视频和文字于一体，通过互联网发表传播，供网络用户参与欣赏或评价的无纸化、电子化的文学存在形式。

一、军旅网络文学的发展

军旅网络文学是随着军旅网络的发展而兴起的。

军旅网络文学的发展，兼具了其他事物发生、发展和军队特殊环境的特点，既需要具备物质条件、人员参与，也需要组织引导、精神响应。

健全优化的军旅网络环境是军旅网络文学发展的基本条件。二十世纪互联网的兴起，推动了我军信息化建设的快速发展。1998年，海军创办政工网，兰州军区创办宣传文化网。同年11月，在教育部的支持下，国家计委、国家信息中心等单位与总参密切协作，创建了旨在提高官兵素质、促进全面建设的"绿网工程"。九十年代末，全军联通的计算机网络系统基本形成，军网建设初具规模。2005年10月以全军宣传文化信息网为基础，整合总政机关各部门和全军各大单位两级政治工作网络资源的全军政工网正式开通了，作为政工宣传的平台与窗口，它具有工作指导、新闻资讯、宣传教育、学习培训、文化娱乐、交流互动等六大功能，拥有56个大型数据库，汇集了1100多种报纸杂志，数据总量达3000G以上，基本形成了一个以全军政工网中心网站为核心，覆盖全军的政治工作网络体系。全军政工网的大力建设与广泛使用，堪称是我军网络体系化的"拐点"。健全完善的计算机网络，不仅为官兵带来海量的信息，同时，也为军旅网络文学的产生提供了可靠又崭新的平台。以军网这类新兴媒介为载体、依托与手段，以部队广大基层文学爱好者为创作主体，以上网官兵为接受对象，以军营训练、战斗生活为素材的军旅网络文学在现存的数以千计的网站、论坛和博客上悄然勃兴。

基层部队普通军旅文学创作者的热情参与、广大军旅文学爱好者的积极响应和大量军旅网络文学媒介的组织引导，是军旅网络文学蓬勃生春的活力源泉。1999年年底，题为《一个军人的第一次亲密接触》的原创军旅网络文学作品在军网BBS上的广为流传，标志着中国军旅网络文学的诞生。21世纪初，军网上出现了干部论坛、心缘论坛、西湖论坛等一批相对有影响的论坛，一批军旅网络写手也陆续出现。2000 年，时代出版社出版了军网的第一本网络写手的个人网文集——《E 网听雨》。2001 年 9 月，作家、网络活动家卢星（笔名浮云），创建了全军最大的军旅原创文学网站"军网榕树下"，标志着军旅网络文学传播推介的组织化、规模化。与之同行的是一系列的军旅网络文学推介平台的创建与茁壮成长。"军网榕树下"的成功发展，折射出的是十多年来军旅网络文学发展欣欣向荣的面貌。2003 年，"军网榕树下"推出的《军营网事》作为军网第一部多人网文合集，是军旅网络文学发展的又一新起点。它标志着军旅网络文学传播形式的多样化。而卢星在 2006 年 2 月 23 日发表于《解放军报》的论文《军旅网络文学热现状扫描》更是被誉为"军旅网络文学兴起的里程碑"。在军内各类网络传媒纷纷打出原创文学频道的热潮中，全军政工网更是凭借优良的渠道便利和强大的技术优势，面向全军强势推出了军旅文学频道，将军旅网络文学物质平台的搭建向规模化、规范化做了更加深入的推进。

与此同时，依托全军网络信息平台的资源优势，军网各大门户网站在开设形式多样、内容丰富的各类军旅文学频道的同时，还广泛开展军旅网络征文大赛活动。此类征文活动以更专业的文学追求，更丰富的生活诉求，更细腻的阅读要求，更深广的思想探求，来规范组织、合理引导军旅网络文学的创作趋向，借以推进网络这一特殊领域内新兴文学存在与发展的广度、深度、高度与美度。

军旅网络文学征文大赛的内容丰富、形式多样、参与广泛。以全军政工网所组织的军旅网络文学大赛为例，自 2006 年至 2011 年六年间，全军政工网先后联合总政宣传部艺术局、总政治部网络办公室，分别以"使命、责任和战斗精神""军旅如歌·我的军营故事""纪念改革开放 30 周年征文""祖国在我心中""军旅网络文学大赛暨建党 90 周年文学征文"为创作主题，连续举办了五届网络文学大赛。活动会聚了全军文学英才和文学爱好者的参赛作品十万余篇，数以百计的文学精品先后脱颖而出，分获各类别大奖。这些作品集中充分地展示了基层官兵文学创作的热情和潜力，广泛反映了军营战斗生活的现实和官兵文化思想建设的成就，体现出了我国军旅网络文学的独特风格。以全军政工网、中国军网所搭建的平台为代表，全军各大门户网站在不同范围与程度上，将网络文学的发展推到了台前。这类尝试适应了军旅网络文学发展的速度、广度、深度与高度，实质上是推进部队信息化建设的重点工程，必将在军队文艺发展历程中起到重要作用。

二、军旅网络文学的审美特征

军旅网络文学是网络文学的分支之一。它的创作者、阅读者、创作主题与内容，以及传播环境均具有军旅特点。因此，它不仅具备网络文学的基本审美特性，还拥有自身的特殊性。

（一）创作主体与阅读主体的大众化与开放性

网络的开放性、兼容性与共享性，使它能以更加平民化的姿态接受社会大众。军旅网络文学创作共享的方便快捷性和参与的大众化与开放性，不仅拓宽和丰富了文学创作题材，而且使得广大官兵逐步改变了文学遥不可及的观念，摆脱了只做文学看客的状态，使得文学恢复了它本来的使命和本质。作者主体的大众化，实现了文学的平等。基层广大官兵，不论级别、兵龄、学历、阅历，都可以在军网网站发表作品，从而更广地实现了主动参与，更好地获得了广泛的交往与对话、更多地感受到被人欣赏和关注的温暖与自信。这种全新的文学参与机制进一步推动了作者和读者的大众化和广泛化。网络文学创作日益成为大众共享自我表达的精神活动。传统作家的中心地位消失了，军旅网络文学不再以少数人精英化的审美和情感体验来主导大众的审美。网络的匿名性、自由性和随意性，大大突破了传统文学在创作、出版、接受等环节的限制，在军旅战斗生活的大氛围中，网络文学的创作题材相对更宽泛，内容风格也更轻松。没有一律的强求，也没有苛刻的规训，在网络文学的世界里，建设性和创造性的思想与文字都可以得到认可和欣赏。

文学从民间生活中走来，把文学还原给民众，不但是普通民众的迫切需要，更是文学自身发展的需要。网络文学很好地做到了这一点。军旅网络文学更是较好地实现了文化服务军队的要求。这对于提高基层官兵的欣赏水平和写作水平，提升官兵的文化素质，是有百利而无一害的大好事。

（二）创作媒介的数码性与创作过程的互动性

作为一种精神产品，网络文学与传统文学一样，是人类进行情感交流和生命体验的一种方式。不同于传统文学，网络文学依靠网络技术，把艺术手段与技术手段结合在一起，实现了网络文学特有的审美特征。这其中，数码技术产生的电子超文本，借助多媒体优势把视觉、听觉多种艺术形式融合在一起，用电脑程序编制图、文、声、像并茂的各类文学作品。但是，较之于变化丰富的社会网络文学，军旅网络文学的数码性还有待丰富。

读写双向互动。在军旅网络文学的活动中，军网的建设与联通起到了关键性的作用。只要能够上军网，作者就可以把自己的作品发表出来，供官兵阅读；读者也可以把自己读后的感想表达出来，让作者看到；作者可以直接向官兵阐释自己的作品，也可以根据网友的回复和反应，来调整自己作品的内容和形式。在军网中，读者对作品的选择通过点击率直接反映出来，点击率必然会引导军旅写手创作的方向和方式。这种即时、充分的读写互动的良性循环，是传统军旅文学很难实现的。

（三）创作方法的多样性和内容的丰富性

除了科技层面的支持给网络文学带来的新鲜感外，网络文学的开放性，也使得各类文学信息和表现手法，都可以服务于网络文学的创作。军旅网络文学借鉴了当代网络文学创作的多样手法，突破了现实主义或革命浪漫主义的单一表现手法。网络文学抒写心路历程、宣泄感情、愉悦身心的目的，也影响到军旅网络文学的内容主题，传统的英雄颂歌或重大命题文学不再是它的唯一选择。那些个性化的文学趣味、非雅正的艺术表现手段，以及不甚严谨的言说形式，给军旅网络文学的发展提供了更多的可能性，使得军旅网络文学的表现形式更加多样化，表现内容更加丰富化，命题更加去宏大性，艺术追求更加去经典化。

（四）传播速度的迅捷化与传播渠道的多样化

比之于纸质传媒，网络文学的数字化形态更利于文学作品轻便、迅速、广泛的传播。传统文学作品从问世到传播要经历反复地审定、修改、输录、校对才能出版、发行。而网络文学的审核简捷，甚至无须审核。这样就缩短了作品在传播流程中的等待，使得它能以最有效的速度面世。同时，军旅网络文学的传播也发挥了无纸化的数字载体体积小、容量大、耗材少、传输快、辐射广、信息新、传播易的优势。军队保密工作的特殊性，使得军人在接收信息，特别是传统文学作品的过程中表现出一定的延时性，而军营网络的开通有效地疏解了这种境况。军旅网络文学通过军网文学网站、文学社区、BBS、个人博客乃至微博等平台，及时而广泛地传播着。军旅网络文学传播渠道的多样化，由此可见。

第二节　军旅网络文学的鉴赏方法

在鉴赏方法上，军旅网络文学继承与发扬了传统文学体裁、题材上的划分。无论是诗歌、散文、小说、戏剧、报告文学还是文艺评论等，仍然是军旅网络文学的基本表现体裁，而反映军旅生活、战斗等主题、主线的内容，仍是其创作题材的主流。因此，从体裁、题材的角度来看，军旅网络文学的鉴赏方法与传统文学鉴赏方法并无二致。这也可以说是目前军旅网络文学与军旅传统文学的交集。那么，军旅网络文学鉴赏上的新变化表现在哪里呢？表现在鉴赏的体验视角和阅读方式上。

一、调动感官系统全方位感受

军旅网络文学凭借高新技术讲图、文、声、像、光、色等艺术形式融合一体，实现了文字阅读、艺术感受与媒体制作的融合，是"艺术的技术化"或"技术的艺术化"。纸质文本创造的审美情趣，要求读者通过文字思考琢磨，调动联想、想象、通感等阅读机能去自行体验。这种阅读体验在引发读者深入作品、发掘审美感受的同时，也会给不同接受水平的读者阅读带来不同程度的挑战，作品的意境、思想、内涵可能在误读中大打折扣。而军旅网络文学新兴的创意制作和传播方式，给读者的阅读打开了全新的窗口。在阅读作品时，读者借助图文并茂、声像一体的多媒体表现方式，积极调动感官系统去全方位地感受作品的信息、意境及审美体验等。因此，在军旅网络文学鉴赏的过程中，倡导读者打开文本的各类链接，调动全方位感官系统，体验科技文本带来的立体、动感的艺术美。

二、拓展"拉"式欣赏的功能

传统文学传播与接受是施动（推）与受动的关系，接受者欣赏什么，取决于单线的"施——受"过程。网络文学传播与接受是能动（拉）性施动关系，阅读的主动权掌握在读者手中，鼠标所指可以实现"所想即所见、所见即所得"的梦想。个性、趣味以及求知等切入点，成为"拉"式阅读选择的原动力。拓展"拉"式欣赏的功能是军旅网络文学从鉴赏出发来促进文学创作的有效途径之一。那么，如何拓展军旅网络文学的"拉"式欣赏功能呢？

首先是加强鉴赏主体的高度参与。鉴赏主体即军旅网络文学的阅读者、传播者，在网络文学作品阅读的过程中，应凭借军网所搭建的信息平台，积极参与到作品的阅读、评介、传播当中去，使广大官兵也可以变身为信息的发布者、传播者，以推动"兵写兵、兵读兵、兵赞兵、兵推兵"的大众文学创作与鉴赏模式在军营中广泛传播。

其次，是培养择优接受的能动选择思维。军旅网络文学较之互联网网络文学，在创作主题、内容与形式上相对严肃一些。但是，网络的匿名性、开放性以及多元性，使得这个自由阅读的平台上充满了各种可能，浩如烟海的网络作品难免会良莠不齐，泥沙俱下。同时，"拉"式欣赏的路径多元且呈现非线性的模式，这就使得文学鉴赏者的阅读充满了无限性、跳跃性、丰富性和探索性。这种阅读方式会使阅读因个人趣味的高下而发生走向的偏失。因此，在自由、包容、开放的阅读前提下，需要加深、加强对阅读者思想境界、胸怀视野、审美趣味等方面的培养教育和科学引导。这样，军旅网络文学才能做到自由但能自律，包容但不纵容，开放但不放松。这样，才能使得军旅网络文学真正成为军队文化精神建设的一支有生力量。

再次，是增强鉴赏的双向互动。军旅网络文学存在实时创作、实时阅读的现象。这就使得一部作品在出炉的一瞬间，就可以得到网络鉴赏者所给予的品读意见。可以说，网络作者与读者之间的时空距离被网络消解了，在没有时差的阅读空间，作者与读者、读者与读者的双向乃至多向互动，无疑使得传统意义上被延滞了的读者反馈与读者再创造变成了触手可及的现实。军旅网络文学也可以在鉴赏与创作的双向互动中实现完美的飞升。

第三节　军旅网络文学鉴赏篇目

一、诗歌类作品

《军营节气：二十四种抒情》（组诗）

赵宏杰

（原文略）

这是一组曾获得第二届全军军旅网络文学大赛诗歌组第一名的诗作。作者是署名"军中雨巷"的军旅网络文学写手赵宏杰。

这组由 24 首短诗组成的自由体组诗，共 192 行，组诗的每首诗相对完整和独立，但是彼此间又有内在的联系。诗歌分别以二十四节气命名 24 首短诗，二十四节气的变幻成为串联当代军旅生活的主题线索。

诗歌立意奇巧，视角新颖，从二十四个节气切入，以"大雪""小雪"这两个前后相依的节气为起点和终点，从前一年"大雪"的新兵入伍写到来年"小雪"老兵复退，将节气的变幻、时光的流转、自然的生息和军营的生活融于一体。正如诗歌所唱叹的那样"小雪距大雪如此之近/ 标示着兵营又一次新的轮回"。"二十四节气"不可变更的规律性和军营既定的运行方向，在四时代序中被娓娓道来，一个军人的成长历程就包蕴在这循序变化的节气中，每一个节气都有故事，都别有韵味。

诗歌风格明快，情感乐观，语言质朴自然，清新而有新意。无论是《立春》中"所谓立春 /和春节、情人节应该是比较亲的姐妹"，还是《雨水》中"让我迎着它：尽情舞蹈，握住阳光 /握住这凡俗人世美丽的图腾。"不管是《惊蛰》中："很少有人清楚，桃花会在哪个晚上突然绽放 /麦苗会在哪个早上醒来，河流会在哪个中午变胖 /燕子欲盖弥彰的情话，会陡然从哪片树叶背面 /垂直滑落"，还是《谷雨》中："天下粮仓，包藏了太多大心事、小寂寞。/ 穿过一株海棠花的酡红/四月——我最后的妹妹，踏歌而来/她的热情，燃烧了整个山坡。山坡之下/油菜遍地流金"都以发现美的眼睛，歌唱了流金岁月里，自然与生民美好的生命力。"小暑，她刀子一样的目光""寒露。让芦苇的长发，一夜变白"等诗语可以见出作者思绪的飞扬、想象的飞翔和语言的飞升。诗歌运用了比喻、拟人、类比、联想、夸张等艺术手法，既深刻又生动地表现了"二十四节气"的脉搏律动。

而《立春》中那"深深地潜下身体，努力贴近大地、青草与花朵 /贴近故乡和恋人绵长的呼吸/贴近，春天第一滴清凉的水珠/那枪刺跳动的光芒，映照着我们年轻的脸庞"，《雨水》中那"日夜戍边的人，打马走过高原 /盔甲被一场雨水打湿"，《惊蛰》中"值得我们关注的还有：一枚手榴弹的潇洒旅行/它飞速穿越前面那道山岗，异常优美的弧线 /远处传来快活的鸣叫"，还有《谷雨》中那"青年壮士舞动青锋剑，姿态华美、行云流水，正渐入佳境"，无不把四季的悄然变迁与军人的心路历程与成长进步巧妙而紧密地衔接了起来。在"二十四节气"自然优美的过渡中，生民生活的真谛、军旅生涯的真诚、人生哲思的真理都散落其间，如星光点点，闪耀在岁时节气变迁的天幕中，照亮了青春无敌的当代军人前行之路。

这组诗作转帖在军网和互联网的多个网站上，获得了广大阅读者的认可和好评。

二、散文类作品

《七月党旗别样红》

苗彦锋

（原文略）

本文是"纪念改革开放 30 周年"征文暨第三届军旅网络文学大赛遴选出的散文类一等奖作品。

这篇两千余字的散文，写在纪念改革开放 30 周年这样一个历史与时代的交界点上。新中国改革开放 30 年所开创的欣欣向荣的美好局面，让世人感慨无限。作者选取了这样一个既有历史感，更具有时代性的选题，览中国共产党九十年的奋斗历程于一面旗，聚万千共产党人的执着赤诚于一文中，满怀对党的热爱，对党旗的崇敬，对优秀党员的赞许，对子弟兵先锋代表的褒扬，写下了这篇饱含深情的散文。

散文视野新颖，叙事明晰，笔法自然，起承转合流畅和谐。作者采用了抒情、叙事相结合的艺术表现手法，选取中国共产党的旗帜——火红的党旗，作为标题和抒情的线索，贯穿全文来讴歌中国共产党非凡的成就和不平凡的党员形象。文章由 21 个自然段构成，从三个方面勾勒了中国共产党和它所领导的意志坚定的共产党员在八十多年的历程中走过的不平凡的道路。

作品开篇情绪高亢，以诗一样的语言，用铿锵有力、步步高扬的排比，充满激情地掀开了《七月党旗别样红》令人动容的面纱，唱响了七月的赞歌。

散文以回忆的思路，历数了中国共产党从 1921 年诞生到艰难中建立红色政权，再到党的军队——红军被迫长征，转战陕北，从延安走向北京，从一个来自人民的党逐渐成长为一个"为人民服务"的党的历程。文章以有代表性的三部文艺作品"东方红""春天的故事""崭新的时代"串联了新中国成立以来，在中国共产党的引领下，中国人民、中国人民解放军及各行各业所取得的三大里程碑式的成就。

紧接着，作者笔锋一转，由面至点，从宏观叙述转向了微观描写，把八千万党员的整体形象投注在时代的天幕下，投注在中国人民解放军一个最普通又最不寻常的党员身上。在新时期苏北某地区抗洪救灾的解放军群像里，在"战士们纷纷递交了'誓与大堤共存亡'的请战书"时，"唯独一位老班长一言不发，他默默地盯着远方黑沉沉的雨幕，神情冷漠而庄重。"老班长是一名从军 4 年的老兵，更是一名光荣的共产党员。在风雨之中，在风口浪尖上，在风险面前，这位"话不多，只是拼命地干活"，平静地说"别害怕，跟我上"的老班长，把生的希望留给新兵，却把死的危险留给了自己。无情的洪水吞没了老班长年轻的生命，却无法吞没党旗掩映下的军魂。老班长用短暂的生命历程和永恒的信念责任托起了军人无上的使命、党员无私的光辉和党旗无上的荣光。这个普通的中国军人把"为人民服务"的党魂、军魂留给了战友，留给了百姓，留给了新中国的史册。

共和国有多少这样动人的故事？共产党员中有多少这样动人的事迹？作者将满怀深情地笔触转向了对 2008 年"5·12"汶川大地震救灾场面的追述，那些被记住的或者没有来得及被记录的共产党员的名字，都在无言而积极的行动中，定格在历史的某个瞬间。在汶川的上空，四川的上空，中国的上空飘扬的正是那迎风高举的别样红的七月的党旗。

散文语言清新自然，质朴中又饱含深情，开篇的抒情有类于散文诗，充满了顿挫昂扬的节奏感和绵回悠长的韵律美。文章对中国共产党不懈追求的艰辛，对中国共产党员大爱无私的奉献精神，对中国人民解放军忠诚无畏的实际行动给予了深情的赞美。特别是在宏大的党史发展历程中，具体、细致又生动地描述了当代军人的无私无畏的献身行为，用事实说话，用真情说话，让党魂与军魂合二为一，丰富了文章的内容，挖掘了艺术的深度，也提升了思想的高度，可谓是别开生面、匠心独具。

作者以"七月党旗别样红，在党的这面旗帜下，我们忠实地履行了共产党员的神圣使命，党旗赋予了我们共产党人以灵魂，党的这面光辉的旗帜永远不会倒下，永远屹立在群众的心中"的称颂和期望，为散文画上了圆满的句号。

三、故事类作品

《托举战鹰高歌九天》

——新中国成立 50 周年国庆阅兵空军机务保障分队的故事

周 洋

（原文略）

这是全军政工网"纪念改革开放 30 周年"征文暨第三届军旅网络文学大赛故事类一等奖获奖作品。

作者周洋以 1999 年 10 月 1 日国庆 50 周年大阅兵的重大历史事件为叙述背景，以参阅空军机务保障分队在阅兵前夜与阅兵当天所付出的努力为叙述对象，以作者的感受、体验为叙述的切入点。全面完整又细致入微地回忆了世纪大阅兵神圣庄严又精彩非凡的点滴故事。

作品抓住世纪大阅兵这一真实又重大的历史瞬间，通过"首都受阅部队空中编队第一梯队的一名机械员"这样一个全程参与者的见闻体验，将伟大祖国气势磅礴、举国欢腾的阅兵场面再现给世人，将当代军人的严谨、顽强、执着与使命熔铸在全心全意、精益求精又紧张、紧密的战机维护操作中，将作者一家三代军人三次参加共和国大阅兵的不寻常经历串接在了一起。

文章的故事性，既体现在作者是真正的"有故事的人"，也体现在那些紧锣密鼓、不断变换着的时间表述上。

时间是贯穿整个故事的线索，也是对故事发展的真实记录。文章构思新颖，情节设置出乎意料，结局选择又在情理之中。故事从阅兵大典前一天风云突变，大雨突至写起："为了确保受阅飞机性能良好、万无一失，19时43分，我与战友们再次走进了风雨交加的机场。"在工作场地"借着微弱的灯光，眼前浮现出一排标语：'阵容强大，标准一流，工作精细，效果最好。'这一年来，我与战友们都严格执行阅兵指挥部提出的要求。"这一次风雨中的加班和这组灯光中的标语，既是故事的开端，更为故事完美收束埋下了伏笔。

回到宿舍时，"时间已经指向21时08分。此时，距明天的盛会不到12小时，每一分每一秒似乎都在脑海里刻下了不可忘却的痕迹，虽然感觉有些疲惫，但我略显紧张的心跳随着时间的脚步一刻也不曾松懈"。作者始终将时间挪移、事件进程与心理感受糅合交织，在与时推移的紧张工作的瞬间，也不曾忘却对内心体验的记录。这样一场历时一年、精心准备、精诚合作、严肃对待、严格操作的重大革命任务，在看似枯燥、反复、紧张的执行过程中，被赋予了神圣性而有真实性。作者将一年中多少感动人心的故事凝练糅合在了阅兵前的这十几个小时，化繁为简，化长为短，化众为一，分秒必述地展示了作者个人、部队战友，以及机务领导的感受、事迹和言行。"他们只能像核桃一样把思念藏在坚硬的身躯里，训练场容不下半分儿女情长"，表达了重大使命在身的新时期人民子弟兵非常人的承受和非常人的付出。

"11时21分""战鹰呼啸着回到大伙儿的视线，我攥紧了拳头，已经按捺不住内心的激动，目不转睛地凝视着天空，脑海里翻腾着进驻阅兵村后的每一个瞬间，每一刻都那么清晰，历历在目。"这是故事高潮前的呼啸。"11时33分，战鹰顺利着陆，机场沸腾了，所有保障分队战友蓄积一年的情感也在这一刻达到顶点""军人的世界没有眼泪，然而1999年10月1日我们的眼睛浸润了胜利的喜悦。"这样托举战鹰的一队军人完成了他们神圣、庄严又严肃、重大的使命。

故事立意新巧，背靠大事件，立足小细节，以国庆阅兵为中心事件，将自己与事件、自己与战友、自己与家人联系到了一处，小中见大，从中映射出新中国军力的进步变化，新中国国庆大阅兵的喜庆隆重，新中国人民子弟兵顽强善战的精神风貌。故事语言朴素，表述清晰生动。整个故事在时间滴答挪移的紧张氛围中，蕴含了昂扬向上的乐观自信的情调。

四、小说类作品

《兵马未动》

郭 防

（原文略）

《兵马未动》是发表在全军政工网的万余字中篇军旅网络小说，篇名取自"兵马未动，粮草先行"的军事保障理念。小说以关涉现代军队战斗力生成模式转变的装备保障部门的发展建设为主要表现对象。作品讲述了某军的"标杆团""有着光荣的历史""在不同时期都先后涌现了不少模范英雄"的"荣誉单位""培养和造就时代英雄的摇篮""精神文明建设的一个窗口"——G团，在市场经济的冲击下，在光荣历史的庇护下，由进步、光荣逐渐流于落后、平庸，不甘G团沉沦的新团长陆涛和老政委赵建国，痛下决心积极改进G团作风，苦心孤诣地规划G团发展建设的方向，终于通过不懈努力重拾旧日荣光，再创G团辉煌的故事。

小说在情节结构上颇具特色。故事以辉煌开篇，"在晴朗的北方天气"里，"G团迎来了它建团五十周年的纪念日"。装点一新的营区彩旗招展，新老团长，新老战士欢聚一堂，悉数G团非凡的光荣历史。从白发苍苍的老团长王志山到年轻有为的新团长陆涛，从部队领导到退伍转业老兵每一个人心中都有自己的感慨。小说的开端充满了喜悦、感喟与憧憬。

然而，"作为一团之长的陆涛，上任伊始，就感到自己肩上担子分量不轻，荣誉单位有责任感，有压力感，从某种程度上讲，越是荣誉单位，越是不好干"。这种不安通过频繁的军民互动所带来的弊病，夏季嫩江抗洪过程中队伍管理的松散和装备保障的不力，春节后军区首长到基层现场办公时G团所表现出的管理和训练上的漏洞，一一体现了出来。这是小说的发展，也是小说着墨最多的部分。在接二连三事故不断的叙事中，小说的氛围和情绪逐渐走向低迷。

面对军区首长的质疑和批评，新团长和老政委在失误与挫折面前，再度审视G团构成形式和管理组训方式，从严、从新、从实管理部队。其间，曾经拒绝过地方友谊单位的邀请，拒绝过上级领导调人的要求等等，终于在新一年春节来临前迎来了上级新一轮的考验，并完满地完成了部队演练，重拾了G团的光荣传统，再树G团荣誉标杆团的形象。真正为军队、为国家造就了一支管理严格、纪律严明、技术精尖、能打善战、保障有力的现代榔头部队。这是小说的尾声，也是小说的高潮部分。

小说塑造了一组性格各异的人物形象，其中最引人瞩目的正是小说的主人公团长——陆涛。在塑造主人公形象时，小说着意于细节描写。比如，小说中频频出现吸烟这个细节。当装备保障不力，部队在军区首长面前出糗时："陆涛有点看不下去了，悄悄退到没人的地方，伸手往兜里掏烟，猛抬头看见跟前立着的牌子上写着：'车场重地，严禁吸烟'，狠狠地将烟又放了进去。"部队出车拉动失败后："会议室里，气氛比较沉闷，首长不吸烟，别人也就只好忍着，有几位烟重的，开始扭动身躯呈现难受状，陆涛几次手欲往兜里伸，又缩了回去。""送走军区首长一行，一连几天，陆涛闭门不出，频频抽烟，对于G团关键时候频频暴露出的问题，不能不使陆涛深思"，等等。通过吸烟，这个颇有男人味，更具有军人味的行为细节，传递出主人公在不同情境下的烦闷、纠结、斗争与深思。小说在艺术技法上，分别运用了精细的白描、细致的叙述、深入的心理描写、鲜活的语言描写和生动的动作描写等，将一位肩负重任、志向远大、踌躇满志又积极进取的新一代基层主官形象惟妙惟肖地推送到了读者眼前。

  小说语言生动鲜活，流畅自然。较之传统的军旅小说，并不见出生涩单薄，较之于网络流行文学，又不失之于油滑戏谑。小说以当代军队建设最基础、最普遍、最真实的工作作风、部队管理、部门建设入手，回答了人民军队究竟应该如何面对光荣历史、发扬光荣传统、开创光荣新局面的时代命题。特别是小说提到的基层部队依仗光荣、放松日常训练、疏于战备管理等一系列实际问题，更是增强了小说的写实风格。同时，也产生了余音绕梁的政治警示作用。如何严制度、严纪律、严管理，保持正规的战备、训练、工作和生活秩序，是摆在我军信息化建设转型关键期的一大现实问题，兵马未动，前路如何呢？

推荐篇目

军营故事

1.《魔鬼连长》北卫常青树（网名）

  （http://literature.zz/showarticle.asp?id=36691）

2.《拱卫南沙的"流动堡礁"》侯亚铭

  （http://literature.zz/showarticle.asp?id=63499）

3.《五套军装见证改革开放三十年》姚志华

  （http://literature.zz/showarticle.asp?id=64347）

小说

1.《长长的路》程志敏

  （http://literature.zz/showarticle.asp?id=35495）

2.《归航》杜良峰

  （http://literature.zz/showarticle.asp?id=36081）

3.《这年头的事儿难预料》周承强

  （http://literature.zz/showarticle.asp?id=64998）

诗歌

1.《冲锋》李庭开

（http：//literature.zz/showarticle.asp？id=35420）

2.《八月的话题》王武章

（http：//literature.zz/showarticle.asp？id=35410）

散文

1.《那一夜，哨所无眠》庄冬、张炯

（http：//literature.zz/showarticle.asp？id=36364）

2.《吸一口北尖的风》王周东

（http：//literature.zz/showarticle.asp？id=36088）

3.《染绿岁月》萧枫

（http：//literature.zz/showarticle.asp？id=35514）

文艺评论

1.《用法律捍卫民族尊严的精彩之笔》桑林峰

（http：//literature.zz/showarticle.asp？id=36759）

2.《真正的共产党员在烈火中永生》宋军峰

（http：//literature.zz/showarticle.asp？id=36788）

思考题：

1. 网络文学与军旅网络文学的内涵是什么？
2. 军旅网络文学的审美特征是什么？
3. 简述军旅网络文学的鉴赏方法。

第十章

军旅曲艺、小品鉴赏

第一节 军旅曲艺、小品概说

军旅曲艺、小品是最受部队官兵欢迎的表演艺术形式,是深入生活、为兵服务的"生力军",是提升士气、催人奋进的"兴奋剂",是观众期待值最高的"重头戏"。军旅曲艺、小品融军味儿、兵味儿、包袱、笑料为一体,饱含着深刻的人生哲理和丰富的思想内涵,让官兵在笑声中感动,在欢乐中释放,在潜移默化中筑牢铁血军魂,在润物无声中强化使命担当。

一、军旅曲艺、小品的产生发展

在部队晚会中,曲艺、小品经常被统称为"语言类"节目。其实,二者各自属于截然不同的艺术门类。

(一) 曲艺、小品的源头

曲艺是中国各民族口语说唱表演艺术的统称。它是一门以观众为中心,由演员与观众直接交流感情,"再现"和"表现"相结合,以"表现"为主的综合艺术。通俗地讲,就是"跳入跳出"讲故事,最早来源于人们对生活事件的口头记录和传颂。关于曲艺的发展史,侯宝林大师曾有一句非常著名的论述:"可溯之源长,可证之史短。"在长期的社会实践中,人们以语言为基础,以形体为辅助的口头叙述和唱诵形式,达到传授知识和讽谏历史的目的,形成了历朝历代形态各异的说唱艺术。时至今日，一些少数民族用以传颂本民族先祖英雄事迹的作品，如藏族的"岭仲"即《格萨尔王传》说唱，蒙古族的"陶力"即《江格尔》说唱，柯尔克孜族的《玛纳斯》说唱等，也都属于曲艺的范畴，被誉为中国少数民族三大英雄史诗。到了近代，中国千年农业帝国崩塌，由于生产关系的变化，大量的人口从乡村转移到城市，他们在劳动之余自然地有了文化需求，而那些掌握文化知识的阶层，也感受到从农村传来的浓烈的乡土气息。雅俗汇聚于市井，既互相融合又互相提升，一些原本流行于城乡的民间娱乐方式，在时代的大潮的激荡中，通过从业者和观众的共同磨砺，逐渐形成了评书、弹词、鼓曲、相声等门类众多的说唱艺术，民国时期被称为"十样杂耍"，风靡一时。这些艺术形式直到新中国成立后才被赋予新的称谓，也就是我们今天常说的"曲艺"。

小品就是小的艺术品，适用于绘画、雕塑、园艺、建筑等诸多领域。通常我们说的小品特指戏剧小品。小品原是艺术院校训练演员想象力和表现力的一种实践方式，通过形体和台词表现场面或艺术形象的单人表演或组合表演，往往比较简单。在1983年第一届中央电视台春节晚会上，出现了中国最早的大众小品艺术，让这一年成了"中国小品元年"。到底哪个节目是"第一个小品"，却有不同的说法。有人说，是严顺开表演的《阿Q独白》。当时，阿Q的扮演者严顺开穿着西装打着领结，是没有完全进入人物的，这段表演只能算是一段台词展示。有人说，是斯琴高娃表演的《虎妞逛庙会》。当时，斯琴高娃与严顺开分别扮演虎妞和祥子，表演了一段逛庙会的场景。他们把逛会的路线设置在观众席中，巧妙利用观众作为表演的支点。但是，从随意的台词和随机的调度来看，总体上给人片段化的感受，没有摆脱即兴表演。还有的说，是由王景愚表演的《吃鸡》。虽是哑剧，还是无实物表演，《吃鸡》却包含了完整的故事情节、矛盾冲突、典型的戏剧线、鲜明的人物形象，演员在传统舞台表演技巧的基础上还进行了大胆的喜剧夸张。相比之下，前两个节目是演员带着角色走一段戏；而《吃鸡》是演员全情投入地演一出戏。所以，笔者认同第三种说法。其实早在 1963 年，《吃鸡》就参加了在北京饭店举行的元旦晚会。据说，周恩来和陈毅曾被这个节目逗得直流眼泪。但是，后来这个作品受到批判，说是属于"无缘无故的笑"，王景愚也因此沉寂多年，直到 1983 年再上春晚，他还是惴惴不安。好在改革开放也让文艺界迎来了春天，随着观众欣赏水平的不断提升和电视艺术的长足发展，小品逐渐受到全国电视观众的青睐。同时也被赋予了更多的社会责任，内容也开始涉及生活的方方面面，并吸纳了许多其他艺术门类的表现手法，最终演变成人物形象鲜明、故事情节完整、思想内涵丰富、紧跟时代潮流的"微型戏剧"。从 1987 年央视举办第一届全国戏剧小品大赛到现在各卫视举办的喜剧综艺秀，如今又有哪一台晚会少得了小品呢？

（二）军旅曲艺、小品的产生

当曲艺、小品的艺术表现形式与军旅题材相结合，就产生了军旅曲艺小品。

与其说，曲艺服务于军旅，不如说，曲艺诞生于军旅——"参军戏"就是现代曲艺的始祖。"参军"就是"参与军事"，是类似军事参谋的古代官名。东晋十六国时，后赵皇帝石勒手下有个名叫周延的参军，因贪污官绢被抓，又被赦免。后来每逢饮宴，石勒就让周延穿上绢服，再安排一名滑稽艺人当众审问："你是什么官啊？跟我们一起？""我原是馆陶县令。"周延抖抖自己身上的衣服说："正因为拿了这个，才跟你们一起的。"席间众人以此取乐。这种讽刺挖苦比囚禁和劳役带来的羞辱更为深刻，教育意义也更为直接。后来，周延的位置也被演员取代，进而逐渐形成了一问一答、一庄一谐的固定表演模式，与现代相声类似，称"参军戏"。二人中被戏弄者称"参军"，另一人称"苍鹘"，故而这种表演形式也被称为"弄参军"。参军戏盛行于唐，并对后世杂剧的出现产生了重要影响。

革命战争年代，来自五湖四海的战士们也将各种地方曲艺带到人民军队之中。究竟哪个曲种最早被人民军队吸纳使用，已不可考。但可以肯定的是，其中部队运用最广泛、最常见的曲艺形式是数来宝。数来宝又称"练子嘴""朝街词"，是旧社会乞丐走街串巷讨钱时对主人家说的吉祥话。"数"就是数唱，乞丐一"数"就"来宝"，故称"数来宝"。根据索要对象的不同，数唱的内容也包罗万象，并以牛骨、木板、金属、竹片、瓷器等生活常见物品制成打击乐器伴奏数唱，用"三三七"的句式，配以合辙押韵、结构灵活的内容。数来宝艺人也常被称为"唱快板儿的"。他们对所到之处的人或事物进行奉承或讽刺，内容不乏引经据典、谈古论今，其文本体现出一定的文学性和艺术性。这种曲艺形式通俗易懂、短小精干、轻松幽默、感染力强，几乎不受表演者知识水平和外部物质条件的限制，故而得以迅速在部队传播，成为行军打仗、战斗间隙十分重要的鼓动手段和娱乐消遣。比如，人尽皆知的战斗口号："流血流汗不流泪，掉皮掉肉不掉队。"还有部队集会司空见惯的拉歌词："叫你唱，你就唱，扭扭捏捏不像样。"这种带有鲜明的 2/4 拍进行曲式节奏的常用语句，就具有典型的快板数唱风格。

我们还可以在电影《小兵张嘎》中看到游击队员即兴演唱数来宝的段落："这个小战士(儿)，可是真不离(儿)，长着两片薄嘴唇(儿)，出入宣传喜死个人(儿)"。而在现实中，数来宝长期伴随人民军队转战南北，为宣传党的路线、方针、政策，鼓舞士气、克敌制胜，发挥了重要作用。时至今日，我们还能有幸从抗美援朝老兵的口中，了解到 70 多年前这样一段充满战斗气息的经典曲目——《战士之家》。

打竹板，震天响，
听我把战士之家讲一讲。
英雄的阵地像泰山，
鬼子见了打战战。
就凭咱们决心大，
梆硬石头变稀泥。

不管石头有多厚，
也要掏成大洋楼。
又挡风，又挡雪，
敌人炮弹打不垮。
这样工事真少见，
气死美国原子弹。
打竹板，顺口溜，
出门就是交通沟。
打竹板，迈大步，
眼前来到弹药库。
爆破筒，三尺长，
送给鬼子当干粮。
打竹板，走得欢，
眼前来到炊事班。
叫同志们吃得饱饱的(dì)，
眼睛瞪得大大的(dì)。
找准空子看时机，
经常来个小突击。
整排整连吃掉它，
顺手抓活的(dì)。
抓——活——的(dì)！

  原空政文化部部长、中国曲艺家协会理事毕革飞，曾把快板艺术形象地比作近战武器，是能够进行"近身肉搏"的"刺刀、手榴弹"。他是在炮火硝烟中成长起来的，不是专业又胜似专业的军旅曲艺作家。他从抗战时期开始从事快板创作，又历经解放战争、抗美援朝战争的战火洗礼，不仅战功卓著，而且创作颇丰。在长期的革命斗争和创作实践中，毕革飞拿起枪是指挥员，提起笔是创作员，一生创作了大量快板和鼓词，为教育引导官兵，激励斗志夺取胜利做出了巨大贡献。毕革飞1955年被授予大校军衔，1962年末因病去世，年仅43岁。著名作家赵树理慨叹"这是文艺界的一大损失"。为了纪念他，作家出版社于1964年出版了《毕革飞快板诗选》，收录《运输队长蒋介石》《土飞机》《石头阵大败鬼子兵》等代表作品八十余篇。

数来宝与军旅题材的结合，还催生了一种新的曲艺形式——快板书。最早的快板书作品被认为是李润杰创作的《二万五千里长征》，这是后话。

再说军旅小品。与曲艺名家投身军旅或从事军旅题材创作不同，军旅小品从诞生之日起，就是军队文艺工作者的专利。可以说，军旅小品的创作表演代表了中国小品的最高水平。1987年，解放军艺术学院选送的小品《芙蓉树下》，表现的是即将参军的哥哥与三妹子互诉衷肠、依依惜别的场景，该作品一举夺得首届全国戏剧小品大赛金奖。该作品表演者正是后来在众多影视作品中饰演周恩来的特型演员刘劲。有专家认为，《芙蓉树下》是小品冲出象牙塔，走向社会、面向大众，进而成为新兴艺术而独树一帜的开山之作。

（三）军旅曲艺、小品的发展

军队是滋养曲艺、小品的一片沃土，是创作灵感的源泉，也是施展才华的舞台。从战争年代、和平年代一直到社会主义新时代，一批批优秀文艺工作者不断涌现。他们立足舞台、扎根军营，以饱满的创作热情和为兵服务的激情，讴歌军营生活，赞颂英雄模范，弘扬时代精神，创作表演了一大批优秀作品，将欢乐和笑声带到海岛大漠、边关哨卡，将党的光辉、人民的关怀送进战士们的心田。其中，不乏超越时代、具有全国影响力的经典作品，成就了一座又一座艺术高峰。

旧社会残酷的生存环境练就了曲艺从业者队伍过硬的艺术功底，所谓"平地抠饼"——没有高超技艺他们就难以求生。新中国成立后，艺人不但有了自己的行业组织，还进入国家成立的专业院团工作。他们从过去的"下九流""玩意儿"翻身成了受人尊敬的"文艺工作者",新旧社会的强烈对比激发了他们空前的创作热情。他们自发改革旧曲艺,摒弃低俗下流的内容,与老舍、赵树理为代表的文学家一道掀起了"说新唱新"热潮,贯彻党的文艺路线,积极为党和人民发声,为新中国服务。1951年,相声名家"小蘑菇"常宝堃在朝鲜牺牲,是为曲艺工作者与人民军队在党的领导下共同浴血奋战的标志性事件,极大激发了全国曲艺界的报国热情,对曲艺与军旅的进一步融合产生了深远影响——常氏一门先后有常宝华(常宝堃四弟"四蘑菇",1953年参军)、常贵田(常宝堃长子,1958年参军)进入海政文工团,成为军队文艺团体的专业相声演员。此后,一批军旅题材曲艺作品纷纷涌现。

与常宝堃同批入朝,同样受到部队官兵爱戴的山东快书创始人高元钧,也于20世纪五十年代初参军入伍。山东快书的前身是"武松传",江湖人称"唱武老二的""唱大个子的"。高元钧早年拜武大个子艺人,江湖人称"独行千里一只虎"的戚永利为师,在多年的实践中博采京剧、评书、相声等众家之长,创立了山东快书艺术。由于语言亲和质朴,表演幽默传神,《鲁达除霸》《武松打虎》等代表性曲目贴合战士血性胆气的特点,山东快书这一曲种受到广大官兵的热烈欢迎。在朝鲜,高元钧得知许多战士向部队反映"还没听过山东快书",特意多次奔赴前线演出。根据部队真实战例创作的《侦察兵》《一车高粱米》受到部队欢迎并在全国流行。1953年部队首个专业曲艺团体——总政文工团曲艺队成立,高元钧出任队长。全军一度掀起了学习山东快书的热潮,经高元钧培养成才的军、地后辈不下两百人。

还是在1951年,数来宝艺人李润杰在西安排演了新节目《二万五千里长征》。与他后期形制规整的作品相比,这个节目虽然在各种特征上更接近数来宝,却是快板艺术首次尝试革命历史题材,其文本也开始摆脱"三三七"的句式,加入垛字和改用散句,叙事中带有鲜明的政治思想性和强烈的群众感情。他广泛吸收评书、相声、山东快书、西河大鼓等姊妹艺术的优长,创作了《劫刑车》《千锤百炼》等军旅题材作品,和《立井架》《隐身草》《红太阳照进苦聪家等》等一大批说新唱新作品。李润杰在长期的艺术实践中形成了说表并重、一韵到底、板式多样，形体大开大合，语言"平爆脆美"的艺术风格，成为"快板书"艺术的开山祖师。

与广大文艺工作者一样，部队基层官兵也积极投身军旅曲艺的创作实践。1962 年，在战士业余创作的枪杆诗基础上，经过艺术加工，出现了新的曲艺形式——对口词。

枪！革命的枪，枪！战斗的枪，枪！持胸前，枪！扛肩上，枪！上靶场，枪！练兵忙，枪！革命的武器，枪！胜利的保障！

这种形式由两个人表演，语速较快、直抒胸臆、情绪激昂，在全国迅速流行起来，各行各业也纷纷效仿，创作表演了一大批对口词作品，以"文革"时期最有代表性。最终还是因为形态单调重复，表演缺乏艺术性，而淡出了人们的视野。

军旅小品的发展道路可谓一路高歌猛进。1983 年央视春晚带火了"小品"这个新的艺术形式，1987 年央视举办了第一届全国戏剧小品大赛。从此，军旅小品就长期"霸占"着一等奖的宝座，鲜有动摇。这些作品也让孙涛、毛孩、邵峰、尚大庆等一大批军队文艺工作者成了观众喜爱的电视明星。

军旅小品在历届全国小品大赛中获一等奖情况：

第一届小品大赛一等奖《芙蓉树下》

第二届小品大赛一等奖《纠察》

第三届小品大赛职业组一等奖《山妹子》

第三届小品大赛非职业组一等奖《找篮球》

第四届小品大赛职业组一等奖《野战表》

第四届小品大赛非职业组一等奖《第八天》

第五届小品大赛职业组一等奖《接受》

第六届小品大赛职业组一等奖《坑道深处》

第七届小品大赛职业组一等奖《火龙驹》

第九届小品大赛一等奖《闭嘴》

从九十年代中后期开始，军旅小品已成为央视春节晚会的重头戏，受到全国观众的青睐。1995 年《纠察》，1997 年《三姐妹当兵》，1998 年《东西南北兵》，1999 年《真情三十秒》，2008 年《军嫂上岛》，2009 年《水下除夕夜》，2010 年《我心飞翔》，2016 年《将军与士兵》等作品，相继涌现。军旅曲艺、小品集政治性、艺术性、知识性、趣味性于一身，最大的特点是轻装上阵，能机动灵活驰援火线，开展宣传、鼓舞军心，发挥了其他艺术形式不可替代的作用。时至今日，这种优势依然可贵、可用。曲艺、小品与人民军队结缘，是中华优秀传统文化与革命文化的伟大融合。

二、军旅曲艺、小品的艺术特色

中国革命的胜利，从文化层面看，是先进文化对落后文化的胜利。人民军队从来就是中华民族优秀儿女组成的集体，子弟兵就是先进文化的代言人。在党的领导下，人民军队一次次将强大的精神转化成物质力量，创造了不朽的人间奇迹。军队文化集优秀传统文化、革命文化和社会主义先进文化于一身，是先进又先进的精英文化。同时，也是普通又普通的群众文化。活跃基层，为兵服务，配合教育训练，培育战斗精神，是曲艺、小品的拿手好戏。深入"小散远直"单位，参与"急难险重"任务，非曲艺、小品莫属。

（一）以小见大，意义深远

军旅曲艺、小品"以小见大"体现在几个方面。一是小人物、大时代。一个时代的风貌要在一个时代的人身上体现。军旅曲艺小品大都取材于官兵身边人、身边事，突出"兵味""战味"，面向部队基层，官兵易于接受，喜闻乐见。常见的是"某连某班某战士",很少见到"某军某师某机关"。用官兵生活的真实体验承载精神内涵,以共情呼唤真情,在寻常生活里突出时代精神。二是小体量、大道理。曲艺、小品在篇幅上都不长,小品一般 12 分钟左右,曲艺作品也都在十几、二十分钟(有的鼓曲、相声达到 30 分钟)。节目虽小,但意义不小。正如前文所说,为什么小人物能承载时代精神?就是因为大时代背景下的小人物,在不同的人生境遇、挑战选择中,展示了某种鲜明的价值取向。曲艺、小品善于透过现象看本质,以点带面,举一反三,在一刹那间洞悉人生哲理,在不经意时培树价值观念。三是小节目、大作用。曲艺、小品对演出环境条件和服装、化装、道具的要求极低,这一点在电影《英雄儿女》王芳在前线演唱的大鼓《歌唱炊事员》中可见一斑。

炮声隆隆战旗飘
保家卫国志气高
中华儿女多英雄
打得那美国佬鬼哭狼嚎
美国鬼子吓破了胆
碰上了两个炊事员
他也乖乖地把枪交
要问这炊事员的名和姓
他就是咱们的老李和老赵
说老李唱老赵
老李、老赵有功劳
饭香菜美手艺巧
战场上也逞英豪
有一天老李老赵送饭回山腰
半路上碰上两个美国佬

只见那鬼子兵

鬼鬼祟祟慌慌张张夹着尾巴往回跑

老李和老赵发现敌情就卧倒

一个端着扁担一个拿饭勺

只听得大吼一声

缴枪不杀 快投降

鬼子一愣说不好不好

这玩意儿两头尖中间宽

长长扁扁扁扁长长油光闪闪

不知它是个什么炮

吓得他扑通扑通忙跪倒

OK OK 他把枪缴

老赵乐老李笑

抓来了一对儿大草包

这就是咱们的英雄炊事员

赤手空拳抓俘虏

勇敢机智本领高

在我军战史中,无论是担架队还是炊事班,都有手持扁担抓俘虏的真实战例。从革命战争年代开始,军队文艺创演就有机动灵活、快速反应的特点,许多真人真事得以被迅速搬上舞台,成为教育官兵的生动教材和打击敌人的有力武器。时至今日,部队基层的曲艺、小品可谓拿起来就能说,拉开架就能演,随时随地可以深入一线。越是艰苦边远,越能触及灵魂,越是亲近官兵,越能以心换心。一次成功的慰问不亚于一场战斗的胜利,对官兵的激励作用不可估量。

(二)指东打西, 出其不意

曲艺、小品离不开矛盾冲突,有矛盾冲突才有戏,有反差才有"包袱",

有"包袱"就有笑声。所谓的"指东打西",就是出其不意,就是"意料之外,情理之中"。不论是相声的"三番四抖",还是戏剧的"一波三折",其实都是矛盾冲突在发挥作用。有了对比反差、天道人伦,就有了"意料之外,情理之中"。这种扮演与被扮演,观看与被观看的关系很神奇:观众在演出开始之前清楚地知道,自己所在的时空是真实的,演员表现的内容是虚拟的。但只要观众被演出成功吸引,一时间便打破了真实、虚拟的原有界限,变成与剧中人同喜同悲,这时观众与演员共同完成了艺术创作。这就是所谓的"带入感"。作者或演员会充分利用这种感同身受,把观众引向一个又一个看似不相干的目标。"指东打西"不是欲说还休,更不是南辕北辙,而是欲扬先抑,最终目的是使观众恍然大悟,也就是通常人们说的"翻转"。这个过程必然是神奇曲折的,充满戏剧张力的,令人汗毛倒竖,酣畅淋漓。

(三)南腔北调,五花八门

曲艺是各民族说唱艺术的集合,有什么地方的人,就有什么地方的曲艺可以满足他们的文化需求。部队官兵来自五湖四海,乡音、乡情能迅速提升他们的自信心和自豪感。东北有二人转,北京有相声、单弦、京韵大鼓,还有天津快板、河北西河大鼓、山东快书、河南坠子、陕北说书、宁夏坐唱、四川金钱板、云南扬琴、广东粤曲、凤阳花鼓、苏州评弹……各族人民在祖国各地繁衍生息,以各自方言和地域文化培育了特色鲜明、花样繁多的曲艺形式,来自不同地域的曲艺,也代表了不同地域的风土人情,是官兵开阔眼界、增长见识的有效渠道。曲艺的魅力主要在听觉,通过演员的说唱引导观众展开想象,台上台下共同完成艺术创作,身段起辅助作用;小品的魅力主要在视觉,没有台词的行动也可以传情达意,一颦一笑皆是文章,语言只是构成行动线或反行动线的部分材料。当然,小品也在发展过程中广泛吸收了曲艺的表演手法。例如"倒口",即在表演中运用方言,就能在有限的篇幅内迅速体现人物鲜明性格;又如"定场诗",能在节目一开始就交代背景和人物,迅速拉近演员与观众之间的距离,缩短铺垫时间。有的小品还大量运用韵文、贯口、唱段，甚至加入了魔术、杂技表演，增强了观赏性和艺术性。

（四）笑中带泪，感人至深

军队文化是凝心聚气的文化，军旅曲艺、小品从诞生之日起，就肩负着宣传教育的功能，以服务部队战斗力为目标，不忘人民军队的性质、宗旨，始终在形式内容和思想境界上保持着高格调。虽然曲艺、小品节目给人的总体印象是轻松愉快的，文艺工作者和观众在实践过程中，也自觉或不自觉地朝这个方向着力；但需要纠正的误区是：曲艺、小品并不是喜剧的代名词。戏剧小品不等同于喜剧小品，归根到底是"戏剧"，可以是悲剧、喜剧，也可以是正剧。如果把军旅曲艺作品也按照戏剧标准分类的话，其中也不乏悲剧（如西河大鼓《邱少云》）和正剧（如山东快书《侦察兵》），不乏催人泪下、感人至深的好作品。

要把作品承载的深刻内涵传递给观众有很多办法，诙谐幽默只是其中之一。这就是为什么很多在大赛评论中获一等奖的作品并没有登上晚会舞台，反而是那些获二、三等奖的作品进入电视节目而被观众熟知。不是没有机会，更不是水平不够，而是作品呈现出的效果，不一定适合晚会的喜庆氛围。为了追求演出效果，各类晚会和综艺节目上的"语言类"节目大都以娱乐性为先导，再兼具思想性。如果把曲艺、小品的教育功能和娱乐功能摆在同等重要的位置，无论是对编导还是演员而言，都是极大的挑战。况且时下的观众越来越聪明、越来越挑剔，大有从"对象"变成"对手"之势。这就要求文艺工作者们付出更大的努力，实现更新的创造。对于观众，很难说笑比哭好还是哭比笑好，不是有那么句话："笑着笑着就哭了。"所以干脆说吧：笑中带泪、破涕为笑才是最高境界。无论时代如何变迁，寓教于乐永远是军旅曲艺、小品永恒的主题。

三、军旅曲艺、小品的鉴赏方法

如前所述，军旅曲艺、小品既是"精英文化"又是"群众文化"。说它"精英"，因为它牢牢占据着人民军队甚至全民族的精神制高点；说它"群众"，是因为它服务的是广大部队官兵，而其中最主要的还是占部队员额绝大多数的基层官兵。作为军旅曲艺、小品的实践者、受益者，面对丰富多彩的作品，我们在放松身心的同时，又应该如何吸取其中的养分呢？

（一）在文化熏陶中提升审美情趣

军旅曲艺、小品的教育功能和娱乐功能缺一不可，必须二者兼顾。这是由人民军队的政治属性决定的。而恰恰是这种特性给军旅曲艺、小品贴上了鲜明的政治标签，同时，也给创演实践带来很大的难度。前些年社会上曾经流行"先搞笑吧，不搞笑就太搞笑了"的论断，正是对某些作品过分追求思想性而忽视趣味性的批判。但我们应该清醒地认识到：观众需要引领和培养，无原则地迎合观众，甚至到了煽动观众原始欲望的地步，其结果必定是丧失底线。目前这种现象在电视、网络的许多作品中不同程度地存在。这对于艺术本身来说，是戕害、是倒行逆施。

"娱乐致死"实际就是"人为财死，鸟为食亡"的真实写照。观众"看热闹不怕事儿大"，反正你说什么我都敢听，你演什么我都敢看；舞台上鱼龙混杂泥沙俱下，屎尿屁、伦理哏、色情、低俗，无所不用其极。貌似各取所需，公平合理，到头来恶果还要我们自己承担——观众嗨了，精神逐渐空虚，明星赚了，下次变本加厉。其实，演员、观众都不坏，坏的是资本的无耻运作，是对金钱的不懈追求。

几个作品确实不足以澄清寰宇、扭转乾坤，甚至连一个人的想法也影响不了，但这不能成为整个行业沦落的借口。如果文学抛弃社会责任，那还有鲁迅吗？戏曲抛弃社会责任，还有梅兰芳吗？艺术之所以成为艺术，正是因为脱离了低级趣味，代表的是世间真善美，是雅俗共赏、呼唤良知的。一旦失去了底线，就是社会价值观崩塌的开始。长此以往，侵蚀的是国运前途，毒害的是民族未来。

人们经常慨叹："现在的小孩儿，理想是当网红、当富二代，我们那时候的理想是当科学家、当宇航员！"然而，又有多少人反省自身，究竟给子孙后代做了什么榜样呢？

（二）在微言大义中体悟人生哲理

从何处来，到何处去，是每一个人成长道路上面对的共同问题。青年官兵正处于世界观、价值观形成的关键期，难免遭遇失败、挫折，面对诱惑挑战，产生困惑迷茫。怎样保持正确的前进方向，可以从众多优秀作品中寻找答案。当然我们不能指望现实问题都能在曲艺、小品的作品中找到精准对应的"正确答案"，更不能指望自己在某一次欣赏的过程中"醍醐灌顶""痛改前非"。

《易经》云："刚柔交错，天文也，文明以止，人文也。关乎天文以察时变，关乎人文以化成天下。"任何艺术形式都是人们在改变自然的实践中总结出的某种规律，众多实践总结的规律集合在一起，逐渐演变为技能，成为一个民族的文化。举个简单例子：你所掌握的知识，都是亲身经历的吗？都是亲自实践习得的吗？当然不是！有很多是听来的，看来的。其实，不光是听和看，还要听懂、看会，也就是要加上思考。从艺术作品中汲取经验，是我们认识世界、了解世界代价最小的实践活动。在这个过程中，我们不必苦心劳形，不必以身涉险，更不必承受失败，只需要付出一定的时间去感受，去想象，去思考。曲艺、小品是现实世界的缩影，是真实生活的提炼，是通过小人物、小事件、小场景表情达意的模型，其中就蕴含着自然法则、社会规律、人情世故。更妙的是，它绝不是对生活的简单重复或情境再现，而是处心积虑地把某种深意蕴藏其中，等待我们去发掘。通过感受情境和人物的遭遇，观众与剧中人产生共情，从而认识作品背后的哲理，进而不同程度地影响自己在现实生活中的行为。

（三）在积极实践中实现自我教育

基层官兵对军旅曲艺、小品的追捧，还表现在对它的亲身实践上。基层文化的特点就是"兵写兵、兵演兵、兵唱兵"，广大官兵最喜欢，也最期待相声、小品登上基层部队的舞台。通过模仿照搬、适当改编或独立创作等方式，进行军旅曲艺、小品创演，反映身边发生的新人新事，是官兵喜闻乐见的文化活动形式。当基层官兵或出于自身热爱，或因任务要求，机缘巧合之下，从观众转变为编导、演员时，就会自觉地转变看待问题的角度和方式，用批判的眼光审视自己的一言一行，在履行不同身份职能时，让同一个作品的内涵发挥不同作用，使亲历者感受更深层次的精神洗礼，从而实现思想升华。这种现象类似于目前流行的翻转课堂教学：原理、公式、知识点摆在那儿一成不变，是死板的，常规的教学方式都是学生听、老师讲。一旦翻转过来，让学生自己讲，死板僵化就会变得活灵活现，开展教育就会收到意想不到的效果。当然这个过程还是需要教育者跟踪指导的，这就从以往被动接受的单向状态，变成了在情感交互中让被教育者实现自我教育。

第二节　军旅曲艺、小品鉴赏

一、军旅曲艺代表作品鉴赏

快板书《千锤百炼》

创作表演：李润杰

背景资料：创作这个作品的灵感，来自"登高英雄"杨连弟的事迹和李润杰参加中央慰问团慰问云贵川铁道兵部队时的亲身经历。

杨连弟1949年2月参加中国人民解放军铁道兵部队，在抢修陇海线8号桥时勇敢爬上40多米高的桥墩，在狭小桥墩顶爆破百余次，提前完成了修桥任务，荣获"登高英雄"称号。1950年入朝作战，任铁道兵团第一师第一团第一连副连长，多次出色地完成抢修任务，有力地支援了前线战斗。1952年9月在清川江指挥架桥时遭炸弹袭击光荣牺牲，年仅33岁。志愿军为他追记特等功、一级战斗英雄，并命名他生前所在连队为"杨连弟连"。

根据相声演员魏文亮回忆，1965年，李润杰在慰问期间与战士攀谈：

"你们几年就算老兵了?"战士答道:"两年,两年就是老兵了!"李润杰又问:"那新兵都谁带?"战士答:"老兵啊!都是两年老兵带!"《千锤百炼》开头的经典段落便应运而生了。

故事梗概:这个作品描写了"杨连弟连"的两个战士——新兵马云龙和班长陆大鹏二人,在无法借助任何工程机械的施工条件下,发扬英雄部队"杨连弟连"优良传统,克服重重困难,徒手攀爬巨大桥墩,在班长负伤的情况下,排除恶劣天气干扰,用钢钎、铁锤重新钻孔打眼,最终圆满完成修理任务,确保大桥提前完工的故事。

经典唱词:刚入伍的战士叫新兵,入伍两年就成了老兵,老兵能把新兵带,带出来的新兵又成了老兵。我唱老兵、赞新兵,毛主席的战士红色的兵,新兵、老兵出英雄!

短评:李润杰是曲艺界最早开始说新唱新的艺人之一。在他新编的众多作品中,军旅题材占了很大部分。他在自述中说,初见解放军是在天津解放时,自己跑江湖这么多年,从来没见过这么好的军队,这就是共产党领导的解放军。对人民军队的热爱和对党的信仰,是促使他大量创作军旅题材作品的原动力。《千锤百炼》告诉世人,无论是战争年代还是建设时期,人民军队始终都是党和人民的忠诚卫士。

数来宝《学雷锋》

创作表演:朱光斗

背景资料:朱光斗是全国第一个用曲艺形式演唱雷锋的人。1960年,刚调到沈阳军区政治部文工团的朱光斗,在沈阳八一剧场听了雷锋做的报告,有感而发写下了一段快板词《雷锋的苦难童年》。后来在一次会议后,雷锋主动找到朱光斗,二人正式结识。1963年3月5日,毛主席"向雷锋同志学习"的题词发表,一周后的3月12日,朱光斗、范延东就在沈阳八一剧场表演了全面概括雷锋事迹的对口数来宝《学雷锋》,引起轰动。1964年5月,二人又为刘少奇、周恩来等中央领导表演了这个节目。在创作之初，朱光斗苦于雷锋事迹太多太散，感觉无从着手。在与战士们交流时，有战士问："听说你见过雷锋？""是啊！我不仅见过，还跟他握过手。"大家特别兴奋："那咱俩也握握手，我也借借光。"

故事梗概：以两个战友争夸雷锋为线索，通过对话把雷锋的主要事迹串联起来。

经典唱词：叫同志你别夸口，你光听报告没握手！

短评：谁离雷锋近一步，谁就多一份光荣；谁与雷锋亲一分，谁就多一份自豪；雷锋是军人的骄傲，是共产党人的骄傲。雷锋的伟大，正是体现在平凡之中。

快板书《奇袭白虎团》

创作表演：梁厚民

背景资料：梁厚民 1940 年生于北京，1963 年大学毕业，1969 年入北京曲艺团，1985 年拜高凤山为师。青年时期的梁厚民凭着自己的一腔热情自学李派快板，多次骑着自行车往返京津两地向李润杰求教。在"万马齐喑"的六七十年代，全国的曲艺团体纷纷解散，快板书也被明令禁止。梁厚民于是转入创作，他用 5 年时间打磨出了快板书《奇袭白虎团》，于 1972 年重返舞台并风靡全国。

故事梗概：由侦察排长严伟才带领的 6 人小分队，化装成南朝鲜军深入敌后，捣毁敌精锐部队"白虎团"团部的故事。原型是金城战役中我二十兵团第六十八军二〇三师六〇七团一支由 11 名志愿军和 2 名朝鲜人民军联络员组成的小分队，在副排长杨育才的带领下，以零伤亡的代价全歼南朝鲜军首都师白虎团团部，并缴获白虎团团旗的真实战例。

经典唱词：在一九五三年，美帝的和谈阴谋被揭穿，它要疯狂北窜妄图霸占全朝鲜。这是七月中旬的一个夜晚，阴云笼罩安平山。

短评：兴趣是最好的老师，一个能骑行 14 个小时只为得到名师指点，半个小时背下 500 句唱词的年轻人，必定获得成功。梁厚民用他的辛勤付出和大胆创新，为低迷的曲艺艺术打了一针强心剂。

山东快书《侦察兵》

创作表演：高元钧

背景资料：高元钧被周恩来总理誉为"民族艺术的一面旗帜"，正是因为他是曲艺界说新唱新的代表人物，是与人民军队结合最早，结合最深的曲艺名家。他身材魁梧声音洪亮，表演极为风趣幽默。廖承志也曾评价高元钧"一个人顶一台戏"，"演龙是龙，演虎是虎"。现存高元钧 1957 年下部队演出《侦察兵》的录像，也成为我们今天能见到的为数不多的珍贵资料。

故事梗概：我军一个 4 人小分队偷渡东门岛，化装侦察敌炮阵地，机智勇敢抓俘虏的故事。

经典唱词：漫天的星斗没有月亮，海风吹来真风凉，小渔船一起一伏向东进，轻轻的海浪拍船帮。船上坐的是侦察兵，他们要渡海侦察探情况。

短评：有人曾问高元钧："您岁数大了上台表演有困难吗？"高元钧回答："有什么困难的？现在舞台上我只用一面吸引观众。以前撂地四面都是人，我后脑勺都得有戏！"在现存的《侦察兵》影像里，我们可以真切地感受到这一点。

京韵大鼓《光荣的航行》

作者：陈寿荪 朱学颖 表演：骆玉笙

背景资料：骆玉笙最为广大观众熟知的作品就是她为电视剧《四世同堂》演唱的主题曲《重整河山待后生》，这首曲目的影响力已经超越了曲艺的范畴，成为当时炙手可热的流行元素。作为骆玉笙先生的另一个代表曲目，军旅题材的《光荣的航行》在她的众多作品中可谓独树一帜。

故事梗概：1953 年 2 月，毛主席在汉口登上海军"长江"舰，到南京后又检阅了多艘海军舰艇,并做了"为了反对帝国主义的侵略,我们一定要建立强大的海军"的题词。《光荣的航行》表现一个在军舰上为毛主席站岗的水兵内心的激情与感动,表达了战士对领袖的崇敬热爱之情。

经典唱词:您辛勤工作在我们军舰上,我执勤就在您的身旁。这是水兵的光荣海军的骄傲,激情澎湃似滚滚长江。我要把这巨大的幸福和战友们分享。

短评:骆玉笙的唱段有两类。一类是偏重叙事兼有抒情。如《红梅阁》《和氏璧》。另一类是偏重抒情兼有叙事。如《剑阁闻铃》和《光荣的航行》。偏重抒情的唱段情节变换不多,往往在一个小场景中集中进行心理活动的描写,给人以强烈的艺术感染力。

二、军旅小品代表作品鉴赏

《纠察》

编剧:孙涛 导演:李文启 表演:孙涛 郭月

获奖:第三届全国戏剧小品大赛一等奖 第七届文华奖

背景资料:《纠察》是军旅小品真正走进大众视野的标志性作品,也是军旅小品标杆式的作品。这个小品原本是孙涛在军艺学习时"观察生活练习"课上的作业,机缘巧合被搬上舞台,不但一路过关斩将获得全国小品大赛一等奖,还实现了军旅小品在央视春晚的首秀。孙涛也凭借这个作品开始成为家喻户晓的明星。

故事梗概:某执勤点附近,文工团女学员偶遇纠察,因为没戴军帽被盘问。进一步交流中,老兵发现女学员更多的军容风纪问题。二人矛盾升级,女学员负气离开。老兵呼叫下一名哨位震慑住了女学员,女学员返回与老兵耐心攀谈。老兵把女学员违纪的严重性一一道来,女学员又怕又气哭了起来。老兵不忍心又开始哄她。女学员提出送票请老兵看戏,老兵无奈说自己即将退伍。老兵触景生情,说出了自己对军装的崇敬和热爱。女学员深受触动,认同老兵的批评教育,接受处罚。老兵反而把违纪的单子送给女学员留作纪念。

经典台词：跟你说句心里话，这个军装可不是谁都能穿一辈子的。当你想穿它的时候，可不一定能穿得上啊！

短评：人与人之间的矛盾是最常见的矛盾，这种矛盾往往是由人的社会角色决定的。铁面无私的男纠察与花枝招展的小女兵，自然成了一对天敌，构成了管理者与被管理者之间的矛盾。对女兵而言，是从言行约束升华到内心认同。对老兵而言，敬畏军装、热爱军队的感情又由内而外自然地流露。

《真情三十秒》

编剧：陈耀东　导演：王群　改编：徐小凡　张震彬

表演：孙涛　林永健　周炜　毛孩　范雷

获奖：全军战士文艺奖一等奖　第七届群星奖金奖

背景资料：这个作品的演员阵容堪称"神仙打架"。那一年，孙涛照旧饰演憨厚的班长老大哥，不同的是，那时的林永健还没有女扮男装，毛孩还没有成为说河南话"苍天啊"的小毛，周炜和范雷也是意气风发，满脸的胶原蛋白。随便挑出哪一位，都是重量级演员。

故事梗概：新春佳节，地方政府为部队开设了一条电话专线，让战士们给家里打电话拜年，规定每人通话时间不超过三十秒。来自天南海北的战士们在给家人打电话的过程中，不仅纾解了思乡之情，还了解到家乡的新发展新变化，手忙脚乱闹出好多笑话。轮到年龄最小的战士了，电话那头的母亲却迟迟没有接听。是行动不便还是另有隐情？眼看三十秒将过，班长把自己的时间让给小战士。电话里终于传来了母亲的声音。全班战士共同给母亲送去最温暖的祝福和最深情的眷恋。

经典台词：十、九、八、七、六、五、四……妈妈！过年好！妈——妈——过——年——好——！

短评：人与时间的矛盾司空见惯，但不易察觉。在时间的长河中，许多人和事来去匆匆，显得那么渺小，但在有限的时间里，人们最希望把握的，却又显得如此珍贵。我们的战士，可以把最宝贵的时间留给战友，而战士的生命，来自母亲，属于祖国。

《接受》

编剧：李欣凌　导演：王学圻　李欣凌　表演：李欣凌　王超

获奖：曹禺杯全国小品小戏剧目一等奖、编导优秀奖　第五届全国戏剧小品大赛一等奖

背景资料：有媒体评价李欣凌是"戏痴"，她扮演的众多角色中最为人称道的就是电视剧《大宅门》里举着刀追杀自己母亲的白美。后来她又在话剧版《大宅门》里扮演白玉婷并担任导演。笔者也曾有幸上过她的表演课，感觉她做事干练、谈吐直爽，是一个不喜欢客套的人，在艺术创作上表现得十分冷静，有敏锐的洞察力。

故事梗概：时隔多年，父女二人再次重逢，却已成了熟悉的陌生人。心中虽翻江倒海，表面却波澜不惊。一个是事业有成的服装设计师，一个是解甲归田的功勋飞行员，一个是从小缺爱的残疾孤女，一个是载誉归来的空中英雄。当年，在家庭和飞行之间，父亲选择了后者。所以女儿越坚强，父亲就越愧疚，其实他们的心一直都在一起。放下过去，就能接受现在。

经典台词：今天我想见您，是想向您证明，您的女儿不是一个废人。今天我想见你，是想得到你的原谅，你的父亲是一个不称职的父亲。你能接受我吗？

短评：《接受》肯定与你熟知的所有军旅小品不同。它带有一定的超现实主义色彩，结构上既有倒叙又有插叙，打破了三一律的约束，是军旅小品的创新之作。当篷布被扯下露出冰冷的轮椅，原本漂亮开朗的女儿瞬间变成残疾，不仅带给剧中父亲巨大的痛苦，同时也让观众感受到极大的震撼。

《水下除夕夜》

编剧：薛振川　敖力群　导演：尚大庆　薛振川

表演：尚大庆　杨大鹏　范雷　金洋　王洪波　侯世甲　胡洋

获奖：第五届全国戏剧小品大赛非职业组二等奖

背景资料：这是一个基本没有舞台调度的小品，但丝毫不影响演员对内容的诠释。编导将潜艇做成五个部位的正面剖视图，以五个拱形道具代表不同舱段。在开始和结尾时，五个舱段还可以自由移动，把一艘潜艇进行分解结合，构思十分精巧。

故事梗概：任务间隙，航行在大洋深处的潜艇兵们开始收听由分队长主持的广播节目《水下之声》。大家热烈讨论着上岸后最想干的事。有的要洗澡，有的要吃菜，有的要求婚，还有的即将退伍，恋恋不舍地想再回到艇上坐坐。忙乱中分队长误放了妻子的录音，大家吵着非要一起听。录音里不仅有绵绵的情话，也有孩子对爸爸的第一次呼唤。警报再次响起，潜艇继续远航。

经典台词：我们的潜艇两头尖，舱室温度不一般，春夏秋冬全都有，祖国山河在里边！不要问我在哪里，问我也不能告诉你，你说你看不见我的军旗和航迹，我在蔚蓝色的大洋深处向你敬礼。我们潜艇兵拜年不说过年好，我们也是三个字：请放心！

短评：人与空间的矛盾也是部队生活的常态。对于军人来说，驻地环境恶劣、工作条件艰苦早已成了家常便饭。"从来没有岁月静好，只因有人负重前行。"就算同在一艘船上，大家也不一定经常见面，这就是潜艇兵的生活。他们以海为家，以苦为乐，甘愿无私奉献，甘当无名英雄，用青春热血守护国家安全，崇高的思想境界让人肃然起敬。

《我心飞翔》

编剧：徐君东　导演：尚敬　表演：闫妮、殷桃等

获奖：春晚语言类节目二等奖

背景资料：2010年春节，一个特殊的群体登上了春晚舞台，这就是中国第一批歼击机女飞行员。作品反映了2009年国庆阅兵式上，女飞行员陶佳莉由于思想技术双过硬而被选中担任备份机的故事。笔者有幸受过编剧徐君东老师指点，曾谈到这个作品的创作过程。他说，这个作品从最开始的十几分钟压缩到最后不到八分钟，改编的过程十分艰苦。

故事梗概：阅兵前夕，女飞行员整装待发，队长宣布备份人选。16名女飞行员将分三个5机编队通过天安门广场，上级决定再挑选1名技术过硬，能飞任何位置的飞行员担任备份。备份机的任务是：伴飞至阅兵基准线，在受阅飞机正常情况下返航，如遇特殊情况则迅速顶替相应位置。大家经过艰苦训练，都希望飞过天安门展示英姿，不愿意担任备份，中途返航。队长让01给大家做思想工作。每个人的工作都做通了，结果真正的备份是01自己。

经典台词：可惜领导不干。领导已经干了！

短评：军旅小品的主人公往往具有典型性，这一次就聚焦在飞行员，而且是歼击机女飞行员这一特殊群体。作为空军第一批歼击机女飞行员，他们被寄予厚望。当16名真正的女飞行员身穿飞行服，按编队位置整齐列队，登上春晚舞台集体亮相，更成为当年晚会的一大亮点。同时，这个节目也保留了烈士余旭的珍贵镜头，每当重温，不禁叹惋。

主要参考文献

[1] 严智泽. 古代军事诗歌选注[M]. 北京：军事科学出版社，1986.

[2] 汪守德. 军旅诗情[M]. 北京：解放军出版社，2002.

[3] 汪守德. 中国战争诗歌[M]. 北京：解放军文艺出版社，2009.

[4] 郭春鹰. 悠远的军魂：古代军旅诗词中的军人精神世界[M]. 北京：长征出版社，1998.

[5] 夏传才. 中国古代军旅诗选讲[M]. 北京：清华大学出版社，2009.

[6] 傅德岷. 新时期新锐散文鉴赏[M]. 武汉：武汉出版社，2006.

[7] 李力. 周涛散文艺术论[M]. 开封：河南大学出版社，2008.

[8] 谢大光. 百年外国散文精华[M]. 杭州：浙江少年儿童出版社，2007.

[9] 傅德岷. 外国散文精品鉴赏[M]. 武汉：武汉出版社，2006.

[10] 喻大翔. 现代中文散文十五讲[M]. 上海：同济大学出版社，2008.

[11] 韩兆琦. 中国古代散文专题[M]. 上海：高等教育出版社，2008.

[12] 万禾. 中国古代诗歌散文鉴赏指南[M]. 杭州：浙江大学出版社，2008.

[13] 万禾. 中国现代诗歌散文鉴赏指南[M]. 杭州：浙江大学出版社，2008.

[14] 魏饴，刘海涛. 文艺鉴赏概论[M]. 北京：高等教育出版社，2004.

[15] 林文和等. 文学鉴赏导读[M]. 北京：人民文学出版社，2004.

[16] 张智辉. 散文美学论稿[M]. 北京：中国社会科学出版社，2004.

[17] 古代抒情散文鉴赏集. 文史知识编辑部编，中华书局，1988.

[18] 杨闻宇. 漫谈军旅散文[M]. 北京：解放军出版社，2002.

[19] 杨闻宇. 硝烟散去：20世纪军旅散文集锦[M]. 北京：解放军出版社，2002.

[20] 朱向前. 朱向前文学理论批评选[M]. 北京：人民文学出版社，2003.

[21] 郭建英. 战争的碎片[M]. 北京：解放军出版社，2006.

[22] 游成章等. 周涛大写意[M]. 乌鲁木齐：新疆人民出版社，2002.

[23] 郝占奎. 短笛长歌：军旅散文集[M]. 北京：中国文联出版社，2001.

[24] 高洪波. 高洪波军旅散文选[M]. 北京：解放军出版社，1995.

[25] 朱向前. 中国军旅文学五十年（1949—1999）[M]. 北京：解放军文艺出版社，2007.

[26] 朱向前. 军旅文学史论[M]. 北京：东方出版社，1998.

[27] 朱向前. 中国军旅文学史（1949—2019）[M]. 南昌：江西教育出版社，2019.

[28] 袁行霈. 中国文学史[M]. 北京：高等教育出版社，1999.

[29] 郑克鲁. 外国文学史[M]. 北京：北京高等教育出版社，1999.

[30] 赵俊贤. 中国当代小说史稿[M]. 北京：人民文学出版社，1980.

[31] 陈平原. 小说史：理论与实践[M]. 北京：北京大学出版社，1993.

[32] 王荣纲. 报告文学研究资料选编[M]. 济南：山东人民出版社，1983.

[33] 尹均生. 国际报告文学研究[M]. 武汉：湖北教育出版社，1990.

[34] 高文升. 纪实：文学的时代选择——新时期纪实文学研究[M]. 郑州：河南文艺出版社，1998.

[35] 刘卓. 纪实文学研究[M]. 大连：辽宁师范大学出版社，2001.

[36] 宋玉书. 突进与嬗变——新时期报告文学研究[M]. 沈阳：辽宁人民出版社，2002.

[37] 龚举善. 走过世纪门——中外报告文学论略[M]. 北京：红旗出版社，2003.

[38] 张瑷. 20世纪纪实文学导论[M]. 北京：文化艺术出版社，2005.

[39] 赵学勇. 中国新时期报告文学研究资料[M]. 济南：山东文艺出版社，2006.

[40] 李健. 中国新时期传记文学研究[M]. 北京：新华出版社，2008.

[41] 周而复. 诺尔曼·白求恩断片[M]. 北京：人民文学出版社，1958.

[42]周立波．战场三记[M]．长沙：湖南人民出版社，1962.

[43]魏巍．谁是最可爱的人[M]．北京：人民文学出版社，1992.

[44][古罗马]恺撒．高卢战记[M]．北京：商务印书馆，1982.

[45][苏]阿列克茜叶维契．战争中没有女性[M]．北京：昆仑出版社，1985.

[46][美]张纯如．南京暴行——被遗忘的大屠杀[M]．北京：东方出版社，1998.

[47][美]斯莱奇．血战太平洋之决战冲绳岛[M]．南京：译林出版社，2010.

[48][美]托兰．漫长的战斗——美国人眼中的朝鲜战争[M]．北京：中国科学出版社，1993.

[49]李双江．中国人民解放军音乐史[M]．北京：解放军文艺出版社，2004.

[50]董云龙．歌声中的中国人民解放军[M]．西安：陕西人民出版社，2002.

[51]马和，王应国，尹海青，魏炜，王咏梅，高晶．歌咏[M]．北京：解放军出版社，2004.

[52]张朝丽，徐美恒．中外电影文化[M]．天津：天津大学出版社，2003.

[53]彭吉象．影视美学[M]．北京：北京大学出版社，2002.

[54]董健，胡星亮．中国当代戏剧史稿[M]．北京：中国戏剧出版社，2008.

[55]徐慕云．中国戏剧史[M]．上海：上海古籍出版社，2008.

[56]雷达．中国新时期戏剧研究资料[M]．济南：山东文艺出版社，2006.

[57]欧阳友权．网络文学的学理形态[M]．北京：中央文献出版社，2008.

[58]欧阳友权．网络文学发展史——汉语网络文学调查[M]．北京：中国广播电视出版社，2008.

[59]梅红，等．网络文学[M]．成都：西南交通大学出版社，2010.

[60]新中国军事文艺大系[CD]．北京：解放军外语音像出版社、解放军文艺出版社，2009.

[61]鲍培震，高玉琮．中国曲艺发展简史[M]．北京：高等教育出版社，2017.

[62]钱国桢．中国曲艺音乐作品分析[M]．天津：百花文艺出版社，2018.

[63]毕革飞．快板诗选[M]．北京：作家出版社，1964.

[64]百年板声[CD]．北京：中央电视台、中国国际电视总公司，2010.

后 记

本教材共设十章。第一章简要介绍了军旅文学的发展脉络、基本特征、价值取向和主要功能。第二章至第十章，分别介绍了军旅诗歌、军旅散文、军旅小说、军旅纪实文学、军旅歌曲、军旅戏剧、军旅影视、军旅网络文学、军旅曲艺小品的基本知识、审美特征和鉴赏方法，并对一些经典作品做了简要介绍和分析鉴赏。

本教材由空军工程大学军政基础系朱慧玲、苏军茹确定编写体例、拟定编写提纲并审阅定稿，朱慧玲做了校订和统稿工作。参加编写的人员还有张耀元、陈昆、施焕焕、张涛、孙浩、张天德、胡劼、傅海滨、倪浙。

教材的编写充分汲取借鉴了当代学界相关学术成果。陕西人民出版社编辑姜一慧等同志对该教材进行了认真审校，蒲梦雅同志精心设计了封面。在此一并表示诚挚谢意。

由于编者水平有限，虽勉力而为，仍难免有不尽如人意之处。教材中可能存在的谬误和疏漏，恳请各位读者批评指正。

本书编写组
二〇二一年二月